安徽师范大学文学院学术文库（第二辑）

余恕诚
唐诗研究论集

YUSHUCHENG TANGSHI YANJIU LUNJI

余恕诚 著

安徽师范大学出版社
·芜湖·

图书在版编目(CIP)数据

余恕诚唐诗研究论集 / 余恕诚著.—芜湖:安徽师范大学出版社,2022.1
(安徽师范大学文学院学术文库.第二辑)
ISBN 978-7-5676-4748-0

Ⅰ.①余… Ⅱ.①余… Ⅲ.①唐诗—诗歌研究—文集 Ⅳ.①I207.227.42-53

中国版本图书馆CIP数据核字(2022)第089188号

安徽省高峰学科安徽师范大学中国语言文学(诗学)建设项目
安徽师范大学中国诗学研究中心项目

余恕诚唐诗研究论集

余恕诚◎著

责任编辑:李克非　　特约编辑:王树森　　责任校对:胡志恒
装帧设计:丁奕奕　欧阳显根　　责任印制:桑国磊
出版发行:安徽师范大学出版社
芜湖市北京东路1号安徽师范大学赭山校区　　邮政编码:241000
网　　址:http://www.ahnupress.com/
发 行 部:0553-3883578　5910327　5910310(传真)
印　　刷:江苏凤凰数码印务有限公司
版　　次:2022年1月第1版
印　　次:2022年1月第1次印刷
规　　格:700 mm × 1000 mm　1/16
印　　张:20.5
字　　数:300千字
书　　号:ISBN 978-7-5676-4748-0
定　　价:59.00元

总　　序

安徽师范大学文学院的前身是1928年建立的省立安徽大学中国文学系，是安徽省高校办学历史最悠久的四个院系之一。1945年9月更名为国立安徽大学中文系，1949年12月更名为安徽大学中文系，1954年2月更名为安徽师范学院中文系，1958年更名为合肥师范学院中文系，1972年12月更名为安徽师范大学中文系，1994年10月更名为安徽师范大学文学院。这里人才荟萃，刘文典、陈望道、郁达夫、朱湘、苏雪林、朱光潜、周予同、潘重规、宗志黄、张煦侯、卫仲璠、宛敏灏、张涤华、祖保泉、余恕诚等著名学者都曾在此工作过，他们高尚的师德、杰出的学术成就凝固成了我院的优良传统，培养出了一大批出类拔萃的各类人才。

文学院现设有汉语言文学、汉语言、秘书学、汉语国际教育等4个本科专业，文学研究所、语言研究所、古籍整理研究所、美育与审美文化研究所、艺术文化学研究中心等5个研究所（中心）。拥有中国语言文学博士后科研流动站，中国语言文学一级学科博士点，中国语言文学、艺术学理论两个一级学科硕士学位点；设有中国古代文学等10个硕士学位二级学科授权点和学科教学（语文）、汉语国际教育两个专业学位点；有1个安徽省A类重点学科（中国语言文学），3个安徽省B类重点学科（中国古代文学、汉语言文字学、中国现当代文学）；1个国家级特色专业建设点（汉语言文学专业），1个国家级教学团队（中国古代文学），两门国家级精品课程（文学理论、大学语文），1个省级刊物（《学语文》）。

文学院师资科研力量雄厚，现有在岗专任教师82人，其中教授28人，副教授35人，博士55人。2010年以来，本学科共主持省部级以上科研项目100项，其中国家社科基金项目28项（含重大招标项目1项），获得省部级以上奖励9项。教师中，有国家首届教学名师1人，享受国务院特殊津贴12人，皖江学者3人，二级教授8人，5人入选省级学术和技术带头人，6人入选省级学术和技术带头人后备人选。

走过八十多年的风雨征程，目前中文学科方向齐全，拥有很多相对稳定、特色鲜明的研究领域。唐诗研究、古代文论研究、儿童语言习得研究、古典文献研究、宋辽金文学研究、词学研究、当代文学现象研究、古典诗歌接受史研究、梵汉对音研究、句法语义接口研究等在全国居于领先地位或在学术界有较大影响。特别是李商隐研究的系列成果已成为传世经典，国务院学位委员会委员、北京大学教授袁行霈先生说，本学科的李商隐研究，直接推动了《中国文学史》的改写。

经过几代人的薪火相传，中文学科养成了严谨扎实的学术传统，培育了开拓创新的学术精神，打造了精诚合作的学术团队，形成了理论研究与服务社会相结合、扎根传统与关注当下相结合、立足本位与学科交融相结合、历代书面文献与当代口传文献并重的学科特色。

21世纪以来，随着老一辈学者相继退休，中文学科逐渐进入了新老交替的时期，如何继承、弘扬老一辈学者的学术传统，如何开启中文学科的新篇章，成了摆在我们面前的迫切任务。基于这一初衷，我们特编选了这套丛书，名之为“安徽师范大学文学院学术文库”，计划做成开放式丛书，一直出版下去。我们认为，对过去的学术成果进行阶段性归纳汇集，很有必要，也很有意义，可以向学界整体推介我院的学术研究，展现学术影响力。

关心文学院发展的朋友常常问我们：“你们自己说师大文学院历史悠久，底蕴深厚，有什么可以证明呢?”是啊，校址几经变迁，由安庆至芜湖至合肥，最终落户芜湖；校园面貌日新月异，载有历史积淀的老建筑也已被悉数推倒重建，物化的记忆只能在发黄的老照片中去追寻。能证明我们悠久历史的，能说明我们深厚底蕴的，唯有前辈学者留下的字字珠玑的精彩华章。为此，我们特别编选了本辑文集，文集作者均是已退休的前辈学者，他们有的已驾鹤仙去；有的虽然年岁已高，但仍笔耕不辍。这些优秀成果，是他们留给我们的宝贵精神财富，是砥砺我们人格的源泉，是指引我们前行的明灯，是督促我们奋进的动力。

我们坚信，承载着八十多年的历史积淀，文学院必将向学界奉献更多的学术精品，文学院的各项事业必将走向更悠远的辉煌！

储泰松

二〇一五年八月

目　录

唐诗所表现的生活理想和精神风貌

一

为了推动文学研究的进展，似乎可以做一种调查，认真了解一下有些古典作品给人们的实际感受，与文学史或某些专书所作的介绍之间的距离。如唐诗，人们自由阅读所得的印象最深的方面，或者说它在艺术上最能打动人的一些方面，跟几种通行的文学史所作的介绍，就可能有不小的差距。从这些文学史的介绍看，唐诗的最优秀的部分基本上不出怨刺讽喻的范围，价值似乎就在于它对当时社会的揭露，但是唐诗历来最受人们喜爱的，决不只限于这一种类型，它有不少精品，在当前的文学史著作中遭到冷落，或者它们的价值只被从一个比较狭隘的方面加以解释。

这里，显然牵涉到了对文学艺术的真善美，以及对它的认识作用、思想教育作用、美感作用如何看待的问题。在很长一段时间内，流行的观点常常是对于古代作品只肯定它的认识作用，对于它从思想道德、从美感方面潜移默化地给人的有益影响是抹煞或忽视的。而所谓认识，实际上又只限于通过作品了解过去社会的不合理性。这样，文学史所肯定的范围就窄了，无形中似乎形成“只有揭露黑暗才算进步文艺”这样一种狭隘观念。

但是，艺术作品中真善美的关系应该是辩证统一的，善美离不开“真”这个前提，“真”也并不能包括代替善美。与此相联系，艺术作品的认识作用，自然也不能吞并思想教育作用和美感作用。把“真”当作文艺唯一要素，把认识作用当成唯一作用，并不符合创作实际，也不符合人们对艺术的要求。尤其是不同样式、不同体裁的文学艺术，性能并不完全相同。小说、戏剧这类再现艺术，它们的认识作用可能更大一些。而诗歌（特别是抒情诗）需要把再现化为表现。抒情诗为了追求认识价值，过分客观如实地描绘，诗意的翅膀就会因受现实的束缚而难以飞腾。对于这类表现艺术，如果忽视它更加深入细微地陶冶人们性灵的作用，而以认识作用为主来要求它，实际上只能导致取消它的特点和长处。我们不应在文艺的几种社会作用上强分高低，也不应在文学史的编写上只偏于推重具有某一方面功能的作品。

并且，就文艺的真和认识作用而言，即使是对于过去时代的文学艺术，也没有理由只肯定具有揭露性质的作品。人类社会生活，无论是就历史发展长河，还是就它的某一特定阶段（如私有制社会）来说，人们的劳动、创造、斗争，始终是它的本质与主流。历史会有曲折，但即使是在最黑暗腐朽的社会里，人们的这些实践活动也没有停止过。没有这，就没有历史的发展。毛泽东同志肯定生活和艺术两者都是美，车尔尼雪夫斯基认为“美是生活”。他们所说的生活是一个广义的概念，也就是说无论是在人类历史上的任何阶段，生活本质上都是美的。处在黑暗时代的人们，如果没有对生活中美好事物的向往、追求，甚至哪怕是渺茫的希望，就会失去活下去的勇气，而绝望在任何时候总是少数，“民歌是跟悲观主义完全绝缘”（高尔基）。人们在向往、追求美好的生活，改造客观世界的斗争过程中，必然会从主观方面表现出种种精神美。既然如此，那么文艺的真和它的认识功能，就要求文艺应该负有反映人间生活美和人们精神美的使命。单纯暴露生活或人们灵魂中某些丑的方面，并不等于文艺已经完满地体现了真实的品格。因此，提出文艺表现人们生活和精神美的问题，不仅是为了更科学地评价一些被“只有揭露黑暗才算进步文艺”的偏见所排斥的艺术珍品，为了强调文艺应起的思想教育作用和审美教育作用，同时也是为了更全面地理解和发挥文学的认识作用。

文艺表现人们生活美和精神美的问题，在人类艺术发展史上自始至终都存在着。本文之所以特别提出唐诗来加以讨论，是因为唐诗用前所未有的艺术力量，反映了中国封建社会在它繁荣昌盛期所呈现出来的生活美，也表现了这样一个时代中人们比较健康昂扬的精神状态。尽管唐代社会本身也有走下坡路的时候，有如杜甫所讲的“万方多难”的时代。但由于这种时代是紧接在“一百四十年，国容何赫然”的盛世之后的，盛唐的精神文化影响仍然极为深刻，人们的胸襟气质还是跟其他时代不同，还有幻想、有希望，甚至觉得盛世还会再来。这时候，生活在人们的感受里即使是惨淡的，也还能够有力地拨动人们的心弦，使人们为之激动、为之歌唱，而一般不致对它麻木不仁。因而，唐诗所表现的生活美和精神美显得更加元气淋漓。在这方面至今还是不可企及的范本，还能继续给我们美的享受，鼓舞人们积极地、正确地对待生活。同时从艺术的角度能给我们今天的创作以许多有益的启示。

二

唐代那样一个兴旺发达的社会，生活本身就容易激起人们的诗情，而在时代精神的影响下，这一时期的诗人又往往更多地带着一种诗意的眼光看生活，因而即使是在平常的、习见的生活中也发现了丰富多彩的美。但处在经济高涨中的唐人生活，在诗中一般地并不表现为平静、小康和满足。即使是日常的和平环境中的生活，在诗人的笔下，也往往显得浪漫而开展。人们的精神、情思，不是像秋水般地沉静，而是像春水般地不安于平地，寻找浩瀚的海洋。在那春潮般涨满的生活江面上，烟云缭绕，浮动着一种热烈的情绪，一股深情的期待和展望。张若虚的《春江花月夜》表现的就是人们在和平岁月里的生活感受和情思。诗中带有一点惆怅和迷惘，但这种情绪不同于“月儿弯弯照九州，几家欢乐几家愁”一类沉重的叹息，它不是反映为生活的苦难，或者枯燥、贫瘠，而是产生在对生活、对自然如梦如痴的陶醉和进一步追求的基础上。现代作家朱自清的名作

《荷塘月色》也曾描绘过一个美好的月夜，但它让人感觉全局是压抑的，只有那很小的一点空间和时间是自由的。而《春江花月夜》从自然境界到人的内心世界都不受任何局限和压抑，向外无限扩展开去。人们面对着浩渺的春江、海潮，面对着无边的月色、广阔的宇宙，萦绕着绵长不尽的情思，荡漾着对未来生活的柔情召唤。人们的思索、追求、期待、召唤，表面上是由春天的良辰美景惹起，被春天的旋律催动，似乎跟具体的物质因素距离比较远，实际上却是那个健康发展的时代生活带来的，是时代生活的美的折光。王维的《春中田园作》也取材于和平环境中的日常生活。诗中写新春欣欣向荣的景象，写人和有生之物愉快地迎接春天。在这种背景下，诗人“惆怅思远客”，感慨世间还有人不能享受生活之美。这与《春江花月夜》的追求，本质上是一致的，乃是希望生活更圆满、更理想、更无缺憾。诗中“归燕识故巢，旧人看新历”两句，反映着生活在自然地、和平地更替与前进。丝毫没有叹息流年的情绪，而是在新的时间内容面前，在旧有的基础上憧憬美好的明天。

《春江花月夜》和《春中田园作》所表现的对于生活的感受，还包含着自然所给予人们的美感。这种感受，和生活中的其他因素是水乳般地交融在一起的。“阳春召我以烟景，大块假我以文章”（李白《春夜宴从弟桃花园序》），反映了在唐人心理上，自然和人已经以近乎对偶的关系结合了起来。人们觉得在自然身上发现了美，也就等于在自己生活中发现了美。王维的《辋川集》写自然景物，同时也就是抒发对辋川生活的感受。王湾的名句：“海日生残夜，江春入旧年。”面对自然景色，不仅油然生起春日和黎明到来的愉悦感，甚至还感受到了某种时代春天的消息。自然景物和生活感受的诗意的结合，是唐代山水诗的突出特点。许多诗人，正是把自然美作为生活中一种美好因素加以表现的。

日常的送行和离别题材也被进一步诗化了。唐人赠别诗极多佳什。“无为在歧路，儿女共沾巾。”（王勃《送杜少府之任蜀州》）他们并不一味抒写离别之苦，而多将送别时的环境美和情意美有机融合，构成富有诗意的离别。“惟有相思似春色，江南江北送君归。”（王维《送沈子福归江东》）十四个字同时包含着这两方面的因素。李白的《金陵酒肆留别》依依惜别中融合着愉悦感。柳花飞絮，酒肆飘香，劝酒的吴姬，相送的金陵子弟，“欲行不行各尽觞”的送别场面，可与江水比长短的别意，几种因素汇合在一起，像把别离酿成一杯醉人的美酒，引起人们对盛唐时期生活风调的无限遐想。王维的《红豆》，写的是别后的思念，情和物都优美动人。“劝君多采撷，此物最相思。”红豆红中带黑，晶莹鲜艳，色调是寂寞沉静中带着热情和希望，确实可作为思念之情的象征。多采红豆，即表明思念之深。渴望对方不断采摘，把他的思念化为一粒粒珍珠般的红豆，就显得这种思念更富有诗意。

因为是那样一个比较单纯、健康的社会，从日常社交关系中，也常常表现出一片淳朴的情谊。孟浩然的《过故人庄》，寓深挚的友情于极为淳淡的色调和气氛之中。白居易的《问刘十九》一方面写出绿蚁新酒、红泥火炉和黄昏欲雪，一方面写出渴望与刘十九把酒共饮的深情期待。生活中这种物质性因素和精神性因素相结合，显得特别令人心醉和神往。

对于生活的歌颂，爱情是一个重要的领域。爱情生活反映在唐诗里，有着更加鲜艳的色彩，更加炽热的情感。六朝民歌《杨叛儿》：“暂出白门前，杨柳可藏乌。欢作沉水香，侬作博山炉。”到李白笔下发展为八句：“君歌杨叛儿，妾劝新丰酒。何许最关人，乌啼白门柳。乌啼隐杨花，君醉留妾家，博山炉中沉香火，双烟一气凌紫霞。”后者显然更带唐代浪漫生活气息。它一开头就出现了唱歌劝酒的场面，中间明确写出醉留，最后用双烟升腾作比喻，把男女欢会写得尤为炽烈。刘禹锡的爱情诗，不用乐府旧题，直接在民歌基础上加工，民间和地方色彩显得更浓：

> 春江月出大堤平，堤上女郎连袂行。唱尽新词欢不见，红霞映树鹧鸪鸣。
>
> ——踏歌词

女郎联袂结伴，用情歌挑引男方，这在中原地区是见不到的。从月出唱到霞升，对方仍躲着不见。所见者却是红霞映树鹧鸪双鸣。情郎和环境都似乎在作弄女子，但这些又并不构成什么实质性的痛苦，相反使得这幕爱情喜剧格外曲折和富有情味。

唐诗对日常习见的种种生活内容的描写，无疑已经是富有诗意甚至是带有浪漫色彩了。但是，对于唐人来说，这样一个生活范围也许还显得平凡和局限了。由于物质文化生活的全面高涨，他们的精神需要有更广阔、更自由的天地供其驰骋。他们把一些更能使精神兴奋的生活看得更有兴味、更符合理想。

唐代士大夫的生活就往往比人们的日常生活来得放任，有许多浪漫事迹。唐诗在处理这类题材时，也不把它们与日常生活平等看待。杜甫的《饮中八仙歌》写了贺知章等八人嗜酒的醉态和各自的特点。他们代表了一种时代、一种生活。这种生活在酒的帷幕下，把权位、礼法、宗教戒律等等，都排斥到一边去了，人的精神变美了，才华焕发了。他们的浪漫不是表现为生活的变态，而是让人感到愉快。特别是像草圣张旭，在王公面前脱帽露顶，挥毫落纸；像李白，在天子面前倚酒放狂，都足以博得社会的轰动和快感。酒中八仙的生活，可以说是带着一幅夸张色彩的盛唐士大夫生活的招贴画。李白的《襄阳歌》是李白自己的醉歌，它用醉汉的心理和眼光看周围世界，实际上是用更带有诗意的眼光来看待一切、思索一切。诗人用直率的笔调，给自己勾勒出一个天真烂漫的醉汉形象。“落日欲没岘山西，倒著接蓠花下迷。襄阳小儿齐拍手，拦街争唱《白铜鞮》。旁人借问笑何事，笑杀山公醉似泥。”这种场合，大家都很开心。李白像儿童一样天真和愉快，儿童和观众也好像被李白传染得有点醉了。这种醉正反映了那个时代的生活气氛。

最能表现唐人生活浪漫和传奇色彩的，要算边塞诗了。岑参等人对火山、热海、暴风雪、大沙漠和边疆战斗的描写，在古代诗歌领域里，开辟了前所未有的美学境界。唐代边塞诗对塞外飞雪、丝绸之路，乃至边关重镇的歌咏，像“忽如一夜春风来，千树万树梨花开”“无数铃声遥过碛，应驮白练到安西”“凉州七里十万家，胡人半解弹琵琶”，都极富边疆特色，表现了诗人对边塞生活和风光的浪漫而新鲜的感受。只要对比魏晋南北朝时代的某些作品，如蔡琰《悲愤诗》：“边荒与华异，人俗少义理。处所多霜雪，胡风春夏起。翩翩吹我衣，萧萧入我耳。”以及《陇头歌辞》中“朝发欣城，暮宿陇头。寒不能语，舌卷入喉”等一类描写，就可看出唐人眼里的边塞生活，与其前人距离是多么遥远了。描写战争的，如王昌龄的《从军行》，以新颖的构思，写中军还没有投入战斗，敌酋已为前军所俘。只要稍加想象，三军欢呼雷动的戏剧性场面，就如在目前。又如卢纶的《塞下曲》：“月黑雁飞高，单于夜遁逃。欲将轻骑逐，大雪满弓刀。”月黑雁飞，追兵逐北。凌厉无比的边塞风雪，扑向长弓大刀，像是给这支轻骑劲旅壮行色，更显出我军无比的声威。它不是令人望而生畏，而是让人无限向往“大雪满弓刀”的军事行动。这些诗都是把战斗生活传奇化了。

生活的形态是丰富多彩、不断变化的，边塞一类作品，以及唐诗对上述种种色调比较明朗的生活现象的描写，它们的生活美总的来说，还是比较显而易见的，这时的生活美和“美的生活”几乎是同义语。但客观上，生活并不都是这样的，特别是像盛唐那种生活，毕竟只是一个阶段。安史之乱以后，唐代社会生活发生巨大变化，原有的那些形态的美受到了破坏，美在生活中的比重，无疑是下降了。这时现实生活还有没有美，文学艺术还能不能反映出生活美呢？唐诗令人信服地回答了现实生活中仍然有美，而且可以用激动人心的艺术力量表现出来。似乎，生活就像一位美人，在盛唐时期她的境遇是好的，她无忧无虑，以盛装的姿态出现在人们面前。这时，她的美容易被人发现，人们也很容易如醉如迷地在她面前膜拜。但是到了安史之乱以后，到了乱离时代，生活这位美人被践踏了，她营养不足，蓬头垢面，颜色憔悴，身上有些地方甚至还在流血、溃烂。这时的生活，接受着人世炎凉的考验。站在她面前的可能有两种艺术家：一种人很冷漠地加以描摹，甚至用展览脓血污秽，来代替对生活整体的描绘，使人看了感情上要嫌弃她；但是另一种艺术家，怀着高尚的情操，还是发现并且描绘出了她内在的美。这些艺术家并不回避掩盖在她身上的脓血和垢腻，但能于描绘中显示出这些反常的东西不应该是属于她的，而应从她身上洗涤和清除掉。唐代安史之乱以后，以杜甫为首的一批诗人多半属于后一种，他们在缺少亮色，乃至乱离苦难的生活面前，就是这样地作了反映。不过，他们这时所表现的生活美已不再是“美的生活”，而是生活中某些美的成分、素质或品格，通过作家的审美处理，所给予人的美的感受。

安史之乱中，人民承受着牺牲，用血肉捍卫了祖国的统一。尽管这场斗争付出的代价是惨重的，但杜甫等诗人怀着对人民崇敬的心情，从斗争中发掘了悲壮的美。这和其他时代有些诗人对战争的描写对比是很鲜明的。同样是败仗，宋代苏舜钦的《庆州败》写敌我双方接触后：“我军免胄乞死所，承制面缚交涕洟。逡巡下令艺者全，争献小技歌且吹。其余劓馘放之去，东走矢液皆淋漓。首无耳准若怪兽，不自愧耻犹生归。……”一场丧师辱国的悲剧性的历史事件，被展览滑稽和丑陋代替了。有的文学史称赞它“揭露得不留余地”，但揭露的主要是不肯在敌人面前卑躬屈膝地献丑的多数战士。杜甫的《悲陈陶》就不同了：“孟冬十郡良家子，血作陈陶泽中水。野旷天清无战声，四万义军同日死。群胡归来血洗箭，仍唱胡歌饮都市。都人回面向北啼，日夜更望官军至。”用郑重的笔墨大书这一场悲剧性事件的时间和牺牲者良家子的身份，渲染战场和长安的惨痛景象，让读者从战士的牺牲中，从天地肃穆的气氛中，从人民悲哀的心底上，感受到一种悲壮的美。听着杜甫的长歌当哭，人们就仿佛站在英雄纪念碑面前。李贺的《雁门太守行》也是这类诗中的杰作，全篇围绕最后一句——“提携玉龙为君死”，层层进行渲染。与杜诗在黯淡肃穆中显出悲壮美不同，它是像唐三彩一样色调璀璨而热烈，让人们透过浓彩重墨去感受那种战斗生活和牺牲的壮美。

杜甫等人写自身在乱离中的生活和感受的时候，一方面很悲，甚至悲得痛入骨髓，另一方面常常带着某些憧憬或温存的插曲。在悲感中又有一阵阵温暖的回流，让读者在复杂的感情冲动中，更加激起对美好生活和事物的向往。他的《彭衙行》《赠卫八处士》在乱离的大背景中出现了“暖汤濯我足，翦纸招我魂”“夜雨剪春韭，新炊间黄粱”这种暂时的温存。这是泪水中的微笑，辛苦中的微甜，但并没有冲淡作品所要给予人的总的乱离感。《北征》在“所遇多被伤，呻吟更流血”“夜深经战场，寒月照白骨”的背景中，插入对深山中可欣可喜的景物刻画。归家一段，一面极为逼真地写出在战乱中一家人悲凉的心理和凄寒的境遇，一面又写出在解囊之后“瘦妻面复光，痴女头自栉”的场面。无论是路上，还是家中，都出现两种情景：一种是比较正常的现象，带着生活的本色，一种是反常现象。这两者像生活中的正负两极，互相映衬，既更见战争对和平生活的残酷破坏，又让人忘不了生活本质上所具有的美。它令人想到，要是能够制止叛乱，去掉乾坤疮痍，生活该是多么美好。杜甫面对着时代丧乱、民间疾苦，但并没有单纯展览苦难和伤痕。他仍然关注着美的因素。这些因素被诗人融入诗篇的时候，与客观苦难现实相交织对照，愈加显得沉郁顿挫，激起读者丰富复杂的情绪。

把冰冷的悲感与生活中温暖的成分融合在一起描写，构成丰富的色调，几乎是中唐以后一些优秀的古体长篇的共同倾向。韩愈的《八月十五夜赠张功曹》、杜牧的《郡斋独酌》、李商隐的《偶成转韵七十二句赠四同舍》都是其中的代表作。但即使是在近体短篇中，也不乏这类作品。李商隐的《夜雨寄北》写自己在巴山夜雨中体验着作客他乡的滋味，显然带着悲感。但诗人在寂寞中生出了幻想：“何当共剪西窗烛，却话巴山夜雨时。”有了这股温暖的回流，生活透过一层冰冷的雨帘，仍然呈现美好诱人的光彩。

悲感中带着温暖的成分，这种温暖毕竟还是现实生活中的一种存在。但随着唐王朝的没落，生活中美的因素，受着黑暗的侵蚀、损害，有许多已经成为逝去的或将要逝去的成分了。于是，诗人们又常常把它作为哀婉的对象，表现出怜香悼玉的心情，那种哀挽情绪之重，正是由于生活中的美被损害得太多。这类诗篇，在李贺的创作中已经占了相当比重。他在《苏小小墓》等诗中所开辟的鬼境，与李白所描绘的仙境相比，正好一属于热烈的追求和展望，一属于伤悼。稍后的李商隐用“伤春伤别”概括杜牧的创作，他自己多数作品也离不开这个中心。这种“伤春伤别”从作家对生活美的把握方式看，正是用哀挽肯定美。李商隐的《登乐游原》通过对落日晚景的咏叹，流露出对无限美好而又匆匆即逝的事物的流连与惋惜，它不像初盛唐有些诗，表现为要和美一起奋飞，而是在对美进行哀挽。“夕阳无限好，只是近黄昏。”可以说是对美的一曲挽歌。

用哀婉的形式肯定美，也突出地表现在以李商隐一部分无题诗为代表的爱情诗中。这时的爱情诗，色调变得凄丽而哀伤。一方面那些爱情生活的美并没有减弱，但另一方面它们又多半是不幸的。“刘郎已恨蓬山远，更隔蓬山一万重”；“春心莫共花争发，一寸相思一寸灰”；“已是寂寥金烬暗，断无消息石榴红”。这些都意味着美好的东西将永远失去了。但是“春蚕到死丝方尽，蜡炬成灰泪始干”，诗人的心是永远执着于这种爱情的。他的一首首用深情织成的爱情诗，就像是一个个亲手扎下的花圈，所献的对象是失去了的爱情。爱情生活的美就是被这种永恒的眷念、被花圈肯定着。

应该说用哀婉的方式表现生活美，本来也可以把作品内容写得更充实、更有社会意义一些，把生活画面展现得广阔一些，像曹雪芹写宝黛爱情、鲁迅写《伤逝》那样。只是由于晚唐那个时代比较颓废，一些作家思想上的局限比较大，因而内容未免贫弱，相形之下，感伤的情绪就显得突出。但它毕竟用悲剧的形式把生活中的美展示出来了，它与麻木不仁或冷若冰霜地对待生活还是不同的，它本质上是热情的，仍然能够以它的艺术魅力引起人们对美的渴望与追求。

三

唐诗所表现的生活美，偏重客观生活感受，而从与此相联系的主观因素看，抒情主人公的思想、情操、襟怀和气质，则有一种唐人所独具的精神美。这种精神美，较之屈原的忠贞、建安诗人的慷慨多气，在展开更为丰富的内容的同时，则又具有较为广泛的社会基础，体现着当时以庶族地主出身文士为主体的广大诗人的精神风貌。

首先表现出来的是那个大时代中人们的豪壮开阔的胸襟。王之涣的《登鹳雀楼》、杜甫的《望岳》所写的山河是那样气象恢廓，而诗人的精神更欲飞凌其上。那种“欲穷千里目”和“一览众山小”的豪情伟魄，冠绝千古。这是以比较单纯明朗的色调所表现的壮阔乐观。而陈子昂的《登幽州台歌》情绪则较为复杂：“前不见古人，后不见来者。念天地之悠悠，独怆然而涕下。”人的一生是有限的，何况又遇着从军失意。但即便如此，这一身在广阔的空间和悠远的时间面前，不是退缩，而是俯仰古今，怆然悲慨，希求奋进。这精神便显得阔大壮美、坚毅有力。李白的《将进酒》《宣城谢朓楼饯别校书叔云》等篇，和陈子昂的《登幽州台歌》一样，在悲歌慷慨中见出精神气魄。那种“弃我去者，昨日之日不可留，乱我心者，今日之日多烦忧”的处境，并没有使诗人精神变得委琐，相反地激发出“天生我材必有用，千金散尽还复来”，“俱怀逸兴壮思飞，欲上青天揽明月”等一系列动人的歌唱。诗人的感情，在强烈的冲突中，掀起惊涛般的伟观，更显得胸怀壮阔豪宕。

即使是一些描述范围和对象比较狭小或咏物之作，也往往能反映唐人的襟怀气质。王维的《辋川集》固然是一些山水小品，但给人的感受不是一丘一壑限制了诗人的眼界，而是诗人胸中正不知包藏了多少云山丘壑。杜甫的《房兵曹胡马》：“骁腾有如此，万里可横行。”《画鹰》：“何当击凡鸟，毛血洒平芜。”诗人通过鹰飞骏奔的描写，形象地表现了自己不平凡的胸襟。《秦州杂诗》（其五）写老马，丝毫没有衰残委顿之态，相反地：“哀鸣思战斗，迥立向苍苍。”这乃是诗人那种“寂寞壮心惊”的“壮心”借咏物表露而出。使诗显得格外辞气喷薄，苍劲健倔。

似乎主要源于对唐人胸襟气质的把握问题，涉及唐代有些名篇的思想情调，在后世产生了歧解。王翰的《凉州词》：“葡萄美酒夜光杯，欲饮琵琶马上催。醉卧沙场君莫笑，古来征战几人回。”带着浓厚的浪漫气息，不仅诗化了西北边疆的军旅生活，而且也诗化了牺牲（视之如醉卧）。但有人评为“故作豪饮之词，然悲感已极”（沈德潜《唐诗别裁集》卷十九）。王昌龄的《从军行》：“青海长云暗雪山，孤城遥望玉门关。黄沙百战穿金甲，不破楼兰终不还。”慷慨壮伟，面对戍边时间漫长、战争频繁、战斗艰苦的考验，发出坚定深沉的誓言。但又有人说末句似壮而实悲，意为楼兰不破，终无还期。甚至连歌颂祖国山川的《蜀道难》，也有人不承认李白的描写是出于对蜀道的赞美和欣赏，而认为其中包含某种社会讽刺，或谓蜀道难即寓行路难之意。如果对唐人的心胸有较切实的理解，或许不致如此。鲁迅曾经赞叹汉唐魄力雄大，称赏“长安的昭陵上，却刻着带箭的骏马”（《坟·看镜有感》）。用带箭来表现骏马，正显示了唐人的胸襟魄力。从时代的发展来看，这时的庶族地主有一种类似人生青壮年时期的刚健之气。上述诸篇中所写的沙场征战生活，以及像“难于上青天”的蜀道，其中并非没有可惊可畏的成分，但是富有血气的唐人正是常常在艰苦奇险中发现美，或者用对它的克服来显示气魄，表示精神上的坚强。“孰知不向边庭苦，纵死犹闻侠骨香”（《少年行四首》其二），王维的名句把这种襟怀和性格用更为直截的语言表达了出来，似能有助于我们进一步把握像王翰《凉州词》一类诗的情调。

同样是由于时代因素使然，唐人对待生活有着特别执着的精神。或是出于对理想的追求，或仅仅是一种生活愿望，唐人总是必欲遂愿而后已。“欲济无舟楫，端居耻圣明”（孟浩然《望洞庭湖赠张丞相》），这是对魏阙的追求；“男儿何不带吴钩，收取关山五十州”（李贺《南园十三首》其六），这是对功名的追求；“随意春芳歇，王孙自可留”，这是对隐逸的追求；“为人性僻耽佳句，语不惊人死不休”，这是对创作的追求；“蓬山此去无多路，青鸟殷勤为探看”，这是对爱情的追求；“何时石门路，重有金樽开”，这是方握手言别，又追求它日再会。……唐人在生活面前是进取者，是流着涎水的“贪欲”者。像李泽厚同志所指出的宋代文学（主要是词）中那种“无法解脱而又要求解脱的对整个人生的厌倦和感伤”（《美的历程》），唐诗是很少表现的。唐诗中很难找到真正的旷达、超脱，而多半是丢不下、想不开。《长恨歌》写李杨爱情，是那样一种生死不渝的追求，用带贬义的话说，正是“迷于色而不悟”，绝没有《长生殿》中由悲凉而进入空漠之感。在评论李商隐的时候，有人认为李商隐官低位卑，不可能在诗中借芳草美人，发君臣遇合之想。李商隐是否抒写过君臣遇合的感慨需要讨论，但仅仅根据地位低下，就否认会有这种可能，是对唐人精神气质比较隔膜的表现。“永忆江湖归白发，欲回天地入扁舟”，“如何匡国分，不与夙心期”，明显地见出他虽然地位低下，但仍执着地欲以天下为己任，在这种思想基础上，生发出君臣遇合的感慨，不是很自然的吗？李贺的落魄自不用说，但他却羡慕马周的际遇：“吾闻马周昔作新丰客，天荒地老无人识。空将笺上两行书，直犯龙颜请恩泽。”这里透露了李贺的追求和向往，同时反映了唐代下层文士往往直接企盼得到皇帝的知遇，并不把它看得过于邈远。

在种种追求中，理想的追求自然最为动人。“盖棺事则已，此志常觊豁。”（《自京赴奉先县咏怀五百字》）杜甫在经过长安十年困顿之后，是这样地回答社会对他的冷眼与打击。李白的组诗《行路难》写于天宝三载被“赐金还山”的时候。组诗的第一首可能就是离筵上的歌唱。“停杯投箸不能食，拔剑四顾心茫然。”怀抱壮志，受诏入京，而又遭谗被弃，心情之苦自不言而喻。然而，从“拔剑四顾”开始，就不意味着消沉，而要继续追求。诗人的感情，在尖锐激烈的矛盾中回旋着，终于唱出了高昂的强音：“乘风破浪会有时，直挂云帆济沧海。”这是一曲感叹世路艰难的悲歌，但本质上又是理想追求的颂歌。

“翰林江左日，员外剑南时。”（白居易《读李杜诗集因题卷后》）当李白和杜甫后期不得已而流浪的时候，照说都可以不再惓惓于朝政，停止对生活的积极追寻了。但无论是李是杜都没有这么“超脱”。“苟无济代心，独善亦何益？”（《赠韦秘书子春二首》其一）李白在兼济与独善的矛盾面前，做了这样的回答。他一直在寻找“谢公终一起，相与济苍生”（《送裴十八图南归嵩山二首》其二）的机会。直至赋《临路（终）歌》依然燃烧着灼人的感情：“大鹏飞兮振八裔，中天摧兮力不济。……仲尼亡兮谁为出涕！”哀叹中路摧折，无人为天才的毁灭而流泪，在对一生的回顾与总结中，流露出对人世的无比眷念和未能才尽其用的深沉惋惜。杜甫舍成都而至夔州，舍夔州而向江汉，孤舟漂泊，全是为了向理想作最后的追寻。“江汉思归客，乾坤一腐儒。片云天共远，永夜月同孤。落日心犹壮，秋风病欲苏。古来存老马，不必取长途。”（《江汉》）虽身世飘零，如云之远，如月之孤，而用世之心弥切。身处逆境，且生命之火已晻晻将熄，仍然希冀发挥老马最后一点功能，尽“腐儒”未竟之志，这简直是对命运的挣扎！

李杜的追求无疑是最为惓惓的了，但在生活中怀有强烈的理想愿望，对于唐代诗人来说是普遍现象。杨炯的《从军行》较早地表现这种追求：“烽火照西京，心中自不平。牙璋辞凤阙，铁骑绕龙城。雪暗凋旗画，风多杂鼓音。宁为百夫长，胜作一书生。”心中不平，甚至耻为文士而欲为百夫之长，完全是被理想所推动。诗人把它放在“烽火照西京”，国家安全受到威胁的背景下加以表现，这种追求就更显得壮美。由于国运昌隆，唐前期，诗人们表述理想，往往慷慨负气，比较直接。而到了后期，时运衰颓，则常常出之以喟叹和幽默的笔调，“清时有味是无能，闲爱孤云静爱僧”（《将赴吴兴登乐游原一绝》），似乎悠闲得很，但下文“欲把一麾江海去，乐游原上望昭陵”，所表现的去国之思是那样深沉。便见出前两句原是用一种自嘲的口吻，致慨于自己的闲散。它让人看到，杜牧这样一位平时才子气很重的诗人，也并不安于闲散，而抱有更执着的追求。

唐诗所表现的精神美，除以上所述，在不同流派诗人身上，还各有其特别突出的一些方面。李白一派诗人，基于庶族地主对门阀世族的抗争和不满，表现出对传统束缚的蔑视和对自由的向往。不仅在诗风，而且在思想作风上，极显其“壮浪纵恣，摆去拘束”（元稹《唐故工部员外郎杜君墓志铭序》）：

黄金白璧买歌笑，一醉累月轻王侯。

——《忆旧游赠谯郡元参军》

且放白鹿青崖间，须行即骑访名山。安能摧眉折腰事权贵，使我不得开心颜！

——《梦游天姥吟留别》

与君论心握君手，荣辱于余亦何有？孔圣犹闻伤凤麟，董龙更是何鸡狗！一生傲岸苦不谐，恩疏媒劳志多乖。严陵高揖汉天子，何必长剑拄颐事玉阶！

——《答王十二寒夜独酌有怀》

一方面是对王侯、权贵、等级、礼法的笑傲，一方面是对浪漫生活的追求。诗人把人格的尊严、个人的自由置于功名富贵之上。他的饮酒赋诗、恣情快意、傲岸不羁，标志的正是一种精神、品格，显示出庶族地主阶层代表人物对旧势力、旧传统的对抗和要求开拓新鲜自由的世俗生活的努力。李白不仅以其诗，而且也以其人为读者所爱。

唐代诗人都往往程度不同地有着轩昂的傲气，“负气敢言”而较少拘谨嗫嚅之态。不仅从高适、岑参“大笑向文士，一经何足穷”（《塞下曲》），“近来能走马，不弱并州儿”（《北庭西郊候封大夫受降回军献上》）那种豪迈的自夸中，能够看出他们精神的飞扬；就是从王维、孟浩然的那种“花落家僮未扫，莺啼山客犹眠”（《田园乐七首》其六），“岩扉松径长寂寥，惟有幽人自来去”（《夜归鹿门歌》）的悠然自得中，也能感受到他们对于自由生活的喜爱与追求。“性豪业嗜酒，嫉恶怀刚肠。……饮酣视八极，俗物都茫茫。”（《壮游》）甚至连杜甫早年在时代风气影响下，也显得有点跋扈。这种精神固然以盛唐最盛，但风气一直延续到中晚唐。柳宗元的《江雪》鲜明地体现着与恶劣环境的对抗。刘禹锡的《戏赠看花诸君子》《再游玄都观》，揶揄笔墨中包含着对新贵们的高度蔑视。李贺的《开愁歌》：“衣如飞鹑马如狗，临歧击剑生铜吼……主人劝我养心骨，莫受俗物相填豗。”显示了与庸俗卑琐为敌的态度，气概亦自不凡。“人是要有一点精神的”，上述诗人的表现，有助于提高人的精神境界，对抗旧社会遗留下来的庸俗气。但这类作品，一般多抒发主观方面的情绪，较少对客观现实的细致解剖，而研究者却往往习惯于从中寻找对封建社会的揭露，未免强其所难。如李白的《答王十二寒夜独酌有怀》突出地表现了对黑暗政治的愤怒和不与世俗同流合污的精神，鲜明地塑造了诗人的自我形象。但有的选本舍此而肯定诗中“抨击了唐玄宗后期政治腐败”，实际上这一方面在作品里体现得不算充分。

以杜甫为代表的另一批诗人，由于特定的历史条件和出身教养等多种因素影响，他们更多地吸取了儒家思想中某些积极成分，发展为对祖国、对人民命运的极度关怀。杜甫这种精神，不仅表现在“三吏”“三别”一类杰作以及像“穷年忧黎元，叹息肠内热”（《自京赴奉先县咏怀五百字》）等诗句中，同时还深深地渗透在大量不易句摘、难以指实的抒情诗中。杜甫入蜀以后的诗，后一类居多。著名的《蜀相》，并没有直接说出自己的心事，然而在动乱的时代背景下，那种“出师未捷身先死，长使英雄泪满襟”的慨叹，传达的正是死不足悲但悲开济邦国之志难酬的崇高精神。堪称杜甫夔州时期代表作的《秋兴八首》，要是用类似白居易的“刺美现事”的标准，求之以实，可能像是对灵芝草进行化学分析，不免令人失望。然而只要从追踪诗人的感情入手，体会何以身在夔州，而八首诗魂牵梦绕，首首离不开长安，就会感到诗人热泪涔涔，不是由于个人的不幸。“每依北斗望京华”，组诗在对人生执着追求和忧念祖国命运的感情基础上抚今追昔，倾吐的是深沉浩瀚的爱国热忱。它的价值不在于刺美一两件“现事”，而在于“一卧沧江惊岁晚”“故国平居有所思”，那种坐卧不宁、忧心泣血的情绪，在直接影响着、震撼着读者的心灵。循着这条途径，我们对杜甫的《登楼》《江汉》《登高》《登岳阳楼》《岁暮》等一系列名篇历来为人传诵的原因，认识也许会深一些。

像杜甫式的忧国忧民，对盛唐诗人来说，一般地还表现得不太突出，而到了中晚唐，在国家和人民的艰难处境中，诗人们的这种情操，就更多地受到激发。代宗时期元结在诗中沉痛地揭露时弊，那种宁可违诏获罪，不肯“绝人命”的人道主义精神，极受杜甫推崇。其后，从白居易和新乐府诗派的创作，一直到李商隐的《行次西郊作一百韵》，杜牧的《早雁》《泊秦淮》，聂夷中的《咏田家》等，也都体现了对国家和人民命运的关切。这一类诗，文学史上评价虽高，但往往只着眼于其因忧念国家和人民而揭露的社会问题，至于诗人的人格精神，仍然重视不够。如杜甫的《自京赴奉先咏怀五百字》，有些论者就只取其揭露，而比较忽略诗中通过种种内心剖析所表现的崇高思想情操，甚至在一段时间内对此还有过很苛刻的批评（如把主观动机归结为只是企图巩固封建统治）。这虽不能说是买椟还珠，但被慷慨地泼掉的也决不只是污水。

对唐诗所表现的精神美，我们应该采取历史唯物主义的态度。它固然带着过去历史时代和封建阶级的印记，但毕竟比较健康深厚，为它后代的封建正统文学所不及。由于唐以后地主阶级走向下坡路，思想境界也随之下降，那种精神之花（比如花间派和北宋词），便常常不免带着病态。唐人的可贵处，在于他们对生活富有希望和信心。他们在健康积极的精神基础上，从生活中发现了更多的诗意。进而使得作为他们生活和精神写照的唐诗，具备了生活美和精神美这样有力的两翼。

四

我们之所以重视文艺作品中表现出来的生活美和精神美，与对其思想教育作用和社会审美作用的认识是分不开的。马克思评价希腊艺术时说过一段很重要的话："一个成人不能再变成儿童，否则就变得稚气了。但是，儿童的天真不使他感到愉快吗？他自己不该努力在一个更高的阶梯上把自己的真实再现出来吗？在每一个时代，它的固有的性格不是在儿童的天性中纯真地复活着吗？为什么历史上的人类童年时代，在它发展得最完美的地方，不该作为永不复返的阶段而显示出永久的魅力呢？"（《〈政治经济学批判〉导言》）这段话指明：一、成人对于儿童的天真感到愉快，会在更高的阶梯上把自己的真实再现出来；二、人类童年时代发展得最完美的地方，对于人类自身有一种永久的魅力；三、人类的每一个时代，它的固有性格还有一个复活的问题。马克思在这里提出人类"固有性格"的复活问题，可以使人联想到他的另一段话，即认为共产主义运动将导致"合乎人的本性的人的自身的复归，这种复归是彻底的、自觉的、保存了以往发展的全部丰富成果的。"（《1844年经济学—哲学手稿》）两段话所谈的都是人类社会中早一些阶段和它的后期在精神性格上的联系问题，因此所谓人的本性的复归，与人类的“固有性格”的复活应是相通的。然而马克思主义所理解的人性又总是和一定的社会生活相联系。比较健康的人性，也总是和比较健康的生活，或对健康生活的追求联系在一起。因之，人类社会一定历史阶段物质和精神生活中美的东西，在社会发展到更高阶段时，人类并不会抛弃它、遗忘它，作为人类“以往发展的全部丰富成果”的一部分，它还会在人性复归中起作用。当它借助于艺术作品，以强大感染力量表现出来的时候，无疑能使读者心灵得到滋润，并对它的反面——阶级社会中人性和生活的异化，有更痛切的认识和感受，从而在潜移默化中引导人们扬弃异化，向往和追求人间生活和人性中健康美好的东西。这种效果决不是单纯的揭露所能取得的。

唐诗在表现生活美和精神美方面，以其大量成功的作品向后世表明，优秀的艺术创作应该是健康的、热情的，而不应该是对人生的冷漠相视，甚至麻木不仁。回避矛盾和斗争，对生活进行粉饰固然可厌，但单纯解剖，让人仅仅看到伤痕，也还不够。白居易的讽谕诗，触及的社会问题比杜甫更多，但深切而沉痛的感情不及杜甫，对生活美的追求和表现也不及杜甫执着而突出，激动人心的程度和给人的美感享受，也就相应地逊杜甫一筹。文学作品需要有一种审美力量，需要有理想光彩的照耀，它不应只解剖生活和人性的异化，还应同时表现出一种回归力，这才是美的力量的更充分的表现。鲁迅在《故乡》中深情地回忆自己和闰土的童年时代，欣慰于宏儿和水生的友谊，正是表现了希望“大家不再隔膜起来”的回归力。杜甫在《北征》中既痛心疾首揭示了乾坤疮痍，又欣慰地写下了山中幽美的自然景象和与家人团聚的场面，也是表现了对于恢复人间正常生活的向往。从这些优秀作品里，我们有理由引出这样的信念：艺术应再现生活美和人的精神美，应有一种扬弃异化、指向健康生活的回归力。

生活美和精神美的发现，只能来源于真实的生活体验。唐代那样一个社会，在封建时代固然得天独厚，使唐诗有可能在这方面获得丰富多彩的表现，但唐代诗人对于生活的态度，对我们也有启发。由于他们特别倾心于生活，热情地加以追逐，他们的生活内容也就丰富而充实。这对于另一些时代的诗人，往往显得欠缺。它有力地成全了唐诗，使之与书卷气几乎绝缘。唐人不是靠把学问演绎成诗，也不是以思考代替生活。他们亲自置身于生活浪潮之中，对于时代潮流的涨落，生活的冷暖，有着直接感受，从而表现了对于实际生活的最热心的关注和从中迸发出来的真正歌哭。

“唐人之诗……其色鲜妍，如旦晚脱笔砚者，今人之诗……才离笔砚已似旧诗矣。”（江盈科《雪涛阁集》卷八《敝箧集引》）所谓色泽鲜艳，正因为其中贯注生活的气韵和当事人的真实感情，它不仅仅是一般地带着生活美和精神美，而是表现得更加真实、生动和真切。

［原载《文学遗产》1982年第2期］

初唐诗歌的建设与期待

有关初唐诗歌，通常认为由于齐梁诗风久久笼罩诗坛，积重难返，因而使得盛唐诗歌高潮的出现被延宕了百年之久。与此同时，由于长期以来研究与导读的重点经常落在宫廷诗苑以外的诗人创作上，因而又似乎四杰、陈子昂居诗坛主导地位，而宫廷诗则无足轻重。以上两种认识未从正面生成上寻求盛唐诗歌高潮经历了长期准备的内在原因，过多地归咎于齐梁传统的负面作用；对于初唐宫廷诗，论其过时责之太重，而论其在当时诗坛地位时，又视之过低。本篇拟就初唐诗坛的主流与建设、初唐宫廷诗与宫廷以外诗歌关系，并进而就初唐诗在其深层究竟受何种因素制约迟迟未能走向高潮展开探讨，以期对有关问题的认识，能更接近于事实。

一、宫廷诗在初唐诗坛的地位

就清编《全唐诗》所收的初唐诗进行统计，不难发现宫廷诗在诗坛呈覆盖之势。首先是宫廷诗人在初唐作家中占绝对多数。《全唐诗》中存有作品的初唐220多位作家，绝大部分是宫廷文臣、帝王、后妃。处在这个圈子之外的中下层文士，只有王绩、四杰、陈子昂、刘希夷等少数作家，仅占初唐诗人的十分之一左右。即使是这些人中，骆宾王亦曾为东台详正学士，陈子昂曾为麟台正字、左拾遗，杨炯曾为珠英学士。[①]宫廷诗人地位高，集中地活动在京都上层，容易造成影响。与作家数量和地位上的优势相应，初唐宫廷诗的作品数量也占优势。清编《全唐诗》自1卷至106卷，其中除去郊庙乐章（10—16卷）、乐府（17—29卷）、唐睿宗以后之帝王后妃、张九龄（47—49卷）、姚崇、宋璟（64卷）、苏颋（73、74卷）、张说父子（85—90卷）、卢僎（99卷内）等人的作品，以及姜晞、赵冬曦为首两卷（75、98两卷），共存诗2444首。[②]复这些诗中，奉和、应制、郊庙乐章，具宫廷色彩的咏物诗、乐府诗，帝王后妃挽歌，以及寓值、从驾、早朝、宫廷景物、美人歌舞、皇帝大臣宴赏、朝士交游之作，约1523首，余下不属宫廷范围的诗，仅921首。宫廷诗笼罩诗坛的再一优势是人才集中绵延。从开国的秦府十八学士，到武后朝的珠英学士，中宗朝的景龙学士，前后承续不断。这种学士集团中，还有像许敬宗那样自武德初即已为秦府学士，永徽中又加弘文馆学士，以“文学宏奥”历仕诸朝达五十余年者；有像李峤那样交接几代文人：初与王（勃）杨（炯）接踵，中与崔（融）苏（味道）齐名，下接二张（说、九龄）的文章宿老；有像上官仪、上官婉儿那样先后在宫廷主文柄的嫡亲祖孙，构成一个顺着时代绵延的群体，对诗坛起着支配作用。相形之下，这个群体之外的王绩、四杰、陈子昂等人则显得分散和孤单。这样比较，当然并不意味着作品的质量也和作家作品数量、诗人社会地位成正比，但至少能清楚地显现出如把初唐诗歌演进的巨大而复杂的历史任务看成似乎只与王绩、四杰和陈子昂等人有关，该是何等地以偏概全。事实上，初唐诗歌演进，始终离不开宫廷诗苑这样一个最为重要而持久的基地。

初唐宫廷诗所具有的诗歌演进性质，一个明显的标志是表现了新的时代气息。论者多有把初唐宫廷诗与齐梁宫体诗混为一谈，以为初唐诗继承

① 四杰中，王勃、卢照邻虽未曾在宫廷供职，但皆曾为王府从事。王府与宫廷关系至密，诗文艺术交流活动甚多。

② 未剔除重出互见之诗。《全唐诗》已标出的虞世南入唐前7首、蔡允恭在隋时1首，以及陈子昂上杨素诗未计入。

了齐梁的淫亵，实在是未能细察初唐诗与齐梁诗之间的区别。魏征在《隋书·经籍志》集部总论中评述齐梁宫体为“清辞巧制，止乎衽席之间，雕琢蔓藻，思极闺闱之内”。“清辞巧制”“雕琢蔓藻”，初唐宫廷诗可谓因多革少，但这终究是辞藻形制上的表现。“止乎衽席”“思极闺闱”才是标志根本属性的精神实质，初唐宫廷诗在这方面的表现如何呢？据笔者统计，在上述1523首诗中不过90首左右，淫靡而可能带有色情暗示的，大约主要是杨师道的《初宵看婚》：“轻啼湿红粉，微睇转横波。更笑巫山曲，空传暮雨过。”许敬宗的《奉和七夕宴悬圃应制二首》其二：“荐寝低云鬟，呈态解霓裳。”《七夕赋咏成篇》：“情催巧笑开星靥，不惜呈露解云衣。”李义府的《堂堂词二首》其二：“春风别有意，密处也寻香。”李百药的《少年行》：“一搦掌中腰。”《妾薄命》：“横陈每虚设。”《火凤词二首》其二：“自有横陈会。”上官仪《八咏应制二首》其一：“残红艳粉映帘中，戏蝶流莺聚窗外。”《咏画障》：“未减行雨荆台下，自比凌波洛浦游。”以上若无重要遗漏，总计不过九首。其数量之少，以及语言上的雅化，当可见笼统谓初唐诗坛沿袭齐梁宫体之说并无充分依据。

《全唐诗》开卷第一题为唐太宗《帝京篇十首》①，首篇起二句为“秦川雄帝宅，函谷壮皇居”。这一开头给人的印象是：由于唐代开国的大形势，它给宫廷诗歌带来了雅正和宏丽的时代特点。唐太宗等开国君臣于营构空前强大帝国的同时，对南朝极度腐朽的宫廷生活和淫靡诗歌抱有戒心，感到需要有一种变淫放为有益于政教的雅正之音。《帝京篇十首序》即指出：“观文教于六经，阅武功于七德……皆节之以中和，不系于淫放。……释实求华，以人从欲。乱于大道，君子耻之。”宣称“庶以尧舜之风，荡秦汉之弊。用《咸》《英》之曲，变烂熳之音”。诗中又云：“去兹郑卫声，雅音方可悦。”以帝王之尊，既从理论上提倡，又作实践示范，态度可谓郑重而明确。李世民所要求于诗坛的就是鼓吹大唐新气象的宏丽

① 以《帝京篇十首》居《全唐诗》之首虽出于后人编排，但按时代顺序和多种综合条件，纂集唐诗也只能如此开头。

雅正之音。研究者有举太宗曾作宫体要虞世南赓和一事[①]，证明他带头写宫体诗。其实，李世民以戏言的方式与虞世南交换对宫体的看法，不是没有可能。似可不必罗织为因遇谏故作自我掩饰之辞。而且，李世民是一位把政治得失放在首要地位考虑的君主。对他来讲私心的爱好与影响全局的政策性措施是完全可以分开的。

李世民周围的唐初第一代宫廷诗人大部分经历了陈、隋末年的动乱，对荒淫腐朽带给社会的危害有切身的体会。“偏尚淫丽之文”，“无救乱亡之祸”（《陈书·后主本纪》），亦大致成为他们的共识。因此，不能认为这些人入唐之后，就自然把梁陈宫体诗带进初唐诗坛。现存虞世南在隋时的作品，明显地比较婉缛，且有《应诏嘲司花女》那样的轻佻之作。入唐后，婉缛即非其主要特色。他的边塞诗历来为人所重，沈德潜谓其《从军行》“犹有陈、隋体格，而追琢精警，渐开唐风”（《唐诗别裁集》卷一）。他的奉和应诏之作，如《奉和幽山雨后应令》：

> 肃城临上苑，黄山迩桂宫。雨歇连峰翠，烟开竟野通。排虚翔戏鸟，跨水落长虹。日下林全暗，云收岭半空。山泉鸣石涧，地籁响岩风。

境界开阔，显出雨后自然界的生机和宫苑一带的祥和气氛。语言疏秀，而无前期的堆砌琐屑之病。这种诗风变化，与入新朝后的思想情趣变化有关。虞世南诗属相对省净之作，多数则更重铺排和藻饰。如《奉和正日临朝》题下状环境气氛之辞为：“拂蜺九旗映，仪凤八音殊。佳气浮仙掌，熏风绕帝梧。”（岑文本）写群臣趋朝与皇帝驾到为：“锵洋鸣玉珮，灼烁耀金蝉。淑景辉雕辇，高旌扬翠烟。”（魏征）华丽宏赡，美好祥瑞的意象联翩而出。这类诗内容多半止于歌功颂德，但追求的是雅正，而不是齐梁

① 《新唐书·虞世南传》：“帝尝作宫体诗，使赓和。世南曰：‘圣作诚工，然体非雅正。上之所好，下必有甚者。臣恐此诗一传，天下风靡，不敢奉诏。’帝曰：‘朕试卿耳。’赐帛五十匹。”

的侧艳。以宏大整肃代替六朝琐碎柔弱，以和乐代替颓靡，显示了帝国初兴的时代气息和诗歌面貌的演变。

宫廷诗发展的第二阶段是高宗朝前期以上官仪为代表的“龙朔变体”。所谓变，是颂体式的铺排减弱了。体格不及贞观时宏整，质地纤弱，藻饰相对地更显突出，故人目为“绮错婉媚”（《旧唐书》本传）。婉媚而欠宏整，在上官仪死后，受到王勃等的批评。但上官仪讲究词藻能稍事融化，其诗增强了动词在句中的作用，喜用迭字，比贞观时的宫廷诗显得流畅。至于他在对仗和格律上的建设，更是徐陵、庾信之后的一轮重要推进。上官仪诗还有注意营造意境且语言省净的一种，著名的《入朝洛堤步月》：“脉脉广川流，驱马历长洲。鹊飞山月曙，蝉噪野风秋。”尽管题材未出宫廷范围，但已说明将他那种诗学修养用于自我抒情，会达到怎样的水平。

宫廷诗第三阶段代表“四友”、沈宋等人，继上官仪之后，取得三方面显著进展：一是律体定型；二是把追求辞藻之美引向自然流丽的方向；三是在篇章结构上由平板滞重稍趋灵动自如。这样，宫廷诗就不再是一味繁缛，而是在语言格律、布局谋篇上，都有了可以写出高档次诗篇的准备。中宗朝沈宋、杜审言等被贬，身份接近宫廷以外的诗人，他们把宫廷中锻炼出来的技巧，用于流窜落魄、山程水驿的自我抒情，诗歌在宫廷内外近百年演进的积极成果，在一定意义上也就通过他们得到了进一步的汇合。以后则再由他们经过张说、张九龄等往盛唐诗坛传递。

二、宫廷内外诗歌在发展中的互补

初唐宫廷以外诗人最有影响的是四杰和陈子昂。他们对宫廷诗风有过激烈批评。但宫廷内外诗歌创作原是相互沟通而非隔绝的。随着宦海浮沉，宫廷诗坛成员时有变动，四杰、陈子昂等即曾进入过宫廷或诸王府中。同时，诗人之间又有各种交往①，诗艺彼此影响。因而从总体看，宫

① 如骆宾王与宋之问、李峤之间，陈子昂与宋之问、杜审言之间，有唱和、赠送之诗；杨炯和宋之问先曾同为崇文馆学士，后同在习艺馆供职。

廷内外双方在初唐诗歌发展中实是一种互补。

就诗歌追随时代、表现时代面貌而言，宫廷诗和四杰、陈子昂的诗歌都曾透露了时代气息，而方式、途径的不同则具有互补意味。宫廷诗对大唐鸿业的种种直接颂美，多承袭齐梁声色大开之后所形成的描写性模式，四杰、陈子昂的歌唱则多采用传统的抒情言志的表现性形式。如果说宫廷诗抓住外部物质特征描绘的是一种时代背景，四杰、陈子昂所表现的则是时代背景中的人物情绪。在写法上虽然一偏于描写，一偏于表现，却经常免不了互相吸收。骆宾王的《帝京篇》、卢照邻的《长安古意》、王勃的《临高台》、宋之问的《明河篇》、李峤的《汾阴行》等名篇，就是把类似宫廷诗描写性的对感官世界的刻画铺陈与传统的表现性的抒情结合在一起。

在语言方面，按时代进程将双方的作品加以对照，亦能发现交互影响。四杰之中，卢骆年长于王杨，卢骆之作的六朝诗歌句法及藻绘余习较王杨明显。卢照邻《山庄休沐》："龙柯疏玉井，凤叶下金堤。川光摇水箭，山气上云梯。"骆宾王《望月有所思》："圆光随露湛，碎影逐波来。似霜明玉砌，如镜写珠胎。"句法辞藻，酷似六朝。而类似的情况，在王杨诗中很难发现。王杨句法相对显得省净、灵活，词藻更为融化。从卢骆到王杨的这种变化，跟宫廷诗语言演进，适成对应关系。上官仪的诗歌语言，比贞观宫廷诗流畅，上举《入朝洛堤步月》等诗且相当省净。可以说王杨一方面抨击龙朔变体，一方面又吸收了当时宫廷诗歌创作的某些成果。从龙朔变体到王杨的变化，诗坛上出现一种推陈出新的局面。陈子昂正是在这种局面下，往质朴的方面又推进一步。他的诗歌语言，稍近杨炯。嗣后，杜审言和沈宋的诗歌语言，一方面不同于上官仪的繁缛，一方面又比四杰纯熟，比陈子昂华润。这些，正是宫廷内外，诗歌创作在语言上互补和推演的成果。

四杰和陈子昂在诗史演进中对宫廷诗的补救，最重要的方面是他们所强调的风骨。应该说宫廷诗人特别是贞观朝诗人并不是没有注意到风骨。魏征指出："江左宫商发越，贵于清绮。河朔词义贞刚，重乎气质。"希望南北合其两长，实际上已提出了风骨与声律结合的问题。贞观朝的宫廷诗宏整端庄而又有帝京、皇宫的盛大形影，不能认为柔弱细碎，但毕竟有体貌而乏神气。人为地铺排，侈大其词，壮大其势，写法和弱点，都很像挚虞所批评过的“以事形为本”的赋：“假象过大，则与类相远；逸辞过壮，则与事相违；辩言过理，则与义相失；丽靡过美，则与情相悖。”（《艺文类聚》卷五六）宫廷诗以颂美为旨归，致力于描写型的外在铺陈，体貌骨架中缺乏强劲的生气灌注，虽宏整壮大，艺术力量毕竟不足。初唐宫廷诗发展到第二阶段，渐渐地不再致力追求壮大，转为趋向婉缛，情绪感有所增强，内中当有这方面原因。但宫廷诗人的情绪总不免贫弱，贫弱的情绪和婉缛的表现相结合，非但不能走上健康发展的道路，却又因为丢掉了宏整壮大，更显得萎靡无骨。针对宫廷诗这方面的缺失，特别是龙朔以后的某种倒退，王勃、杨炯、陈子昂先后尖锐地加以批评，提出“风骨”问题，并追求在实践中加以解决。王世贞评四杰“词旨华靡，沿陈、隋之遗，气骨翩翩，意象老境，故超然胜之”（《唐音癸签》卷五），指的是四杰受宫廷诗华靡一面影响较深，但能以风骨超胜。杨炯在《王勃集序》中夸美王勃的作品：“壮而不虚，刚而能润，雕而不碎，按而弥坚”，即指能以风骨充实作品，做到既壮健而又能容受藻饰。陈子昂诗歌的风骨比四杰之作更显突出，论者多强调他对梁陈之风的否定，但子昂写过《晦日宴高氏林亭》《上元夜效小庾体》《洛城观酺应制》等宫廷诗。他的《与东方左史虬修竹篇序》所赠的对象东方虬是著名的宫廷诗人，曾以应制诗得到武后赏识[①]。子昂在序中赞其《咏孤桐篇》：“骨气端翔，音情顿挫，光英朗练，有金石声。”除首句所说“骨气”为一般宫廷诗所不具备外，余三句所指，则与声律词藻方面的成就有关。子昂又以晋代诗人张华比美东方虬。张华诗“其体华艳”“务为妍冶”（锺嵘评），对齐梁诗风形成有先导作用。子昂论风骨，是在与东方虬这样一位朋友交流唱和时引发出来的，对东方虬的肯定和对齐梁以来颓靡诗风的批评并见于一篇之中，说明他跟

① 《唐诗纪事》卷十一：“武后游龙门，命群官赋诗。先成者赐以锦袍。左史东方虬诗成，拜赐。坐未安，之问诗后成，文理兼美，左右莫不称善，乃就夺锦袍衣之。”

当时的宫廷诗并非互不相容，而是欲以风骨加以引导和补救。

三、风骨离不开性情——初唐诗坛的期待

初唐诗经过长期互补性的交流发展，而且在四杰和陈子昂之后，又有“四友”和沈宋等新一轮的推进，照说到中宗朝可望有高潮出现。殷璠称“景龙中颇通远调”（《河岳英灵集序》），也正是对中宗朝以后诗歌已较为广远而非意穷句下的内涵，给予的恰当估价。但尽管如此，拿沈宋等人及其同时代的作品与盛唐比，无论是整体的气势规模，还是具体篇章的精彩焕发程度，仍都明显隔着一层天地。初唐诗在其前期可以说因多方面演进未能完成而难得臻于至境，但何以即使延至此时，离盛唐似乎还很遥远呢？此时究竟在等待什么？殷璠把“风骨声律兼备”作为高潮到来的标志。风骨、声律是托起盛唐诗美的两大支柱，缺一不可。此时诗坛的期待，是声律，抑或风骨？声律，初唐人在近体诗等方面奠定的基础，盛唐人只是作了创造性的发挥，而没有大框架的突破，说明初唐在声律上的准备是充分的。既然如此，盛唐之姗姗来迟，依旧只能是风骨问题。

风骨问题从根本上看离不开性情。《文心雕龙》以《风骨》篇继《体性》之后，且云：“结言端直，则文骨成焉；意气骏爽，则文风生焉。”意气，应属于性情范围之内，而结言是否“端直”亦根于性情，即所谓“情动而言形”（《体性》）。《风骨》篇又特别强调“气”，认为气导致风力遒劲。古代文论中“气骨”与“风骨”用意亦常常不分[①]。而气又是与情相生相伴，所谓“情与气偕”，故风骨的生成，取决于性情。明确了性情在诗歌发生学上的意义，再由此考查初唐诗歌发展进程，对一些问题自会取得新的认识。袁行霈先生指出：“性情与声色的统一是初唐人为盛唐诗歌高潮到来所作的主要准备。”[②]的确，从南朝“性情渐隐，声色大开”（沈德潜《说诗晬语》）。浮文弱植泛滥，到盛唐人“风清骨峻，篇体光华”，主体精神既充分发扬，同时

① 杨炯《王勃集序》即既用“气骨”，又用“风骨”，而用意无多大区别。

② 袁行霈：《百年徘徊》，《北大学报》1994年第6期。

又有相应声律词藻为之附丽。这中间的周折，还是性情和声色如何充分发扬，并由彼此参差错忤归于新一轮的统一问题。总之，盛唐高潮到来前的期待，也就是对使风骨真正能够树立起来的性情的期待。

初唐宫廷诗的性情无疑是贫乏的，并因性情贫乏而风骨不扬。由唐太宗《帝京篇》等诗所奠定的时代审美文化取向，就不曾重视性情。比较起来，齐梁宫体诗虽然淫靡，但其中尚多少透露了一点盘旋于诗人心底的情绪意趣。《帝京篇》指示给诗歌创作的，不是从根本上改造性情，而是抽去齐梁诗中品位不高的情调，转向可以不与性情相干的对外部世界的铺陈。胡应麟所谓“视梁、陈神韵稍减，而富丽过之”（《诗薮·内部》卷二），即已准确地把握了其间的变化得失。《帝京篇》等诗，把文教、武功、台榭、金石、沟洫、麟阁等作为咏歌对象，风气既开之后，宫廷诗人往往围绕应制、颂美，以语言辞藻供给应付，而实际性情则可以搁置一边。著名的宋之问《龙门应制》：“彩仗虹旌绕香阁，下辇登高望河洛。东城宫阙拟昭回，南陌沟塍殊绮错。林下天香七宝台，山中春酒万年杯。微风一起祥花落，仙乐初鸣瑞鸟来。……”竭力展现作者颂美的才能，整篇都是带祥瑞气息的铺陈，而非真情真性的表现。宋之问诗压倒了东方虬同题之作，夺得武后所赐的锦袍，荣耀之极。可以想见，一时间审美文化导向，就是这样地只要巧妙颂美而忽视真实性情。宫廷诗的审美风尚限制了宫廷诗人性情的表达和发扬，而宫廷诗人自身的不足，又正好投合了宫廷诗的审美风尚。诗歌的性情问题，在宫廷诗人和宫廷诗的范围内是解决不了的。此时诗歌要想重新拥有性情，只有走出宫廷，实现审美文化从宫廷到社会人生的转化，才有可能在表现日常生活和人生价值的同时，充分弘扬诗人主体性情，展开理想的新局面。

诗中得见性情的，在初唐主要是宫廷以外诗人，以及沈佺期、宋之问、杜审言等在贬逐失意中的作品。但性情是有不同类型和等差的，王绩的情调与时代主潮分离。“此日长昏饮，非关养性情”（《过酒家五首》其二），他的性情在远离世俗和长日昏饮中消歇而未能得到发扬。对盛唐人的性情有导夫先路意味的是四杰。四杰在开朗、热情、富有进取意识方面，跟盛唐人比较接近。但四杰较多地承袭六朝的藻绘习气，性情有时不免让藻绘所掩。如王勃的行旅、送别诗虽有名篇，但多数作品大部分笔墨用于描绘景物，结尾处的一点抒情往往因其薄弱而与写景不够相称。骆宾王的边塞诗，主要用力亦在于铺排，如与岑参同类之作相比，一是奇情奇境相得益彰，一则被典实词藻占据主要篇幅，削弱了慷慨之气。四杰有功名的意念，有所向往，有所不平，又毕竟缺少宏大的社会理想和人生抱负，难免“浮躁浅露”（《大唐新语》卷七）。他们寄希望于上层，抱怨嗟于命运，在仕途上惶惶然踯躅张望。给人的感觉还是信心不够，精神力量不强。青春少年式的情调和内质稚弱正相表里。四杰主体精神之弱，在短篇中也许难见，在长篇中则比较明显。卢照邻的《长安古意》、骆宾王的《帝京篇》以主要篇幅铺叙长安的繁华和王公、富豪、贵少、娼家的奢靡享乐生活，那种客观描绘，似讽似羡，诗人的主体意识并不突出，而结尾一自伤寂寞，一自述邅回，谓其对权贵的批判缺乏力量虽不免皮相了一点，但以赋体结末宛然寓讽为其辩解，亦终嫌勉强。从通体看，尚缺乏李白、杜甫长篇那种笼罩全局、贯通各个关节的精神力量。

陈子昂高倡风骨，作品亦以此为突出特征，但陈诗的艺术感染力并不强。拿他的理论与创作对照，可以看出有风骨的意识，尚需有相应的性情予以充实。陈子昂《感遇》一类作品似乎主要凭兴寄显其风骨。兴寄可以偏于理性，与性情的自然流露和表现不一定相同。“其诗以理胜情，以气胜辞。”（《唐音癸签》卷五引《吟谱》）理和情、气和辞本应统一。当前者胜过后者的时候，必定人为之功多而自然生气少。王世贞云：“陈正字……托寄大阮……第天韵不及。”（《艺苑卮言》卷四）姚范云：“射洪风骨矫拔，而才韵犹有未充，讽诵之次，风调似未极跌荡洋溢之致。”（《援鹑堂笔记》卷四十）王世贞与姚范是就才韵风调言其不足。而胡应麟则把历来论陈子昂时如影之随身的“风骨”给离析开了：“唐初承袭梁、隋，陈子昂独开古雅之源……高适、岑参、王昌龄、李颀、孟云卿本子昂之古雅，而加以气骨者也。”（《诗薮·内编》卷二）论述中以“古雅”属陈子昂，而以“气骨”属高适、岑参等人。又云：“子昂《感遇》尽削浮靡，一振古雅……第三十八章外，余自是陈、隋格调。与《感遇》如出二手。”（《诗薮·内编》卷二）再次以“古雅”相许，而不提“风骨”。可见胡氏改换通常的提法，并非出于偶然。陈子昂的古雅，缘于效法阮籍《咏怀》。而其效阮，又有“局于摹拟”（厉志《白华山人诗说》）之病。当他离开《咏怀》的模式，写其他类型的作品特别是律诗的时候，由于主体性情投入不足，自然就难以脱尽陈隋格调。朱庭珍《筱园论诗》曾有一段议论，未必针对陈子昂，但在风骨问题上却颇能说中初唐诗某些短处。“骨有余而韵不足，格有余而神不足，气有余而情不足，则为板重之病，为晦涩之病，非平实不灵，即生硬枯瘦矣。初唐诸人、西江一派是也。”（《筱园诗话》卷一）朱氏所说的“韵不足”“神不足”“情不足”，归根结底是性情不足。骨格离不开性情。离开了性情，作品就板重不灵了，贞观朝宫廷诗有此病，陈诗在一定程度上亦有此病。

沈佺期、宋之问的后期诗歌，特别是其贬谪诗，在性情和声色结合方面，较四杰、陈子昂前进一步。问题是沈宋等人缺少节气，又不幸遇上初唐宫廷中斗争最为激烈时期。从武后废中宗改唐为周，至李隆基诛韦后、杀太平公主，三十年间六次宫廷政变，乃至改朝换代。在这种局面下，作为依附性极强的文学侍从之臣，沈宋等人的性情是被扭曲的。媚附张易之那样的丑类，又因之而遭贬，负罪的心理，羞愧而又自我掩饰的暧昧态度，使有关诗中的性情缺少盛唐时期那种真放磊落的表现。“度岭方辞国，停轺一望家。魂随南翥鸟，泪尽北枝花。山雨初含霁，江云欲变霞。但令归有日，不敢恨长沙。”（宋之问《度大庾岭》）情哀意苦，读之令人心恻，确属上乘之作。但诗人的性情此时被负疚感和渴望恩赦的愿望包裹着，与读者之间难得有更深的情感交流。由于表现了乞怜之态，诗之风骨也显柔弱。

我们讨论了初唐诗人在性情表现方面的具体情况，不是要把导致缺点和不足的原因简单地归之于个人。抒情诗中的性情，固然受作者思想、情操、气质等因素制约，但如果不过多地计较个体之间差别，而把视野扩大到群体和时代，还可以在个体的种种表现背后，看到时代社会条件对孕育该时期诗人性情的重要作用。初唐诗人在作品中注入的性情未能如盛唐酣畅健全，未出现一流诗人，不能仅在具体诗人身上找原因，要同时看到时代条件怎样影响了诗人及其创作。具体诗人的情况可以是偶然的，时代条件（特别是文化背景）的左右则带有必然性。下面我们将看到历史进程由初唐推向盛唐时，影响及于诗歌性情的诸般条件起着怎样深刻的变化。

四、大潮涌起——伴随盛唐的各种社会条件对性情的催发

由初唐到盛唐，对诗人性情起制约作用的一个重要方面是由诗人门第出身、在朝与在野等因素所标志的身份地位的变化。

文人处身宫廷或宫廷之外，思想作风和创作会表现出很大的差异。宫廷文人以供奉帝王为职责，自有其御用性和依附性，其诗在某种意义上与宫廷建筑物的雕龙画凤、诸般彩饰一样，是一种装点陪衬，不过一者用物质材料，一者用语言材料而已。它所需要的是装饰性而不是诗人特有的个性。与宫廷诗人不同，那些四方浪游，或应考求官、作吏风尘、从军边塞者，由于实际的人生阅历、多方面的磨砺，以及社会生活、自然风光的激发，则能培养丰富深厚的性情。这是身处宫廷内的诗人所不可能得到的。但初唐宫廷之外，少有诗人。贞观时期自不必说，武后、中宗时期，宫廷以外诗人亦为数不多。这种情况，到盛唐大变。开元、天宝时期，重要诗人孟浩然、王之涣、高适、李颀、刘眘虚、常建、薛据等都未曾进入宫廷。岑参仅在军事机关右内率府任过兵曹参军。李白、杜甫，一仅曾以布衣供奉翰林，一仅在安史之乱爆发前夕受过右卫率府兵曹参军的任命。王维在开元二十三年拜左拾遗前，仅于开元九年任过短期的太乐丞，旋即外贬。可见，初唐到盛唐，创作队伍的主体，由宫廷以内迅速转向宫廷以外。这一巨大变化，与盛唐时期文教昌盛，人才大量涌现直接相关。初唐人才有限，武后控制政权时期又不次用人，文才杰出而又在野者自然很少。盛唐时期四方人才蔚出，宫廷不可能全部容纳，散在下层的属绝大多数。他们或漫游于江湖，或隐居于山林，或就食于州郡，或应举于都城，广泛分布于多种社会生活圈子之中。开元前，地方州郡官府延揽文士的情况史籍少有记载，开元、天宝以后，各处节镇官高权重，节度

使乃至州郡长官延揽文士入幕的情况日益普遍。如孟浩然依张九龄于荆州幕府，崔颢依杜希望于代州幕府[①]，王维依崔希逸于河西幕府，岑参依高仙芝于安西幕府，岑参、张谓、李栖筠依封长清于北庭幕府，高适、严武、吕諲依哥舒翰于河西幕府。这些，也造成了宫廷与地方文人的分流。有利于诗人多方面体验生活，培养性情。

初唐到盛唐，诗人中不同阶层出身的人数对比，发生重大变化。由士族占多数转为庶族占多数。这无疑由于科举制的实行给下层文士提供了走上文化舞台的机会。但唐代贡举从武德五年即已开始，而诗人出身发生显著变化在其后，其间有一演变过程，开元之际则是演变取得多方面积极效应的时期。科举与学校紧密相关，唐代建国之初，在战乱中隳废的文教不可能立即恢复发展起来。其时，由于军功和施行均田制，一些政治经济地位获得上升的中小地主和自耕农，其子弟在就学上无疑仍有困难。再者，唐代科举早期录取对象偏重两监生员，所谓“场屋先两监而后乡贡”（《唐摭言·进士归礼部》）。由于两监生在入学资格上有较严格的门第限制。“先两监”即意味着在很大程度上偏向于世家贵族。《唐摭言·乡贡》云：“咸亨五年……复试十一人，内张守贞一人乡贡；开耀二年，刘思立下五十一人，内雍思泰一人；永淳二年，刘廷奇下五十五人，内元求仁一人；光宅元年……刘廷奇重试下十六人，内康廷芝一人。长安四年，崔湜下四十一人，李温玉称苏州乡贡。”上述总共录取174人，内中乡贡只五人[②]，可见勋贵出身之两监子弟在科场上居垄断之势。但这种情况随着京城上层子弟厌学而郡县文教日益兴盛等因素逐渐发生变化，总趋势是由

① 见《唐才子传校笺》“崔颢”条下傅璇琮先生考证。

② 《唐摭言》于此处所载，仅咸亨五年至长安四年进士考试中有乡贡被录取的五场考试。其外，尚有若干场考试，乡贡无一人取者。《唐摭言》所依据者，为官方所放之榜。初唐被录取的乡贡进士如此之少，并不意味着其余录取者全是在两京就学的勋贵子弟。《新唐书·选举志》云：“举选不由馆学者谓之乡贡，皆怀牒自列于州县。”《摭言》以上所列的“乡贡”当仅指未曾在任何学馆就学、更未曾列名于两监者。“乡贡”与地道的两监生之间，仍有来自地方州县而获得生徒资格或凭证者。如开耀二年进士及第除雍思泰外，还有陈子昂、刘知几。陈子昂是家在蜀地而“游”于太学者。刘知几家非居于京城，且未有入太学记载。可见该年录取者雍思泰之外尚有其他外郡人。

乡贡应试与被录取者数量逐渐超过两监。开元十七年，国子祭酒杨玚云："自数年以来……天下明经、进士及第每年不超过百人，两监惟得一二十人。"（《谏限约明经进士疏》）据此，知开元中期两监生在登第士子中已下降到不足十分之二。而上引《唐摭言》在列举咸亨至长安年间录取情况之后，接下即云：景龙元年以后，"尔来乡贡渐广，率多寄应者，故不甄别于榜中"。乡贡"不甄别于榜中"，是由于乡贡形势看好，托名者增多，实亦标志着两监已失去当初的优势。可见开元前夕，两监和乡贡的科场录取率在比例上发生重要转化。"开元以前，进士不由两监者，深以为耻"（《唐摭言·两监》）。换言之，开元以后这种观念已随乡贡在录取中取得的优势发生反向转化。此时乡贡的优势自然带来了下层文人在文坛上的优势。

从初唐到盛唐，对诗人性情发展起重大推动作用的又一重要因素是思想解放进程。大体说来，初唐儒风较盛，活跃开放不足。此后，随着政治经济、文化学术的发展，以及庶族地主地位与作用的上升，思想逐渐趋于活跃和解放。至开元之世，终于出现了非常生动活泼的局面。这种社会思想趋于活跃、主体精神日益得到充分发扬的进程，可从与之息息相关的学术、宗教的发展中得到相当明确的信息。现仅就儒、道、佛三家发展中的有关情况作一些考察。

儒学 孔颖达等奉诏撰定的《五经正义》结束了东汉以来经学各派系的矛盾争执，促进了儒学的统一。但《正义》拘泥训诂，墨守经文，不免死板。这种倾向，到唐玄宗时代屡屡受到冲击。景云三年，李隆基以皇太子身份释奠时，批评当时国学的学风："问《礼》言《诗》，惟以篇章为主。"（《将行释奠礼令》）认为"谈讲之务，贵于名理，所以解疑辨惑，凿瞽开聋"（同上）。实际是要求国学里的儒经讲授，突破训诂章句的局限，做到"使听者闻所未闻，视者见所未见"。开元七年，玄宗又以《孝经》《尚书》古文书孔、郑注"其中旨趣，颇多踳驳"（《令诸儒质定孝经〈尚书〉古文诏》）为由，"令诸儒并访后进达者质定奏闻"。结果引出刘知几对于《孝经》郑注、子夏《易传》真伪的批评意见。事后，玄宗在诏书中公开声称："欲使发挥异说，同归要道，永惟一致之用，以开百行之端。"（《令〈孝经〉并行孔郑帖易停子夏传诏》）开元二十五年，玄宗降诏批评明经以"帖诵为功，罕穷旨趣"（《条制考试明经进士诏》）。指示明经、进士考试减少试帖，加试口义。可以说玄宗在儒学方面是对训诂章句之学表示不满的带头人。从开元时代起，儒学渐渐由拘泥训诂旧说，转向自由说经。以致经中晚唐而最后走向穷理尽性的宋儒之学。盛唐人处在风气初开的背景下，习儒书而不过分为章句所拘，李白在《嘲鲁儒》中肯定经世致用的叔孙通一类儒者，而对"谈五经""死章句"的腐儒给以嘲弄。高适宣称"大笑向文士，一经何足穷"，王维亦云"岂学书生辈，窗间老一经"，都与盛唐特定的思想学术风气有关。

道教　武后朝，佛教受扶持，道教相对冷落。盛唐时期，道教因得到玄宗的推崇而显赫。道教富于幻想，强调对于世俗的超越，有助于破除世俗对性情发展的某些羁束。李白即因道教大师司马承祯称其有"仙风道骨"（《大鹏赋序》）而一生充满自信，潇洒飘逸。开元二十九年玄宗令天下道观转读反映道教各系交融与统一的《本际经》。《本际经》反复强调道性"即众生性"，对人的真性给予重视①。玄宗诏令虽下于开元二十九年，但《本际经》无疑在此之前即已发生重大影响。与《本际经》相一致，道教学者王玄览（626—697）提出"即道是众生"，"即众生是道"。司马承祯（647—735）承认人皆可以成仙，不主张在教徒中划分等级。这些皆表明初盛唐之交的道教学派注意尊重个人价值，甚至把众生性和神圣的道性加以沟通。

佛教　唐前期，天台、法相、华严等佛教各宗派，都大力论证并肯定人人成佛的可能性，这种论证随着时间的推移，越来越彻底。后起的禅宗慧能一派认为"本性是佛""自性悟，众生即佛"。强调顿悟，反对念经坐禅。这是肯定人的自我，把心性和佛性统一起来，从佛性的角度强调人的本质就是自我发现和个性发展，并在行为作风上追求解放。慧能出身穷

① 参看姜伯勤：《〈本际经〉与敦煌道教》，载《敦煌研究》1994年第3期。

苦，禅宗的兴起，一定程度上代表着下层僧侣的追求，亦与世俗社会中庶族地主在政治思想领域的活跃相呼应。慧能宗教学说建立正当武后—睿宗时期。慧能逝世之年（713），孟浩然25岁，王维、李白均13岁。为慧能传法最得力的弟子神会（668—760）则基本上与王维、李白等盛唐诗人同时。王维与神会且有非常密切的关系。可以说禅宗的产生，是在性情走向自由发展的时代环境中酝酿起来的；禅宗的传播则更助长了一个时代个体意识的张扬。

以上从诗人的身份地位变化与思想解放过程看，性情的充分发扬与表露，在初唐时期尚处于酝酿和渐进阶段，而到玄宗开元时期，这一过程趋于完成。盛唐政局稳定，国力强大，经济繁荣，以及唐玄宗的开明风流，爱好文艺，无疑起了加速作用。我们看到盛唐诗歌高潮的来势，犹如春汛汹涌，其最为动人的景观，正是那生动活泼、精力弥满的众多诗人的性情表现：孟浩然之精朗风流，洁身自好；王维之禅心睿智，泉石膏肓；贺知章纵诞诙谐；王之涣之慷慨倜傥；常建之性僻意远；储光羲之乐在畋渔；王翰之豪迈不羁，自比王侯；岑参之意气风发，热情好奇；王昌龄之不矜细行，玉壶冰心；李颀之豪宕疏简，契心玄理；高适之务功名，尚节义，好言王霸大略；李白之意兴飘逸，合儒仙侠以为气；崔颢少时之轻薄与入塞后之刚肠侠气；杜甫生活上之放旷不检与政治上之忠君爱国……种种性情的表现与抒发，是那样自由舒展，淋漓尽致。那种由主体精神产生的支起诗歌的力量，体现为充实健全的风骨，且与自然灵气、与情韵浑为一体，千姿百态，磅礴渊灏，构成盛唐气象。盛唐诗歌所表现的这种特征，是在特定社会条件下，对个性自由的肯定，对精神解放的追求。殷璠（《河岳英灵集》）所云好诗创作的“神来，气来，情来”和臻于化境的“声律风骨兼备”，正是需要有这种精神条件。而这种精神条件的充分具备，只有到了开元时期才能成为现实，前此只是一种期待而已。讨论至此，我们对初唐的长期徘徊，以近百年的时间来准备盛唐，似乎也就可以不奇怪了。中国古典诗歌是需要有高度技巧的。但诗（尤其是抒情诗）这种文体，从更本质意义上说，是超越技巧的，是性情的升华。初唐在格律辞藻方面的准备，即使完成得比较早，甚至在追求风骨上有了一定的理性认识和实践，但万事俱备，没有性情的东风，仍不能达到理想境界，而性情的东风劲吹，则是有待于盛唐。

初唐的期待，其时间之长，如果单纯着眼于所谓文学内部因素，也许令人困惑。单是诗艺的演进，似乎无须百年。长期徘徊，其症结所在，当能说明诗史的研究仅着眼于形式的演进是不够的。中国古代诗歌潮起潮落，从根本上看，是受民族精神变迁支配。在五言诗的语言艺术不算十分精巧的时代，可以出现建安诗歌那样的高潮；在诗艺达到顶峰的唐朝之后，可以出现五代时期那样荒陋的低谷。因而诗史研究是一项复杂的系统工程，这项工程中不可缺少的一环是必须深入探寻各个时期民族性情特征，以及影响于性情的多方面因素。

［原载《文学遗产》1996年第3期］

论唐代的叙情长篇

唐代李白、杜甫、韩愈等诗人笔下，有一种借叙事以抒情的长诗，在思想上、艺术上达到很高的境界。它的规模气魄超过一般作品，诗人们在创作时往往拔山扛鼎，全力以赴，把多种成分熔铸在一起，成为唐代诗坛上令人特别瞩目的壮观。这批作品的出现，是唐诗繁荣的一个重要标志。尤其是在中国古代，短篇的抒情诗偏胜，叙事性强的作品比较少见，这类鸿篇巨制及其着重通过叙事以表现“情”的写法，弥足珍贵。

近代学者王闿运说：“李白始为叙情长篇，杜甫亟称之，而更扩之，然犹不入议论。韩愈入议论矣，苦无才思，不足运动，又往往凑韵，取妍钓奇，其品益卑，骎骎乎苏、黄矣。”（《湘绮楼说诗》卷二《论七言歌行流品答完夫问》）王氏在讨论七言歌行品类时，根据李白、杜甫、韩愈等人的某些作品，首先使用了“叙情长篇”的概念，但对其所具有的内涵未曾说明。王氏所谈是由讨论七言歌行引发出来的，其他诗体中的情况如何？进而言之，叙情长篇在唐诗中具体包括一些什么样的作品，究竟有哪些特征，对此，我们将据王氏的话，并结合唐诗实际情况和有关诗歌理论进行探讨，着重把叙情长篇作为相对于一般抒情诗和叙事诗而独立存在的品类加以认识，不完全受王氏最初论述范围所限。

一

叙情长篇的出现，是中国五、七言诗歌在抒情和叙事两方面都积累了足够的艺术经验，同时又吸收了辞赋的思想艺术营养，逐渐发展起来的。屈原的《离骚》，就通篇而论，抒情和议论成分多于叙述。而其中的叙事段落，仍然足以构成一部自叙传和思想发展史。唐代诗人创作叙情长篇无疑从屈赋中吸取过营养。李白《经乱离后天恩流夜郎忆旧游书怀赠江夏韦太守良宰》开头“天上白玉京，十二楼五城。仙人抚我顶，结发受长生”，跟《离骚》篇首的写法就有点相近。不过，唐人的叙情长篇不用骚体，李白等人的写法属于艺术上的借鉴，不能说这种品类与《离骚》有直接的承祧关系。从诗体看，它终究是五、七言诗自身演进过程中的产物。五言诗成熟早，两汉乐府、建安诗歌即已取得了较高的成就。但当时民间诗歌多叙事，文人创作重抒情，两方面能够巧妙配合、左右逢源地交织在一首诗中，还需要一个过程。从为叙情长篇溯源的角度去审视，建安诗歌中最值得注意的长篇是蔡琰的《悲愤诗》、曹植的《赠白马王彪》。两诗都叙自身遭遇，抒情气氛浓郁，对唐代诗人创作自叙兼抒情的篇章，无疑极有影响。施补华说：“《奉先咏怀》及《北征》……从文姬《悲愤诗》扩而大之者也。”（《岘佣说诗》）但蔡琰之作，自始至终实叙，诗中所写的悲苦历程，作为故事看，自具首尾，从中国古代诗歌创作的实际情况出发，应该视为第一人称的叙事诗。曹植的《赠白马王彪》共七章，只有三章着重叙事，其余都是抒情，与唐人的叙情长篇侧重于叙述还是有区别的。自两晋至隋，玄言诗、山水诗、宫体诗先后盛行，士族的腐化与时世的分裂动乱，使文人缺乏大气包举的胸襟魄力。孕育和产生叙情长篇，只有留给诗歌更为繁荣、社会生活空前富有活力的唐代了。

唐代七言歌行勃兴，初唐四杰歌行与六朝后期的赋之间有密切关系。赋体格局宽大、铺陈叙事等特点，在四杰歌行中被吸取了。庾信《哀江南赋》自悲身世，近乎一篇有韵自传的写法，对唐代诗人影响尤深。七言歌行本是较少约束和富有容量的诗体，现在又接受了来自赋的影响，格局大，铺叙多，而又旨在抒写身世遭遇和情感变化历程的长篇，便有可能首先见于此体。果然，骆宾王“历叙生平坎壈，以抒怀抱”（陈熙晋《续补骆侍御传》）的长诗《畴昔篇》以七言歌行的形式出现了。这首长诗句数是杜甫《自京赴奉先县咏怀五百字》的两倍，字数约相当《自京赴奉先县咏怀五百字》《北征》的总和。从诗中约略可见诗人自幼年直至出任临海丞前的大致经历，以及“年来岁去成销铄，怀抱心期渐寥落”那种不断追求而又不断遭受摧抑的郁郁情怀。因此和李白的《经乱离后天恩流夜郎忆旧游书怀赠江夏韦太守良宰》、韩愈的《县斋有怀》等叙情长篇并没有什么本质的不同。问题仅仅在于此诗赋的气息较浓，大量的段落用于铺陈，在对各种景象的铺陈描写中，暗逗人事变化，而从叙事本身看，则欠明晰。诗中七言段落和五言段落交替出现，组合尚嫌生硬，不及李白、杜甫等人七言歌行长短错落，挥洒自如。可能正是由于艺术上不能算成熟的七言歌行，“叙”的特点又体现得不够充分，王闿运才把“始为叙情长篇”之功，归之于李白。

以《忆旧游寄谯郡元参军》为代表的李白七言叙情长篇已经消除了四杰歌行那种受赋体影响的痕迹，以富有诗意的抒情叙事代替了铺陈，通篇一气而下，极其畅遂，叙次明晰，而又能有起落、有剪裁，与骆宾王的《畴昔篇》等相比，显见叙情长篇的成熟。

初盛唐七言歌行的发展繁荣，对五古的新变有一定诱发推动作用。盛唐一部分五古用韵错杂，出语豪纵，特别是一些大篇，把叙事和抒情因素结合在一起，深厚广阔，汪洋恣肆，其演进方向呈现出与七古靠近的趋势。今天在骆宾王《畴昔篇》《帝京篇》等初唐七言歌行里，能看到五言句和七言句大段地互相交织配合的情况。《畴昔篇》全诗二百句，其中五言九十二句；《帝京篇》全诗八十六句，五言三十二句。大量成段的五言句与七言句相配合，服从于七言歌行的统一格调，久而久之，对五言诗自身的创作也不免要产生影响。李白《忆旧游寄谯郡元参军》用的是歌行体，写于天宝五载。其后他用五言写了《送王屋山人魏万还王屋》（天宝十二载)、《留别崔侍御》(乾元二年)、《经乱离后天恩流夜郎忆旧游书怀赠江夏韦太守良宰》(乾元二年)。而杜甫亦于天宝十四载、至德二载分别写了《自京赴奉先县咏怀五百字》和《北征》。李杜这一系列五古,才力标举,起伏动荡,有在七言歌行中更容易见到的发扬蹈厉、纵横驰骋的格局,表现出唐代五古发展变化的新风貌,也标志着五言叙情长篇继七言之后迅速取得了丰硕成果。

李白的叙情长篇多半是写赠友人的,结合叙交游、述友情,描写社会生活、抒写个人怀抱。杜甫的《暮秋枉裴道州手札率尔遣兴寄递近呈苏涣侍御》属赠友诗。《昔游》《遣怀》虽非赠友之作,而忆交游、述情怀,亦与李诗相近。但他叙情长篇中成就最高的《自京赴奉先县咏怀五百字》《北征》,则不涉交游。诗中对社会情况与生活过程的描写,与李白偏于概括、偏于主观感受相比,也显得客观细致,生动逼真。这些地方显示了杜甫的创造性和他对于古代乐府叙事诗真实地表现生活的传统有更多的继承。如果说李白是从曹植《赠白马王彪》的方向增加了叙事因素构成自己的叙情长篇,杜甫则是从蔡琰《悲愤诗》的方向,融叙事、抒情、议论为一体,构成自己的叙情长篇。李杜各自所作的开拓,使叙情长篇从内容到形式均很快走向丰富多彩。

中唐时期,韩愈的《县斋有怀》与骆宾王《畴昔篇》在"历叙生平坎壈,以抒怀抱"方面,性质相近,而他的另一些长篇,均为写赠朋友之作。这些作品,一方面固然是结合叙述交游展示自己种种心境感受,并且像李白诗歌那样有一种深挚缠绵的感情和悲歌慷慨的浪漫气质;另一方面,"倥偬杂沓",摹写种种情感和事件过程,又和《北征》《咏怀》颇为相近。如《赴江陵途中寄赠三学士》叙述被贬出京时的情景:"中使临门遣,顷刻不得留。病妹卧床褥,分知隔明幽。悲啼乞就别,百请不颔头。弱妻抱稚子,出拜忘惭羞。"描写真切,极尽情态,可与《北征》归家一段相匹。正如何焯指出,完全是"老杜家数"(钱仲联《韩昌黎诗系年集释》引)。《此日足可惜一首赠张籍》写在郾师听到汴州兵乱的消息:"夜闻汴州乱,绕壁行彷徨。我时留妻子,仓卒不及将……娇女未绝乳,念之不能忘。忽如在我所，耳若闻啼声。”因为妻子丢在汴州，所以急得绕着旅舍四壁打转，耳边如同听到娇女的哭声。下笔琐细，而“愈琐愈妙，正得杜法”（钱仲联《韩昌黎诗系年集释》引程学恂评）。后幅写急如星火地追赶徐州安顿家小，却记叙了途中的景物：“东南出陈许，陂泽平茫茫。道边草木花，红紫相低昂。百里不逢人，角角雉雊鸣。”这又是杜甫那种作极紧要极忙文字偏向闲处传神的写法。朱彝尊云：“要知此间点景，方是诗家趣味。《北征》诗‘或红如丹砂’等句，亦是此意。”（钱仲联《韩昌黎诗系年集释》引）以上可见韩愈的叙情长篇对李白、杜甫的艺术经验均有所吸收。但能够把李白那种一往情深、叙故忆旧的布局和杜甫琐细逼真、淋漓尽致的摹写整合起来，实在需要大手笔。再加上他所具有新颖奇突的面貌和排奡之气，可以说在艺术上对叙情长篇又是一次重大开拓。

韩愈之后，张籍《祭退之》与韩愈写给他的《此日足可惜一首赠张籍》诗达到神似的地步。晚唐杜牧《郡斋独酌》可能受韩愈《县斋有怀》影响，但不及韩诗整饬。他的《池州送孟迟先辈》和李商隐的《安平公诗》《偶成转韵七十二句赠四同舍》《戏题枢言草阁》则又属于叙旧述情一类。李商隐的长篇在写法和语言上，兼学韩愈和白居易，但不及白居易自然，也不及韩愈劲健。不过，对于绮才艳骨的李商隐，更值得注意的是他的这类长篇，有时竟然“俊快绝伦，……变尽艳体本色”（陆鸣皋评《偶成转韵》）。这固然与写诗时的心境以及体式（五七古）有关，但叙情长篇经李白、杜甫、韩愈等人之手，已经大体上形成了一种独特的风貌，对于李商隐无疑要产生影响。纪昀评《偶成转韵七十二句赠四同舍》说：“挨叙而不板不弱，觉与盛唐诸公面目各别，精神不殊。”（《玉溪生诗说》）如果细析之，所谓与盛唐“精神不殊”，应该是由叙情长篇沟通起来的。前辈大师们这类诗篇的潜在规范作用，再加创作时的特殊心境，使他得以避免艳体的轻车熟路。顺着叙情长篇这条线索向前发展，直到皮日休、陆龟蒙的吴中苦雨唱和诗，虽学韩愈不免流于驳杂冗长，但所包含的生活内容和情感内容仍然可算是广阔的。比较起来，中晚唐诗人中以白居易、元稹的某些叙情长篇相对地写得随便一些。白居易的《江南喜逢萧九御因话长安旧游戏赠五十韵》，元稹的《元和五年予官不了罚俸西归三月六日至陕府与吴十一兄端公崔二十二院长思怆曩游因投五十韵》《寄吴士矩端公五十韵》等篇，都是追忆年轻时放荡生活、夹带着复杂感慨的诗篇，由于下笔随便，颇能流露真实思想，无所讳饰。元白作为大诗人，并非只有一副笔墨，白居易《醉后走笔酬刘五主簿》，一气盘旋，情意殷殷，浑厚而又畅达，可谓自成一境。他们两人的五排唱和《代书诗一百韵寄微之》《酬翰林白学士代书一百韵》在唐人长篇排律中叙事最为明晰，则又是很好的律体叙情长篇。

二

叙情长篇的出现，离不开中国诗歌发展的独特背景。中国古代叙事诗不发达而抒情诗特盛，似乎二者为了谋求某种平衡，在它们的中间地带通过交融产生了叙情长篇。

华夏文化有比较内向的特点。汉民族执着于人生，又非常现实，在上古和中古时期，不大可能从人生圈子中走出来，以旁观或接近旁观的态度，把生活作为故事歌唱[①]。中国文学要求作家根据民族生活理想，首先对自身生活有一番亲切体会，然后将这种体会形诸文字。诗歌则以作家个人为中心，努力表现一种精神境界，重在即事生感、即景生情、随意抒写，通过诗人的种种情感表现，反映或喻示作者的生活环境、人生遭遇，乃至所处的时世。这样，一般地就表现为即事而发的抒情诗，编造和歌咏故事的可能性很小。与此相联系，中国文化重征实，儒家不语怪力乱神，在很大程度上排斥了虚构和幻想。故而情节曲折的或以非现实为特征的长篇叙事诗便难以产生。但这并不意味着那些即事即景的抒情诗，特别是那些短篇的小诗可以包办代替一切，相反地，它的局限性随着社会生活发展

① 亚里士多德认为史诗“像叙述与自己无关的事那样去叙事，如荷马所作的那样”（转引自苏联波斯彼洛夫：《文学原理》第一部第五章第一节《亚里士多德和黑格尔的文学分类说》，生活·读书·新知三联书店1985年版，第118页）。

对于诗歌的需求，便显得越来越突出。

唐代文化对中国传统文化比较内向的特点有所突破。佛教文化、西域文化的传入，启发人们对于人生选择多种角度去思考认识。跳出个人生活的圈子，对人生加以描述或展开幻想的小说（传奇）、初级戏剧、说话、变文等大量涌现。叙事诗的创作，也呈现增长的势头。就一般诗歌而言，它和传奇等叙事文学之间，当然有很大的不同，但声气感应，会使人们觉得在诗歌方面有必要把他们的人生感受和对社会生活的回味与思考，较多地用“叙”的方式，更富有生活实感地表现出来。同时社会生活的丰富多样，诗人经历的复杂化，又常常促使作者追求用更大的篇幅、更多样的手法，把生活感受更加充分地表达出来。但即使这样，在传统文化心理和诗歌创作风尚的制约下，诗人们多数时候仍不习惯于把生活素材加工成故事化的乃至带上超现实色彩的叙事诗，而是崇实本分地按照生活原貌进行叙写，并注入自己浓烈的情感。这样，突破一般抒情诗形制小、重写意的限制，但也并没有走向叙事诗，而是成为重视表现实际经历和见闻、大量采用叙述手法的叙情长篇。

叙情长篇由一般抒情诗比较单纯地侧重抒情，朝叙述方向跨进一步，自然会令人刮目相看。由于有了这一步，某些长篇究竟应该属于抒情诗还是叙事诗，在唐诗研究著作中颇见分歧。因此，叙情长篇与一般抒情诗以及叙事诗的关系问题，很值得辨析。也只有辨清它们之间的不同，把叙情长篇作为一种可以独立的类型看待，才能更确切地把握它的艺术特质以及有关诗人在创作上的联系。

叙事诗中的情节是至关重要的因素。中国古代叙事诗不发达，诗论在这方面也相应地显得薄弱。像张祜嘲戏白居易的《长恨歌》为《目连变》、何焯指出《长恨歌》为“传奇体”、胡应麟说《孔雀东南飞》似“下里委谈”等等[1]，虽然接触到了这类诗具有吸引人的故事情节问题，但终究未作细论。西方诗学基于叙事诗的繁盛，在这方面讨论得比较深入。亚里士多德说：

> 与其说诗（按：指叙事诗）的创作者是“韵文”的创作者，毋宁说是情节的创作者。（罗念生译《诗学》[2]第九章）
>
> 史诗的情节也应像悲剧的情节那样，按照戏剧的原则安排，环绕一个整一的行动，有头，有身，有尾。（同上引第二十三章）
>
> 悲剧是对于一个严肃、完整、有一定长度的行动的模仿。（同上引第六章）

这些论述的基本精神——强调情节的重要，要求叙事诗的情节有头、有身、有尾，乃至像悲剧情节一样，“有一定长度”，对我们在情况非常复杂的中国诗歌中大致地区分叙事诗与抒情诗，很有参考价值。

叙事诗与叙情长篇的共同特点是一个“叙”字，说明这类诗叙述的手法用得多，它们之间不同的特点在于有“情”与“事”之别。叙事诗立足于故事，如《孔雀东南飞》叙述焦仲卿夫妇为反抗封建压迫双双殉情的故事，《木兰诗》叙述女主人公代父从军的故事，都是围绕“有头，有身，有尾”的情节进行咏唱的。叙情长篇不同，它立足于抒情，不论在李白、杜甫、韩愈、白居易、李商隐等人笔下，各种叙情长篇结构上有何不同，也不论叙述成分在诗中占有多大比重，抒情在根本上乃是这类诗作的出发点和归宿。它在叙述中固然涉及大量具体情境，但主体在情境之中把各种各样的内容纳入他的情感和观感里，着重表现客观事物在主体心中所引起

① 唐孟棨《本事诗·嘲戏》：“诗人张祜，未尝识白公。白公刺苏州，祜始来谒。才见白，白曰：‘久钦籍，尝记得君款头诗。’……张顿首微笑，仰而答曰：‘祜亦尝记得舍人《目连变》。’白曰：‘何也？’祜曰：‘上穷碧落下黄泉，两处茫茫皆不见，非《目连变》何也？’”明胡应麟《诗薮·外编》卷一云：“《孔雀东南飞》一首，骤读之，下里委谈耳。”清何焯《义门读书记》评《长恨歌》云：“是传奇体。”

② 亚里士多德：《诗学》，罗念生译，人民文学出版社1962年版。

的回声、所造成的心境，即在这种环境中所感觉到的自己的心灵。如李白《经乱离后天恩流夜郎忆旧游书怀赠江夏韦太守良宰》写天宝十一载北上幽州一节：

> 十月到幽州，戈鋋若罗星。君王弃北海，扫地借长鲸。呼吸走百川，燕然可摧倾。心知不得语，却欲栖蓬瀛。弯弧惧天狼，挟矢不敢张。揽涕黄金台，呼天哭昭王。无人贵骏骨，绿耳空腾骧。

诗中固然一方面自叙行踪，一方面写时势，但着重突出的是“心知不得语”“挟矢不敢张”的焦灼情绪及眼见变乱迫在眉睫而又无可奈何的痛苦心境。又如杜甫《自京赴奉县咏怀五百字》中间一段叙述途经骊山所见所闻，则是要全力以赴地推向“朱门酒肉臭，路有冻死骨。荣枯咫尺异，惆怅难再述”那种观感。总之，“中心点并不是那件事迹本身，而是它在他心中所引起的情绪。”[①]把李白的《忆旧游寄谯郡元参军》《经乱离后天恩流夜郎忆旧游书怀赠江夏韦太守良宰》，韩愈的《答张彻》，白居易《醉后走笔酬刘五主簿》，李商隐的《偶成转韵七十二句赠四同舍》等篇综合起来看，一般是围绕朋友离合聚散织进抒情主人公某些与之有关联的社会人生感受。友朋聚散构成的人事上的网络等于是个海绵体，内中灌注的汁液则是情感。杜甫的《自京赴奉先县咏怀五百字》《北征》，围绕一个过程展开，其过程近似上述诸作中的离合聚散。诗人通过与这个过程相联系的种种叙述和描写抒发情感。由此可见叙事诗立足于故事，而叙情长篇立足于叙情的明显区别。叙事诗通过事件中人物的表现乃至语言和思想活动，塑造的是故事中人物的形象，而叙情长篇由于旨在抒发主体感受，塑造的主要是诗人自我形象。

再就事而言，叙情长篇虽然也用叙的手法写了种种事件，但与叙事诗中的事又很不相同。叙事诗包含“有头，有尾，有身”的情节，是完整动人的故事，而叙情长篇所写的一般只是日常生活事件。叙事诗具有情节的

① 黑格尔著：《美学》第3卷下，朱光潜译，商务印书馆1979年版，第193页。

“整一性”，“它所摹仿的只限于一个完整的行动，里面的事件要有严密的组织，任何部分一经挪动或删削，就会使整体松动脱节”（罗念生译亚里士多德《诗学》第八章）。而叙情长篇的情况比较复杂，既不能笼统地要求这种整一性，也不可散漫庞杂，没有章法。一首叙情长篇往往能写到许多事件，出现在不同时间、不同场合，事件可能比较长，也可能只是一些片断。诗人以表现情感过程为主，情必须畅通，而事不一定连贯，不必每首诗只围绕一个事件，更不必把每一件事都交待得有头有尾。如果说《长恨歌》等叙事诗相对地接近小说，情节集中紧凑，那么叙情长篇则近似散文，它没有那种集中紧凑的情节和从首贯到尾的故事，而是大致围绕一个中心或过程，意到笔随地抒写。各种场景与事件之间不一定要求连贯乃至互为因果。《自京赴奉先县咏怀五百字》和《北征》如果在散文家笔下也可以写成以回家探亲为题材的散文。正因为散，所以它的笔触可以自由伸展到各个方面，并可以有叙述、议论、描写等各种笔调，得以扩大所抒之情的内涵。但是这种散，也像散文，不是散漫芜杂，而是散中见整。它是以散避免呆板局促，使神情敷畅，往往外显暇豫而中具法度。杜甫《北征》中有写得极闲远、极琐细处，写到山间的青云幽事，写到小儿女的可悲可笑，在极紧极忙的文字和悲怆的氛围中插上这些描写，非但不见散漫支离，相反地通过由正及反对生活多方面的审视，能让读者更亲切具体地感受那种时代氛围，表现出杜甫思想感情的博大深广和他对平定叛乱、恢复正常美好生活的巨大热望。锺惺说：“读少陵《奉先咏怀》《北征》等篇……当于潦倒淋漓，忽正忽反，时断时续处得其篇法之妙。”（杨伦《杜诗镜铨》引）杜甫如此，李白的长篇更让人在其自由挥洒的同时有一气呵成之感。《经乱离后天恩流夜郎忆旧游寄谯郡元参军》虽是天南海北、风起云涌、纷至沓来的奇情胜致使读者应接不暇，但终归是通过对故人往事的理想化、浪漫化的强烈忆念，突出现实生活的缺憾。《唐宋诗醇》在赞扬李白“七言长古，往往风雨争飞，鱼龙百变”的同时，说“此篇最有纪律可循。历数旧游，纯用叙事之法。以离合为经纬，以转折为节奏，结构极严而神气自畅”。它之于参差中寓整饬，较《北征》等篇更为易见。韩愈《此日足可惜一首赠张籍》一方面“摹刻不传之情，并觑缕不必详之事”，颇近《北征》；另一方面追溯与张籍交结之始，至今日重逢别去，通篇围绕艰难时局中的深厚友情，自勉而又勉励对方。“其劲气直达处，数十句如一句……搏控操纵，笔力如一发引千钧”（《唐宋诗醇》），参差中自有“神明于规矩之外”的法度。叙情长篇既要丰富多彩，又要避免支离散漫，这种散中见整，以情统领大大小小生活场景和片断，构成有机整体的写法，较之叙事诗贯串着一个“有头，有身，有尾”的故事，从而获得情节的整一性，情况是很不相同的。从这些地方着眼，也很容易看出这两种诗歌确实存在质的差异。

叙情长篇与叙事诗之间的差异，说明它始终未能走出抒情诗的领域，但它向叙述方向所跨出的一步，则又使它与一般抒情诗表现出多方面的不同。

叙情长篇与一般抒情诗都旨在抒情。但一般抒情诗往往集中于对一时一事的反应。大量即兴诗、应景诗，只需托某一行动、某一事件或某种景物加以抒写就行了。像短小的绝句，有些抒写的只是零星飘忽的灵感。而叙情长篇的情感，正像叙事诗中的故事一样，“具有一定长度”，作者沉吟属辞之际，内心中有前后相续、此伏彼起的感情波澜，它需要通过对一系列或一段又一段事件的叙写，方能把那“具有一定长度”的情感完整地表现出来。杜甫《自京赴奉先县咏怀五百字》的首段回顾在长安十年的困顿，叙述“自比稷与契”的志愿、“穷年忧黎元”的精神、“居然成濩落”的结局，抒写由昔至今的一贯情怀；中段叙述自京赴奉先一路见闻和感触，是途中的情怀；末段叙述到家后由“幼子饿已卒”所引起的联想，是由身及国、忧念未来的情怀。这种情怀由昔日推向今天和日后，确实“具有一定长度”，而所叙之事的范围也是广阔的、多方面的。李白的《经乱离后天恩流夜郎忆旧游书怀赠江夏韦太守良宰》围绕与韦良宰在长安、贵乡、江夏等处四次离合，于重温旧情的同时，写了诗人被谗出京、北上幽州、参军从璘、流放遇赦的经过，并着重表现了诗人在这些时候的心境：有“呼天哭昭王”的急切，有“翻谪夜郎天”的悲慨，有“炎烟生死灰”

的遇赦之感，有“中夜四五叹”的老犹忧国之心。这些情感绵延起伏在十多年的岁月里，丰富复杂，汪洋浩瀚。如此鸿篇巨制，它的情感必须通过在对一连串事件的经历、感受、评价中才能充分表现出来，决不是靠对一两处景物或片断的事件进行描写就能完成的，因此与一般短篇薄物、旁见侧出的抒情诗不同。

叙情长篇的主要表现手段是叙述。它能展示主体多方面的活动和有关事件与生活场景，表现主体繁复的心境以及广泛的社会现实。得意处往往淋漓飞动，穷极笔力。而一般抒情诗，特别是短小的律绝，很少展开叙述，它通常是把社会生活和自然景物所提供的作诗机缘，转化为心灵反应，因此不是将情境事件一一摊开，而是凭诗人的特殊用意和心情，选择对象的某些方面加以点拨，让人体味。杜甫因疏救房琯，被打发回家探亲，离开行在时写了《留别贾严二阁老》，返家后写了《北征》。首途之前和归家之后，心情大体一致，翻搅在诗人胸中最为固结难解的是：对肃宗错误处理感到满腹委屈，对乾坤疮痍无比痛心，对自家身世不胜感慨。但这种情绪在两诗中表现方式不同。《留别贾严二阁老》用五律写成：

> 田园须暂住，戎马惜离群。去远留诗别，愁多任酒醺。一秋常苦雨，今日始无云。山路时吹角，那堪处处闻。

满腹心事，只能从含蓄的话中去揣摩。杜甫本是不顾家庭和自身的危难奔赴行在的，何至于要在西京未复战事紧迫之际怀念田园，有“须暂住”之想？此次探亲，若是出自皇帝关照，本属可喜可慰，又何以“愁多任酒醺”呢？苦雨乍晴，正好有清秋助其归兴，何以感到长途上将受不了那处处可闻的角声呢？这些都透露了诗人心情的沉郁，但引而未发。《北征》则不同，它对如何拜辞皇帝，如何离开行在，途中行色，归家情景，以及种种身心体验，一一作了细致生动的叙述。末尾关于时事的议论，也有许多插叙。因此，大量运用叙述，把有关情事展开，在叙情长篇中是一个很显著的特色。

基于对情景和事件展开大量叙述，叙情长篇往往是实多虚少。情多实叙，事多实写，比兴以及空际传神的写法，不再占突出地位。它不像阮籍《咏怀》、陈子昂《感遇》那样高度概括，也不像某些小诗那样空灵。叙情长篇有很强的自叙性，与诗人的生活、思想联系更直接，给人更多的具体感、真切感。由于叙情长篇体制阔大、多用实写，它对生活的卷入相当深广，具有浓厚的生活气息、鲜明的主体性。长诗本身往往体现为一种绵延开展的动态系统，与某些收敛内向、自足自在的小诗，大异其趣。

叙情长篇在唐诗中是一批掣鲸碧海的伟构，对各个作者来说，则往往是该诗人代表性的篇章。较之某些叙事诗题材和情趣向市民方向靠拢，叙情长篇则更符合诗言志的传统，它的身份、口气都更加士大夫化。心胸博大、才情高超的诗人，往往借这些长篇驰骋笔力，对自己某些阶段的生活感受进行总结性的咏唱。这些长篇从诗人注意力较多地落在身世感受抑或时世感受上看，大致有两种类型：李白、韩愈、白居易、李商隐等人的作品，以及杜甫的《昔游》《遣怀》等篇，较多地叙写身世感受；杜甫的《自京赴奉先县咏怀五百字》《北征》则较多地叙写时世感受。但二者之间的界限不是绝对的。《自京赴奉先县咏怀五百字》写上层奢侈腐化、下层骚屑不安以及阶级对立、社会危机，同时写稷契之志落空的悲哀、幼子饿死的惨痛。《北征》一方面写战争的破坏、人民的苦难、国步的艰难；一方面又写自身的委屈、家庭的穷困、团聚时的复杂心境。诗人在前首诗中，抚迹有酸辛之感；在后首诗中，自顾叹身世之拙。两诗都是“上关庙谟，下具家乘”（《唐宋诗举要》引李子德评语），既是时代社会生活的写真，又处处体现诗人的性情怀抱。李白、韩愈一类写身世感受的长篇，由于涉及作家作品多，情况比较复杂，有的属于比较单纯的自叙，如骆宾王的《畴昔篇》、韩愈的《县斋有怀》；有的虽涉交游，而意图主要在于自叙，如李白的《经乱离后天恩流夜郎忆旧游书怀赠江夏韦太守良宰》、韩愈的《赴江陵途中寄赠三学士》；有的则酬赠用意更重，如李商隐的《偶成转韵七十二句赠四同舍》。但无论何种情况，述情道旧之言毕竟有限，诗人们仍然多利用述情的机会，介绍自身的遭遇和怀抱，借以求取对方对自己的深入了解。如李商隐的《偶成转韵七十二句赠四同舍》追述与幕主卢弘止的旧谊，虽通过叙述生平遭际之困顿失意以见府主之知遇，但同时又是借此作一坎壈咏怀之自叙传。不仅见其身处逆境、仕宦艰难，同时亦在：“破帆坏桨”“著破蓝衫”的困厄中，突出地显示性格中傲岸激昂、豪纵不羁的一面。这类长篇，包括单纯自叙性作品，有的通过自叙或对知交的倾诉，可以令人想见包围着诗人的社会环境和政治气氛。如李商隐入卢幕前的困厄，即暗透着大中初年政治形势的险恶；骆宾王“适离京兆谤，还从御府弹”，亦可见武后时期利用爪牙和官僚机构对臣下防范惩治之严。有的则在自述所历所想时，直接插入对社会背景、国家大事和民生状况的描叙评述。特别是那些亲身卷入重大历史事变中的诗人，往往把国家大事和个人遭遇打成一片。深沉的人生感慨和强烈的社会感慨结合，使坎壈咏怀兼具诗史的性质。如李白《忆旧游书怀赠江夏韦太守良宰》通过交情与时势的交织组合，在诗中写进了天宝后期幽州形势、安禄山兵犯中原以及哥舒翰潼关之败、玄宗奔蜀、永王出师等时事，展现了安史之乱前后许多重要历史图景；韩愈《此日足可惜一首赠张籍》写贞元十五年汴州兵乱，《赴江陵途中寄赠三学士》写贞元十九年关中大旱，《送侯参谋赴河中幕》写元和四年讨成德叛镇，也都是在叙情中涉及时事。以上诸作，说明叙旧道情中的优秀长篇，通常是借与友人叙情论心，作为引发创作的契机，中心仍落在抒写怀抱和反映时代生活方面。诗人与友人的聚散离合，牵连许多逝去的岁月。在叙旧之际，极容易把一腔热血、满怀感触引发出来，不仅由昔而今陈述自己的心灵历程，同时连带着对往时的遭际乃至当日的环境气氛、朝廷政治局面作出回顾反思。这样，着重于身世感受的这一部分叙情长篇，在自叙怀抱和遭遇的同时，广泛地反映了时代生活；着重于写时世感受的一部分叙情长篇，却也处处不离开切身的经历和体验。两部分叙情长篇，注意力和着眼点可能各有侧重，但其中优秀篇章，则往往兼具两重性质：是坎壈咏怀的篇什，又是反映时代生活的乐章。

三

叙情长篇是诗歌叙事和抒情两大因素在协调统一过程中产生的，随着诗歌中叙事、抒情乃至议论等多种成分组合的千变万化，不仅叙情长篇的格局面貌表现为一动态序列，而且有的作品还在一定程度上越出一般抒情诗、叙事诗和叙情长篇的常规，呈现复杂情况。联系叙情长篇的艺术经验，可以对这些作品内部成分的组合进行比较对照。白居易《琵琶行》从叙述琵琶女的故事角度看，是一首叙事诗，而从诗人自叙角度看，又包含有叙情长篇的某些成分和韵味。琵琶女身世和作者身世的近似之点，构成了“同是天涯沦落人”这样把双方绾合起来的主调，所以能够在叙事诗中有机地融合叙情长篇的某些成分，而不见任何扭合的痕迹。白诗在几种成分的组合上是成功的，而元稹的《连昌宫词》、韦庄的《秦妇吟》，在人物叙说之外，加上作者介绍，像是一层薄薄的抒情诗的外壳，套着一个叙事诗的内核，从人称、语调和前后气氛看，让人有不完全协调统一之感。李商隐的《行次西郊作一百韵》有追摹杜甫《北征》的用意。但他采取“作者—村民—作者”三段式。只开头、结尾与《北征》仿佛，中间部分由村民出场评述开元至开成年间的社会变化、朝政得失。谈话的内容语气与其身份并不相称，展现不出像《北征》那种真正出自亲身体验的生活过程与心灵历程。谈话一段的过分膨胀和三段之间语气的变化，也使前后有不够融贯匀称之感。可以说作者虽然在某些方面学杜，但终究是借述史事以议政之作，而有别于《北征》式的叙情长篇。对照分析唐人这些长诗，可以看出，叙事、抒情、议论组合的形态虽然变化多样，但要做到长篇中各种因素和各个部分都能真正有机统一，具有故事情节的整一性，或如同主体亲身经历体验的那种生活魅力，实在并非易事。李白、杜甫、韩愈等人的优秀叙情长篇，在唐文化的特定背景下，凭借唐诗高峰期卓越的抒情叙事艺术，在这些方面为诗歌发展作出了重要开拓。叙情长篇中那种前后相续、不断发展演进的情感过程，几乎像叙事诗中“有头，有身，有尾”的情节一样，给全诗一种开合起伏而又不致松懈散漫的内在凝聚力。它以表现情感过程为中心，把各种境况纳入主体的体验观感之中，既有坎壈咏怀，又有史诗之笔，融叙事、描写、抒情、议论等多种因素，却保持了艺术上的有机完整、生动具体。这类作品给民族诗歌朝规模宏大、内容丰富深广方面发展所提供的艺术经验，无疑是值得认真加以总结和吸取的。

叙情长篇非有巨大的才力难以驾驭。唐诗中这一类型的成功之作多出自大诗人之手，而且多半出现在这些诗人的中后期，是正当他们阅历丰富、精力旺盛、诗艺成熟、感慨最深的时候。由于叙情长篇的作者要用一大片魄力去写，读者也相应要用一大片魄力去读，甚至评论介绍也要费一大片气力去从事，所以历代选本选录和反映不够。特别是一些普及性选本，被动地适应一般读者的欣赏习惯，更很少以之入选。“或看翡翠兰苕上，未掣鲸鱼碧海中。”（杜甫《戏为六绝句》其四）从全面地认识唐诗，借以发展我们民族诗艺创造力的角度来要求，这种不足应该得到弥补。

历代治唐诗的学者，在具体作家作品研究中，对李白、杜甫、韩愈、白居易、李商隐等人的叙情长篇均有评述，有些篇受到极高的评价。在考证研究作家生平时，这些作品更是最可靠的文献，一直受到关注。但尽管如此，从总体上看，研究还是零星分散的，很少能把它们作为一种类型来全面地、系统地考察。鉴于上述情况，本文把唐诗中这种以抒情为主旨，以叙述为主要手法，且自叙性很强的长篇抽取出来，进行了粗浅的剖析。错误之处，希望得到指正。

［原载《文史哲》1991年第4期；中国人民大学书报资料中心《中国古代、近代文学研究》1991年第11期全文转载］

战士之歌和军幕文士之歌

——从两种不同类型之作看盛唐边塞诗

为了深入全面地认识唐代边塞诗，似应分课题从多方面去做考察研究。作为边塞诗创作成熟期的盛唐，时间长达半个世纪，留有名篇和一定数量边塞诗的作者至少有十来家，而过去常常习惯于把他们整体化，忽视辨识不同类型的作品，较少注意不同作家群的各自创作倾向，对边塞诗在高潮过程中的变化发展缺乏认识，不少问题在对象范围上也未能予以应有区分。针对这些情况，似有必要从盛唐边塞诗的分类研究入手，把问题引向一些应予辨析，而不宜粗略笼统地对待的方面。本文拟从边塞诗中提出两类作品加以讨论：一类出自社会上一般诗人之手，抒情主人公可以看作边防士卒，不妨称之为战士之歌；另一类是被辟聘到边防节度使幕府中的文士之作，抒情主人公即作者自身，可称为军幕文士之歌。这两种类型当然不足以概括边塞诗的全部，如高适《信安王幕府诗》、杜甫《送高三十五书记》一类酬赠之作，作者身份在诗中表现得很明确，抒情主人公既非战士，亦非幕府僚属，自然不能列入上述两类诗中任何一类。还有些诗，内容主要陈述边事，但诗人不是托士卒口吻，而是以能为朝廷筹划安边良策的才智之士自命，身份和语气也显然别是一样。但这些作品数量较少。边塞诗中在思想和艺术上最有代表性的作品，仍然以属于战士之歌和边幕文士之歌两种类型为多。因此，讨论一下这两类诗各自的思想和艺术，及其产生的条件背景，可能会使我们对某些问题在认识上得到深化，或者可以进而窥见边塞诗发展的某些重要环节，以及与当时政治军事制度演变的相应关系。

战士之歌，从作者看，虽然并非真正是封建社会中处于文盲状态的战士，而是文化修养较高的诗人，但盛唐诗人在时代风气的影响下，多向往从军出塞，关心边防问题，他们对征人的生活和思想并不陌生。为了要深入到边塞问题内部，多方面地表现军旅生活，为了将战争给社会特别是下层人民所带来的影响写得如同亲身感受，他们常常设身处地，体贴着征人的情怀，托征人及其家属的口吻进行抒写。这类诗从反映现实角度看，在一定程度上能够代表战士及社会某些阶层围绕战争问题所产生的复杂情绪。至于少数纯粹出于承袭乐府旧题，内容浮泛，与战士生活思想很隔膜的作品，当然不属所论范围。

可以看作是战士之歌的盛唐边塞诗，除李白、王昌龄、李颀、王之涣、王翰、常建等人的有关作品外，杜甫的《兵车行》《前出塞》《后出塞》，王维的《少年行》《陇西行》等篇，都可以归入这一类型。高适前期，两次到过蓟北，给边塞幕府僚属呈献过一些作品，又曾在若干诗中自比为有安边韬略的孙武、吴起，这类篇章，当然不属战士之歌。但高适其他一些作品，特别是最杰出的《蓟门五首》和《燕歌行》，却颇能表现战士的生活情绪和愿望，《蓟门五首》中像“羌胡无尽日，征战几时归”，《燕歌行》中象“相看白刃血纷纷，死节从来岂顾勋”都可看作战士的自白。因此，高适前期这一部分最有价值的作品，归入战士之歌一类加以讨论，应该是可以的，有助于我们更清楚地考察和认识盛唐边塞诗。

战士之歌的边塞诗，首先表现的是报效国家的精神，以及争取边疆安定和平的愿望。“孰知不向边庭苦，纵死犹闻侠骨香。”（王维《少年行》）“黄沙百战穿金甲，不破楼兰誓不还。”（王昌龄《从军行》）无论是豪迈乐观，直抒为国捐躯的荣誉感，还是深沉坚定，抒写豪情而不回避战争的艰苦，都显得壮气凌云，充分表现盛唐时代民族精神的蓬勃高涨。人民参加战争，目的是抵御侵略，保卫国境四周的安全，所以抒发战士的英雄气概，在具体作品里，又常常与争取和平的强烈要求结合在一起，“转战渡黄河，休兵乐事多。萧条清万里，瀚海寂无波。”（李白《塞上曲》）“转战”与“休兵”统一在一起，虽然透露坚强的民族精神，却只有对和平统一的追求，而丝毫没有杀伐之气。这种追求有时化为理想色彩更浓的憧憬：“玉帛朝回望帝乡，乌孙归去不称王，天涯静处无征战，兵气销为日月光。”（常建《塞下曲四首》其一）借汉武帝时与乌孙的融洽关系，展开想象，让民族之间友好团结的精诚，消尽战争的阴霾。愿望之美好，达到了封建时代广大士兵考虑民族问题所能及的最高限度。

由士兵眼里去看边塞，特点是有下层人民对问题的深入体察和实事求是的批判精神。所以即使是在封建盛世，仍然可以从开元、天宝年间的边塞诗中看到对有关问题的冷静思考乃至多方面揭露。“秦时明月汉时关，万里长征人未还，但使龙城飞将在，不教胡马度阴山。”（王昌龄《出塞》）似乎有一种脚踏实地的精神，使征人在离家万里、长期征戍中，冷静地思考着。他们的情思远溯秦汉，对征戍的意义进行历史性的推求；他们怀念古代名将，透露出对现实问题的认识和态度。联系盛唐许多其他边塞之作，可以看出广大战士对于军政腐败，将帅不得其人，深为不满。诗中有的直斥：“左贤未遁旌竿折，过在将军不在兵。”（常建《塞下》）有的仅叙事而贬义自见：“将军降匈奴，国使没桑乾。”（王昌龄《代扶风主人答》）有的把将官平时的骄态与战时的窘相加以对照：“身当恩遇常轻敌，力尽关山未解围。”（高适《燕歌行》）这些将军在战场上威信扫地，而在军中则享乐腐化，不恤士卒：“战士军前半死生，美人帐下犹歌舞！”（高适《燕歌行》）将军宴安骄纵，士卒生命涂炭，军中阶级对立乃是普遍现象。诗人们一再抒写对于秦汉时名将李牧、李广等的怀念，正是基于这一背景。

在“死是征人死，功是将军功”（刘湾《出塞曲》）的封建时代，将军们经常只顾军功，不顾士卒性命，哥舒翰屠石堡城取得封赏就是一例。而且有些战争即使完全正义，由于封建制度下难以避免的军政腐败，死亡也往往过重。“昔日长城战，咸言意气高。黄尘足今古，白骨乱蓬蒿。”（王昌龄《塞下曲》）“意气高”出于战士的报国热情，但战争本身却不是以少胜多，而是死伤惨重。“龙斗雌雄势已分，山崩鬼哭恨将军。黄河直北千余里，冤气苍茫成黑云。”（常建《塞下曲四首》其二）死而有弥天盖地的“冤”和“恨”，正是由于伤亡过甚。战争无有休止，代价如此之重，从唐王朝一边看，不能不归罪于统治者制置边疆失策，或因贪欲而黩武。杜甫《兵车行》中的战士沉痛诉说前线“流血成海水”和后方“千村万落生荆杞”的景象，怨恨“开边意未已”的唐玄宗。李颀《古从军行》中的战士心情极苦，一方面“闻道玉门犹被遮，应将性命逐轻车”，另一方面眼前的景象是：“胡雁哀鸣夜夜飞，胡儿眼泪双双落”，要执行皇帝的意旨，就要残杀无辜，进退两难、富有人道精神的战士，不仅从自身，而且从少数民族的角度提出令人怵惕的问题，揭露了黩武者视各族人民生命如草芥的贪残本性。

当然，在漫长的历史过程中，挑起战争的责任，并不只是在汉民族统治者身上。边荒游牧部落的奴隶主贵族，也常常觊觎中原，所谓“匈奴以杀戮为耕作”（李白《战城南》）并非完全夸张。以战止战也还是需要的。但即便如此，也不能靠放手杀戮来解决问题。“苟能制侵凌，岂在多杀伤！”（杜甫《前出塞九首》其五）“乃知兵者是凶器，圣人不得已而用之！”（李白《战城南》）要求安边应有正确的方针政策，要在“不得已”的前提下有控制地使用武力，则无疑是正确的。

综观盛唐时期诗人们所写的战士之歌，可以说围绕民族关系和战争问题所作的反映是充分深入的。既反映了当时奋发进取的民族精神，也反映了战争本身的严酷性，以及所暴露出来的一系列矛盾。受着诗人生活和认识水平的限制，虽未能说尽征人所要说的一切，但他们在创作此类诗歌时通常总要按照征人的方式去思考和表述问题，由于有着这种主观努力，作品的现实性和人民性增强了。这些诗，一般不是呈献给达官贵人们看的，而是“传乎乐章，布在人口”（靳能《唐太原王府君（之涣）墓志铭并序》），由社会去鉴别品评，可以说是以征人为本位，以社会为知音。对于征人和社会大众来说，它有依属性，但另一方面它又获得了更大的自由，它不必过多考虑某位将军或权要的反应，只求言征人之所欲言，想征人之所欲想。敢于揭露真相，直抒怨苦，是这类诗可贵的思想特色。

战士之歌是诗人揣摩体会边防戍卒的情怀而写出的作品，因而这类诗从抒情主人公与作者关系看，有不少与唐诗中的宫怨、闺怨以及另外一些题材的旧题乐府相近，都多少带有“拟”“代”的倾向，战士之歌中作为抒情主人公的征人，与诗人“自我”是矛盾统一体。因为作品出自诗人之手，不可能没有“自我”，但是“自我”一般不能直接表现，而必须融化到诗的抒情主人公亦即征人的血肉中去，才不致妨碍这类诗所必须具备的“征人本位”。亦此（诗人）亦彼（征人），要使情感在彼此之间能够沟通，且彼方所代表的又不是特定的某甲或某乙，而是千千万万征人，因之这种创作便和诗人在某种场合触物兴感的抒怀篇章有很大区别。在战士之歌里，非常具体的时间、地点一般是没有的，所写的情或事，也要求能让人联想到更多的生活场面，触动更广泛的情绪。写作这类诗时，诗人致力于典型概括的意识，往往更为明确。它在表达上的含蓄蕴藉，思想感情的丰富性、多重性等方面，达到了很高的水平。为了逼肖征人或下层人民的声口，深入人心，诗人还特别注意向民歌学习，多采用乐府诗题，使作品具有军伍和民间气息，富于音乐性。

诗人为边防士卒歌唱他们的生活和情怀，也难免有其局限的一面，这主要是生活体验带有间接性。就盛唐诗人与边塞接触的情况看，以高适、岑参实际生活体验最为丰富，高适除天宝后期从事哥舒翰幕府外，早年两次北上蓟门，对边塞的考察也是比较深入的，他的《燕歌行》写边塞征战生活，比一般战士之歌要深切得多。高、岑以外的诗人，王维于开元二十五年出使凉州，任过短时间的判官。崔颢于开元后期，可能在河东军幕一度任职。张谓于天宝末从事封长清幕，但其现存边塞诗当写于此前，他早年曾有蓟州之行。[①]李白出川后，东北到过幽州，西北仅至邠、坊。王昌龄到过径州、萧关一带。王翰家居并州，宦游至魏州，又似曾客游河西。王之涣足迹曾及蓟门。至于李颀、常建、刘湾，尚缺乏到过塞垣的可靠证据。总之，盛唐诗人们写战士之歌时，闻见所及未能超出东起幽并，西至

① 参看傅璇琮《唐代诗人丛考·张谓考》。

陇右的长城一线。曾经涉足边塞的诗人也多属旅游性质，时间不长。他们写战士生活固然多凭借间接经验，写景比较虚括也不完全出于上面曾提到的艺术上的原因，缺少亲见亲闻应该是同时助长了这种倾向。如果单从缺点方面看，古塞、长城、大漠、风霜这些景物意象，在边塞诗里反复出现，像是舞台上习见的背景和道具，虽然由于作家的意匠经营，往往构成具有高度美学价值的境界，但几种意象一再组合，总难免雷同。让人不容易看到更加真切丰富的边塞景物和风俗人情。所以，上述这类边塞诗，自然要由诗人们的阅历给它构成一种局限。我们试看中晚唐的许多边防题材的诗作，几乎只是在盛唐战士之歌的成就范围内踏步，有的甚至近于模拟，便更可悟出如果不在生活和视野上有更大的扩展，也就难以越过王昌龄、李白等人的藩篱。

人们的创造是在一定的历史条件下进行的。这些历史条件论其充分完满的程度，在具体到某些人的时候，又总是相对地存在差次。王昌龄、李白等人创作边塞诗，一方面继承借鉴了前代征戍题材的作品，一方面更主要的是他们当代政治、经济、军事、文化诸条件下的产物。唐代以前，文学史上陆续产生过一些征戍题材的诗，但真正歌咏像汉唐大一统以后那种比较严格意义的边塞之作却很少见。如沈约《从军行》提到“浮天出鳀海，束马渡交河”，其实他所属的梁代，版图只限于东南，跟交河中间还不知隔着多少割据政权，因此沈诗只不过是借这些地名强调士卒远戍而已，与我们所说的边塞诗无涉。至于有些征戍之作所体现的尚武报国精神，怨久戍、念家园的情绪，乃至某些表现手法，对唐代边塞诗的创作虽有影响，但这些诗篇的多数，或是不关边塞，或是内容抽象贫乏，甚至陈陈相因地仿制、模拟，未能集中反映边塞的生活和景物风貌。它们零星地散见于文学史上，并不足以从边塞文学的角度划成一种专门的类型。只有到了唐代，特别是盛唐时期，边事活动空前频繁，诗人们受着开放的时代精神鼓荡，同时又具备较多的边塞方面的知识，乃至一定的生活经验，或借乐府旧题而抒新意，或自制新题，发为大量边塞气息浓厚、形象鲜明饱满的诗篇，才构成一个需要冠以边塞诗的专名而不可隶属于其他题材的类型，并争得了文学史上的一席地位。在这边塞诗创作的高潮中，如果按照它的自身发展来划分阶段，王昌龄、李白等人的战士之歌，多数写于天宝中期以前，相对于岑参、高适的西北边幕之作，为时更早一些。这一阶段，诗人们秉受时代风会，一方面写了大量艺术上成熟完美的边塞诗，另一方面又留下很广阔的天地有待开发。同时，王昌龄、李白等人写战士之歌，只不过是他们诗歌创作中多方面的题材之一，带有兼而为之的性质。待至岑参、高适等人系身幕府时，从他们作为诗人的角度去看，写边塞诗则是其致力的专门对象。由众多的人兼而为之，到集中若干有更多便利条件的人去专攻，这也符合事物发展的一般进程。而总的说来，王昌龄、李白等人的边塞诗，在思想和艺术上虽有其独到之处，他们的优长并且有助于我们对照认识岑参、高适另一类边塞之作的缺点，但只要我们愿意承认王昌龄、李白写边塞诗确有为他们自身经历和见闻所囿的情况，就不难看到岑参、高适西北边幕之作，在成就上是属于突破性的，形成对边塞诗发展的又一次大开拓。

岑参、高适的边幕之作是以更加充实而多方面的边塞军旅生活体验为基础的。此前，崔颢从事河东幕府写过《古游侠呈军中诸将》等篇，王维羁留凉州幕写过《使至塞上》等篇。特别是王维对凉州一带风俗民情的描写，以及“大漠孤烟直，长河落日圆”那样极其真切地再现边塞风光的名句，已经预示着边塞题材到从事幕府的杰出诗人手里，将会有重大突破。只是王维由于历时短，作品不多。至高、岑才将这种预示推进为现实。高适在河西三年，岑参在安西、北庭前后六年。高适对今青海东北地区有较多的深入，岑参多次往来于天山南北。他们那种秉笔从戎、佐幕边陲的实际感受和多方面的丰富见闻，是王昌龄、李白等人所缺乏的。因而在创作上自然能如龙宫探宝，获前人所未获。当然，高、岑二人单论其西北边幕之作，成就是有悬差的。高适入河西幕之前和在河西时期的边塞诗，约分别为二十首、二十二首；岑参在安西、北庭期间约有诗七十七首。[①]高适

① 此系据刘开扬《高适诗集编年笺注》及陈铁民、侯忠义《岑参诗集校注》所做的统计。

边幕之作，数量虽不及岑参丰富，但仍略多于他自己前期的边塞诗。关键是他这一阶段的作品，无论与岑诗还是与自己早年的边塞诗相比，都显得逊色。这可能因为高适不仅是一位诗人，更是一位政治军事实干家，入河西幕后精力主要牵缠于军政事务，创作兴致没有前期那样浓了。但尽管如此，他在河西幕府诗中多方面表现出来的对于彼时彼地军旅生活和边塞风光的实际感受，还是别人所不能代替的。不光是由于岑参，同时也由于有高适边幕之作加入，才完成了由王维开端的对于边幕诗创作具有极重要意义的大扩展。而高适无论在战士之歌的创作还是在幕府文士之歌的创作方面，都是一位重要诗人。

军幕文士之歌已不像战士之歌那样，在创作上有“拟”“代”的倾向了。它是属于作者直抒所历所感的一类。诗中的抒情主人公不再是普通的征人，而是军幕文士。这些文士和后代官僚幕府中的帮闲人物不同，他们有不少是有血性的男儿，有理想，有抱负，有健全的体魄，有报国的热情。“浅才登一命，孤剑通万里。岂不思故乡，从来感知己。”（高适《登陇》）因受朝廷一命之拜和感知己的信任，即仗剑离乡，不辞万里之劳，正是慷慨奋发、积极用世精神的表现。“侧身佐戎幕，敛衽事边陲。自逐定远侯，亦著短后衣。近来能走马，不弱并州儿。”（岑参《北庭西郊侯封大夫》）文士已著上了一半军人的风采。诗人不免自矜，而自矜中正透露了秉笔从戎的喜悦。似乎由于他们在边疆感到功业不难建立，生活待遇亦较一般战士不同，因而情调也更高昂。他们当然并非没有久戍塞外的复杂情绪，但并不流于缠绵凄恻：“勤王敢道远，私向梦中归。”（岑参《发临洮将赴北庭留别》）“送子军中饮，家书醉里题。”（岑参《送李判官入京》）运刚于柔，前者把公私两端的主从关系限制得非常严格，在克制中显出坚毅和韧性；后者在醉里题写家书，更把绵绵深情和倚酒自持的刚气统一在一起。这些文士在独处和思念家室时情调并不低弱，而当众人会集在一起时，更能激发意气：“……琵琶一曲肠堪断，风萧萧兮夜漫漫。河西幕中多故人，故人别来三五春。花门楼前见秋草，岂能贫贱相看老。一生大笑能几回，斗酒相逢须醉倒！”（岑参《凉州馆舍与诸判官夜集》）多么兴会淋漓，豪气纵横！他们有感于时光流逝，功业未建、但不叹老嗟卑、感伤唏嘘，而是表现出积极奋发的人生态度。豪饮、大笑和“岂能贫贱相看老”的感慨，都基于一种对前途、对生活的信念，有着能够掌握自己命运的坚强心志。他们怀抱功名欲望，但不加隐讳，显得开朗而有进取性。透过这些作品，不难觉察到，感应着盛唐的时代精神，这些富于血性的男儿脉管该搏动得多么有力！岑参、高适所描绘的军幕文士形象，有着丰富的精神生活，他们欣赏着大自然在边塞上所显示出的伟力，吟唱着那里的火山、热海，由于经受鞍马风尘、冰川戈壁的锻炼，心志变得更加开阔坚强。“倚马见雄笔，随身唯宝刀。”（高适《送蹇秀才赴临洮》）文质彬彬与英雄气概的结合，是其特色。这类形象，与李白、王昌龄等人笔下的战士形象，在唐诗形象画廊上都占有重要地位。比较起来，战士形象虽然丰富多样一些，并且也有自己时代的鲜明特色，但作为一种类型，在前代军事题材的作品中，毕竟曾经出现过，而岑参、高适诗中的军幕文士，在唐诗形象系列中则属于比较新的类型。

得益于边塞生活体验的广度和深度，岑参、高适笔下更加丰富多彩地展开了边塞军中生活和战争场面。如写鞍马征行的苦辛，在河西沙碛是“马走碎石中，四蹄皆血流”（岑参《初过陇山》），在酷热的吐鲁番盆地则“马汗踏成泥”（岑参《宿铁关西馆》），在焉耆一带的冰上是“秋冰鸣马蹄”（《早发焉耆》），在更远的西部地区又冷得“石冻马蹄脱”（岑参《轮台歌》），这些多样化的描写，如未曾在西域军中多处驰驱，是绝难想象的。诗人笔下的征战生活，尤其令人切实感到紧张而艰苦：“将军金甲夜不脱，半夜军行戈相拨，风头如刀面如割。马毛带雪汗气蒸，五花连钱旋作冰，幕中草檄砚水凝。”（岑参《走马川行》）大笔挥洒以出，风发泉涌。对边塞生活的极度熟悉，使一连串非凭空臆想所能有的细节描写，得以联翩接踵，奔注笔端。又如写蕃汉将领欢聚宴饮和骑射角逐活动：“军中置酒夜挝鼓，锦筵红烛月未午。花门将军善胡歌，叶河蕃王能汉语。”（岑参《与独孤渐道别长句》）“九月天山风似刀，城南猎马缩寒毛。将军纵博场场胜，赌得单于貂鼠袍。”（岑参《赵将军歌》）唐代边防军中多隶属有习于征战的少数民族部落，西域驻军中蕃汉杂处的情况无疑更为普遍，但这样多种融洽和乐的场面，只有岑参诗中才能见到。它不像张谓《塞下曲》那样理想化，却更为现实，给读者以出于耳闻目见的亲切感。

岑参、高适的诗第一次大量地把西北山川景物乃至某些风习人情介绍给了中原地区的读者。天山、火山、热海、铁关、走马川、百丈峰等山川塞堡都历历如见地出现在他们用诗笔描绘的西北地区山水长卷上。在这一类诗中，有的描绘奇丽多姿的塞外奇观，如“火云满山凝未开，飞鸟千里不敢来”（岑参《火山云歌送别》）的火山，“忽如一夜春风来，树万树梨花开”（岑参《白雪歌送武判官归京》）的八月大雪，“海上众鸟不敢飞，中有鲤鱼长且肥”（岑参《热海行送崔侍御还京》）的热海，这些诗虽然语词和精神是浪漫的，多大胆的夸张，惊人的想象，但有真切的生活体验为基础，奇中见实，让人感到诗中展开的是一个真实具体的天地。有的景物虽未必瑰奇峭丽，却为边塞地区所特有，非肤泛涉笔所能道出。如“朝登百丈峰，遥望燕支道。汉垒青冥间，胡天白如扫。”（高适《登百丈峰二首》其一）“立马眺洪河，惊风吹白蒿。云屯寒色苦，雪合群山高。远戍际天末，边烽连贼壕。”（高适《自武威赴临洮谒大夫不及因书即事寄河西陇右幕下诸公》）赵熙批前首诗的三四句：“青、白二字奇妙。”（刘开扬《高适诗集编年笺注》引）但若不亲登百丈峰，决难看到工事筑上高入青冥的峰顶与天空“白如扫”的情景。后一首诗写在临洮立马眺望附近的山河及边防线，景象极为真切，特别是所述的那种敌我烽戍相连的状况，前此似尚未经人道。相形之下，高适自己早年《燕歌行》中“边庭飘飖那可度，绝域苍茫何所有”等描写，亦不免稍嫌虚括。有的则属于塞外特产和少数民族的文化歌舞，如“叶六瓣，花九房，夜掩朝开多异香”的优钵罗花（雪莲），“回裾转袖若飞雪，左鋋右鋋生旋风”的北鋋舞。类似以上描写，在诗坛上确实如辛文房所说，“唐兴罕见此作”（《唐才子传》评岑诗），但从诗歌反映社会现实角度看，反映玉门关以西广大国土的自然面貌与风俗人情的要求，至少从唐太宗在西域设置安西都护府时就开始了。这种时代要求，经过一百多年，到岑参、高适佐幕边陲时才得实现。使边塞诗反映的地域，由局限于长城一线，扩展到天山南北，这本身就是在文学扩大题材范围、适应现实要求方面迈出的重要一步，意义已不仅限于边塞诗。

在艺术上，岑参、高适的西北边塞之作因出于实际见闻和感受，不再是大量借助间接得来的材料去揣摩悬想，故能进一步改变那种写情写景比较虚泛概括的状态，有着更多的具体性和真切感。生活体验的充实和素材的丰富，要求作品在艺术形式上有充分的自由，所以他们在西北的诗作，很少沿用乐府旧题，有更大胆的创新和尝试。岑参的《轮台歌》《走马川行》《热海行》《白雪歌》等即事命题，叙述和描写较多，已经多少接近了杜甫等人的新题乐府。在音节声调上，两人的诗遒劲悲壮，较王昌龄等悠扬宛转的边塞七绝，军伍和征战气氛显得尤为浓烈。《走马川行》三句一转韵，转韵之中又句句用韵，更不免受了西域歌舞"左鋋右鋋生旋风"（岑参《田使君美人舞如莲花北鋋歌》）式的急节多变的影响。由于他们在诗歌内容和艺术上的拓展，境界独辟，且诗中抒情主人公已不再是类型化的征人，而是从事于军幕的作者自身，遂使得许多作品艺术个性也更为鲜明突出。

在充分估价岑参、高适幕府文士之歌对于边塞诗重大开拓之功的同时，我们不能不看到事情复杂性的一面在于幕僚的身份又给他们作品带来某些局限。边帅僚属的根本弱点，是对幕主亦即主帅的依附性。他们受使府辟聘，将来出路也往往要靠府主荐举，"先辟于征镇，次升于朝廷"，（元稹《授温尧卿等赐绯充沧景、江陵判官制》）与府主结成升沉与共的关系。如岑参在安西得悉封长清因败于安史叛军获罪时，就忧心忡忡地悲叹："将军初得罪，门客复何依？"（《送四镇薛侍御东归》）正是这种依附关系，使他们难免不在诗中对主帅常有谀颂之词，一方面固然是出于感激之情或为了博取主帅的青睐，另一方面也不免有意为主帅吹嘘军功，广造舆论。所以在对待自己所依附的将帅以及有关战争问题上，他们很难像未入幕的文士那样冷静客观。如对于哥舒翰的军功，李白、杜甫持批判态度，而高适则大加颂扬。高适与李、杜在这一问题上固然存在明显差异，即在高适自身，前后期也形成对照。前期北游幽蓟，送军青夷，那时身份自由，观察问题的角度接近于一般士卒，而后期入河西幕府，情况就变了。前期诗："汉家能用武，开拓穷异域。"（《蓟门五首》其二）对玄宗开边分明有微词。后期却把开边看成壮举："上将（哥舒翰）拓西边，薄才忝从戎。岂论济代心，愿效匹夫雄。"（《奉寄平原颜太守》）究竟要追随上将把边土拓向何处呢？《九曲词》中有"铁骑横行铁岭西，西看逻逤（今拉萨）取封侯"之句，竟至把吐蕃首府视为进取目标，虽说不免夸大其词，但起码是不以攻下石堡城和九曲为满足的。高适为布衣时，面对广武古战场曾发出："缅怀多杀戮，顾此增凄怆"（《自淇涉黄河途中作十三首》其七）的慨叹，在哥舒翰幕下却歌颂残杀。"泉喷诸戎血"，"头飞攒万戟"等一类描写，血腥味未免太重。高适前期《燕歌行》等诗，抨击边帅骄纵，同情士卒疾苦，及至河西幕府，这方面竟不见一语。史载：哥舒翰"好饮酒，颇恣声色"。（《旧唐书·哥舒翰传》）安禄山叛军攻撞关，哥舒翰兵败投敌后，高适在玄宗面前为之辩解时曾指出："监军诸将不恤军务，以倡优蒲簺相娱乐，浑陇武士饭粝米，日不餍。"（《新唐书·高适传》）据此可以推知军士们先时在河西、陇右的境遇也应大体相近。高适河西诸作，对此既未能有所反映，且在歌颂杀伐的同时，有不少诗把军中描写得歌舞升平，未免较前期后退了一步。高适如此，岑参在安西、北庭写诗也暴露出和他近似的弱点。岑参《武威送刘判官》诗中说："曾到交河城，风土断人肠……夜静天萧条，鬼哭夹道旁。地上多髑髅，皆是古战场……慷然西郊道，握手何慨慷。"这是朋友之间的赠诗，真心话较多，说明他想到战争的残杀，心里也是悸痛的。联系这些作品再去看他《献封大夫破播仙镇凯歌六首》中那样血淋淋的描写和庸俗的吹捧，就不难发现作为军幕文士对于主将常常是多么不假深思地信口颂扬。岑参诗中多处描写了将军和边防长官奢侈的生活，有人把它说成揭露，殊无根据。实际上这些描写多半是他在为边将军们唱赞歌时连带而及的。作为军中生活的真实记录看，自有价值，但作者的态度一般不是揭露，而是欣赏，并常常借以衬托边将的身份气派。现存岑参居北庭封长清幕府期间诗约四十首，直接标明奉献封长清之作即有十二首。“何幸一书生，忽蒙国士知”（《北庭西郊候封大夫受降回军献上》），“幸得趋幕中，托身厕群才”（《登北庭北楼呈幕中诸公》），“吾从大夫后，归路拥旌旗”（岑参《陪封大夫宴瀚海亭纳凉》），感戴知遇和追随主帅的意识这么强烈，就决定了幕府文士一般对于边将的武功只能是抱欣赏颂扬的态度。在本文述及的战士之歌中，既不乏对边帅的直斥，更常有借怀念古代名将批判现实中将帅的作品，可是高、岑幕府诸作却另是一种写法：“天子预开麟阁待，只今谁数贰师功！”（岑参《献封大夫破播仙镇凯歌六首》）“汉将乃儿戏，秦人空自劳！”（高适《自武威赴临洮谒大夫不及》）对比之下，秦汉将领都远不及自己的主帅，由借古讽今，变成了贬古颂今。这种变化不是由于边疆现实状况有根本变化，而是由于高、岑处在幕僚的地位上写诗。当然，如不苛责古人，应该承认高适和岑参一生行事还是较有气节和见识的，哥舒翰、高仙芝、封长清天宝后期镇守西北边疆，也各有贡献。所以高、岑某些不恰当的颂词，对他们边塞诗的总成就尚不能构成过大的损害。何况边塞诗并不等于都是边战诗，边战的性质和涉及有关这些战争的诗歌，在评价上也不构成简单的对应关系。高、岑边幕之作，跟具体战争有牵连的毕竟是少数，更大量的是对边塞生活和风光的多方面展示，是抒写他们秉笔从戎的情怀和种种实际感受，那丰富的、活生生的艺术形象，才是对读者最能起作用的东西。我们将其某些局限毫不隐讳地予以指出，跟充分肯定他们在边塞诗发展上的重大贡献应该是不矛盾的。

文艺创作总要受着时代条件特别是作者生活与社会关系等多方面因素的制约，盛唐两类边塞诗正是由于在创作上各自所凭借的条件存在差异，因而无论在内容上、艺术上都有不同。深入研究盛唐边塞诗，无疑应有所区分，而不宜把许多问题纠缠在一起，一概论之。在一类诗中某方面之所短，在另一类诗中可能恰有所长。若把这种长处或短处属之于所有边塞诗，便未必符合实际。如王昌龄、李白等人的边塞诗典型概括的程度往往很高，诗中的时间、地点一般比较虚泛，若像对待岑参、高适在北庭、河西的作品那样加以指实，以为所写即某次战争，并进而作出是否歌颂“黩武”的判断，显然欠妥。另外，两类诗在诗坛上出现，大体可以分出先后，构成边塞诗在高潮期的发展变化。前者对于后者的出现有着启发推动作用应当是无疑的，但从边幕文士之诗的意义上来看后者，岑参、高适边幕之作出现于天宝后期，却又并非单由文学进程死死地规定着的，而是更多地与当时政治军事制度的某些演变有直接关系。唐代在边疆设置藩镇，于开元后期至天宝年间有很迅速的发展，藩镇数目增加，节度使由担负防戍之任而兼掌屯田、度支、安抚、观察，权限扩大，地位崇高，使府辟署的人员也随之增加。从岑参、高适诗中所反映出的幕府人员之间的纷繁交往，便可见当时藩府人才济济，盛况空前。哥舒翰幕下诗人除高适外，尚有严武、吕諲等。封长清幕下除岑参外，有张谓、李栖筠等。由于人员众多，留居时间长，他们在幕中还栽种花木，登临赋诗，从事多种文化娱乐活动，围绕着河西、北庭这些藩府，俨然在边地形成文化中心。高适、岑参等受边帅之辟，这样长期从事军幕，与初唐时期有些文人从军的情况已很不相同。其间有一个随着唐代使职差遣制的发展，主宾关系逐渐加强，幕府人员由比较简化到趋向复杂多样，以及时间也相应增长的过程。高适、岑参的边幕之歌出现在天宝后期，正是由这个过程起着催产作用。所以研究文学史如果忽视政治、军事往往给予文学以直接影响，对于唐代边塞诗的问题，似乎也很难得出正确的、符合实际情况的结论。

［原载《文学遗产》1985年第1期］

政治对李杜诗歌创作的正面推动作用

——兼论中国诗歌高潮期的时代政治特征

李白、杜甫是盛唐时期最伟大的诗人，两人的创作历程与唐代（特别是玄、肃、代三朝）政治有密切关系。政治对李、杜创作的负面的影响，以及“诗穷而后工”的现象，历来论述较多。本文则大体沿李白、杜甫的创作历程，揭示在一些关键时刻，政治对两大诗人创作的正面推动作用，并连带讨论中国诗歌高潮期，一般需要政治提供什么样的条件和背景。这对理解李、杜诗歌各期风貌变化以及盛唐为何在诗歌上取得空前成就，当会是有意义的。

一、唐前期的政治与李杜的理想

唐前期政治，一方面堪称扎实稳健，有许多端谨忠勤、匡益济时的治世之臣；另一方面，它又比较开放自由，在政事、用人上颇具灵活性。这两个方面导致的政治空前成功，激励许多士人为时代献身。从唐前期人才之盛，可以见出那种时代新局面对于人才的吸引和鼓舞。同样，它对李白、杜甫这两位盛唐文化代表人物理想的形成，也有极深的影响。

李杜二人，以李白的理想带有更多的传奇色彩与自由倾向。他向往着像姜尚、管仲、诸葛亮等人那样，由布衣跃升为帝王之师。初看上去，开元、天宝之稳定，与姜尚等人所处的时势完全不同，李白的理想似乎脱离了时代，而实际上仍然根源于现实政治生活土壤。

唐朝肇始，固然有许多人像魏征、李勣、刘洎等那样，适逢风云际会，由草野登上高位。而武后和玄宗，由于是在斗争中取得最高权力，为夺取和巩固政权，也都曾不次用人。这些，无疑让士子感到鼓舞。李白之“愿一佐明主”（《留别王司马嵩》），杜甫之“窃比稷与契”（《自京赴奉先县咏怀五百字》），目标定得那么高，显然与唐前期那种所谓“骥逢造父，一日千里。英主取贤，不拘阶陛”（《旧唐书·刘洎传》）的取才方式有关。

“唐取人之路盖多矣”（《新唐书·选举志》）。门阀制瓦解，科举制推行，普遍助长了士人的进取意识。科举之外，朝廷又一再下诏征召各方面的人才，“无隔士庶，具以名闻”（武则天《求贤制》），强调对才士予以破格推荐。盛唐赠酬诗中，被称“征君”者出现频率之高，亦足以见当时征辟之频繁。李白在蜀中，还很年轻，已有“州举有道不应”（《新唐书·李白传》）之事，益州长史苏颋又在《荐西蜀人才疏》中称“赵蕤术数，李白文章”。开元政治这么早就通过它敏锐的触角发现了李白，决非单方面由于李白的天才。蜀中之荐，李白曾举以自炫。说明尽管不应，荐举也仍然有其刺激鼓舞作用。李白“耻预常科”，追求皇帝的直接召聘，与早年受荐举的影响，应该是有联系的。

唐代皇族推尊老子为始祖，道教在唐代政治色彩极浓。道与儒本有出世与入世之别，但道家在唐代却常常以特殊的方式入世。出入于宫廷的道士是一种[①]，辅佐过肃、代、德三朝的李泌又是一种。后者在很大程度上是把道与儒相结合，用道家的外衣和术数，推行儒家的政治。李白好道且又热心政治，显然应从唐代道教与政治关系密切的背景上去考察它的根源。并且道教的哲学与他的实际政治追求相结合，又使李白的从政，带有浓厚的自由色彩：“功成身退”——既要实现用世之志，又要最终完成归隐之愿。“岁星入汉年，方朔见明主”（《书怀赠南陵常赞府》），李白还常自比东方朔，东方朔在传说中经过道教神话的改妆，成为游戏宫廷、暂伴汉皇、终归天上的“岁星”。

① 与李白关系密切的吴筠、司马承祯、胡紫阳，均受过玄宗的召见和礼遇。

在李白的心目中，即使不能为帝王师友，至少也要能以东方朔式的轻松自由的态度事君。这些想法，与道家的事君方式是相通的。

唐前期用兵四夷，边疆广阔的用武之地以及种种富于传奇性的军事政治斗争，在其时具有极大的魅力。李白喜游侠，歌从军，起过“不然拂剑起，沙漠收奇勋”（《赠何七判官昌浩》）的念头，他的伴以迫切行动要求的宏大理想，与唐前期辉煌的军事业绩的鼓舞有关。

影响于李白的现实政治诸因素，对杜甫当然也起过作用。杜甫也有浪漫、富于幻想的一面。但论主导倾向，对于杜甫有更深刻意义的，还是唐前期政治中扎实稳健的一面。从唐太宗时的房玄龄、杜如晦，武后时的狄仁杰、娄师德，到玄宗时的姚崇、宋璟、张九龄所代表的，正是一条注重教化、注重吏治、注重人民生活的政治路线。这条路线所努力促进并留给后世的样板即贞观之治和开元之治。杜甫于自己的理想，一则曰，“窃比稷与契”（《自京赴奉先县咏怀五百字》）；再则曰，“致君尧舜上，再使风俗淳”。看上去似乎离现实也很远，但如果结合杜甫更多的作品去理解，他所向往的，不过是借用上古三代之名，而实质却是略加理想化的贞观、开元之治。《有事于南郊赋》称颂玄宗云：“（陛下）炉之以仁义，锻之以贤哲。联祖宗之耿光，卷夷狄之影撇。盖九五之后，人人自以遭唐、虞；四十年来，家家自以为稷、契。”这里等于给《自京赴奉先县咏五百字》一类诗中“尧舜”“稷契”提供了注脚。原来玄宗在行仁义、任贤哲的时候，也就等于尧舜，能够辅佐玄宗致国家于治世的臣子，也就同于稷契。《忆昔》诗把开元时代作为“全盛日”歌颂，一则向往其公私富足：“稻米流脂粟米白，公私仓廪俱丰实”；再则向往其风俗淳厚：“百余年间未灾变，叔孙礼乐萧何律。”此外，杜甫还一再感叹：“煌煌太宗业，树立甚宏达。”（《北征》）“武德开元际，苍生难重攀。”（《有叹》）说明杜甫理想的治世，实即贞观和开元。于世如此，于人所欲看齐的，也就是其时一些贤臣：“唐始受命，群公间出。君臣和同，德教充溢。魏杜行之，夫何画一。娄宋继之，不坠故实。百余年间，见有辅弼。”（《祭故相国清河房公文》）又在《八哀诗》中赞美张九龄，在《折槛行》中感慨“房魏不复见”。贞观以来的传统及房玄龄、魏征、杜如晦、娄师德、宋璟、张九龄等人的节概和功业，是其仰慕并欲追继的榜样。

杜甫对以贞观、开元为代表的唐前期政治的肯定和向往，还包括纳谏。唐前期，从武德、贞观，中经武则天时期到开元时期，经历多次重大斗争。虽有许多曲折，但从主流看，是健康力量战胜腐朽力量，直谏取得胜利。杜甫称赞太宗：“端拱纳谏诤，和风日冲融。”（《往在》）怀念贞观时期：“直词宁戮辱，贤路不崎岖。”（《行次昭陵》）又赞美玄宗：“娄公不语宋公语，尚忆先皇容直臣。”（《折槛行》）赞美魏征：“磊落贞观事，致君朴直词。”（《奉送魏六丈佑少府之交广》）杜甫任左拾遗，以敢于直谏见称后世。他的诗自始至终多含讽谏，说明他有作为谏臣的理想和实践精神，而这种精神无疑应从唐前期的政治传统中去寻找它的力量源泉。

杜甫关于仕途功业的理想是有层次的，居辅弼之位，为稷契之臣，当然是最高层次。但此外如李白之欲为东方朔，杜甫也一样有一个较低的层次，即作为文学侍从之臣。《进雕赋表》云：“亡祖故尚书膳部员外郎先臣审言，修文于中宗之朝，高视于藏书之府。故天下学士，到于今而师之……明主倘使执先祖之故事，拔泥涂之久辱，则臣之述作，虽不足以鼓吹六经，先鸣数子，至于沉郁顿挫，随时敏捷，而扬雄、枚皋之流庶可跂及也。”这里表达的，正是他第二个层次的理想。其直接导源，即为杜甫祖父的任职。唐代是一个重文学的朝代，文士受到优宠。“惟昔武皇后，临轩御乾坤。多士尽儒冠，墨客蔼云屯。当时上紫殿，不独卿相尊”（《赠蜀僧闾邱师兄》）。武后朝如此，整个唐前期都是如此。杜甫进《雕赋》《三大礼赋》的现实政治背景就是：“今贾马之徒，得排金门、上玉堂者甚众矣。”（《进雕赋表》）献赋的目的，也就是要“排金门、上玉堂”，挤入“贾马之徒”的行列，而玄宗之召试文章，则可见直到杜甫献赋之时，唐朝政治现实还能给这一层次的理想以某种支持。

二、进入朝廷——大诗人的高层政治体验

李杜都曾于四十岁后一度进入朝廷。虽时间不长，但接受了高层的政治体验，对其一生的政治生活和创作，均具有重大影响。无论是李白还是杜甫，在这以后，都获得一个创作丰收期，而这以前的总体成就，跟其后是不能相比的。

从屈原起，中国大诗人多数都有过朝廷生活的体验。屈原、曹植、谢灵运如此，李白、杜甫如此，韩愈、白居易、苏轼亦如此。这表明在诗歌与政教有着密切联系的中国，必要的朝廷生活体验，对成就一个大诗人是有益的。论者曾有过所谓宫廷阶段使李杜从生活到创作都变得庸俗的说法，是有片面性的。李杜进入宫廷对于创作的深远影响，必须从它给诗人以高层生活体验方面，才能得到充分的认识。比如：其一，进入宫廷的兴奋喜悦，离开宫廷的悲愤失望。这种政治上大喜大悲的精神洗礼，没有进入宫廷一遭即无从获得。其二，恢廓心胸，踔厉志气，身份和自信心得到提高。同时实际体验到了当时最高、最中心的政治是怎样一种场景，从而具备足以俯瞰全局的胸襟和气概。其三，在入朝的实际生活体验基础上，感情上建立了一种与朝廷、朝政难以割断的联系。其四，看到朝廷“典章文物之懿，甲兵卒乘之雄，华夷会同之盛”（明·宋濂《汪右丞诗集序》）。同时，国都长安更把帝国最具有特征的一些方面，集中地给以体现。经历宫廷和长安生活，对祖国、对时代的重要旨趣，可以得到更实在、更直接的体验。这些从李杜的诗篇以及有关文献记载中，能够看到不少。

李白应诏入京前夕作诗云：“高歌取醉欲自慰，起舞落日争光辉……仰天大笑出门去，我辈岂是蓬蒿人。”（《南陵别儿童入京》）极度兴奋，乃至曾被人认为轻狂。但此为多年的政治追求获得了突破性进展，精神上自然高度振奋，与一般的举措轻狂，不宜混为一谈。李白入京后，在有感“忽蒙白日回景光，直上青云生羽翼”的时候，曾对过去作过一番回顾：“少年落魄楚汉间，风尘萧瑟多苦颜。自言管葛竟谁许？长嗟莫错还闭关”。（《驾去温

泉宫后赠杨山人》）可见，即使自信如李白，也需要有社会承认。否则，“自言管葛”的信心难免不在“风尘萧瑟”的环境下萎缩。李白曾上书韩朝宗：“龙盘凤逸之士，皆欲收名定价于君侯”（《与韩荆州书》），现在不由韩朝宗，而是由君主来“收名定价”，所获得的鼓舞振奋，该是何等强烈！玄宗的召见，李白在出京后仍反复提及，可见它的激励作用历时很久。

李白入京，引起轰动，处在由自己掀起的旋风中心，李白的精神相应经历着某种高峰体验。他在玄宗面前“论当世务，草答蕃书，辩若悬河，笔不停辍。又上《宣唐宏猷》一篇，帝嘉之”（王琦《李太白年谱》）。著名的《宫中行乐词八首》《清平调词三首》更是在醉酒的情况下，于御前挥笔而成，这是特有际遇的激发，使他的创造力得以充分发挥。

玄宗对李白的使用方式，也助长了他的自由精神。甚至在一些人心目中，他已一度实现了“上为王师，下为伯友”（李华《故翰林学士李君墓志》）的理想。李阳冰《草堂集序》云：“皇祖……降辇步迎，如见绮皓。以七宝床赐食，御手调羹以饭之，谓曰：‘卿是布衣，名为朕知，非素蓄道义，何以及此？’置于金銮殿，出入翰林中，问以国政，潜草诏诰，人无知者。”应该说，这种接待，确有点礼待帝王师的意味。李白受征召而未得授官，似乎给后世留下遗憾，但从另一面看，让他待诏翰林，虽居宫廷而无曹司的管束，亦无须日日趋朝，倒是符合他爱好自由的个性。“天子呼来不上船，自称臣是酒中仙”（杜甫《饮十八仙歌》），玄宗对于李白的天真放任颇为宽容。他与贺知章等最富有浪漫作风的才士们为友，精神是自由酣畅的。“大隐金门是谪仙”（《玉壶吟》），处宫廷而仍能保持这种谪仙风度，除李白外，实为少有。

李白之去朝，据自述及李阳冰、魏颢所述，是出于小人排挤。但他又说：“龙虎谢鞭策，鹓鸾不司晨。”（《对雪奉饯任城六父秩满归京》）“光武有天下，严陵为故人。虽登洛阳殿，不屈巢由身。余亦谢明主，今称偃蹇臣。”（《送岑征君归鸣皋山》）“严陵不从万乘游，归卧空山钓碧流。”（《酬崔侍御》）表明因生性疏放而辞别皇帝。看来，追求自由和受谗毁两种因素都是有的，至少是当他感到丑正同列，受人诽谤嫉妒时，主动地上疏乞归。“咏歌之际，屡称东山……天子知其不可留，乃赐金归之。”（李阳冰《草堂集序》）这种“归山”，原较体面。因为不惯羁束而归山，因为被谗而出宫，都能赢得人们的同情和尊敬。这样，李白在政治失败中仍然有一种精神支持。

杜甫之拜左拾遗，虽不及李白被召之轰动，但在由布衣成为近侍的体验中，却包含着经历重大考验实现自己报国之志的精神洗礼。“生还今日事，间道暂时人”（《自京窜至凤翔喜达行在所三首》其二）。杜甫奔行在时，完全把生死置之度外。平时沦落，不沾朝恩，国难中却能有这样的表现，实在为一般人所难及。左拾遗之拜，体现着朝廷对其大节的肯定。“影静千官里，心苏七校前”（《自京窜至凤翔喜达行在所三首》其三）。九死一生，挺节归朝，精神上自会感到一种超越和升华。

“司隶章初睹，南阳气已新”（《自京窜至凤翔喜达行在所三首》其二）。行在所作为唐王朝复兴的大本营，有一种重新树立的、救亡的气氛，于杜甫非常有益。这一时期唐朝廷在平叛中表现了应有的凝聚力，它在叛军攻陷两京后，迅速聚合起以朔方军为首的强大兵力，展开反攻。中原军民在敌后纷纷响应，杜甫在不少诗中写到当时的军事形势，表现坚强的斗志，胜利的信心。如《喜闻官军已临贼境》：“元帅归龙种，司空握豹韬。前军苏武节，左将吕虔刀。兵气回飞鸟，威声没巨鳌。”写唐军威势，颂扬了广平王李俶以及郭子仪、李嗣业等人。学者们还注意到他这一时期所有送人赴官的诗，更多的是表达壮行色、致勉励之意。胡夏客评《送樊二十三侍御》诗云：“此及《送从弟亚》及《韦评事》三诗感慨悲壮，使人懦气亦奋。宜其躬遇中兴，此声音通乎时命者也。”（仇兆鳌《杜少陵集详注》卷五引）胡氏所说的“时命”，应包含当时那种救亡的时代气氛。杜甫在行在所，正是能够获得最为充分的感受。

“迟暮宫臣忝，艰难衮职陪”（《秋日荆南述怀》）。杜甫之赴行在，意味着亲自参加了唐王朝的重建工作。“今朝汉社稷，新数中兴年”（《自京窜至凤翔喜达行在所三首》其三）。不仅社稷重建令人欣慰，关键是于艰难之际，有幸为中兴事业出力。收京以后，杜甫与贾至、王维、岑参等人一起歌吟大明宫早朝景象，又写了《春宿左省》等宫廷诗。如果以为这些诗表现的仅仅是一个近臣沾沾自喜的心理，未免错会。诗人经历了“国破山河在，城春草木深”（《春望》）那种痛苦的体验之后，重睹京城恢复，朝仪仍旧，岂能抑制住心底的激动！供奉宫廷，而时间又恰好在复京前后，杜甫所完成的不只是作为一个近臣的体验，更重要的是，内心觉得王朝再建有他的一份参与。

杜甫以“琯党”问题被贬，与朝廷高层次斗争发生了牵连。这种牵连，以及上述多方面的情感体验，在杜甫心灵中留下深刻的、永久性的印记，构成迁延难解的结。如果从这一时期的诗歌，一直追踪到《秋兴》等晚年的思考与回忆之作，便可以充分看到在朝的一段生活，对杜甫心境的影响该是何等巨大。

三、后期——侘傺去国更不可没有政治的拨动

李杜之在朝，前后都不超过两年。他们离开朝廷后，仍然惓惓国政。其惓惓之心，有一个靠什么加以维系的问题。

“君王虽爱蛾眉好，无奈宫中妒杀人”（《玉壶吟》），逆推则是虽被妒杀，却也毕竟曾受君王赏爱。由于自信“蛾眉好”，李白对重返宫廷仍抱幻想。甚至自比隐而终起的谢安：“东山高卧时起来，欲济苍生未应晚。”（《梁园吟》）但天宝后期随着社会危机日益深重，李白感到局面无法逆转，终于滋长了隐遁之念。天宝十一载（752），李白北游幽蓟，深入了解安禄山坐大谋叛的情况：“十月到幽州，戈鋋若罗星。君王弃北海，扫地借长鲸。呼吸走百川，燕然可摧倾。心知不得语，却欲栖蓬瀛。”（《经乱离后天恩流夜郎忆旧游书怀赠江夏韦太守良宰》）此后，李诗中屡见诸如“从兹一别武陵去”（《答杜秀才五松山见赠》）、“别离解相访，应在武陵多”（《书情题蔡舍人雄》）等语，归隐之念确实增强了。安史之乱爆发，李白起初北上太行，西奔函谷，欲效申包胥痛哭秦庭，请救国难。终因找不到效力的途径而隐于庐山。“有策不敢犯龙鳞，窜身南国避

胡尘”（《猛虎行》）。李白之隐，虽有其客观原因，但毕竟显得消极，此时很需要一种推动力，帮助他走向实际斗争。

类似李白的问题，亦表现于杜甫弃官之后，肃宗打击以所谓“琯党”为代表的蜀郡旧臣，直接牵连杜甫。“岂无济时策，终竟畏网罟”（《遣兴五首》其二）、“唐尧真自圣，野老复何知”（《秦明杂诗二十首》其二十），对肃宗的刚愎自用和猜忌，杜甫既畏惧又反感，避官和避世的意念一度上升。他在秦州，生活陷入绝境，但没有返回关中，而是举家跋涉，进入偏僻的蜀地，可见有心要远离政治中心区。从卜居成都草堂前期（上元元年至宝应元年七月）诗歌看，杜甫思想上退避、独善的一面颇为突出，如没有一种力量加以拨转，消极之念还可能进一步发展。

让李杜的生活和情感再次受到拨动，使退避的心态得以转变的，还是现实政治。而且不无巧合，都与玄肃父子之间的矛盾、与房琯问题有很深的联系。

李白因永王李璘之辟走出庐山投入政治活动，而由此引起的牵缠及余波，几乎影响了他整个晚年的生活和思想。学者有把从璘看成政治上的失足，认为李白因从璘被流放而“兴趣消索”，精神低落。实际上李白从璘出于报国之心，囚禁和放逐也并没有使他陷入精神危机。李白在政治上和道义上自有支撑点，那就是玄宗于剑州发布的制置天下诏书。永王出镇江陵，本是玄宗依房琯建言所作的“制置”措施之一。“帝子许专征，秉旄控强楚”（《经乱离后天恩流夜郎忆旧游书怀赠江夏韦太守良宰》）。李白即强调永王专征，出于玄宗特“许”。虽然后来威柄操于肃宗一边，无视玄宗的诏命而枉用刑罚，但从李白《上留田行》等诗中可以看出，通过永王失败，他对皇室父子兄弟之间的倾轧是有认识的[①]。既然如此，他也就不会因自认“从逆”而失去精神支持。永王之聘，尽管使诗人遭受打击，

① 李白《上留田行》结尾云：“参商胡乃寻天兵，孤竹、延陵，让国扬名。高风缅邈，颓波激清。尺布之谣，塞耳不能听。”明胡震亨《李诗通》云：“汉时上留田，有父母死，不字其孤弟者，人为作悲歌风其兄。白诗有‘寻天兵’‘尺布谣’等语，似又指肃宗之不容永王璘而作。”

但仍然有推动他参与现实斗争的积极意义。

李白自述受辟聘的情况是："王命崇重，大总元戎。辟书三至，人轻礼重。严期迫切，难以固辞。"（《与贾少公书》）以永王之尊，再三迫切邀请，李白又重功业、讲义气，入幕后必然有一个精神亢扬的阶段。"试借君王玉马鞭，指挥戎虏坐琼筵""但用东山谢安石，为君谈笑静胡沙"（《永王东巡歌》其二、其十一），欲以平视王侯的身份，借玉鞭指挥战争于琼筵之上。又把自己出匡庐以佐王师，比作东山再起的谢安。高度自负，豪迈乐观，政治热情之饱满，为诗人出长安以来所未见。

永王失败，李白经历了下狱—出狱—参谋宋若思幕府—再下狱以至流放的过程。前后不到一年，两参戎幕，两次下狱。最初帮助他推覆清雪的是崔涣和宋若思。崔涣以宰相的身份代表初建的肃宗朝廷，充任江南宣慰大使。宋若思为御史中丞，职掌"邦国刑宪典章"（《旧唐书·职官三》），两人受理李白一案，并加以处置，理应算数。但崔涣原是玄宗所拜之相，宋若思曾为玄宗置顿使和房琯判官，均属玄宗一线的人物，在涉及有关永王这一敏感问题上，肃宗的朝廷对二人的处置是不会轻易认可的，李白最终仍遭流放。对他的先后不同处理，明显反映了玄宗集团与肃宗集团之间的尖锐矛盾。杜甫《寄李十二白》云："已用当时法，谁将此议陈？"按照崔涣、宋若思所执行之"法"，李白不仅可赦，而且可以参谋幕府，荐之朝廷。后来代宗即位，摆脱乃父成见，昭雪永王，以左拾遗之位召请李白，亦足以说明当初崔、李的推覆清雪是正确的。由于不管如何处置，李白自视均为光明磊落，所以虽遭九江之狱，并不陷于颓丧。李白甫获崔、宋清雪，立即参加了宋若思幕府；流放遇赦后，亦依然极度关心时局："桀犬尚吠尧，匈奴笑千秋。中夜四五叹，常为大国忧"。（《经乱离后天恩流夜郎忆旧游书怀赠江夏韦太守良宰》）为叛乱未平、宰臣无能而忧虑叹息。乾元二年（759），荆襄发生兵乱，李白愤激地要呼天问罪："长叫天可闻，吾将问苍旻。"（《荆州贼乱临洞庭言怀作》）面对动乱的时局，他感到不能安于闲逸："握齱东篱下，渊明不足群。"（《九日登巴陵置酒望洞庭水军》）认为不能像陶潜那样隐居，与他三年前宣称"吾非济代人，且隐屏风叠”（《赠王判官时余归隐居庐山屏风叠》）时比较，可见经过出庐山、从永王等事件之后，李白对国家与人民的责任感明显增加了。

李白晚年的诗，保持了他一贯的飞扬豪迈的风貌。如与李晔、贾至在洞庭湖的唱和以及《早发白帝城》等篇，并不因为曾受遣逐而失去逸志凌云、豪放洒脱的风度。且晚年神仙隐逸之语明显减少，诗歌的现实性加强，忧愤更加深广。特别是一系列五、七古长诗，如《经乱离后天恩流夜郎忆旧游书怀赠江夏韦太良宰》等篇，汪洋浩瀚，叙写时事遭遇与抒情言志融为一体，显出新的特色和思想深度。李白从应永王之聘到去世，前后六年，留下一系列重要篇章，如按时间比值，相应地看诗歌创作的数量和质量，这一段有后来居上之势[①]。可见伴随政治上的较多卷入，创作上再次获得丰收。

促成杜甫政治心理变化的是皇位的更替[②]。代宗继位，房琯一派成员内召或升迁，使杜甫很受鼓舞，改变了蛰居成都草堂、避官且又避世的生活态度。杜甫在结束了由陇入蜀的艰险历程后曾作诗云：“及兹险阻尽，始喜原野阔。”（《鹿头山》）透露出倦于长期的奔波颠沛，颇想在广阔平原上歇息下来的情绪。此后两年多所作的成都诗，多围绕草堂的筹建及其时的闲适生活展开。《堂成》《为农》《徐步》《屏迹》一类诗题，“卜宅从兹老，为农去国赊”“浅把涓涓酒，深凭送此生”“莫思身外无穷事，且尽生前有限杯”等诗句，表明诗人确有凭借草堂和剑南物质条件遣“送此生”的心情。这从身心讲，是多年极度劳瘁后的一次休整；从政治方面看，则是肃宗打击房琯一派人物，使其对于仕进逃避和灰心的一种表现。“扁舟不独如张翰，皂帽应兼似管宁”（《严中丞枉驾见过》），不独弃官，且又避世。“漂然薄游倦，始与道侣敦”（《赠蜀僧闾邱师兄》），甚至因薄游疲惫而亲近僧侣，从宗教方面寻找精神寄托。杜甫在成都草堂前期所

① 如郁贤皓《李白选集》、复旦大学中文系《李白诗选》所选编年诗中，这一时期作品均占四分之一左右。

② 关于夔州及成都时期，政治给杜甫创作的正面推动，请参看拙著《杜甫在肃代之际的政治心理变化》（《文学遗产》1992年第4期），本章仅略作交代，不再展开。

写的诗，政治性减弱了。与时政关系密切的诗，仅《恨别》《建都十二韵》《戏作花卿歌》《大麦行》等数首，除《建都十二韵》深刺肃宗外，其余议政忧时的迫切心情，也不及其他时期的代表性作品。这是杜甫自创作《兵车行》《丽人行》等诗以来，从未有过的现象。但这种情况仅限于上元年间在草堂前期之时，至宝应元年杜甫寓居梓州时，即发生了变化。

杜甫寓居梓州是由送严武赴京开始的。宝应元年四月，玄宗、肃宗相继去世，朝廷政局面临新的变动组合。出于新朝的政治需要，继位的代宗在人事方面自然有所更张。如张镐肃宗朝被贬至辰州司户参军，“代宗即位，推恩海内，拜抚州刺史”（《旧唐书·张镐传》）；“迁洪州观察使，更封平原郡公”（《新唐书·张镐传》）。贾至，“宝应初，召复故官”（《新唐书·贾至传》）。严武，宝应元年六月，召充山陵桥道使，监修玄、肃父子陵墓。房琯，“宝应二年四月，拜特进、刑部尚书”（《旧唐书·房琯传》）。此外，还于宝应元年（762）五月，昭雪永王璘。这一系列处置，无疑是对肃宗朝种种猜忌行为的纠正。新朝的新格局新形势，使杜甫前一阶段的那种心境和生活态度，不能不有所变化。严武内召，杜甫所作的《奉送严公入朝》诗，最早透露了他的政治心理变化。诗开头云：“鼎湖瞻望远，象阙宪章新。四海犹多难，中原忆旧臣。”首联喜新朝纲纪之刷新。次联对代宗为挽救艰难局势，纠偏推恩，征用旧臣，给以肯定。结云：“此生那老蜀，不死会归秦。公若登台辅，临危莫爱身。”自己发誓要归长安，对于严武，则望其得以拜相，且能以不“爱身”的精神匡救时局。杜甫做这种送别之言，绝不是泛泛祝愿。参以《祭故相国清河房公文》中所云：“曩者书札，望公再起”，可见当时他对房琯等人确实抱有在新朝东山再起的预期。杜甫送严武至绵州，继而逗留东川，前后跨三个年头。这一时期杜甫在政治上有所期待。朝廷亦曾有京兆功曹之召，“晋山虽自弃，魏阙尚含情”（《送李卿晔》）、“小臣鲁钝无所能，朝廷记识蒙禄秩”（《忆昔二首》其二），京兆功曹的征召虽然可能是由于京兆尹易人

（第五琦代严武）而未赴任[①]，但朝廷人事变化，以及对他个人的“记识”和“禄秩”，毕竟使他对“魏阙”的感情有所恢复。在这种情况下，梓州时期的创作，体现出明显的心境变化：其一，草堂前期，努力在幽栖、屏迹、用拙、疏懒中寻找心理平衡。梓州诗变退避为有所追求和期待，常常是任自己的情绪起伏跌宕，而放松自我抑制。其二，草堂前期，颇厌交游。所谓“渐喜交游绝，幽居不用名”（《遣意二首》其一）。梓州时期主动展开交游，与州县长官、地方豪俊以及过路官员接触频繁。其三，草堂前期，诗人只是偶尔至蜀州、新津、青城等地，览眺风景或拜访裴迪、高适等人。此时诗人在梓州、绵州、射洪、通泉、涪城、盐亭、汉州、阆州

① 杜甫在梓州后期，朝廷以京兆功曹征召。本集中明确记下此事的作品是《奉寄别马巴州（时甫除京兆功曹，在东川）》：“勋业终归马伏波，功曹非复汉萧何。扁舟系缆沙边久，南国浮云水上多。独把渔竿终远去，难随鸟翼一相过。知君未爱春湖色，兴在骊驹白玉珂。”诗作于将离东川之际。由“春湖色”可推出具体时间应在广德二年春。而京兆功曹之召当在此时或此前一两月内，其上限不可能在吐蕃犯京之前。因为杜甫如果接到去京兆做官的任命，无论就任与否，在忧念长安沦陷时应该有所涉及。现在有关诗中看不到这种任命的任何迹象。至于除京兆功曹的背景，则可以结合广德年间的时局和京兆尹更替作出推测。《资治通鉴》载：广德元年正月癸未，“以刘晏为吏部尚书、同平章事。”《新唐书·刘晏传》：“代宗立，复为京兆尹、户部侍郎……又以京兆让严武，即拜吏部尚书、同中书门下平章事。”可见严武接替刘晏为京兆尹，在广德元年正月。《旧唐书·代宗纪》：广德元年十月，“京兆尹兼吏部侍郎严武为黄门侍郎，朗州刺史第五琦为京兆尹兼御史大夫”。据此，严武代宗朝为京兆尹在广德元年正月至十月间。这一时间表揭示了奏征杜甫为京兆功曹者很可能即为严武。不仅严武作为京兆尹兼吏部侍郎为杜甫奏请此职最方便和顺理成章，且京兆府向朝廷申报时间亦当在严武卸任的十月之前。十月以后，吐蕃犯京，京兆府绝不可能为一功曹向行在奏请。估计奏辟在严武任京兆后期（九月前后），中经吐蕃侵扰延误（郭子仪十月庚寅收京，代宗十二月回京），诏命下达时约在广德元年底或二年初。而此时京兆尹已由严武易为第五琦了。第五琦起家系受贺兰进明推荐，并以善于征集赋税、促办军需致身显贵。乾元元年任度支，请以财赋悉归内库，主以中官。又以铸钱导致物价腾贵。无论是从旧日人事关系还是第五琦重财务的特点上，杜甫都是不可能愿意充当其部下的。杜甫未就京兆功曹之召，可能跟严武再度镇蜀也有一定联系。两件事在时间上极为接近。“常怪偏裨终日侍，不知旌节隔年回”（《奉待严大夫》）若从私交和巴蜀安危方面考虑，杜甫是盼望严武返蜀、旧友相聚的。严杜书信密切，杜甫如果以去就问题征询对方意见，严武因为自己已离开京兆之任，对杜甫之不赴召，当然也会赞成。

不断走动，不仅接触各方人士，而且寻访了陈子昂、郭震、薛稷等人遗迹，缅怀前贤，伤世慨己，而情调多归于激昂。其四，歌咏时事之作，此期为弃官以来最为突出的阶段。河南、河北收复，吐蕃进犯京师，西川松、维、保三州失陷，均在诗中得到突出的体现。反映讨平安史之乱的诗，如名篇《闻官军收河南河北》以及“系书请问燕耆旧，今日何须十万兵”（《渔阳》）、“似闻胡骑走，失喜问京华”（《远游》）等诗句，均为战乱以来未曾有的精神奋发、情绪乐观之作。反映吐蕃犯京的诗，从闻讯到忧念、焦虑和事后总结回顾，构成达二十首以上的长长系列。忧西川的诗，亦达十首之多。“天地日流血，朝廷谁请缨？济时敢爱死，寂寞壮心惊”（《岁暮》）。不仅沉痛忧国，而且激起奋身殉国的精神。仇兆鳌云：“公抱忧国之怀，筹时之略，而又洊逢乱离，故在梓阆间有感于朝事边防，凡见诸诗歌者，多悲凉激壮之语，而各篇精神焕发，气骨风神，并臻其极。”（《杜少陵集详注》卷十二）诗为心声，所以如此。跟他这一时期心理上与朝廷和政治接近有密切关系。

杜甫重返成都，供职严武幕府，除有像《扬旗》《奉和严郑公军城早秋》等篇，壮声英慨，把军府生活写得激扬振奋者外，还有像《立秋雨院中有作》《严郑公阶下新松》《严郑公宅同咏竹》等幕府抒情、咏物诗，表现出对前途有所展望和期待。这些作品亦与草堂前期诗歌情感倾向不同。

杜甫之去蜀，陈尚君先生曾著《杜甫为郎去蜀考》（《复旦学报》1984年第1期）等文，论证杜甫离蜀是为了就任郎官。其中某些具体细节问题，有待进一步讨论。但杜甫在云安和夔州许多作品表明，他在朝廷确实有一个郎官的职位，本可以“归朝日簪笏”（《将晓二首》其二），却由于“卧疾淹为客”（《大历三年春白帝城放船出瞿唐峡久居夔府将适江陵漂泊有诗凡四十韵》）而迟迟未能就任。处在流滞中的杜甫，则常常由此引起强烈的羁留感和迫切要求归朝的愿望：“冯唐虽晚达，终觊在皇都。”（《续得观书》）“通籍恨多病，为郎忝薄游。”（《夜雨》）“合分双赐笔，犹作一飘蓬。”（《老病》）“抱病江天白首郎，空山楼阁暮春光。衣冠是日朝天子，草奏何时入帝乡？”（《承闻河北诸道节度入朝欢喜口号绝句十二首》其七）等等，不一而足。可见杜甫对因病不能还朝是多么感慨。

杜甫夔州诗达四百首之多。虽衰病日加，而政治热情未减。除忆念朝廷、渴望归京外，还经常在作品中慨往伤今，指画朝政，劝诫君相，揭示民瘼，评论得失。诗人在这些政治诗中，不是作为旁观者，而是有一种身份的介入，以及愈是主观上介入，愈觉实际上无能为力，甚至产生事与愿违的愤郁情绪。政治性之强和郁结之深，都与他特定的身份和处境密切相关。这种关联，在一些重要作品中，常常被明确地写出。如《秋兴八首》在首章作总括性的发端之后，次章即点出自己“奉使虚随八月槎”“画省香炉违伏枕”的现实遭际，由此再引向多方面的思考与忆念。《夔府书怀四十韵》以“萍流仍汲引，樗散尚恩慈。遂阻云台宿，常怀《湛露》诗”以及“病隔君臣议，惭纡德泽私”等自叙，反复申明自己受恩朝廷、羁留江湖的特殊处境，与情系魏阙、不胜主忧臣辱之思二者间的关系。凡此，皆足以看出杜甫这些诗中复杂深沉情怀的产生，并非偶然。夔州诗作为杜甫创作的第二个高潮，是代宗朝杜甫与朝廷关系经过曲折发展，以羁臣穷老的身份，怀着对政治的积极参与态度创作出来的，既不能置身于朝廷，又不能置国事于度外，“情在强诗篇”（《哭韦大夫之晋》），“身远而蓦在位者”，有近于当事人的高度责任感，又有实际上处于非当事人的地位和闾阎下层的清醒和明彻。正是在这样一种独特处境和心态基础上，完成了他夔州时期一系列情思浩茫的优秀诗篇。

以上可见政治生活的实践，使李白、杜甫的政治心理在一生中划成许多倾向不同的阶段，而每个阶段自身又有发展变化，李杜诗歌正是在这种变化中不断展示新的内容和艺术特征，成为一个不自相重复的连续发展序列。

四、从给予创作的推动作用看诗歌高潮期的时代政治特征

李杜一生从政时间并不长，但被朝廷和地方藩府征聘任用却不止一

次，断断续续分布于他们一生好几个时期。两人生活经历受此左右，成为一个起伏不定的过程。考察政治对于两位大诗人思想创作的正面推动和影响，有助于认识中国古代诗歌创作与政治的关系。

中国诗歌的传统是“言志”。魏晋以后有“缘情”说出现，但士大夫仍一致认为情必须是高尚的情。因而缘情在很大程度上只能看作言志的补充，即所言之志必须是情感的真实流露。情志合一，它的最高层次必然与政治相通。这样，对中国诗歌而言，政治之渗入与否，跟诗歌是否达到高层次常相联系。就诗人而言，古代诗人注定是在封建政治格局下生活，因而经常由封建政治赋予他们以理想与热情，构成他们与时代与社会现实生活的密切关系，诗歌所呈现的气象、风貌，也都与他们的政治介入有关。政治所赋予古代优秀士大夫的常常是那种与广阔的社会、历史、人生，乃至与天地万物相沟通的精神气魄，是对历史、对社会、对周围世界的高度责任感。《论语·泰伯》云：“士不可以不弘毅，任重而道远。仁以为己任，不亦重乎？死而后已，不亦远乎？”当士大夫自觉地承担起某种社会责任的时候，他的精神往往也相应地崇高起来。中国古代诗人可以不是政治家，但对政治必须有一种向心力，必须在政治方面有必要的体验和适度的介入。

政治本身当然应该有它的积极内容，连最起码的积极内容都不具备的政治，无疑谈不上对诗歌的正面推动作用。诗人当然也应该有良好的主观条件，鄙吝的人无论政治给他以怎样的拨动，也不可能有伟大的创作。这些自是无需多说。但问题在于任何人都不可能单靠某种理念生活，人的情志不可能恒定在一种状态下没有变化，它在人的一生中表现为一个流动发展的过程。即使是有高尚志趣的人，也不免会有松懈的时候。同样是杜甫，他可以高唱“盖棺事则已，此志常觊豁”（《自京赴奉先县咏怀五百字》）；也可以低吟“浅把涓涓酒，深凭送此生。”（《水槛遣心二首》其二）在不同时期，心情和志趣显然是有变化的。李杜一生追求，经历了漫长的历程。在长途中就像一辆运行的机车，需要有动力补充。如何使李杜的用世之心，在关键时刻得到维系和加强，始终不倦地追求，执着而面向现实，仍然需要靠政治的强大摄动力，这在李杜的后期生活中表现得很明显。虽然他们受着政治的推动，时或至于心力交瘁，不免发生“辜负沧洲愿”（杜甫《奉赠卢五丈参谋》）、“蹉跎成两失”（李白《长歌行》）之类的慨叹。但后人有时却能给予冷静客观的分析。韩愈论李杜云：“帝欲长吟哦，故遣起且僵。”（《调张籍》）说为了让李杜写出好诗，二人经常被命运推起又放倒，不断受折腾。这实际上是看到了政治一次又一次拨动对于创作的作用。胡震亨论杜诗时说：“无天宝一乱，鸣候止写承平；无拾遗一官，怀忠难入篇什，无杜诗矣。故论杜诗者论于杜世与身所遘，而知天所以佐成其诗者实巧。”（《唐音癸签》卷二十五）所谓“天所以佐成其诗”，实际上是指杜甫遇到了对其创作能起推动作用的政治环境。

从诗人与社会的横向联系看，封建社会毕竟与资本主义社会不同，知识分子不是可以多向分流，并凭借多种渠道与社会沟通。在中国封建时代尤其是它的前期，士大夫如果不卷入政治，一般就只有归向山林田园。穷乡僻壤的封闭，小生产者的狭窄天地，对他们的视野与情感，构成严重的限制和束缚，使他们与外部疏离，难得从时代生活中汲取创作的动力。甚至连诗歌创作，在死水一样的生活中也会变成多余。所以中国古代诗人如果真正回归农村，杜门不出，创作上多数总是归于沉寂。穷愁闭塞，往往限制人的发展，毁灭人的天才。这种现象，即使在资本主义兴起以及闭塞和割据状态有所改变之后，也仍然存在。德国大诗人歌德痛感僻处闭塞对才思的限制，说：“要得到一点智慧也付出了够高的代价。”“我体会到孤陋寡闻的生活对我们意味着什么。”（爱克曼《歌德谈话录》）这些话值得我们在研究古代作家生活与创作关系时注意。有人对李杜离开朝廷后，仍与各方面官员交游有微词，似乎毕竟未能免俗，其实这种交游正是与外界保持联系的重要途径。否则就只有陷入闭目塞听、彻底缄默的境地。试观杜甫在梓州时，对河北和边防军事情况，竟能了解得那样清楚迅速。围绕吐蕃陷京，前后诗歌达二十首以上。如果不是依靠官府的信息，是不可能有这种创作的。同样，很难设想，单纯是屏退索居的野老，会无端地大发感慨，创作出像《诸将》《八哀诗》《忆旧游书怀赠江夏韦太良宰》那样一类与时局政事关系极其密切的诗。总之，如李杜之所作，笔力雄壮，气象浑厚，具有强烈的时代气息、丰富的社会内容、深刻的人生体验，乃至达到堪称通乎天地万物、包含古今的程度，它是绝不可能指望产生于一般的甚至封闭的环境之中。其酝酿和创作，非有一种巨大的政治背景，并连同诗人自身都被适当地卷入不可。

政治在不同时期所能给予诗歌的推动力也是不断变化的。可以看到，凡是历史上的诗歌兴盛期，政治常常格外突出地表现为能从多种层次和方位拨动诗人，使之时时有一种不可抑制的创作激情。开元、天宝时代，由于玄宗早年的求治、后期的好大喜功。虽号称盛世，而政治上却不断有大事件发生，绝非晏安无为之时。至安史之乱发生，政治的中心则转为平叛救亡。这一系列变化的、丰富的内容，从未停止过对李杜等盛唐诗人创作的鼓荡。盛唐如此，而就整个唐代来看，它在中国历史上，既是诗歌持久繁盛的阶段，又是政治方面最有活力的时期。继南北朝至隋末，士族地主势力受到严重挫伤之后，唐王朝在其统治时期，逐步完成了地主阶级内部士庶界限的消融过程。一批批中下层士人涌向上层，在政治、经济、文化等领域，争得自己的席位。迄至由五代入宋，终于泯灭了士庶之分。这种长期演进过程，在给士子以强大引力的同时，为唐朝政治带来了活力和动态的内容。“一百四十年，国容何赫然”李白《古风》其四十六，唐前期政治、经济、文化同时上升；中期后，长期救衰革弊，图谋自救，都在很深刻的意义上给诗歌创作以强大、持久的推动。作为盛唐诗歌的先驱者，陈子昂之“感时思报国，拔剑起蒿莱”（《感遇》其三十四），讴歌乘时建功的人生意气，显然是受了武则天超常用人、士子勇于进取的时代气氛激发。盛唐时期，政治除给李白、杜甫这样的巨子以不断拨动推进外，从诗派方面看，唐王朝在边疆的活动，直接刺激了边塞诗的繁荣发展。甚至山水诗之不同于六朝单纯模拟自然面貌而注入丰富的主体感受，表现出适意、舒展、自在等特色，也可以从深层看出盛唐时代政治精神的强大渗透力。中唐贞元、元和阶段，诗歌继盛唐再度繁荣，政治方面则是德、顺、宪三朝统治者都曾有过变革的愿望和措施，企图振起安史之乱以来的衰败局面。韩孟元白刘柳正是抱着铲除时弊的愿望和自觉的参政意识，“报国心皎洁，念时涕汍澜”（韩愈《龊龊》），展开了他们的政治活动与诗歌创作。晚唐时期，尽管从总体上给人的印象是危机深重、政局混乱，但李商隐、温庭筠、杜牧所处的文、武、宣三朝统治者还是一再致力于自救，谋诛宦官、平定泽潞、收复河湟，或取得一定的成绩，或因“力穷难拔蜀山蛇”（李商隐《咏史》）而失败，都从不同方面给了诗人“高楼风雨感斯文”（李商隐《杜司勋》）的创作推动。李商隐一生坎坷，但如果没有两入秘省、辗转幕府的经历，他的诗歌也不可能于伤春伤别之中注入深广的时代内容。

唐代诗歌与政治的关系，体现出某种带规律性的表征。中国诗史上的一些高潮期，也莫不有它独特的政治背景。战国时，楚面临强秦的威胁，进步爱国力量与腐朽卖国势力的斗争，推动屈原的创作，而屈原所经历的高层政治体验，则赋予他崇高的历史使命感和献身精神。建安时期，曹操政治集团以其进步的政治路线和“唯才是举”的用人方式，把因党锢之祸被压抑冷落的士人，重新推向政治舞台，激起强烈的功业思想和英雄意识。“雅好慷慨”的建安诗歌，正是得力于这种正面推动。继唐诗而起的宋诗，发展到北宋中叶，又出现一个繁荣的局面。而其时从仁宗朝庆历新政，一直到王安石变法前后，王朝内部政治斗争的焦点，是要克服“累世因循末俗之弊”（王安石《本朝百年无事札子》），挽救长期和平发展中潜伏的危机。诗歌界欧王苏黄等大家，都是在一连串起伏动荡的政治变革中卷入得很深的人物。

考察诗歌高潮来自政治的推动力，有助于进一步探索文学繁荣发展所需的社会条件。作为中国封建时代正统文学样式——诗歌，它注定要与封建政治发生密切联系。政治影响于诗人创作，可以有四种情况；①挤占了诗人创作的时间和精力；②给诗人以正面鼓舞或推动；③打击压抑，导致怨悱；④诗人被迫害致死，或彻底沉默。（或政治本身彻底反动，使追随者身败名裂。）①、④两种情况只能使创作受损。②、③两种情况虽有分别，但对于某些诗人，又常常集于一身。如李杜之入宫廷，便是始而受激励，继而遭压抑。一般说来，封建时代的士人，总是先由政治给予某种参与的机会，在参与中有所不遂，才会引起怨悱。导致“长吟哦”的“起且偃”，“起”往往在先，由政治直接给予拨动；“偃”伴随于后。“起”与“偃”或是单纯从某一侧面作用于诗歌创作，或是交糅在一起，产生更复杂的影响；或是比较直接地表现为正值，或是要经过创作活动的一番消化转换，才表现为积极有益的效应。能够给诗歌创作以强大推动的政治，不在于它有多么清明或稳定，而在于它要能强烈地牵动人心，让人不断地感奋起来，发之于吟咏。封建王朝初期，一般号称盛世，而文学人才可能尚未积累到最丰沛的程度。同时稳定和繁荣不免缓解了士人要求干政的迫切感，诗歌颂美居多，缺乏对政治的深刻卷入，艺术上也缺乏由深广内容带来的要求变革创新的推动力。封建王朝末世，往往陷入大动乱。斗争残酷，兵祸连结，文教停顿，人才短缺，士人对世乱恐惧回避，诗歌也相应衰敝。东汉末（灵帝朝）、隋末、唐末的情况大体如此。一般性地排除了王朝开国期和衰乱期，再结合诗歌史上几个兴盛阶段来看，中国诗歌高潮，总是出现在社会政治比较有活力，能够吸引人才，并多方面推动士人为较高理想积极追求的时期，而盛唐则是演出了中国历史上这种时期的最为辉煌的场面。

［原载《江淮论坛》1994年第2期］

李白与长江

李白出现于盛唐诗坛时，曾引起极大的震动。殷璠在《河岳英灵集》中入选他的《蜀道难》等诗，以“奇之又奇”评之。贺知章读李白诗，称之为“天上谪仙人”（《旧唐书·李白传》）。杜甫谓其“笔落惊风雨，诗成泣鬼神”（《寄李十二白二十韵》）。唐玄宗召见时甚至“降辇步迎”（李阳冰《草堂集序》），说明当时对李白的出现，一片惊奇，把他看成非同常人。

李白的确是奇，他给盛唐诗苑开辟了一片充满神奇浪漫色彩的新天地。但他并非凭空而降，而是植根于一定的时代，一定的社会生活，乃至一定的地域环境。多种因素通过天才的整合，成为独具魅力、前所未有的创造。李白出生于西域，成长于巴蜀，二十五岁出蜀，六十二岁卒于当涂、葬于青山。来自长江上游、殁于长江下游。中间由于漫游，由于就婚安陆，隐于庐山、病殁当涂，以及参加李璘幕府，被流放夜郎等原因，一生大部分时间在长江流域度过。他虽然到过长安，住过北方，但经常是把长江中下游地区作为退守安身之处，甚至说：“我似鹧鸪鸟，南迁懒北飞”（《醉题王汉阳厅》）。[①]长江源远流长，地域广阔，文化底蕴深厚，秦汉

① 此诗作于758年流夜郎途中。作者又有《山鹧鸪词》，可与此诗相发明。诗云：“苦竹岭头秋月辉，苦竹南枝鹧鸪飞。嫁得燕山胡雁婿，欲衔我向雁门归。山鸡翟雉来相劝，南禽多被北禽欺。紫塞严霜如剑戟，苍梧欲巢难背违。我心誓死不能去，哀鸣惊叫泪沾衣。”按：苦竹岭在池州，李白曾读书于此。

以后，经三国时吴蜀、东晋和宋、齐、梁、陈几代的开发，到唐代中叶，其经济实力已接近甚至超过黄河流域，这一处在上升中的、富有潜力和活力的广大地区，在文化上必然要涌现出一批代表人物，而李白则是其中之杰。长江博大浩瀚，气象万千，当其所孕育之诗，汇入盛唐诗歌海洋的时候，在传统的中原文化视野中，它是新鲜奇异的。李白曾被认为是“口吐天上文，迹作人间客”（皮日休《七爱诗·李翰林白》）的谪仙，但神话无凭，李白毕竟是真实的“人间客”，“天上文”根源仍在人间。本文拟从长江流域的人文与自然景观对李白的影响方面，探讨李白诗歌产生的基础，谬误之处，希望得到专家指正。

一、长江上游的巴蜀文化与李白

李白之父携家入蜀后，居于彰明县清莲乡（今属四川江油市）。长江上源之一的涪江流经其地。唐代巴蜀跟外界的沟通交往，远远超过上古，乃至秦、汉、魏、晋时期，但巴蜀文化自身仍保留许多传统的特点。巴蜀早期文化发展迟于中原。蜀地先王，很晚才立宗庙，[①]宗法思想和礼教束缚，相对薄弱。巴蜀人重卜筮，北部的賨人尤好巫鬼，为道教发展提供了土壤。东汉末，张道陵在蜀地创立道教，信徒遍及蜀地，影响久远。而张道陵学道之地的青城山则在彰明县西南不远的彭州境内。彰明县又有紫云山，亦道教圣地。李白诗云：“家本紫云山，道风未沦落”（《题嵩山逸人元丹丘山居》）、“十五游神仙，仙游未曾歇”（《感兴六首》其四），可见李白习染道风始于幼年居家乡时期。道与隐相联系，李白《上安州裴长史书》自云“昔与逸人东严子隐于岷山之阳，白巢居数年，不迹城市，养奇禽千计，呼皆就掌取食，了无惊猜”。李白之爱好自然，爱好隐逸求仙，不愿受尘俗拘束，在此时已有突出表现。

秦汉以后，巴蜀人士颇具纵横家习气。秦惠王派张仪等人灭蜀，张仪

① 传说中蜀地古代先王有蚕丛、柏灌、鱼凫、杜宇、开明。开明在杜宇之后。《华阳国志·蜀志》载：“九世有开明帝，始立宗庙。”

在蜀经营规划，为蜀人崇拜。张仪本纵横家，对蜀地风气有重要影响。后来秦又迁吕不韦舍人万户于蜀。这些门客多是些纵横谈辩之士，对张仪所开的风气自会起推波助澜作用。到西汉，蜀地文人颇为活跃，如司马相如、王褒、杨雄等的辞赋创作和行事，都具有纵横家特点。尤其是司马相如，以辞赋博取皇帝的欣赏，得到重用，他在创作上夸张宏钜，恢廓气势，仕途上把握进退时机，以及受诏安抚巴蜀，经略西南夷等，都显出纵横家的面貌和才能。

以上追溯巴蜀的道家和纵横家风尚，到唐代，这些风气仍然较盛，如在陈子昂身上，即有突出表现。[①]而对于李白，给予直接影响的则是赵蕤。《唐诗纪事》引东蜀杨天惠《彰明逸事》云：李白少时，“依潼江赵征君蕤。蕤亦节士，任侠有气，善为纵横学，著书号《长短经》。太白从学岁余，去游成都。”赵蕤《长短经》序云：“书读纵横，则思诸侯之变；艺长奇正，则念风尘之会。此亦向时之论，必然之理矣。……恐儒者溺于所闻，不知王霸殊略，故叙以长短术以经论通变者。”教人审时度势，以纵横奇正之术，建立功业，使这部书颇显用世精神。赵蕤思想亦有道家成分。书中采摭道家特别是老子的论述颇多，不过一般不是从无为和出世方面理解老庄，而往往引向有为的适时通变。赵蕤虽主张用世，但他自己隐居未仕，说明在进与退问题上，他又有道家那种恬退的得时则行，不得时则为龙蛇的态度。李白在蜀中时以年幼学子身份干谒位高望重的益州长史苏颋，出川后，“遍干诸侯”，“历抵卿相”，直到以布衣身份为皇帝召见，还感慨“游说万乘苦不早”（《南陵别儿童入京》），可见思想中欲以纵横游说求得帝王知遇的意识是很强的。他的文章，如《上韩荆州书》《上安州裴长史书》《上安州李长史书》《为宋中丞自荐表》《为宋中丞请都金陵表》，以及像《永王东巡歌》其十一“试借君王玉马鞭”等诗，也都具有

① 陈子昂《感遇》诗多具道家思想。卢藏用《陈氏别传》云：“子昂晚爱黄老之言，尤耽味易象，往往精诣。”子昂《赠严仓曹》云：“少学纵横术”。他以《谏灵驾入京书》耸动武后，以重金市胡琴，聚众陈词，当场掷之，而以文轴遍赠会者，都表现了纵横家的习气。

纵横家文辞的特点，但李白又很讲究养机退隐，这些都可以看出赵蕤《长短经》的影响。而赵蕤《长短经》本身则又有其深刻的蜀文化根源。

李白之前，蜀地文学家最辉煌的代表是出现在西汉文坛上的司马相如、王褒、扬雄等人。赋并非蜀地文学独创的文体。它借鉴楚辞、战国纵横之文主客问答的形式，铺张恣肆的作风，又吸取《诗经》和先秦散文某些手法和成分，形成一种体制不一的、综合型的文学样式。司马相如、扬雄多数篇章也不是取材蜀地，而是写京城、宫苑乃至云梦等名胜之地。但巴蜀与荆楚在文化上本来有很深的关系，楚辞参以其他成分经过演变，在以蜀人为主的文学家手里，发展成铺张扬厉、瑰丽宏伟之赋，造就一代文学的辉煌，又让蜀人在引为骄傲的同时奉为学习榜样。这样，赋虽非地方文学，但却在巴蜀文化传统中占有重要地位。李白在蜀中谒见苏颋，苏颋即将其与司马相如联系，说他“若广之以学，可以相如比肩。”（《上安州裴长史书》）苏颋取当地人物为李白树立了一个可与之比肩并立的对象。而在此前李白早已开始了对司马相如的学习，并产生超越之想。其《秋于敬亭送从侄耑游庐山序》云：“余少时大人令诵《子虚赋》，私心慕之。”又《赠张相镐二首》其二云：“十五观奇书，作赋凌相如。”甚至他后来出游云梦，也与之有关。《上安州裴长史书》云：“见乡人相如大夸云梦之事，云楚有七泽，遂来观焉。”可见李白与同乡的前代赋家之间先后传承联系。李白的《大鹏赋》《明堂赋》《大猎赋》颇取法于扬、马大赋，而且在《大猎赋序》中明确地把司马相如作为超越对象。[①]当然李白的成就主要在诗不在赋，他在诗中则更加富有创造性地吸收了赋的许多优长。

汉大赋尤其是司马相如赋“控引天地，错综古今”（《西京杂记》）的宏伟气魄，非凡的想象，以及对时空转换变化的灵活处理，极度的夸张，穷极笔力的描写，丰富美丽的词藻，在李白诗中都有类似的表现。李白的乐府歌行，多方面吸收了赋的成分。拿他的《蜀道难》与其《剑阁赋》相对照，两者都写了蜀道之险，《蜀道难》虽为诗却隐含一篇赋的内

① 参看李白《大猎赋序》。

容。而诗在展现物象、运用夸张手法，以及时空转换变化方面，比赋更为精彩。汉代大赋中设置问答，以及上下四方气势宏大的纵横铺排，在诗中都被有机融入，形成变化多姿的表现。如“问君西游何时还”的设问方式，“西当太白有鸟道”“上有六龙回日之高标，下有冲波逆折之回川”等句中的“西当”“上有”“下有”等变换方位的写法，都吸收自赋而以诗的面貌出现。《梦游天姥吟留别》主体部分同样用类似赋的方式写景物和仙境。“忽魂悸以魄动”转入感慨，与《蜀道难》末尾用“朝避猛虎，夕避长蛇”等句警告游人颇为接近，有赋体曲终奏雅、末示讽戒的意味。李白集中有《鸣皋歌送岑征君》《西岳云台歌送丹丘子》等篇，构成《××歌送××》格局，前面描写其地，后面致送别、留别之意。其主体部分与赋之大肆铺陈所赋对象相当，而送别、留别部分则与赋的结尾接近。李白融铸赋入诗，固然与初唐以来歌行吸收赋体成分的发展趋势有关，但唐代一般歌行与六朝小赋特别是齐梁赋较为接近，而李白笔下的大篇，如《蜀道难》《梦游天姥吟留别》等，雄奇奔放，大开大合，起落无端，气势磅礴，更有司马相如的直接影响。扬雄云：“长卿赋不似从人间来，其神化所至邪？”（《答桓谭书》）所言与贺知章对李白的称赞非常接近。出于对司马相如的仰慕和彼此才情相近，李白对司马相如的吸收臻于化境。直到晚年，流放遇赦后赋诗云：“圣主还听《子虚赋》，相如却与论文章”（《自汉阳病酒归寄王明府》），依然自比为相如。总之，蜀文化和蜀中生活，不仅使李白自幼即信道求仙，爱好自然，喜纵横王霸之术，而且对他的文学创作特别是诗歌创作，有深刻影响。

二、长江中游的荆楚文化与李白

“渡远荆门外，来从楚国游。”（《渡荆门送别》）李白二十五岁出川，次年即在安陆与已故高宗时宰相许圉师孙女结婚。“酒隐安陆，蹉跎十年”（《秋于敬亭送从侄耑游庐山序》），这是李白成就大名、被皇帝召见前的一个准备时期。安陆在长江支游涓水边，属古代楚国中部所谓云梦地带。其地南至汉阳，西北至襄阳，西南至江陵，都较近便。至今仍是楚文化精神最具代表性的地区。

代表楚文化传统，同时对李白具有重大影响的是老子、庄子的道家思想学说和屈原诗歌。龚自珍说："庄屈实二，不可以并，并之以为心，自白始。"（《最录李白集》）庄子是出世的，屈原是入世的。确实是不同的两家，难以合并，李白接受两家影响，又能"并之以为心"，与他置身于楚文化大背景之下有关。李白以自己设计的"功成身退"的道路，在主观上把庄屈统一了。"功成"，符合入世的屈原所追求；"身退"，合乎老庄哲学。功成身退，于庄屈两家都有所包容。

李白在荆楚，接触的最重要的道家人物是司马承祯与胡紫阳。他们两人，包括李白交往的另一道教名流吴筠，都属道教茅山宗。紫阳属承祯弟子一辈。承祯不重服丹药而讲究精神的修炼提高。李白《大鹏赋》序云："余昔于江陵，见天台司马子微，谓余有仙风道骨，可与神游八极之表。"承祯的话，一是肯定李白的主体价值，认为非同凡响，加强了李白的自信；二是强调了"神游"，其本质是身心解放，突破人世狭小空间的束缚，在广阔自由的空间遨游。这次谒见，对李白影响很大。从此，自认有仙风道骨，潇洒飞扬，追求身心解脱，几乎贯穿李白一生。承祯所宣扬的"神游"发源于庄子，由此也就把李白引向了庄子的人生境界和哲学境界。李白因受承祯启发所写的《大鹏赋》，取材于庄子《逍遥游》，是阐发其思想抱负的重要著作。关于胡紫阳，李白说他与道友元丹丘、元演等曾专程拜访，"入神农之故乡，得胡公之精术。"（《冬夜于随州紫阳先生餐霞楼送烟子元演隐仙城山序》，下同）又说胡紫阳"身揭日月，心飞蓬莱。"所谓"身揭日月"，出自《庄子·达生》："修身以明汙，昭昭乎若揭日月而行也。"此处"身揭"与"心飞"对举，也就是担负日月、接近日月的意思。可见胡紫阳同样是追求身心飞扬，神游于八极之表。李白的《忆旧游寄谯郡元参军》诗，还曾生动地描写他与元丹丘、元演等人在胡紫阳处娱乐的情景：

紫阳之真人，邀我吹玉笙。餐霞楼上动仙乐，嘈然宛似鸾凤鸣。袖长管催欲轻举，汉东太守醉起舞。……

仙乐伴奏，轻举醉舞，所追求的依旧是精神的发越解放，可以说是逍遥游精神在道观中的一种娱乐化的体现。

李白《大鹏赋》直接就庄子《逍遥游》中的文句加以点窜生发，追求“神游八极”，自由解脱，借大鹏的形象把庄子精神发挥得淋漓尽致，有声有色，但李白式的大鹏，与庄子笔下的大鹏也有区别。庄子《逍遥游》强调大鹏需要有所凭藉，有所待，而李白对此无所强调，庄子《逍遥游》宣扬出世无为，而李白笔下的大鹏则是：

乃蹶厚地，揭太清。亘层霄，突重溟。激三千以崛起，向九万而迅征。背業太山之崔嵬，翼举长云之纵横。……不矜大而暴猛，每顺时而行藏。参玄根以比寿，饮元气以充肠。

这显然不是以虚无缥缈为旨归的。李白笔下的大鹏气势非凡，“顺时而行藏”。如果再联系他的《上李邕》：“大鹏一日同风起，扶摇直上九万里。……”特别是联系他辞世前所写的《临路歌》：“大鹏飞兮振八裔，中天摧兮力不济，余风激兮万世。……仲尼亡兮谁为出涕。”可以见出他由司马承祯一番话所引发的大鹏之想，不只是有庄子的“逍遥游”的自由精神，同时还有一种豪雄之气和追求理想的成分，这从对传统的接受上看，决不只限于庄子一家。元代祝尧《古赋辨体》云：“太白盖以鹏自比，而以希有鸟比司马子微。赋家宏衍巨丽之体，楚《骚》、《远游》等作已然，司马、班、扬犹尚此。此显出于《庄子》寓言，本自宏阔，太白又以豪气雄文发之，事与辞称，俊迈飘逸，去《骚》颇近。”祝尧从分析具体作品入手，得出了可与龚自珍前后呼应的结论。李白的赋，不仅事出《庄子》，“本自宏阔”，而且以豪气雄文加以发挥，在文辞宏衍巨丽的同时，精神上有其积极俊迈的一面，可谓出入《庄》《骚》，合庄屈为一。

李白融铸《庄》《骚》，在诗里表现更为普遍。由于是诗体，不仅有《骚》的精神，还可以在形式上直接引入《骚》的成分。如《梦游天姥吟留别》，梦境象征了对理想的追求，类似屈原的精神体现，如清人陈沆所说："屈子《远游》之旨也。"（《诗比兴笺》）而"世间行乐亦如此，古来万事东流水。……且放白鹿青崖间，须行即骑访名山。安能摧眉折腰事权贵，使我不得开心颜"，则有庄子对权贵的蔑视和出世精神。梦游梦醒过程虽然谈不上完成功成身退，但对庄屈的精神都有所表现则是无疑的。在艺术上，不仅"熊咆龙吟殷岩泉，栗深林兮惊层巅。云青青兮欲雨，水澹澹兮生烟"，句法意境极似楚辞，就连整篇驰骋想象和对于神仙世界的描写，也都有楚辞的影响。

"庄屈实二"主观上的"功成身退"在一些实际问题上常不免要陷入两难境地。《古风》其十九写于安史之乱期间。前半之"西上莲花山"正是庄子的逍遥游，但末四句："俯视洛阳川，茫茫走胡兵。流血涂野草，豺狼尽冠缨。"在祖国和人民空前灾难面前，他不能离开人世追随神仙。诗戛然而止，正暗含屈原《离骚》结尾："陟升皇之赫戏兮，忽临睨夫旧乡。仆夫悲余马怀兮，蜷局顾而不行。"不忍出世，不得不面向现实。李白把他的选择写成是痛苦的、被动的。但正是在这里，李白显出于《庄》于《骚》皆有关系。他追求逍遥，而现实不许。这背后隐藏的是只有等功成才能身退。作品采取游仙的写法，境界虚幻。虽不用《骚》体句式，但有楚《骚》的精神。

庄屈不仅思想上有出世入世之分，艺术上也有说理之文和抒情之文的区别。两者结合，需要一种文化土壤去培养孕育，由于两者都是偏于主观幻想，具超现实性，若在重现实、重理性的中原文化背景上结合是困难的，而楚文化本来就是产生老庄、孕育屈原的故土。刘师培云：

> 惟荆楚之地，僻处南方，故老子之书，其说杳冥而深远；及庄、列之徒承之，其旨远，其义隐，其为文也，纵而后反，寓实于虚，肆以荒唐谲怪之词，渊乎其有思，茫乎其不可测矣。屈平之文，音涉哀

思，矢耿介，慕灵修，芳草美人，托词喻物，志洁行芳，符于二《南》之比兴，而叙事纪游，遗尘超物，荒唐谲怪，复与《庄》《列》相同。

——《南北文学不同论》

刘师培侧重于艺术，从寓虚于实，托词喻物，荒唐谲怪方面，论述老庄与屈原相同的基础。而如果更深一层地从根本上推究，则似应归于楚文化浪漫的幻想精神。如果没有浪漫精神，无论是庄是屈都会显得不切实际，而有了浪漫精神，则庄屈可以并存。是浪漫幻想精神支持屈原九死未悔地执着于光大楚国的理想，又是浪漫幻想的精神，支持了庄子睥睨万物，曳尾泥涂，“上与造物者游，而下与外死生无始终者为友。”（《庄子·天下》）二者表现不同，但皆超越世俗，根本精神是浪漫的，出于对人的主体对生命的执着。

荆楚与巴蜀地域相连，文化交流较早，渗透较深，李白之合庄屈，在巴蜀时期已种下因子，但荆楚文化在体现庄屈的旨趣与特性方面，应是更为高级更为成熟，具有更为浓郁的文化氛围。故李白之吸收融合庄屈，到活动于荆楚时期，进入更为成熟更为得心应手的境界。李白的蜀中诗多为近体，写得比较拘谨，受六朝诗影响的痕迹明显，而到安陆时期，则开始有大放厥词、汪洋恣肆的作品出现。他的可以作为处世宣言的《代寿山答孟少府移文书》，一方面大谈老庄“无名为天地之始，有名为万物之母”，“尺鴳不羡于鹏鸟，秋毫可并于太山”，说自己“天为容，道为貌，不屈己，不干人，巢由以来，一人而已”。一方面又宣称“达则兼济天下，穷则独善一身”，“为方丈蓬莱之人”，必需做出“使寰区大定，海县清一”的事业，“然后与陶朱、留侯，浮五湖，戏沧海”。这样来规划他的出处行藏，可谓精神发扬，踌躇满志，而文笔跌宕诙奇，纵放不羁，其全力所阐发的基本思想正是“功成身退”。这篇述志文章写于安陆时期，与身在楚地接受楚文化浪漫幻想的精神影响，无疑有极大关系。

由于楚文化不同于中原文化，李白在中原文化主流价值体系中感到失落的时候，常常不免要借助楚文化的价值观念与之对抗。

> 我本楚狂人，凤歌笑孔丘。
>
> ——《庐山谣寄卢侍御虚舟》

据《论语·微子》《庄子·人间世》记载：孔子至楚，楚狂接舆游其门而歌："凤兮，凤兮，何德之衰也！"接舆大体上属庄子一流出世者。李白则认同接舆，干脆宣称自己是"楚狂"，[①]乃是用楚狂接舆的价值标准来与世俗对抗。

楚文化重艺术，重文学。楚人尤其尊重楚辞的代表作家屈原及其作品。楚国是屈原生长、仕宦和放逐的地方，李白也曾在楚地生活并遭受关押和流放。他在楚地凭吊屈原遗迹，感受人民对屈原怀念尊崇的深厚情感，由对屈原不朽价值的认识，自然也会增强对自己的肯定。

> 屈平辞赋悬日月，楚王台榭空山丘。
> 兴酣落笔摇五岳，诗成笑傲凌沧洲。
> 功名富贵若长在，汉水亦应西北流。
>
> ——《江上吟》

蔑视帝王，浮云富贵，推崇屈原，看重诗歌，同时也就肯定了自己的才能和诗作，肯定了自身的价值。可见李白在楚文化的背景下，不仅在思想上、创作上融合了庄子和屈原，而且在认同庄、屈时精神上获得有力的支持。

三、长江下游的吴越文化与李白

包括今天苏、浙、皖在内的长江下游地区，春秋时以吴、越两国兴起为标志形成一个文化区。吴越有以河姆渡文化和良渚文化为代表的非常发达的原始文化，而进入封建社会以后，则以六朝文化最有成绩和特色。六

① 李白《江西送友人之罗浮》诗，亦自称"楚狂"。

朝建都于建康（金陵）。文学繁盛，尤其是在诗歌方面遗产丰富。李白在长江下游地区多次往来，早年隐居于当涂石门，天宝元年入京前家于南陵。被玄宗“赐金还山”后，经常往来金陵，[①]滞留于贵池、宣城一带。又曾与泾县汪伦、宣城纪叟等下层人物交往，“混游渔商，隐不绝俗”（《与贾少公书》），六朝以至延续到隋唐的某些文化传统对李白影响很深。

李白接受六朝和吴越文化影响来自两个方面：一是文人诗歌，一是乐府民歌。

谢灵运和谢朓的山水诗，为中国诗歌增添了一个重要的新品种，沾溉了唐朝许多诗人。孟浩然是其中较早的一位。李白在安陆、襄阳、江夏一带活动时，孟浩然的山水清音使之大为倾倒。盛唐诗人得孟诗清逸之气者应该首推李白。由孟浩然的山水诗上溯，李白于二谢的山水情怀颇有古今相接之感。谢灵运山水诗注意经营安排，琢磨锻炼。而在经营刻画的同时，力求臻于清新自然，所谓“如初发芙蓉，自然可爱”（《南史·颜延之传》），颇为李白赏爱。李白曾五次提到谢灵运的名句“池塘生春草”，可见对谢灵运这类诗特有会心。李白山水诗受小谢的影响更为直接。他往返于金陵、宣城一带，追寻谢朓的遗踪，经常怀念谢朓：

月下沉吟久不归，
古来相接眼中稀。
解道沉江静如练，
令人长忆谢玄晖。

——《金陵城西楼月下吟》

独酌板桥浦，古人谁可征？
玄晖难再得，洒酒气填膺。

——《秋夜板桥浦泛月独怀谢朓》

---

① 李白诗中“金陵”出现61次。其他诗中还有涉及金陵而未出现“金陵”二字的。

蓬莱文章建安骨，中间小谢又清发。
俱怀逸兴壮思飞，欲上青天览明月。
——《宣城谢脁楼饯别校书叔云》

我吟谢脁诗上语，
朔风飒飒吹飞雨。
——《酬殷明佐见赠五云裘歌》

诺为楚人重，诗传谢脁清。
——《送储邕之武昌》

以上仅为李白有关谢脁的部分诗句，但已足以证明王士祯所说的李白“一生低首谢宣城”并非夸张。李白咏谢脁，屡次提到“清”字，二谢在山水情怀和诗风清新自然方面给李白以良好的影响。

与谢灵运大体同时而年辈稍晚的鲍照，诗多写贫士失遇，对门阀士族制度进行抗争，充满不平与感愤，进而形成雄恣奔放的风格，与李白颇有相近之处。鲍照大量创作乐府诗，同时开创了以七言为主杂以其他各种句式的歌行体。音节错综变化，隔句用韵，适宜于表达激荡不平的情感，颇具俊逸之气，对于李白的乐府歌行有重要的先导作用。鲍照曾作《代白纻曲二首》《代白纻舞歌词四首》，李白也喜爱《白纻歌》，有“吴歌《白纻》飞梁尘”（《猛虎行》）、“歌动白纻山，舞回天门月”（《书怀赠南陵常赞府》）等诗句。其《白纻辞三首》首篇，与鲍照《代白纻曲二首》首篇句法全同。鲍照名作《拟行路难十八首》所喷发的不平意气在李诗中不断出现共鸣。李诗《行路难三首》其一开头四句即从鲍诗《拟行路难十八首》其六首二句化出而更为精彩。杜甫以“俊逸鲍参军”（《春日忆李白》）称赞李白；朱熹云：“鲍明远才捷，其诗乃《选》之变体，李太白专学之。”（《朱子语类》卷一四〇）可以说没有鲍照对乐府的大力开拓，就不可能有李白对于乐府诗的全面推进。

李白是唐代向六朝乐府和江南民歌学习最有成就的诗人，宋郭茂倩编《乐府诗集》收入他的作品最多。他对民间生活、风土人情有深切感受，

《秋浦歌》《越女词》中曾描写民间女子和冶炼工人唱歌的情景："郎听采菱女，一道夜歌归"、"赧郎明月夜，歌曲动寒川"（《秋浦歌》其十三、十四）、"耶溪采莲女，见客棹歌回。"（《越女词》其三）这些情景，他耳闻目睹。李白对其笔下的普通平民百姓，有他人难以比拟的平等的态度与亲切的情感。这些作品，真纯自然，近似民歌。他同情妇女，不仅写农家妇女，而且有《长干行》《江夏行》那样深入内心世界写商妇的诗。胡震亨云："《江夏行》《长干行》并为商人妇咏，而其源似出西曲。""太白往来金陵、襄汉，悉其尘俗人情，因采演之为长什。"（《李诗通》）说明这类诗既得益于南朝历史文化传统，又得益于身临其地的生活体验。《长干行》《江夏行》属于篇幅较长的"长什"，而李白吸取乐府民歌营养更富有成就的是绝句。其五言绝句，有的极富地方色彩和民间气息，如："长干吴儿女，眉目艳新月。屐上足如霜，不著鸦头袜"（《越女词五首》其一）；有的有民歌的自然明朗和含蓄隽永，如"玉阶生白露，夜久侵罗袜。却下水精帘，玲珑望秋月"（《玉阶怨》）。其七言绝句如《赠汪伦》《宣城见杜鹃花》《与史郎中钦听黄鹤楼上吹笛》等篇，则有从民歌中升华出来的声韵悠扬，情味深厚，兴到神会，自然天成的特色。

朱熹云："李太白诗不专是豪放，亦有雍容和缓的。"（《朱子语类》卷一四〇）朱熹所说的两个方面，前者属于壮美，后者属于优美。如果说长江中上游文化传统对于形成李白主体风格的豪放浪漫、壮浪飞动，具有决定意义，那么长江下游文化传统影响于李白的则更多属于优美。这对李白诗歌不仅是一种丰富，而且在壮美与优美的融合中，使其诗美升华到更完善、更具有魅力的境地。六朝文人诗歌追求形式美，雕饰和丽辞是其主要倾向，李白去其靡而取其丽，使之具文采声律之美而不伤于柔弱。对于二谢、鲍照等人，风格上主要取其清俊，使其诗歌豪放中复具清新秀逸的成分。乐府民歌，李白因自身具有开朗的性格，率真的情感，而能充分吸收其真纯自然、明朗朴实的优长。不仅使他的绝句"如入思妇劳人之心，婉曲可讽"（王琦注引《李诗纬》），并且对整个李诗的语言风格都有积极影响。"清水出芙蓉，天然去雕饰"（李白《经乱离后天恩流夜郎忆旧游书怀赠江夏韦太守良宰》），若没有江南自然风光的陶冶，没有乐府民歌的哺育，是不能达到这一境界的。

四、长江流域的自然景观与李白

长江流域的自然景观丰富多彩，气象万千，或雄奇险峻，或秀美澄鲜。但总的特点是宽广浩瀚，充满活力，清明透彻，奔腾不息。这与李白胸襟阔大，精神飞越，不受羁束，追求不止的主体精神特征相契合。似乎生长养育李白的长江，已经把它的某些特征，内化在李白的精神性格之中。

李白涉及长江的诗远比涉及黄河的诗多。①李白写黄河的形象固然是古今绝唱，极具特色，但总有一种距离感："黄河之水天上来"（《将进酒》）、"黄河如丝天际来"（《西岳云台歌送丹丘子》）、"黄河万里触山动"（《西岳云台歌送丹丘子》）、"黄河西来决昆仑"（《公无渡河》），基本上是远眺印象，而不是像写长江那样航行其中。李白倒是经常写到黄河的难渡："欲渡黄河冰塞川，将登太行雪满山"（《行路难》其一）、"洪河凌竞不可以径渡，冰龙鳞兮难容舠"（《鸣皋歌送岑征君》）、"我浮黄河去京阙，挂席欲进波连山"（《梁园吟》），在《公无渡河》中甚至以披发狂叟渡河溺死喻己在政治上遭受灾难。黄河在李白心中所引起的，主要是落天东泻、气势无比的庄严感、崇高感。李白对长江，则特具亲切感。他把长江写成故乡的水：

渡远荆门外，来从楚国游。
……
仍怜故乡水，万里送行舟。

——《渡荆门送别》

① 据栾贵明等编《全唐诗索引·李白卷》统计，李白诗中"江"字出现315次，"河"字出现121次。"江"字作为专名使用的频率比"河"字高。有许多诗涉及长江、黄河，而没有出现"江""河"字，笔者也初步作了统计。

春水月峡来，浮舟望安极。

正是桃花流，依然锦江色。

——《荆门浮舟望蜀江》

他经常置身长江中，写在江中旅行、娱乐、遭流放、被赦还。单是根据《挂席江上待月有怀》《江上寄元六宗林》《月夜江行寄崔员外宗之》一类题目，即可以看出他是怎样经常在长江中泛舟航行，流连赋诗了。《月夜江行寄崔员外宗之》云："飘飘江风起，萧飒海树秋。登舻美清夜，挂席移轻舟。月随碧山转，水合青天流。杳如星河上，但觉云林幽。归路方浩浩，徂川去悠悠。"围绕江流、江行，缀以清风、明月等意象，写出一个"杳如星河上"超凡境界。风助帆移，月随山转，水与天合，一切都相互交融，打成一片。浩浩流水，跟诗人绵绵思友之情，悠悠逝川之感，也无形无迹地化在一起，可见诗人精神与长江之契合。

"叹我万里游，飘飖三十春。"（《门有车马客行》）长期漫游，或沿江上下，或是南北渡江，李白的欢喜、忧伤、失望和希望与长江交融在一起。有"夜发清溪向三峡，思君不见下渝州"（《夜发清溪歌》）的身离蜀地思牵故乡之行，有"江行几千里，海月十五圆"（《自巴东舟行经瞿塘峡》）的身遭流放逆水上峡之行，有"两岸猿声啼不住，轻舟已过万重山"（《早发白帝城》）的重获自由飞舟出峡之行，有"挂席拾海月，乘风下长川"（《叙旧赠江阳宰陆调》）的鼓帆直下，兴致飞扬之行。有"酒客十数公，崩腾醉中流，谑浪掉海客，喧呼傲阳侯"（《玩月金陵城西……访崔四侍御》）的江中娱乐访友之行。诗人与长江结下深厚的友情，"寄言向江水，汝意忆侬不？遥传一掬泪，为我达扬州。"（《秋浦歌》其一）认为长江会忆念自己，江水会为之传泪。在诗人眼里"洞庭潇湘意渺绵，三江七泽情洄沿"（《当涂赵炎少府粉图山水歌》），似乎整个长江水系都与诗人有深厚的情谊。可以说正是基于李白对长江所表现的这种情感，他身后才会有醉游采石江中，入水捉月而死的传说。[①]

① 洪迈《容斋随笔》卷三《李太白》条："世俗多言李白在当涂采石因醉酒泛舟于江，见月影俯而取之，遂溺死，故其地有捉月台。"

李白传神地描绘了长江不同地段、不同情境下的景观：

登高壮观天地间，大江茫茫去不还。
黄云万里动风色，白波九道流雪山。

——《庐山谣寄卢御虚舟》

海神来过恶风回，浪打天门石壁开。
浙江八月何如此，涛似连山喷雪来。

——《横江词》其四

汉江回万里，[①]派作九龙盘。
横溃豁中国，崔嵬飞迅湍。

——《金陵望汉江》

水如一匹练，此地即平天。
耐可乘明月，看花上酒船。

——《秋浦歌》其十二

有挟九派东去的长江，有拥海潮倒卷的长江，有横溃大陆、冲成巨大出口的长江，有明朗平静的长江。

李白写了长江沿线的山岳、平野、支流、湖泽，如巫山、庐山、九华山、洞庭湖、鄱阳湖、岷江、汉水、湘水、宛溪、泾溪，等等，名篇佳句，不可悉数。连一般诗人很少写到的泾溪，李白所咏竟达十首以上。

李白不仅写长江的现景，还从人文历史角度写了长江。

鹦鹉来过吴江水，江上洲传鹦鹉名。
鹦鹉西飞陇山去，芳洲之树何青青。

——《鹦鹉洲》

牛渚西江夜，青天无片云。
登舟望秋月，空忆谢将军。

——《夜泊牛渚怀古》

① 李白诗中的“汉江”“楚江”，经常即指长江。

石头巉岩如虎踞，凌波欲过沧江去。

……

四十余帝三百秋，功名事迹随东流。

——《金陵歌送别范宣》

二龙争战决雌雄，赤壁楼船扫地空。

烈火张天照云海，周瑜于此破曹公。

——《赤壁歌送别》

金陵劳劳送客堂，蔓草离离生道旁。

古情不尽东流水，此地悲风愁白杨。

我乘素舸同康乐，朗咏清川飞夜霜。

——《劳劳亭歌》

长江伴随着时间，伴随着人世历史，自古至今流泻。李白的诗，让人由眼前的长江转入故国神游，其中包含有多少往昔的文采风流，有多少关系国家民族命运的历史场面。长江由此而显得同时是祖国的一条历史长河，更为天长地久，悠悠无限，诗人的精神也似乎随着长江顺时间之流上溯，给人以与长江一起“阅尽人间春色”（毛泽东《念奴娇·昆仑》）的深邃感。

五、江山之助与李白所代表的地域文化特征

中国幅员广阔，文学作品千汇万状。历代在文学作品编辑整理和研究批评方面，重视地域特征和江山之助。《诗经》国风，即是根据十五国的地域来编排的；屈原等人的作品，被冠以“楚辞”之称；一些诗派、文派也常以地域得名。对于文学地域特征的根源，有人曾加以解释：

南方水土和柔，其音轻举而切诣，失在浮浅，其词多鄙俗；北方山川深厚，其音沉浊而鈋钝，得其质直，其词多古语。

——《颜氏家训·音辞篇》

盖山川风土者，诗人性情之根柢也。得其云霞则灵，得其泉脉则秀，得其冈陵则厚，得其林莽烟火则健。

——孔尚任《古铁斋诗序》

认为某一地域的自然风貌有某种美的特征，诗人生长其中受其感召，心物交融，天地英灵之气化入诗的性情之中，作品会自觉或不自觉地体现出地域特征。李白诗歌风貌与长江流域自然景观特征大体相一致。唐代元稹所作的《唐故工部员外郎杜君墓系铭》，虽有抑李扬杜倾向，但他以“壮浪纵恣，摆去拘束”评李白诗歌，确实抓住了李诗的主要风貌特征。李白写秦岭、巴山之险：“蜀道之难难于上青天”，写长江水势：“白波九道流雪山”；写庐山瀑布喷射：“飞流直下三千尺，疑是银河落九天”，其描写物象所表现的风格，正是“壮浪纵恣，摆去拘束”。万古长江，浩瀚汹涌，始终是动的，而李白诗歌很少静态描写，充满着动感。诗集中的动词，如“流”字、“飞”字，[①]使用频率远远高于风格相对沉稳的杜甫。所以如果说李白的“壮浪纵恣”得长江流域的江山之助，应该是有道理的。但仅仅强调作品风貌的自然地理因素显然是不够的。一个地区有一个地区的民情风俗、文化氛围，有其文化思想乃至文化心理的积淀，更能够影响诗人的思想性格和审美情趣。尽管一个地区人文风貌特征的形成与自然地理提供的条件有密切联系，但一旦某地人文因素经过长期积淀形成自身独特内涵与风貌之后，它对于诗人的影响，便是更加内在，更加具有潜移默化之效。考察巴蜀、荆楚、吴越文化与李白及其诗歌的关系，无疑可以给人文地理对创作的影响提供充分的证据。

文化的传播与接受对于地域有很强的依存性。某种文化的“根”，总与一定的地域相联系。一种文化可以传播久远，但它的发源地区往往最能把此种文化魅力和精神旨趣表现出来，从而也最具有感染力和同化力量。文学家对于某一区域文化，不是置身其地，亲受其炙，而是通过书本或其

① “流”字、“飞”字在李白诗集中分别出现318次、316次；在杜甫诗中分别出现了151次、179次。

他间接渠道去接受，转化为诗歌创作，只能是带书卷气的影响揣摩，而像李白那样，生香真色地表现一种地域文化精神，则是绝对离不开实际的、具体的生活体验与浓厚的文化氛围的熏陶。

对于李白所接受的文化影响，上文分巴蜀、荆楚、吴越逐一探讨，目的在于使问题深化。但必须看到，长江上游、中游和下游文化，又有许多相近之处。长江中游的荆楚之地，春秋战国时期文明的发展程度在巴蜀和吴越之前。楚文化的影响，上游及于巴蜀，下游及于吴越，且楚灭越国，最后占有吴越之地，对于长江流域文化上的接近，起了推动作用。这一大的范围，相对中原地区，是一个同具某些共性的大文化区域。秦汉以前，它与中原交往较少，同化程度较低，被称为蛮夷之地。它不受周礼约束，而处于较为自由与原始的状态。此后，这一地区由于距离中央朝廷所在的咸阳、长安、洛阳等地较远，秦汉专制主义统治力度不及京畿和中原州郡，人文气氛一直处于相对宽松和自由状态。长江流域跟道家、道教有密切关系：老子、庄子为楚人；汉末张道陵创天师道于蜀；两晋之交受道教支持的成汉政权，统治蜀地四十余年；东晋时江南士族承西晋玄风，崇尚老庄，兼事服食，“皇室之中心人物皆为天师道浸淫传染”[①]；唐代最有影响的教派茅山宗，系由南方的天师道演化而来，根据地一直在金陵附近的丹阳句容。可见道教的产生和繁衍，都离不开长江流域这块广袤的土地。玄道之风浸淫，在该地区有广泛而突出的表现。受巫风和道学影响，同时也源于楚地奇丽的山川景象，热忱而旺盛的生命精神，屈原诗歌惊采绝艳。它以恢宏的气象、丰富的想象力和浪漫气质启迪了汉代赋家。而西汉一代凡辞赋有成就者，多与长江流域有关。司马相如等人自不待言，连洛阳人贾谊的《吊屈原赋》《鹏鸟赋》也是在长江流域的长沙所作。屈原、宋玉作品的丽辞和托言男女，还影响了六朝诗歌，致使长江流域的文学呈现出浪漫主义因素多于现实主义因素，同时又富于文采的特征。上述思想作风上的自由放浪，宗教信仰上的归趋老庄和道教，文学艺术上的浪漫和华美，可算是长江大区域的文化特征，同时也深刻体现于

① 陈寅恪：《天师道与滨海地域之关系》，见《金明馆丛稿初编》，上海古籍出版社1980年版，第314页。

李白为人与创作之中。

李白吸收整合自然与人文多种因素，诗歌郁为奇观，震惊诗坛。他之所以能够实现整合，并升华为玮丽瑰奇的诗篇，既得力于个人的天才，更得力于盛唐文化巨大的汇通南北、融铸古今的力量。秦汉以后，由于国家统一成为历史主流，各地之间的沟通交流日益发展，文人们困守一乡一地的情况愈来愈少。唐代由于漫游之风盛行，官员被贬又往往远遣到江南、岭南等地，因而不同区域的地理风貌、风俗民情、文化传统，又可以从各自不同方面丰富和塑造诗人更为博大健全的性情和审美精神，使诗人创作融汇更多或更大范围地域文化成分，具有涵盖广阔的大家风范。李白生于西域，长于巴蜀，一生大部分时间在祖国各地漫游，能以更广阔的眼界和胸襟接纳各处事物而不凝滞于某一方隅。源于具体的江山灵秀之气是不可少的，但如果拘于一隅则不免偏陋而失去宏大之气。李白的诗歌有他所足履身临之地的江山之助，同时又是面向全国的，他写北方，写黄河，写中原，写齐鲁，写边塞，同样写得很精彩，所谓以“五岳为辞锋，四海为胸臆”（皮日休《七爱诗·李翰林白》），并非夸诞之词。但必须强调他与长江流域结缘更深，而长江流域地灵人杰，屈原之辞，扬马之赋，六朝五七言诗，江山之间气和丰厚的人文遗产必然能够孕育出有代表性的大诗人。初唐至开元，诗歌创作中心与基地在中原，六朝诗歌受到贬抑，而当时南方诗歌数量偏少，诗坛似乎在等待中州之外更有伟大的诗人走来。正是在这种情势下，李白走出了巴蜀，沿江东下，漫游各地，经过充分的酝酿和准备，终于带着博大浪漫之气和新鲜的作风与题材，进入了诗坛，引起轰动。但“天上谪仙人”，只是根据非凡印象对李白出现的神异化的说法，而如果把目光转回地上，考察李白的生活经历、文化素养与艺术表现，则分明可见他是较多地蒙受长江流域江山之助和文化传统哺育，升腾在唐代诗国天空上的巨星，他与出自中原的列星相辉映，同时又闪现着特别明亮奇异的色彩。

［原载《文学评论》2002年第1期］

杜甫与唐代诗人创作对赋体的参用

赋与诗为关系亲近的两种文体。白居易《赋赋》篇云："赋者，古诗之流也。……全取其名，则号之为赋；杂用其体，亦不出乎诗。"开头用班固《两都赋序》中的话，说赋源出于诗；后面针对赋体独立之后，诗赋之间相互交融的情况，认为全按赋体标准做出来的篇什就叫做赋，但如果只杂用赋体的成分，也还不出乎诗体的范畴，仍旧是诗。唐代诗赋兼盛，科举考试中的进士等科，诗与赋同是必试科目，文人诗赋兼擅者多，创作中能够灵活自如地将诗赋二体互相参用。白居易所说的杂用赋体，不仅在唐代诗史上自始至终存在，同时也是推动唐诗变化发展的重要因素。本文将着重讨论处于唐诗发展关键地位的杜甫在诗中如何参用赋体，再兼及四杰、李白、韩愈、白居易、李商隐等人，对唐诗吸收赋体情况，作简要勾勒，以见唐诗与赋的密切关系。

一　诗史与赋笔

诗中杂用赋体有两种情况：一种是直接取用辞赋作品中的现成材料，如词语、典故，以及有关景色、人物、场面描写的精彩成分；一种是吸取赋体的艺术经验，如修辞炼句、组织结构、铺排手法等。但在具体作品中，两种现象可能同时出现，而后一种更能体现文体互参精神。兹以杜诗几种类型为例，从其融赋入诗的表现，到如何实现异体相生，创变升华，予以探讨。先看其史诗性作品。

杜诗中有一批反映广阔社会生活与重大历史事件的篇章，这些作品奠定了杜甫在诗史上的崇高地位，而篇幅一般都比较长。宋叶梦得《石林诗话》云："长篇最难，晋宋以前，无过十韵者……至老杜《述怀》（按：当指《自京赴奉先县咏怀五百字》）、《北征》诸篇，穷极笔力，如太史公纪传，此固古今绝唱。"就文人诗歌而言，确实如叶氏所说，汉魏晋宋五言诗词意简远，篇幅有限，未见有如杜甫这样的大制作。杜甫《咏怀》《北征》等篇有两大特点：一是博大。其规模篇制，超越以往；二是史诗性。其中抒情和叙事、议论等成分相交织，对社会生活、历史事件有大量的描写叙述。以上两点，集中体现在体制与写法上。既然以往五言诗限于篇幅，未能提供足够的艺术经验，那么在当时诗赋并盛的文学大背景之下，再加以杜甫本人擅长作赋，"熟精"以选辞赋骈文为主的《文选》，他吸取赋的艺术经验和养分入诗，就是很自然的事了。

清黄生云："杜公本一赋手，故以《骚》《雅》为胎骨，以经史为肴馔，以《文选》为藻绘，见之篇什，纵横驰骋，难受束缚，如千里霜蹄，虽按辔康庄，其蹑云绝尘之气自不可御。"（《杜诗说·杜诗概说》）认为杜甫本是赋手，赋体的包涵量大，所以在接受上囊括了《骚》、《雅》、经、史、《文选》，其诗之规模体制难受传统的诗体束缚。

杜甫的《自京赴奉先县咏怀五百字》《北征》等诗，通过记述旅途见闻与感受，展开了广阔的时间与空间内容，反映了时代巨变与郁结在诗人胸中的思想情感。这些诗的创作，向赋吸取了什么？清人钱谦益注杜诗，于《北征》题下云："《流别论》（按，即挚虞《文章流别论》）曰：'更始时班彪避难凉州，发长安至安定，作《北征赋》。'公遭禄山之乱，自行在往鄜州，故以《北征》命篇。"（《钱注杜诗》卷二）指出班彪与杜甫都是在时代动乱的背景下出行，同样遭遇世变，故杜甫采用了班彪以赋纪行的标题。近代学者胡小石的《杜甫〈北征〉小笺》进一步笺云：

《北征》，变赋入诗者也，题名《北征》，即可见之。其结构出赋，

> 班叔皮《北征》、曹大家《东征》、潘安仁《西征》，皆其所本，而与曹、潘两赋尤近。①

胡小石说“变赋入诗”，涉及内容、写法等多方面，而所谓“结构出赋”，则专指组织结构。在杜甫之前，五七言诗中像《北征》这样纵横交错，把丰富多样的内容纳入一篇之中，几乎未曾出现过，而在辞赋中，却早已有了成功的先例。赋体一般固然以描写型居多，游猎、京都、宫殿、江海等题材的赋，多半从空间上展开，历时性叙述很少。但情赋以及稍后兴起的纪行、述志、哀伤等类，则具有事件过程。刘熙载云：“赋兼叙、列二法：列者，一左一右，横义也；叙者，一先一后，竖义也。”（《艺概·赋概》）纪行赋等，即是“兼叙列二法”结构成篇的。《文选》中班彪《北征赋》、班昭《东征赋》、潘岳《西征赋》在征行过程的叙述中，追怀所经之地的史迹，评述有关历史事件和人物，间亦描写沿途风物。胡小石说杜甫《北征》“结构出赋”，指的就是这种组织方式。《北征》固然如此，而《咏怀》虽然标题未用“北征”“东征”字样，但“自京赴奉先县”实亦具备征行内涵。

纪行赋有点明所经之地的纪行线索，班彪《北征赋》中有“历云门而反顾”，“登赤须之长坂”；潘岳《西征赋》中“发阌乡而警策”，“造长山而慷慨”等等，都是点出行踪。与之相近，杜甫《咏怀》中则有“凌晨过骊山”“北辕就泾渭”；《北征》中有“邠郊入地底”“坡陀望鄜畤”等诗句。纪行赋在结构上以“叙列二法”交织成篇，展开描写议论，如《北征赋》中：“陟高平而周览，望山谷之嵯峨，野萧条以莽荡，迥千里而无家”一段，《西征赋》中“蹈秦郊而始辟，豁爽垲以宏壮。黄壤千里，沃野弥望”一段，都是纪行中的描写。同样，杜甫的《咏怀》《北征》更是常常在倥偬杂沓中放笔写自己见闻，如《咏怀》写夜行天气阴寒，写骊山上皇亲国戚奢侈享乐，渭水渡口险象丛生；《北征》中写战争洗劫后的旷野，深山里的自然景象，写到家后娇儿幼女表现，都是诗中最为生动细致、展

①胡小石：《胡小石论文集》，上海古籍出版社1982年版，第115页。

现时代生活和社会历史画面最为精彩的部分。不仅在纪行中切入这些描写的结撰方式可以上溯到东汉至两晋的纪行赋，甚至《咏怀》中“入门闻号咷，幼子饿已卒。吾宁舍一哀，里巷亦呜咽”一节，在潘岳《西征赋》中亦有可以构成对照的描写：

> 夭赤子于新安，坎路侧而瘗之。亭有千秋之号，子无七旬之期。虽勉励于延、吴，实潜恸乎余慈。

潘赋由旅程写到幼子夭折，抒发亲情难以割舍之痛，都与杜诗非常相近。

纪行赋的“兼叙列二法”结构为杜甫所吸取。但与杜甫史诗性长篇相比，纪行赋多偏重结合史迹评述史事和人物，像上举潘岳赋联系切身遭遇的抒情述怀毕竟是偶见，更缺少与当代重大事件相关的现实社会生活场景。这一方面，就杜甫向赋借鉴而言，值得注意的是南北朝时期的赋家庾信等人。

赋发展到南北朝时期，颇出现一些自叙性的作品，如沈炯《归魂赋》、李谐《述身赋》、庾信《哀江南赋》、颜之推《观我生赋》。沈炯、李谐已能较多地把写个人身世和时事结合起来，而庾信、颜之推，则更把身世和历史巨变打成一片，展开了更加广阔丰富的内容。跟纪行赋多写前代历史事件有很大的不同，自叙性的赋则多写当代之事。《哀江南赋》从作者家世写起，把仕梁至被羁留北周经历和亡国之痛、乡关之思交织在一起，中间穿插侯景之乱前后许多重大政治军事事件，以及自身经历的许多场景。既是述己，又是哀国哀世。这对于唐代诗人的创作影响极大；一是自叙中融入时事。如杜甫《咏怀》叙自己在京城求仕无门，幼子饿死于异县，同时融入上层淫奢聚敛、下层民不聊生的描写；《北征》叙身为谏官不为皇帝所容，令其回家探亲，同时结合一路见闻，写尚未平息的安史之乱。这种自叙，由个人遭遇和亲身感受写出朝廷腐败，时局动乱，个人与国家，二者紧密相关。杨绳武评《哀江南赋》云：“事备家国，义兼诗史，篇中自叙门风忠孝，身世飘零。上述武帝之承平玩寇，以致丧亡……足征一代之得失，犹杜之《北征》义不可无。”（《文章鼻祖》卷六）从“事备家国，义兼诗史”的角度将庾赋和杜诗联系起来，揭示出前后承续发展的脉络。二是自叙与纪行结合，使纵与横、时间与空间的交织更为自然，展开的场景规模也更为阔大。在自叙的重要环节上切入铺叙、议论，在纵向叙述中有场面特写、时事点评，有大大小小的插曲。这些方面庾赋显然给唐人提供了范例，如庾赋点评梁朝军队败于侯景：“岂有百万义师一朝卷甲；芟夷斩伐，如草木焉！”杜甫《北征》则点评了哥舒翰的潼关之败：“潼关百万师，往者散何卒。遂令半秦民，残害为异物。”庾赋中“于时朝野欢娱”一段，写侯景叛梁前梁朝上下歌舞升平、追欢取乐情景；杜甫《咏怀》中则有“君臣留欢娱”一段，写唐朝君臣腐败享乐的情景。以上都是在纵向叙述中的插写，而且两家无论用语和用意都非常接近。

宋代何梦桂云：“古今以杜少陵为诗史，至其长篇短章，横骛逸出者，多在流离奔走失意之中。”（《永嘉林霁山诗序》）由于诗产生“在流离奔走失意之中”，又常常借鉴纪行和述怀一类赋的创作经验，因此，除《咏怀》《北征》两大长篇外，还可以进一步考察“三吏”、“三别”、《秦州杂诗》、《咏怀古迹》，乃至《风疾舟中伏枕书怀》一类在流离奔走中产生的长篇或组诗。如“三吏”“三别”前后相连，循作者旅程，点出“客行新安道”“暮投石壕村”“借问潼关吏”，即略类纪行赋点经行之地。其场面描写，颇见铺排；“三吏”与“三别”诗题模式相同，内容相近，作组诗看，亦有铺排意味。“三吏”还包含人物对话，与赋体常见之主客问答，又不无相似之处。杜甫西去秦州和由秦入蜀写了大量纪行诗，著名的《秦州杂诗二十首》，如清人张缙所云：“首章叙来秦之由，其余皆至秦所见所闻也：或游览，或感怀，或即事，间有带慨河北处，亦由本地触发。”①“由本地触发”是这组诗组织结构的关键。诗的开头“迟回度陇怯，浩荡及关愁。水落鱼龙夜，山空鸟鼠秋”一连点四处地名，其后“秦州城北寺”“州图领同谷”“万古仇池穴”“东柯好崖谷”，等等，再接连记下一处

① 转引自杨伦：《杜诗镜铨》卷六，上海古籍出版社1980年版，第247页。

处经过与见闻，所采取的写法，即与纪行赋相同。特别是首章，一则曰："满目悲生事，因人作远游"，与班昭《东征赋》"惟永初之有七兮，余随子乎东征"，表述的内容和形式相近。再则曰："西征问烽火，心折此淹留"，直接点出"西征"，和潘岳《西征赋》的开场："潘子凭轼西征，自京徂秦"，显然有继承关系。

二　化解与升华

杜甫融赋入诗，可谓变化入神。有些作品，其所包含的内容几乎可以演绎出一篇颇具规模的赋，按照一般表达方式，这种题材会写成比较质实的长篇，但在杜甫笔下却又不以长篇纪实的形式出现。此类诗可以理解为诗人在构思过程中，把通常的形态解构了，升华变幻，如海水之化为云霞，但见其景象万千，而难窥其演化轨迹。如《秋兴八首》，王士祯曾引述王梦楼的看法：

> 近日王梦楼太史云："子美《秋兴》八篇，可抵庾子山一篇《哀江南赋》。"此论亦前人所未发。①

"哀伤同庾信"（杜甫《风疾舟中伏枕书怀》），王梦楼之见可以阐释为《秋兴八首》包含类似《哀江南赋》的巨大的历史和社会生活内容。赋与诗相比，赋实而诗虚。《秋兴八首》没有记述具体事件，纯是抒情。有大型辞赋的内涵，而以抒情诗的面貌出现，自是化实为虚。这与他自己的《咏怀》《北征》等作，以及韩愈的一些长篇，因加入赋的成分而趋实，几乎是相反的表现。

"夔府孤城落日斜，每依北斗望京华"（《秋兴八首》其二）、"鱼龙寂寞秋江冷，故国平居有所思"（其四）。夔府—望京华—思故国，是《秋兴八首》抒情与思绪的主轴。经历安史之乱，唐王朝走向衰落。杜甫因战乱

① 转引自杨伦：《杜诗镜铨》卷十三，上海古籍出版社1980年版，第649页。

漂泊羁留偏远之地，其"故国平居有所思"，也就类似庾信之身羁北方心"哀江南"。《秋兴八首》与赋有哪些联系和不同呢？首先，以"秋兴"为名，钱谦益已指出来源于潘岳《秋兴赋》[①]；诗所渲染的浓厚悲秋气氛，黄生亦指出源于宋玉《九辩》[②]。诗中有由"他日""昔时""自古""百年"所暗示的巨大时间跨度；由巫峡、夔府、江间、塞上、秦中、故园、北斗、长安、南山、函关、曲江、紫阁、渼陂等所喻示的广阔空间；涉及之事，有奉使乘槎、画省香炉、山楼悲笳、匡衡抗疏、刘向传经、直北金鼓、征西羽书、西望瑶池、东来紫气、身预朝班、佳人拾翠、仙侣同舟，等等。更有所谓"花萼夹城通御气，芙蓉小院入边愁""闻道长安似弈棋，百年世事不胜悲"，等等。这些，向读者提示着作者的身世和唐帝国的盛衰史，足足贮蓄着可抵《哀江南赋》那种"指陈一代兴废之故，叙述平生阅历之场"[③]的内容与材料。而且，不仅其内容堪比鸿篇巨制的赋，即连所写景物，亦曾引起人与京邑大赋作对照。钱谦益说："余谓班、张（按指班固、张衡）以汉人叙汉事，铺陈名胜，故有'云汉'、'日月'之言；公以唐人叙汉事，摩娑陈迹，故有'机丝'、'夜月'之词。"又说："'菰米'、'莲房'补班、张铺叙所未见。"[④]钱谦益的鉴赏非常敏锐，《秋兴八首》从第五首开始，每首都以一半以上的篇幅渲染昔日帝京繁华，如："蓬莱宫阙对南山，承露金茎霄汉间。西望瑶池降王母，东来紫气满函关。云移雉尾开宫扇，日绕龙鳞识圣颜"，等等，其辞采与铺排，皆有汉代京都大赋的踪影。京都大赋为实写，而《秋兴》乃是回忆中的一片云烟，则

① 《钱注杜诗》卷十五《秋兴八首》题下注："潘岳《秋兴赋序》云：'于时秋也，遂以名篇。'"（上海古籍出版社1971年版，第504页。）按：潘岳原文为"于时秋也，故以秋兴命篇。"

② 参见黄生《杜诗说》卷八："吾尝谓子美之八首，即宋玉之《九辩》。故曰：'摇落深知宋玉悲，风流儒亦吾师'。惟能深知其所悲之何故，而师其风流儒雅，此拟悲秋为秋兴，乃所以为善学柳下也。"黄山书社1994年版，第335页。

③ 杨绳武：《文章鼻祖》卷六评《哀江南赋》，《四库全书存目丛书》本，齐鲁书社1997年版，集部四〇八，第133、134页。

④ 《钱注杜诗》卷十五《秋兴八首》其七后笺语，上海古籍出版社1971年版，第541页

又是化实为虚。

杜甫用八首诗连续相承表达近于庾信《哀江南赋》的内容。此种处理，在庾信作品中亦有踪迹可寻。庾信有《拟连珠》三十四章，演绎的内容与《哀江南赋》相同，可算是一篇化为多篇。倪璠《庾子山集注》卷九《拟连珠》解题云：

> 傅玄叙《连珠》曰："所谓《连珠》者……其文体，辞丽而言约，不指说事情，必假喻以达其旨。"……信复拟其体以喻梁朝之兴废焉。观其辞旨凄切，略同于《哀江南》之赋矣。

连珠是由赋派生的文体，与赋大体同类，而因其"不指说事情，必假喻以达其旨"，较一般赋类更接近于诗。杜甫《秋兴》分章，若与庾信从《哀江南赋》到《拟连珠》的写法联系起来看，亦有其前车之轨辙。

庾信的《拟连珠》在很大程度上把《哀江南赋》的内容虚化了，如其二十八：

> 盖闻秋之为气，惆怅自怜。耿恭之悲疏勒，班超之念酒泉。是以韩非客秦，避谗无路；信陵在赵，思归有年。

倪璠笺云："此章喻己思故国，有如宋玉悲秋。及夫疏勒不还，酒泉何望。身羁长安，韩非将死于秦路；心存建业，信陵终念于魏邦。"可见《拟连珠》所言跟实际所指，中间通过比喻，作了虚化处理。而杜甫的《秋兴八首》，除"匡衡抗疏功名薄，刘向传经心事违"两句外，连比喻也很少用，只是写巫峡的秋声秋色，写回忆中的片断与对长安的想象，较之庾信《拟连珠》更为虚化。清吴瞻泰评《秋兴八首》第五首末联"一卧沧江惊岁晚，几回青琐点朝班"云："此处拾遗移官事，只用虚括，他人当用几许繁絮矣。"[①]赋的写法接近"繁絮"，力求其多地把一切都写出来，而诗用

① 杨伦：《杜诗镜铨》卷十二，上海古籍出版社1980年版，第646页。

笔“虚括”，往往只见一鳞半爪或浪花云影。杜甫避免“繁絮”而以“虚括”出之，所谓“一片神光动荡，几于无迹可寻”（《杜诗镜铨》引陈秋田评）。可见《秋兴八首》所循的途径是化实为虚，从而在文体上相应地实现了化赋为诗的转换。

杜甫的《咏怀古迹五首》与《秋兴八首》同为夔州时期七律组诗代表作，其前两首分别写庾信和宋玉，后三首分别写王昭君、刘备、诸葛亮。前两首所写为辞赋家，与赋的联系显而易见。《杜臆》云：“公于此自称‘词客’，盖将自比庾信……而以己之‘哀时’比信之《哀江南》也。”[①]仇兆鳌《杜诗详注》云：“首章咏怀，以庾信自方也。……五六宾主双关，盖禄山叛唐，犹侯景叛梁；公思故国，犹信《哀江南》。”陈寅恪专文《庾信哀江南赋与杜甫咏怀古迹诗》，以《咏怀古迹》第一首解《哀江南赋》，并说：“杜公此诗实一《哀江南赋》之缩本。”所谓“缩本”实即化长篇之赋为七律。又，组诗中所写的五位古人，都在夔州或与夔州相近处留有踪迹[②]。杜甫漂泊夔州，因而赋咏其人借以抒发身世际遇之感，亦犹纪行赋之临其地而发幽思。纪行赋结合行踪赋历史人物和事件，如按所写人物与事迹分段，几乎每一处都可以成为相对独立的一节，此种结构与《咏怀古迹五首》的连章体也相近。《咏怀古迹五首》的开头：“支离东北风尘际，漂泊西南天地间”，总括行程，近于征行赋之点题，以下逐章点出：“江山故宅空文藻，云雨荒台岂梦思”“群山万壑赴荆门，生长明妃尚有村”“蜀主窥吴幸三峡，崩年亦在永安宫”“武侯祠屋常邻近，一体君臣祭祀同”，指明各处人物的遗迹，也是杜甫其时足迹已到或出夔峡后即可到达的地方，因而这种结合行踪，借历史人物抒发感慨的写法，可以溯源及于赋体，而同时杜甫又化解了赋体，变为连章组诗。

---

① 王嗣奭：《杜臆》卷八，上海古籍出版社1983年版，第279页。

② 仇兆鳌《杜诗详注》第八卷引《杜臆》云：“五首各一古迹，首章前六句先发己怀，亦五章之总冒。其古迹则庾信宅也。宅在荆州，公未到荆，而将有江陵之行，流寓等于庾信，故先及之。”按：此解释何以在夔州咏及庾信。

三　赋之描写与诗之比兴

杜甫的描写性诗歌显得比较实，与运用赋体写法有密切关系。这类诗中咏物诗达八九十首之多。此外，还有相当多专咏某事、某地或某种情景的诗，围绕某一特有对象去描写，赋法在其中占突出地位。

赋的体物，从两汉到魏晋南北朝，发展得很充分，对咏物诗的兴起，有重要带动作用。杜甫以能赋自许，自称“赋料扬雄敌”，曾向玄宗献赋，得到赏识。他有写物的《雕赋》《天狗赋》等。杜诗中不少咏鹰、咏鸟之作，都与其《雕赋》或前人鹰鸟赋有联系。如《画鹰》诗中的描写即是对《雕赋》的提炼。除诗人自作的《雕赋》外，注家还曾指出“侧目似愁胡”与孙楚《鹰赋》：“深目蛾眉，状如愁胡”的关系；“絛鏇光堪摘”与傅玄《鹰赋》“饰五彩之华绊，结璇玑之金环”的关系（杨伦《杜诗镜铨》卷一）。杜诗中又有《鹦鹉》一篇：用于描写的“翠衿浑短尽，红觜漫多知”一联，来源于祢衡《鹦鹉赋》“绀趾丹嘴，绿衣翠衿”二句。而“聪明忆别离”“红觜漫多知”“何用羽毛奇”的感慨，则是承祢赋加以概括和点化。

杜甫咏马的诗也很多。元代祝尧《古赋辨体》评刘宋颜延之《赭白马赋》云：“此赋句意皆出汉《天马歌》，至唐李杜咏马之作则又出于此矣。”祝尧从影响史上指出李白、杜甫咏马诗对于颜赋的接受。至清代，沈德潜则盛赞杜甫的《骢马行》，认为其中“隅目青荧夹镜悬，肉騣碨礧连钱动”一联，将《赭白马赋》用“二句括尽”[①]。无论重渊源强调颜赋对后世的影响，还是赞赏后来者善于对颜赋加以隐括提升，都是注意到了杜诗颜赋之间的联系。杜甫《解闷十二首》，最后三首咏荔枝，钱谦益和杨伦亦指出是隐括张九龄《荔枝赋》，并与张九龄有同样的感喟[②]。

① 沈德潜：《唐诗别裁集》卷六。中华书局1975年版，第95页。

② 《钱注杜诗》卷十五，上海古籍出版社1971年版，第529、530页。《杜诗镜铨》卷十七，上海古籍出版社1980年版，第819页。

杜甫咏物诗更大量的当然不是融合已有之赋入诗，而是采用赋法。顾嗣立《寒厅诗话》引俞玚语云："少陵咏物多用比兴赋……《萤火》《白小》则直是赋体矣。"俞玚所谓"直是赋体"，当然不是排除比兴，仅仅机械地以赋体写形。有关诗歌，篇中寓意还是有的，如《白小》，杨伦就指出"悯穷民也。"故"直是赋体"，是指直赋其物，突出地显现赋法。此类诗杜集中还有多篇，特别是仅以物名为题的，如《雷》《火》《雨》《孤雁》《鸥》《猿》《鸡》《黄鱼》《暝》《云》《月》《初月》《归燕》、《促织》等，大多着重描写物的形态、大小、习性，从用笔看，是通过赋法状物，写物理物情，体现用意。他的《火》诗，杨伦《杜诗镜铨》眉批："公诗有近赋者，亦由熟精《选》理。"为与眉批相印证，杨伦对有关诗句又作旁批："此首开手先揭出题"—"先叙举火之由"—"低处"—"高处"—"以上言日中之火"—"此言夜间之火"—"此言烧火无救于旱"[①]。据此可以看出杜甫这首《火》诗，正是赋体上下前后、逐层铺衍的写法[②]，近于一篇《火赋》。

考察杜甫的咏物诗，可以连类扩展到广泛的体物和描写性诗歌。咏物诗是描写，某些咏人物、咏场景之作，也是描写。其中赋法的运用都很突出。名篇如《丽人行》《冬狩行》《渼陂行》，皆运用铺陈夸张笔法。清蒋弱六评《丽人行》："美人相—富贵相—妖淫相，后乃现出罗刹相。"[③]指出《丽人行》是抓住几个方面逐一进行铺写，最后画出罗刹相给以尖锐讽刺。蒋可谓引而不发，而黄生却一语道破："较《洛神赋》另样写法。"（《杜诗说》）因为都是以赋笔写水边丽人，所以将其与《洛神赋》并提，认为只是用意不同，一为赞美一为讽刺，写法另样而已。

杜甫多数咏物诗和以特定对象为题的描写诗有两方面特点。一是赋与比兴兼用。上引俞玚语已道出这一点。方南堂云："咏物题极难，初唐如

① 参见杨伦《杜诗镜铨》卷十三，上海古籍出版社1980年版，第615页。

② 程千帆、张宏生《火与雪：从体物到禁体物》一文，从杜甫吸取赋体写作经验的角度，论述《火》是艺术上的又一创造，可参看。此文收入《被开拓的诗世界》，上海古籍出版社1990年版。

③ 参见杨伦《杜诗镜铨》卷十三，上海古籍出版社1980年版，第59页。

李巨山（峤）多至数百首，但有赋体，绝无比兴，痴肥重浊，止增厌恶。惟子美咏物绝佳，如咏鹰、咏马诸作，有写生家所不到。”（《辍锻录》）“写生家”指描绘外形者，杜甫咏物则不止于用赋笔绘形，而是结合比兴，传达出物之精神乃至作者之怀抱，故为写生家所不到。《枯棕》《病桔》，不只是写外形，而同时借“群橘少生意”和棕之“其皮割剥甚”，象征农民所受的剥削与摧残。《燕子来舟中》末段云：“可怜处处巢君室，何异飘飘托此身。暂语船樯还起去，穿花落水益沾巾。”通过虚摹，写燕子之神，将漂泊的自身与飘荡的燕子合而为一。徐增云：“子美此诗，无异长沙《鹏赋》。”（《而庵说唐诗》卷十九）意指杜甫咏燕子像贾谊《鹏鸟赋》一样寄托了身世之感。这些都是于赋中融入了比兴。二是杜甫对赋家体物的借鉴既有形体状态的精确描绘，又有通过间接方式加以表现的。赋体艺术中，隐是一个重要方面，其描写一物，总是通过各种方式，从各个方面形容比譬，以求取得物无隐貌、物无隐情的效果，让人想到是该物该事。赋体中最早的荀况的《礼》《智》《云》《蚕》《箴》五篇便是大量运用隐语。杜甫咏物，则对赋之正面体物和间接状物两方面经验均加以参用，并进入更高的艺术境地。如《春夜喜雨》，不写雨的形状，写郊外夜雨的整体环境：“野径云俱黑，江畔火独明”；写雨的德性：“随风潜入夜，润物细无声”；写雨的效果：“晓看红湿处，花重锦官城”，从而将所赋之物和所赋主题写到了极致。这样烘托暗示，侧重从环境气氛、从神韵等方面来写物，发展到李商隐笔下，就有“流莺漂荡复参差，度陌临流不自持”（《流莺》）、“五更疏欲断，一树碧无情”（《蝉》）、“摵摵度瓜园，依依傍水轩”（《雨》）“桥回行欲断，堤远意相随”（《赠柳》）等离形得似、取物之神，甚至是心象融铸物象、物我合一的咏物诗。而在这一发展过程中，杜甫的咏物诗是最为关键的一环。

四　铺陈排比与制局运机

杜诗掩有众体，若就诗中各类体裁论其与赋之关系，最接近者当然是排律。律诗中间两联对偶，与古诗按时间顺序的纵向写法不同，通常为并列式的描写。有人联系律体的产生，说："赋体意义排偶和声音对仗的讲求，成就了律诗。所以律诗是赋化的诗"[①]。虽然如此，但一般律诗与赋的相近，仅为中间两联的并列对偶，就全篇看，排偶的特点还不算显眼。而当律诗中对偶的联数增多，甚至成为上百韵的长篇时，铺陈排比的特点就非常突出而更近于赋。林庚说："排律是最近于赋的诗体。"[②]

杜诗五排共127首[③]，二十韵以上的20首、三十韵以上的7首、四十韵以上的4首、一百韵1首。这些诗中的铺排，可称洋洋大观。如《秋日夔府咏怀奉寄郑监审李宾客之芳一百韵》：

> 峡束沧江起，岩排古树圆。拂云霾楚气，朝海蹴吴天。煮井为盐速，烧畬度地偏。有时惊叠嶂，何处觅平川。鸂鶒双双舞，猕猴垒垒悬。碧萝长似带，锦石小如钱。春草何曾歇，寒花亦可怜。猎人吹戍火，野店引山泉。……

像这样铺陈排比，穷极笔力地写夔州山川景物，跟写江海山川的赋堪称同调。如郭璞的《江赋》写长江三峡：

> 冲巫峡以迅激，跻江津而起涨。极泓量而海运，状滔天以淼茫。……绝岸万丈，壁立赮驳。虎牙嵥竖以屹崒，荆门阙竦而磐礴。……迅蜼临虚以骋巧，孤玃登危而雍容。夔牯翘踛于夕阳，鸳雏弄翮乎山东。

两相对照，可见写法与所写景象都很接近。由于长篇排律近赋的特点明显，无庸再就此举例论证。本文面对排律的铺排，拟进一步研究诗人的调

① 简宗梧：《赋与骈文》第七章《赋与骈文在文学史上的地位》，台湾书店1998年版，第225页。

② 林庚：《诗化与赋化》，《烟台大学学报》1988年第1期。

③ 此按浦起龙《读杜心解》的分类统计。

控驾驭之法，这是排律虽排，但仍能如白居易所说“杂用其（赋）体，亦不出乎诗”的关键所在。从上引《秋日夔府咏怀》中可以看出，杜甫不是简单地移赋于诗，而是即使在排律中也用诗讲究精警流动的特点改造了赋。他改变了赋体的过度堆砌罗列，善于贯串变化、调配驱遣，如韩信将兵，善用多多，而绝非乌合之众。杨伦说：“排律特诗之一体，杜公却好为之。元微之所谓大或千言，次犹数百者。兼之忽远忽近，奇正出没，非铺陈排比足以尽之。”（《杜诗镜铨·凡例》）杨伦强调的是“忽远忽近，奇正出没”，而不是单纯的铺陈排比。浦起龙曾评论《秋日夔府咏怀》云：“元微之之言曰：‘铺陈始终，排比声韵。大或千言，次亦数百。’其所推服，首在斯篇。顾予观是诗制局运机之妙，在于独往独来，乍离乍合，使人不可端倪。”[①]浦起龙于铺陈排比中强调“制局运机之妙”，也就是杨伦所谓“奇正出没”。浦氏分析很长，不拟引录。杜诗中铺写峡江景物的名篇，尚有《大历三年春白帝城放船……四十韵》，篇幅稍短，较易把握。研究它的写景抒情和组织结构，易于看出杜甫如何吸收赋法而又用诗体改造了赋。其一，杜甫能在穷神尽貌地描写的同时，注意提炼。铺陈和简约兼顾，淋漓酣畅中有遒紧和凝炼。其二，能在描写中避免一般赋体的一味铺排，注意引进赋中纪行、游览一类按时间顺序组织内容的手段，虽长篇铺排，仍见流动，运掉自如而无板滞之感。兹引录其开头部分，划分成若干节次，以供分析：

①老向巴人里，今辞楚塞隅。入舟翻不乐，解缆独长吁。 ②窄转深啼狖，虚随乱浴凫。石苔凌几杖，空翠扑肌肤。垒壁排霜剑，奔泉溅水珠。杳冥藤上下，浓淡树荣枯。 ③神女峰娟妙，昭君宅有无。曲留明怨惜，梦尽失欢娱。 ④摆阖盘涡沸，欹斜激浪输。风雷缠地脉，冰雪曜天衢。 ⑤鹿角真走险，狼头如跋胡。恶滩宁变色，高卧负微躯…… ⑥不有平川决，焉知众壑趋……

① 浦起龙：《读杜心解》卷五之三。

以上所引，内中描写虽多，但比起赋来还是相对简约的。如“不有平川决，焉知众壑趋”二句，在郭璞《江赋》中几乎是以下一大段：

> 冲巫峡以迅激，跻江津而起涨。……总括汉泗，兼包淮湘。并吞沅澧，汲引沮漳。源二分于崌崃，流九派乎浔阳。鼓洪涛于赤岸……混流宗而东会。

《江赋》这一段所写，也就是长江源出崌山、崃山，从巫峡冲决而出，沿途汇合汉、泗、淮、湘、沅、澧等众多水系，奔趋而下的情景，杜诗以简约的大笔表达，郭赋则详委铺叙。从结构组合看，诗中所标的②④⑥节，均属排比铺陈，如果作为一篇新的《江赋》，可以把这三节直接连贯起来，略去①③⑤节，亦可算得体。但杜诗并非如此，而是把空间描写纳入时间过程之中，时空交织，吸取了纪行赋的组织结构方式。诗题“大历三年春，白帝城放船出瞿塘峡，久居夔府，将适江陵”，以及诗的起首四句，即相当于纪行赋点明时间行程。中间写神女峰、昭君宅、鹿角滩、狼头滩等处，都是所经之地，跟纪行赋点行程，作用是一致的。当然纪行赋中像“朝发轫于长都兮，夕宿瓠谷之玄宫”（班彪《北征赋》）；“尔乃越平乐，过街邮，秣马皋门，税驾西周”（潘岳《西征赋》），等等，跟杜诗相比，不免平直，杜诗之所经行，往往在抒情写景中带出，如浦起龙解“神女”四句云：“‘曲留’、‘梦尽’，分顶上联，本地本怀，两映得好。”解“鹿角”四句云：“‘鹿’‘狼’二滩，借成语，写实境，琢句最巧。”（《读杜心解》卷五）这些地方不仅不见痕迹，而且使文字出现变化和波澜，将描写、抒情、议论、纪行打成一片，纵横交错，浑然一体。

五　唐诗参用赋体的过程与代表性作家的表现

杜诗参用赋体，对其诗歌内容的扩展，艺术的提高，起了多方面积极作用，其转益多师，异体相生，堪称典范。但杜甫的做法，在高潮迭起不断追求创新的唐诗发展过程中不是孤立现象。文体互参，诗中参用赋体，自始至终存在于唐诗演进过程中。如果将这一过程划分为几个阶段。则第一阶段应以初唐四杰中的卢照邻、骆宾王为代表。卢骆承齐梁以来诗赋融合的趋势，吸收齐梁赋的语言辞藻、情调意境、押韵方式和汉大赋的博丽雄迈之气，形成可以对纷繁客观世界（如京都）进行大规模描写的初唐歌行体。第二阶段，以李白、杜甫为代表。他们继卢骆等人之后继续参用赋体，但消除了赋化的痕迹，避免平直繁重的铺排，组织结构不拘一格，灵活多变。又同时吸取赋法扩展五言古诗，使五古中出现了《经乱离后天恩流夜郎忆旧游书怀赠江夏韦太守良宰》《自京赴奉先县咏怀五百字》《北征》等鸿篇巨制。就李白而言，他虽也吸收了六朝赋的营养，但汉大赋的"炎汉气象"和"控引天地，错综古今"的表现方式对其歌行"壮浪纵恣"的笔势和气魄更有深刻影响；李诗的窈冥惝恍，纵横变幻，则又滥觞于屈原及其后继者的骚体赋。如果说李白吸收辞赋形成了他的浪漫主义诗歌艺术，杜甫吸收赋体，则丰富了他诗歌的现实内容，增强了对社会生活和历史事件的描写功能。杜甫将赋法吸纳到各体诗歌之中，尤其是他的史诗性五古长篇与排律，跟赋体结缘更深。第三阶段，以韩愈、白居易等为代表。白诗以铺叙见长，贬之者谓其"繁冗"，而"繁冗"正与赋笔有关。白居易和元稹又创作大量的次韵诗和排律，也有参用赋体的因素。韩愈诗歌铺排夸张、谐隐滑稽、联句赋物皆与融赋入诗有关；而在运用赋法，竭力铺排、穷形尽相地描绘方面，登峰造极，可算唐代诗坛上描写能力最强的作家。他的《南山诗》亦赋亦诗，人们对其鉴赏，几乎要有一种跨文体的眼光和意识，即不仅要从诗艺方面，同时还要从赋法方面，方能对其艺术旨趣有较全面的把握。但他铺排过多，与诗之含蓄或难以兼容，特别是有些篇章"情不深而侈其词"（沈德潜《说诗晬语》卷上），单纯近似于赋，不免招致后人非议。第四阶段，以李商隐多有新的表现。由于晚唐诗歌向精美的方向发展，大规模的铺排，在其诗中不占重要地位。赋对义山诗的影响，体现在宋玉之《高唐》《神女》等赋，对其创作闺帏粉黛题材的作品有导源意义；赋体体物的作品和杜甫运用赋笔咏物的成就，为义山咏物诗提供了营养和参照，并进而沿赋法与比兴相融合的方向，往前推进，使其一些咏物诗达到取物之神，离形得似的艺术境界。不仅如此，高唐之恋、体物与比兴相结合，以及谐辞隐语与婉娈托寄，对其诗深情绵邈、沉博绝丽的主体风格的形成，也起了重要作用。

通过杜甫诗歌参用赋体，以及唐代诗赋交融几个阶段中代表性作家的表现，足以证实，对赋体的吸收，从初唐到晚唐均是诗歌创作中的重要现象。不仅在组织结构，谋篇布局，整合多种成分；在扩展内容与规模，提升诗歌的状物功能、描写力等方面；而且在谐隐、滑稽等多样性风格方面，均给诗歌以深刻影响。诗通过对赋的多方面吸取，丰富了自己，增强了活力，突破了传统框架的限制，实现了从艺术手法到体制的种种变革与创新，不断展现新的风貌。唐诗参用赋体的过程和表现，说明文体的发展不是彼此封闭隔绝的。异体相生，是促进文体发展演进的重要因素。各种文体总是在彼此互相吸收交融中，不断变化繁衍，推陈出新。

[原载《文学遗产》2011年第1期]

变奏与心源

——韩诗大变唐诗的若干剖析

“韩诗为唐诗之一大变。”（叶燮《原诗》）其变化在作品风貌上的体现，或谓“奇险”，或谓“以文为诗”，或谓“善押强韵”，这些都从不同方面把握了韩诗的特点，并非不中肯綮，惟较多地偏重艺术直感，单纯循此而进，容易把韩诗之变仅仅归结为形式技巧问题。一部有影响的中国诗史即谓：“从杜甫诗的内容上衍出来的是白居易一群，从杜甫诗的形式上衍出来的是韩愈一群。”（陆侃如、冯沅君《中国诗史》）而另一部文学史更说：韩愈一派的诗是“形式主义的”。（北京大学中文系五五级《中国文学史》）两书似都重在韩诗从直感上给人的强刺激而忽略了更为内在的方面。诗歌的艺术风貌本是多种因素的复合体现，有的因素较为内在，有的因素较为外在。内在方面是作者直接接受时代物质和精神生活影响，动之于心，向外抒发时较为本原的情感状态，它有待于意象组合，文辞表达和声韵配合，才能构成完整统一的艺术风貌。一方面它与读者的直感之间因有意象、言辞等中介物而造成一定的距离；另一方面却只有通过它，读者的感受才能更贴近作品的内在生命。它给美学观点和历史观点的统一提供了丰富的内容。深入地探求它的来龙去脉，可以更切实地（而不是庸俗社会学地）把握到文学艺术风貌和时代生活以及作者自身遭际之间的横向联系。本文对韩愈发展变化唐诗的分析即打算由此入手。

一、韩愈的历史使命、心境与韩诗的深层特征

韩愈曾说自己“余事作诗人”（《和席八（夔）十二韵》），虽然带有谐戏成分，但他不以主要精力写诗，不为诗而诗却是事实。作为既从事文学创作，又是思想家、政治家的韩愈，“余事作诗”而自具独特风貌，跟他对时代情绪的感受，以及自身在思想文化乃至政治军事等种种活动中的体验有密切关系。一方面，安史乱后，人们迫切地期待着国家走向安定统一。德宗即位初期，貌似有所作为，愈加激起人们的热望，但他的猜忌昏庸，反而迅速激成一系列严重的祸乱：叛将称王称帝，吐蕃进犯京师。此外各种矛盾，如宦官与朝官，革新与保守，乃至赋税、钱币、宫市等等，更是错综复杂，纷纷扰扰。这一切给社会心理带来的躁动不安，韩愈是敏锐深刻地感受到了，且曾试图对其中某些问题予以干预。另一方面，从中国思想史上看韩愈，他在当代是逆潮流的，而在继承发展前代儒学、攘斥佛老，从佛学盛行到理学兴起过程中，又是转旧为新的关键人物。隋唐本是中国文化思想史上较为开放自由的时代。但中唐以后，佛道恶性发展，出于世俗地主挽救统治危机的当务之急，历史需要有儒学卫道者和奉儒的政治家出现，来阐明封建教化，推崇皇权，遏止佛道，整饬世风。安史之乱以后，思想界弘扬儒学的呼声高涨，客观上反映了这一历史要求。但历史的选择严峻苛刻，作为韩愈个人来讲，争得以儒学从政的身份并领导思想界的斗争，是历经种种艰难和风险的。他的诗文大部分是在这一拼搏过程中产生的，文的应用性更突出一些，而诗则是与此有多方面联系的心灵的、情感的反映。

韩愈出身于衰落的封建士大夫家庭。对于他来说，实现辅时及物的抱负和个人名位利禄之求是相互联系依存的，故而急功近利。在为人方面，他忠君主、佞权势、崇儒学，但并不柔顺谦卑。强烈入世的人生态度，木强的个性，以及高才博学，以绍继和弘扬儒家道统自任，使韩愈既有浓厚的世俗的一面，又有一个独立思想家的刚毅气概。既是从儒学角度为统治

阶级编制幻想的思想家，又是以儒学从政，为李唐王朝眼前利益而战斗的政治实干家。论其集这些方面于一身，他是比元、白、刘、柳诸人更为突出的。这样，他成了处于矛盾漩涡的人物之一，其卷入矛盾之深，方面之广，时间之长，既超过盛唐的李杜，也超过了中唐诸子。唯其如此，他与外界诸方面的矛盾和内在精神冲突，也要复杂强烈得多。韩愈幼年丧失父母长兄，沦落孤独。成长后在科场上一再受挫。“半世遑遑就举选，一名始得红颜衰。”（《赠侯喜》）感受着下层士子叫号无门的艰难滋味。入仕后仍是“命与仇谋”，一再颠仆。其《三星行》诗感慨跟他生辰有联系的牛斗箕三星，“牛不见服箱，斗不挹酒浆”，只是“箕独有神灵，无时停簸扬”，在不断拨弄他的命运。

“不平则鸣”是韩愈关于作家生平遭际与创作关系的一个著名命题。从命运的“无时停簸扬”到内心的平衡，再到发为诗文，“郁于中而泄于外”（《送孟东野序》），韩愈体验得有比前人更深、更强烈的地方。“不平”具体到他与孟郊等人，主要是科场失意，仕途蹭蹬，以及自身的儒道与专长不被赏识、不为世用引起的愤郁不平。而诗境作为心灵的对应物，由于内心不平过甚，艺术上也就不可能走向平缓一路。沈德潜说：“大抵遭放逐逆境，有足以激发其性情，而使之怪伟特绝，纵欲自掩其芒角而不能者也。”（《姜自芸太史诗序》）所指的虽是韩愈贬阳山前后诗篇，但推广之认为是论述韩愈遭际、性情与其独特诗风之间的关系也未为不可。

从“不平则鸣”出发，韩愈在一些方面突破了传统文艺观的限制。中国的老庄、禅宗精神影响于文学，一般倾向于空灵、超脱。它让人的眼光超越现实矛盾和自身，在归向自然或顿悟中获得心理平衡。基于中庸之道，儒家文学思想也讲中和之美，论诗强调温柔敦厚。但中唐的儒学受佛老威胁，处在求生发展之中，主观上行健、自强以及“赞天地之化育”的参与精神必然要抬头。以韩愈为代表的儒学是战斗的，以排斥异端、主动进攻的姿态出现。韩愈在《送高闲上人序》中，借书法艺术发议论，说佛家弃绝人事，逃避现实，泊然淡然，给予书法的影响必然是“泊与淡相遭，颓堕萎靡，溃败不可收拾”。相反地只有“利害必明，无遗锱铢，情炎于中，利欲斗进，有得有丧，勃然不释”才能给艺术带来生气的看法，也与主张“温柔敦厚”的儒家艺术精神相背离。

由人及文，我们看到韩诗异于传统之处首先是内部更多地呈现出矛盾冲突之美。如果说汉魏古诗一直到孟浩然、王维的诗，多体现一种圆融、浑穆、冲淡、恬静之美；李白、杜甫的大篇，则由于主客观方面的矛盾相激发，已常常出现波澜起伏的壮观。但李杜这类诗一般尚不以表现矛盾冲突为美，而是在矛盾冲突的背景上，或是表现诗人忠君爱民之心，或是表现追求自由解放的精神。这种诗美在总体上仍然是矛盾冲突放在特定的层次上有节制地加以表现，在情绪与表现之间留出“距离”，以保持作品整体上的浑厚和谐。韩诗与此不同，李杜的理想成分重，韩愈的世俗情缘深，韩愈在诗中努力地要表现、张扬诸般冲突。同样写饿殍载道的情景，杜甫沉痛地写出“朱门酒肉臭，路有冻死骨”（《自京赴奉先县咏怀五百字》）的景象后，用“惆怅难再述”一笔煞住，并未因此牵连到具体的人事冲突。而韩愈《赴江陵途中》写贞元十九年大旱却与他仕途上的风险相联系：“亲逢道边死，伫立久咿嚘。归舍不能食，有如鱼中钩。”接着是陈奏疾苦，被贬阳山，与家属生离死别。一直到沿途所见，阳山所历，身心内外，无不感受着折磨和冲突。并且由贬官又疑及柳宗元、刘禹锡等人，牵扯到朝廷内部的重大斗争。韩诗就是这样把矛盾冲突一一张皇出来，像惊涛骇浪接二连三地涌向读者。

作为一个具有多重身份的地主阶级实干家兼思想家，韩愈亲历许多复杂的矛盾斗争，在心底激起种种撞击：正与反，是与非，利与害，廉与贪，进与退，出世与入世，妥协与僵持，勇敢与怯懦，庄严与滑稽，崇高与卑下……彼此互不相让，轰辐不已，其心境千相百态，与外部世界同其光怪陆离。“狂波心上涌，骤雨笔前来”，他在写诗时感受和表现之间的“距离”被大大缩短了：一方面把切身的感受表现出来，一方面还常常在这种感情中过活，故而矛盾冲突本来的刺激性还相当强。如《此日足可惜一首赠张籍》，黄钺既赞赏它“颇似老杜《北征》”又不得不指出“微逊其纡徐卓荦”。（《昌黎诗增注证讹》）《北征》中有可伤、可喜、可畏、可忧、可痛种种情事，但在这一切之上更有一种忠义之气和热爱自然、热爱生活的精神负载了全篇。故虽处在那种艰难岁月里，仍显得浑厚沉稳，纡徐有节。《此日足可惜》则不然。诗以董晋病卒、汴州兵乱为背景，历经种种崎岖艰难。诗人的情感像是陷在急流险涡中随波上下，绝无超越之可能：张籍登第消息传来时，正值董丧："哀情逢吉语，惝恍里为双"；护董丧离城而城中突生变故："夜闻汴州乱，绕壁行彷徨"；往救逃难的家属中途却遇孟州节度使设宴羁留："卑贱不敢辞，忽忽如心狂。"种种矛盾冲突令人仓遽惶惑，读之有亲历亲受的刺激性，绝不似《北征》可以从容讽诵赏玩。

韩愈偏激好斗，对看不惯的事物难忍于心，自身又难容于世，冲突对于他几乎无时无事不在。他恨未能亲手刺杀周围的群小："使我心腐剑锋折！"（《利剑》）又抱怨无法诛灭南山湫中的怪蛟："吁无吹毛刃，血此牛蹄殷！"（《题炭谷湫祠堂》）他与佛教徒交往，心底激荡着文化信仰的冲突。送惠师说："吾嫉惰游者"。送灵师进而想强使对方还俗："方将敛之道，且欲冠其颠！"他在互相倾轧的官场逞强之心和懦弱之念相纠缠，勉强有所忍让之后，随之激起更强烈的内心冲突："强怀张不满，弱念缺已盈。诘屈避语阱，冥茫触心兵"（《秋怀诗十一首》其十）。以类似精神分析的方式展示心灵的矛盾。

冲突，在一般诗作中往往显得严肃，甚至给人惨烈的印象。但中唐社会人们的精神因各种折腾失去平衡，浮躁怪异的世风，通过时代审美风尚，曲折地反映于韩诗，又常常把心理上的变形扭曲加以外化，奇诡滑稽而内含尖锐冲突。如《泷吏》借南荒险恶风土和审讯："胡为此水边，神色久惝慌？……不知官在朝，有益国家不？得无虱其间，不武亦不文。仁义饰其躬，巧奸败群伦。"泷吏的戏弄、质问，既可见社会下层与上层的隔膜、冲突，又曲折反映作者反省在朝生活时的内心冲突。同时，这种指桑骂槐之笔所画出的脸谱更逼肖朝中一班庸官，体现出作者与腐朽官僚制度、官僚作风的冲突。

韩愈最以奇诡诙谐著称的《陆浑山火和皇甫湜用其韵》意旨一直存在

争论。但一场“天跳地踔”的森林大火，烧得“神焦鬼烂无逃门”，总归属于宇宙间的一场大冲突。韩愈《贺庆云表》云：“土为国家之德”，唐以土德王，火能生土。后来唐武宗李瀍改名炎，以求厌胜，大致反映了当时阴阳家对火的一种看法。韩愈欲将佛骨“投诸水火”。对于僧道，主张“人其人，火其书”（《原道》）。古代“刑以秋冬”，“当刑必顺时而杀”。韩愈在天人关系上对人和动物“幸幸冲冲，攻残败挠而未尝息”（见柳宗元《天论》）怀有忧虑感。因此借“火行于冬”这种自然现象，以夸张谐戏之笔象征性地展示一场冲突，体现宇宙和人世间的相生相克则是可能的。除此篇外，韩愈的《月蚀诗效玉川子作》以及不少长篇联句，都给人以强烈的冲突感，可以看作韩派诗人有感于身心内外的矛盾冲突形诸诗歌的一种合奏。

韩诗深层另一重要方面是具有一种踊跃躁动之美。韩愈面临各种交错复杂的矛盾，敢作敢为，亢进奋发：论参政则“欲为圣明除弊政，肯将衰朽惜残年”（《左迁至蓝关示侄孙湘》）；论从军则“诙谐酒席展，慷慨戎装著”（《晚秋郾城夜会联句》）；论著作则“文书自传道，不仗史笔垂”（《寄崔二十六立之》）。唐代士子本来就是不主敛退而重事功的，但韩愈身历的时代以及他个人的精神性格，更使他的诗歌在进取奋发的同时有一种“躁”的特征。这一点，有些学者曾予指出，如宋代陈与义对《秋怀诗十一首》就有“躁”的感觉。[①]近人章士钊亦指出《左迁蓝关示侄孙湘》“躁怨”。（《柳文指要》）他们虽然不满韩诗，但辨出其中之“躁”却显得目光犀利。其实，“躁”究竟属褒属贬，需要具体分析，而不为温柔敦厚或宁静淡泊的传统诗歌风尚所拘限，把强烈的躁动情绪公然带进诗歌，更需要有绝大的勇气。躁，论其本质是一种受内力驱动不能平静的表现。《礼记正义序》：“夫人上资六气……下乘四序。精粹者虽复凝然不动，浮躁者实亦无所不为。”虽于躁有贬义，但承认躁来源于六气、四序运行。躁静相互作用，支配人的行动。韩愈在《祭郑夫人文》中称自己“躁进”，

① 转引自钱仲联《韩昌黎诗系年集释》卷五。

在《顺宗实录》里把肯于直言的羊士谔、薛约的个性分别说成是“倾躁”“狂躁”。“躁”在贞元、元和际确是一种相当普遍的心态。其中有的比较浮浅，像韩愈《谁氏子》所斥的“非痴非狂”，“力行怪异取胄仕”之徒。但有的却包含复杂深广的内容，而总的方面是迫切要求国家和个人都能尽快有所作为。至于韩愈诗中的躁，则一般表现为躁郁不平或躁动不宁。“忽忽乎吾未知生之为乐也”题为“忽忽”实际上就是一种躁郁的情绪。《感春四首》中的“数杯浇肠虽暂醉，皎皎万虑醒还新”也属于躁郁。至于躁动不宁的情绪，韩诗中更为常见。《双鸟诗》中“二鸟忽相逢，百日鸣不休”，就是躁动不已的自我写照。《易·系辞》称：“躁者多辞”。韩孟等人的联句，一义牵连一义，此伏彼起，层出不穷，构成种种动荡寻取的意味。韩愈的山水诗率为险句大篇，极其笔力。《南山诗》写三登其山，终凌绝顶，铺张山形峻险，迭迭数百言。许多叙情长篇，将自身升沉起伏与朋友的离合聚散，交织叙写，见命运对人的播弄和人在这种播弄中的挣扎，无论是当时之心情还是事后之回想，都常常让读者有躁动不已之感。

韩诗的躁，有一类来源于人生和事业的矛盾。“用将济诸人，舍得业孔颜。百年讵几时，君子不可闲。”（《读皇甫湜公安园池诗书其后二首》其二）怀着强烈的历史使命感愈觉人生有限，不可一日而不汲汲，但社会方面偏给完成事业以种种磨难。“世累忽进虑，外忧遂侵诚”，于是忧虑就化生为躁。《感春四首》抒写“东西南北皆欲往，千山隔兮万山阻”（《秋怀诗十一首》其十）、“画蛇著足无用处，两鬓雪白趋埃尘”的躁怨。《秋怀诗十一首》不言所感何事，只是怆然兴怀，但明眼人还是看出了其中之躁。“卷卷落地叶，随风走前轩。鸣声若有意，颠倒相追奔。”（其八）感觉叶落地尚不甘心，非躁而何?!“惊起出户视，倚楹久汍澜。忧愁费晷景，日月如跳丸。”（其九）一声叶落，出户惊视，泪下不止，正缘心底原是忧惶不已躁动不宁的。“韩诗多悲”，有不少属于此类。

韩诗有时从更迫切的功利欲望出发，表现其躁。《刘生》诗：“车轻御良马力优，咄哉识路行勿休，往取将相酬恩仇。”大言不惭，无所讳忌，一些学者几乎不敢正视。王鸣盛说：“刘生狂躁无拘检之人，浪游遍天下……故以利动之日：‘往取将相酬恩仇’，因人施教云尔。”（《批韩诗》）刘生弃家远游，“瞥然一晌成十秋”，对于“将相恩仇”未曾系心，赠诗从这方面生出念头，岂能仅仅由于刘生自身的狂躁?！倒是何悼说得公正一些：“虽因其人而言之，然公之生平于恩仇二字耿耿不忘，亦心病形之于声诗者也。”其实韩愈这类赠言并非只是针对刘生。其《此日足可惜一首赠张籍》云：“男儿不再壮，百岁如风狂。高爵尚可求，无为守一乡。”《赠侯喜》云：“叔迟君今气方锐，我言至切君勿嗤。君欲钓鱼需远去，大鱼岂肯居沮洳。”也明明是要朋友们“求高爵”“钓大鱼”往取将相。至于可以作为韩愈家训看的《符读书城南》：“一为马前卒，鞭背生虫蛆，一为公与相，潭潭府中居。”更是以一贵一贱的两条道路“切切然饵其幼子以富贵利达之美。”（钱仲联《韩昌黎诗系年集释》引陆唐老评语）。对此，用宋以后伪饰的道学观点予以斥责，决不能表现为精神境界的提高或认识的进步。韩愈等人常常是把富贵利达与立功行道，把酬一己恩仇与进贤惩恶、致君匡国看成统一的。这种统一当然带有主观的甚至是自欺欺人的成分，但由于把私欲跟他认为神圣的东西联系在一起，则明显加强了他在事业上追求的动力。对韩诗所表现的欲望，从总体上只能这样去认识。韩诗常常坦诚而无所讳饰地写出各种欲望使他牢骚满腹或是急于行动，在躁动不已的同时有一种真率之趣。

韩愈木强而又善谑，这与情绪上的躁相结合，使他一部分作品常以戏谑和亵渎神圣的笔墨来表现复杂的心境。《入关咏马》戏称马入潼关时“不知何故翻骧首，牵过关门妄一鸣”。喻自己不肯缄默取容。《奉酬给事云夫四兄曲江荷花见寄》说宫中要员事务繁忙，连花也无闲去看：“大明宫中给事归，走马来看立不正。”而自己则“我今官闲得婆娑，问言何处芙蓉多？撑舟昆明度云锦，脚敲两舷叫吴歌。”诗在朋辈戏谑中有不能俯仰随人之意，于貌似洒脱中又有不能忘情者在。感情深层正包含有躁的成分。《谒衡岳庙遂宿岳寺题门楼》写自阳山北归，至衡岳庙逢场作戏地求神，卜得吉卦反而大发牢骚：“窜逐蛮荒幸不死，衣食才足甘长终。侯王将相望久绝，神纵欲福难为功。”《记梦》诗揭露“护短凭愚邀我敬”的神官装腔作势。宣称："我能屈曲自世间，安能从汝巢神山"。两诗中的所谓神象征摆布人命运的上层统治者。韩愈非但不肯屈服，且如此作剧，内心深处是狂躁不逊的。

二、深层特征对意象、结构、语言的影响

基于深层的矛盾冲突和躁动不安，韩诗在意象、结构、语言、声韵方面也自具特色。这种大体上由内向外显示的整体艺术风貌，因不同于传统的诗美，一些学者曾谓为"非诗之诗""不美之美"。

韩诗意象峥嵘奇特，壮伟瑰怪；意象之间往往突起突接，撑柱突兀。意象瑰奇源于处在矛盾冲突、踊跃躁动中的心灵，艺术上需要有这样的对应物。《谒衡岳庙遂宿岳寺题门楼》诗中险峻的山岳景象，峥嵘的鬼物图画，以及阴晦不定的天气，正是跟作者世路艰难的感受和内心矛盾冲突相对应，是焦躁愤郁的情感凭附山岭岳庙化成了光怪雄奇的意象。贬潮途中所作的《初南食贻元十八协律》写放走供食用的毒蛇："惟蛇旧所识，实惮口眼狞。开笼听其去，郁屈尚不平。"情景意象，令人毛骨悚然，实乃韩愈心中躁郁和对南荒山风物的恐怖感受，得到了蛇的形象作为对应物。韩诗意象组合的生硬，包括"狠重奇险"的笔法，也常常是内在情绪冲突躁动的反映。"肠胃绕万象，精神驱五兵"（《城南联句》），那些使劲用力地造就和组合起来的意象，完全出于表达情感发展的需要，而未遑多考虑造就和组装得是否自然天成。两次南贬，诗思像沿途拉开的巨大拖网，囊括了诸般意象，构成一系列"舒忧娱悲，杂以瑰怪之言"（《上兵部李侍郎书》）的诗篇，至于层出不穷的瑰怪意象之间则未必都能做到协调和谐。诸多联句、《陆浑山火》、《月蚀诗效玉川子作》，以及《南山诗》之类铺排得接近于赋的诗，更是将种种意象生擒活捉，成为"凌暴万物"、意象辐凑的大观。

韩愈在情绪躁动甚至带有尖锐冲突的心理状态下写诗，要表达复杂的现实感受，而本人又恰好是散文大师，"言之短长与声之高下"（《答李翊

书》），皆能得心应手地处理，遂促成了韩诗在结构和语言方面的散文化，韩诗的结构，一种是起落转换拗折矫变的。如《八月十五夜赠张功曹》开头极写中秋夜景，中间借张署之口以大段笔墨叙述迁谪量移之苦。末段又以“我歌”作结，将上段排开。方东树评：“一篇古文章法。前叙，中间以正意、苦语、重语作宾，避实法也”。[①]就诗论诗，确实如此。但若论心理基因，则是迁谪之苦郁积于内，中秋美景动之于外，情感上是躁动的、冲突的。而由于诗人在冲突面前不肯示弱，把迁谪量移之苦置于宾位，用力排开，遂造成了章法上的虚实变化，陡转突接。韩愈另有不少诗，顺起顺接。如果有意在形式上追求，未始不能抟控腾挪。但韩愈在多种矛盾冲突中急于进取。劲气直达是他的内心要求。“吾尝示之难，勇往无不敢。蛟龙弄角牙，造次欲手揽。”（《送无本师归范阳》）追求诗境时取之以“勇”，往往不免是直前而无迂回的。故韩的一些长篇，诗思较李杜来得快而直，有文之恣肆而较少诗之回荡停蓄。

“情激则调变”（陈沆《诗比兴笺》），韩诗在语言上常有不能吐为舒缓泰贴、珠圆玉润的情况。从造语到音节韵律，往往打破传统，不循常度。宋人魏了翁论韩愈时说：“凡天下欲为而不能者其辞厉……夫欲为而不能者，其愤必深。天下未有怀不能为之恨而泰然贴息于辞气之表也。”（《鹤山集·韩愈不及孟子论》）韩愈“欲为而不能”的事十常八九，内心的怨愤郁躁要宣泄，遂不免峻厉激发，难以贴息。而要把情感的状态与力度通过语言辞气表达出来，上二下三、上四下三的五七言诗传统句式及韵律是有局限性的。出于要畅快地表达内心躁动的节奏，也出于韩愈那种外向的强梗的个性，常常不耐约束，把与口语、心声更接近的散文句法与音节带进了诗中。

韩诗“工于用韵”。欧阳修《六一诗话》曾言：“其得韵宽，则波澜横溢，泛入傍韵，乍还乍离，出入回合，殆不可拘以常格，如《此日足可惜》之类是也。得韵窄，则不复傍出，而因难见巧，愈险愈奇，如《病中赠张十八》

① 舒芜：《论韩愈诗》，《中国社会科学》1982年5期。

之类是也。余与圣俞尝论此……圣俞戏曰：‘前史言退之为人木强，若宽韵可自足而辄旁出，窄韵难独用而反不出，岂非其拗强而然欤？’”就欧阳修指出的现象，梅尧臣是据韩愈的个性作解释的。而从诗歌自身的深层因素的外投射来看，《此日足可惜》中之情事极为纷纭，作品深层的矛盾冲突异常强烈，用韵错杂，旁斓横溢，正是心声的表现。《病中赠张十八》写与张籍初识时纵谈辩论，先纵后擒，降伏张籍，事件单纯，但谐戏中又显得紧张。诗的韵脚越押越险，不给人停步换韵的地方，也是与韩愈“商论不能下气”（《重答张籍书》），心性偏躁有密切关系。韩愈押强韵处极多，身心为矛盾所困，而又烦躁地要在矛盾中奋力前进，就需要在相应的噪音中用强韵押住阵脚，故这种强韵也是深层的冲突，在辞气中的反映。

三、世运与文运——韩白先后、韩诗与宋诗

以上从政治文化背景和韩愈的遭遇、性格方面，探讨了韩诗变化唐诗自具独特风貌的成因。与此同时，当然还有诗歌发展的内在原因。前辈学者曾一再指出：由于盛唐诗歌已发展到极致，继起者不得不另行开拓；由于大历诗歌软弱庸熟，需要韩愈这样戛戛独创、雄豪奇崛的诗篇来拯弊救衰。这些见解都是经得起依据文献加以覆按的。但我认为无论当时诗歌自身发展面临什么课题，还是要有时代和诗人方面多种因素参与，才会给各类课题以这一样而不是别一样的答卷。从诗歌发展角度，大力肯定韩诗的清代学者叶燮，曾提出有“世运”“文运”之分，并认为“文之为运与世运异轨而自为途”。（《百家唐诗序》）所说有精辟独到之处，但他忽视世运与文运的横向联系，也容易导致偏颇。其论韩诗，较重形式，在涉及韩诗之产生时，所说不尽符合事实。叶氏《原诗》云：“开、宝之诗，一时非不盛。递至大历、贞元、元和之间，沿其影响字句者且百年，此百余年之诗，其传者已少殊尤出类之作，不传者更可知矣。必待有人焉起而拨正之，则不得不改弦而更张之。愈尝自谓陈言之务去，想其时陈言之为祸，必有出于目不忍见，耳不堪闻者……排之者比于救焚拯溺，可不力乎？”

叶氏一则说："沿其（开宝之诗）影响字句者且百年"，再则说："此百余年之诗其传者已少殊尤出类之作"，所谓"百年"显然是指李杜逝世至韩愈登上诗坛之前一段时间。但实际上从天宝末（756）至元和初（806）仅五十年，至元和末（820）仅六十余年，夸张为"百年"，则大历、贞元、元和无不沉溺在"百年"的深渊中。于是活跃在这几朝的重要诗人，包括元和年间诗名最盛的元稹、白居易都有被拉下水的嫌疑。而韩愈则是在沉溺既久之后，起而拯溺救衰的。如果说叶氏的话尚属含糊，没有明确地点出元白，那么范文澜主编的《中国通史》在论述这一问题时，则可能是据叶说加以发挥，导致了明显的错误："（元白）通俗化的诗，被新进小生转展仿效，变成支离褊浅的庸俗化的诗，陈词滥调，充满诗苑……要挽救庸俗化的弊风，需强弓大戟般的硬体诗，来抵消元白末流的软体诗。韩愈一派诗人，很好地负起了挽救的责任。""孟郊等以穷僻和豪估（指元白）对抗，才显得自辟一境。"此说按假想的通俗诗→庸俗诗（软体诗）→硬体诗逻辑顺序推导，比叶燮更明确地把韩派诗人描绘成拨正元白弊风的后起者。实际上韩孟元白四人生年顺序是：孟（751）—韩（770）—白（772）—元（779）。其开始创作，孟不迟于建中元年（780），韩不迟于贞元元年（785）。元和之前，孟郊完成了现存诗篇的大部分，韩愈完成了现存诗篇的四分之一。就诗人间的交游聚会，逐渐形成诗派过程看，韩孟结交始于贞元八年应进士试时。元和元年六月，韩愈南贬还京，与孟郊、张籍、张彻等在长安聚会，佳篇迭出，联句尤多。此韩愈及其诗友，俨然已张军树帜，自成一派了。而元白方面的情况是：两人订交始于贞元十八年左右，当时两人作品尚少。其后元白进入仕途，篇什渐多。但真正形成广泛影响，尚待元和初白居易的《长恨歌》以及两人大量讽谕诗、唱酬诗问世后，才有可能。此时韩愈之"声名塞天"（刘禹锡语）已有十年以上。至于孟郊则卒于元和九年。元白以"豪估"的面目在诗坛上阔气起来的时候，他已经完成了"穷僻"的诗境而接近退场了。何来所谓"对抗"？

真实的情况与上面提到的构想相反：韩愈和白居易是一先一后主盟诗坛的。韩诗盛于贞元末至元和初，白诗盛于元和中期至长庆年间。长庆以后，两人在诗坛的影响都逐渐下降。这一过程从社会条件以及元白自身创作情况也能得到说明。大抵贞元、永贞前后表现的时代情绪特别烦躁不宁。永贞至元和初期由烦躁进一步掀起相当规模的改革思潮。韩诗抒写了由烦躁到追求改革过程中的复杂情绪。元白讽谕诗则与元和初年实际施行的局部改革有密切关系。但宪宗末期骄傲自满，继起的穆宗昏庸腐化，士大夫中间的改革思潮下落。韩愈本人则位高名大，心情的焦躁、烦闷减少了，随着环境、地位、心态的变化，蕴含着巨大矛盾冲突、踊跃躁动的诗不再多见，内省的、与物徘徊俯仰的诗增多了。与此同时，从读者方面看，贞元末至元和初，当举世酝酿变革的时候，韩愈以富有时代特征的音响、节奏表现出躁动在士子们心底的烦闷、愤郁、追求等复杂情绪，固然引起广泛共鸣，使人觉得可惊可愕，甚至有酸鼻咂吻的痛快，但随着元和中兴昙花一现般的消逝，一些人对于重振唐王朝的信心和责任感下降了，政治热情趋于淡薄，较多地转向内心自省，转向宗教麻醉，转后颓废享乐。基于这种较普遍的心理状态，韩孟抒愤的诗，乃至在元和中后期较韩孟影响更普遍的元白讽谕诗，就都不易引起热烈的社会反响了。人们更欣赏的是白居易的闲适诗、元稹的艳诗、李贺的颓废感伤的诗，并准备由此过渡到晚唐诗歌所表现的美学趣味方面去。

韩诗在晚唐五代和宋初没有多少市场。它所表现的情感内容以及缺少含蓄的粗硬笔法，与晚唐士人的心态相隔膜。韩诗和韩文此时的处境自是曲高和寡。王鸣盛说："韩子在唐名虽高，及唐末，已少问津者。"[①]直到欧阳修幼年时代，仍然"未尝有道韩文者"（《记旧本韩文后》）。然而也就是在欧阳修从一家废书筐里捡到一本韩文之后，仅三十余年，韩愈的诗文又奇迹般地灵光再显，为一世所宗奉了。这当然得力于欧阳修等人的提倡推崇。但若再深入追究北宋诗文革新家何以一致崇韩学韩，仍然是既关文运，又关世运。陈亮曾指出："方庆历、嘉祐，世之名士常患法之不变也。"[②]当时北宋统治者也是迫切地要从种种社会积弊中寻求改革的道路，

① 王鸣盛：《十七史商榷》卷九十。

② 陈亮：《龙川集》卷十一《铨选资格》。

因而贞元、永贞、元和的政治变革，以及思想文化方面的儒学运动，引起范仲淹、欧阳修、王安石、苏轼等人的普遍兴趣。同时宋代开国有新起的词将士大夫阶层的闲情幽兴旁泄而出，诗文的内容与手法就更多地与唐中叶在多元状态告一段落，儒学再度获得多方面规范人们思想行为的权威。而文学范围内兼因后，在统治阶级的整治下，佛道地位和影响都有所下降，思想文化方面从魏晋到唐五代某种程度上接近了。像唐中叶文化运动的巨大回响一样，北宋中叶再度掀起诗文革新。欧阳修、王安石、苏轼等人崇尚儒学、投身政治斗争，本人又都是散文家兼学问家，从当时的整个社会文化背景，到诗人的主观条件，都有利于接受韩诗。尽管由于宋儒的思想已吸收了许多佛道的成分，文人们一般也没有韩愈那样躁郁的情绪，以致诗歌学韩而又有自身的面貌，但从学韩的一面去考察，韩诗在柳暗花明地越过唐末五代受冷落的低潮后，突然显出它似乎是早已发宋诗之先声，原因终归与那特定的社会生活以及思想文化背景有密切关系。

欧阳修在《记旧本韩文后》中慨叹："道固有行于远而止于近，有忽于往而贵于今者"。这无疑是文学发展中一个很常见的现象。然而何以有此，却总是离不开文运和世运交互影响，文学上新形式、新作风的出现和传播，往往要有一定的社会生活作温床。这方面也有类似生物界的种子休眠和变异现象。生物界这些现象的发生，往往与特定的自然条件相联系，文学方面则有赖于一定的社会条件。条件不具备时，"种子"的休眠期或变异中的某些因子，从潜伏到显露的过程可以是很长的。韩诗的产生及其影响于后世的情况是非常有力的例证。

［原载《江淮论坛》1990年第3期］

韩白诗风的差异与中唐进士阶层思想作风的分野

一

唐代贞元末至元和年间，韩愈和白居易在诗歌创作上各标一帜。韩奇险，白平易，成为两种极端。中唐诗坛，“各人各具一副笔意”（陈衍《石遗室诗话》卷一八），诗歌风格更突出地走向多元化，自是盛唐之后，诗人需要寻觅新途径的一种必然结果。但同一时代之诗，平易与奇险之间拉开那样大的差距，又决不可能仅由各自在艺术形式上的追求所导致。韩愈曾经指出“不得其心，而逐其迹”（《送高闲上人序》），只能徒劳无得。“言为心声”，韩、白诗歌那样鲜活生动，富有个性，让我们相信：无论奇险或平易，都不是单纯的形式问题，而是出自诗人展示其主体精神的需要，或者说是诗人心态的一种自然表现。

韩、白心态的不同，有哪些具体特征？根源何在？曾有学者在中唐文人中划分某为大地主阶级思想文化代表，某为中小地主阶级思想文化代表，或某属门第集团，某属进士集团，虽是受了一定时期不正常的学风影响，失于主观片面，但注意到中唐文人思想作风的分野，毕竟是研究这一时期历史文化所不应忽略的。今天看来，中唐文学巨子如韩愈、白居易、柳宗元、刘禹锡等，论家世与所达到的官位都比较接近（仅柳宗元官终刺史），他们又都忠于李唐中央王朝，热切希望改革弊政，实现中兴，当然不存在上述划分所标志的不同阶层的差异。韩、白、刘、柳等人，他们是以进士出身升于朝廷，作为中唐士人中一批最富学识才艺的代表，活动于政治和文化思想领域，他们各有与其性分、经历关系密切的独具风貌之作，但都属于中唐进士阶层巨大文化成就的一部分。因此，韩、白、刘、柳等人从思想到创作等方面的差别，只是进士群内部各类成员往不同方向发展，导致文化上丰富多彩的表现。研究进士阶层政治和思想作风的趋向和分野，有助于从根本上认识中唐文学特别是诗的分野。

唐代科举，尤其是最为人所重的进士科，考试中有一个很突出的现象，即文辞优劣在主司选人中居于决定性地位。进士科甚至经常被称为文学科。考之以文，而用之于政，形成科举、文学、政治三位一体的结合。这种结合，在唐代，特别是在贞元、元和前后，成为深刻影响士人前途，乃至政治、文化和社会心理、社会风习的重要因素。贞元、元和时期，人才辈出，其活动业绩，呈现在人们眼前，如果说像一圈五彩缤纷的巨大树冠，而循着枝冠向树干和根部追寻，则总要落到士子们赖之起家的科举与文学。宋代孙何说："唐有天下，科试愈盛，自武德、贞观之后，至贞元、元和以还，名儒矩贤，比比而出，有宗经立言如丘明、马迁者，有传道行教如孟轲、扬雄者，有驰骋管晏、上下班范者，有凌轹颜谢、诋诃徐庾者。如陆宣公、裴晋公皆负王佐之器，而犹以举子事业飞腾声称，韩退之、柳子厚、皇甫持正皆好古者也，尚克意雕琢，曲尽其妙。"（沈作喆《寓简》）孙何历举诸般名儒巨贤，充分说明科试之得人，而无论其人专长兴趣和突出成就在哪一方面，又都曾尽力从事过文辞举业。孙何揭示的，正是唐代进士群举业、文辞、政治三位一体的特征。

进士科最重文辞，却也最招非议。批评者认为文辞"无益于用"（赵匡《举选议》），且"务求巧丽"（同前），导致"浮华轻薄"（杜牧《上宣州高大夫书》），因而多次有人主张停试诗赋，仅试经义、策目，或主张干脆取消进士科，恢复汉代的荐举制。但唐代设置科第，本来只是网罗才杰的一种手段，只要能使天下英雄入其"彀中"，即已达到目的，至于以什么使之入彀，乃属次要。支持进士科者，正是从它的得人之多方面予以肯定，权德舆说：“文章之道取士……或材不兼行，然其得之者亦已大半。”（《送陈秀才应举序》）杜牧则更列举十九位名臣的功业，指出“国朝自房梁公以降，有大功，立大节，率多科第人也。”又说：“至于智效一官，忠立一节，德行文学，不可悉数。”（《上宣州高大夫书》）进士科的利弊长短，不妨姑置勿论。而从有关争议中可以看到两个方面的基本事实：一是进士科与所谓“浮薄放荡”有一定的联系；二是进士科虽重文学，实又未尝排斥儒学与德行，就具体人而言，仅为或是文儒合一，或是各有侧重而已。这二者关系到唐代在取士上的开放精神和进士阶层内部的分野，颇值得进一步研究。案当时所谓：“风教偷薄，进士尤甚”（皇甫湜《答李生第二书》），除少数邪僻无行者外，一般无非是指经学根底不深，行为有时微乖礼法，恃文才而轻质实，作风浪漫而缺少检点，爱交游而不避品类庞杂，甚至追逐时风，跟都市社会生活呼吸相通。这一切实际上是一个富有活力的时代，士人精神发扬的体现，带有鲜明的唐代思想文化特点，而与衰世的乖张颓靡，迥然有别。进士等科，“为官择人，唯才是待”（赵匡《举选议》），唐朝廷并不因为它可能“诱后生而弊风俗”（《新唐书·选举志上》），就因噎废食，向魏晋或汉代的取士方式后退，正是唐王朝较前代开明进步的地方。史家云：“方其取以辞章，类若浮文而少实。及其临事设施，奋其事业，隐然为国名臣者，不可胜数。”（同前）可谓卓有见识。唐代进士阶层，在思想作风普遍比较开放的情况下，有些人更倾向于放达一端，追求自在畅适，醉心于个人才艺情志的抒发，思想行为不完全为儒学所囿，是世俗气比较浓的才子文学之士，有异于传统的儒生。这一类型，或接近这一类型的人，在进士中无疑比较普遍。他们在仕宦中也能从不同方面为唐王朝作出贡献，但进士科作为选拔清要官员的主要渠道，朝廷还需要从中得到思想更正统，政治责任感更强，更能无条件为君主效忠的人才。这类人才的造就，在当时历史条件下需仰赖儒学。因而进士科在重视文辞的同时，实亦兼顾儒学。唐代从国子监到州学、县学，以儒家经典为主要教学内容。进士考试一般需要经过三场：杂文、经义、策目。主持考试官员，例须经明行修，德高望重。通过这样的培养和选拔，进士科中也颇有一些深于儒学，并坚定地以儒学从事政治活动和思想教化的人物。这类人物以儒家刚毅执着的精神，与上述文学才士的自由态度形成分野。这种分野，不仅体现在政治活动中，也体现在文学创作上。诗歌中韩愈一派，即有通之于儒学政教的雄架瑰伟，而白居易一派则有俊才达士那种通俗自在。诗史研究，立足于进士科的这种分野，从两种类型人物不同的思想经历及其所铸成的心态入手，考察韩白两派诗歌面貌相异的根源，可以发现它是怎样一种几乎带有必然性的走向，而非单纯出于形式技巧的追求。

二

“愈于进士中，粗为知读经书者。”（韩愈《答殷侍御书》）夫子自道，已经表明他在进士中所属类型。宋代张戒《岁寒堂诗话》又称韩诗有“廊庙气”；清代钱谦益把韩愈、柳宗元的诗称为“儒者之诗”（《顾麟士诗集序》）；陈廷敬以韩诗与杜诗相比，认为“韩诗尤近于道”（《午亭杂编》）。这些学者更从诗学角度辨识了韩诗与儒道以及政教之间的关系。韩愈在进士出身文士中，可算属于儒学政教类型。此型人物，思想行为上的突出特点，一是尊奉儒学，排斥被其视为异端的佛道诸教；二是强调君权，干预政治的愿望强烈；三是思想作风严肃。这些特点，与韩愈一生的遭际命运密切相关，进而深刻影响韩愈的心态与诗歌创作。韩愈出生于儒学官僚家庭，幼年孤苦失怙。力学而仕，振兴家道和振兴朝廷的愿望，交融在一起。韩愈“非三代两汉之书不敢观，非圣人之志不敢存”（《答李翊书》），秉承的是正统的儒家之道，而恰值世衰文弊，佛道猖獗的时代，遂既想整顿朝纲，清除弊政，又立志振兴儒学，排斥佛老，乃至恢复六经所规范的文学传统，慷慨自任，有着很强的历史使命感。但“四举于礼部乃一得，三选于吏部卒无成”（《上宰相书》），“颠顿狼狈”，“辱于再三”（《答崔立之书》），未入仕途，就几经断羽铩翮。登朝之后，为了革除弊政，弹劾权佞，遏制佛教，更是屡遭打击。两次贬斥南荒，几乎丧命，就连反对骈文，提倡古文，也不免“群怪聚骂，指目牵引。”（柳宗元《答韦中立论师道书》）韩愈在阻力和打击面前没有退缩，上不怕违君主之意，下不怕犯众人之怒，是因作为正统的儒者，他不赞成“欲治其心，而外天下国家”（《原道》），把儒者身心的修炼，人格的完成，与为国献身效力看成是一体的。“为忠宁自谋”（《赴江陵途中寄赠三学士》），“愈之志在古道”（《答陈生书》），然而忠肠古道的结果，是“进则不能见容于朝，退又不肯独善于野”（叶燮《原诗》），加以褊躁的个性，有时甚至弄到“忽忽如心狂”的地步（《此日足可惜一首赠张籍》），此类心境，藉诗歌表现，当然不可能奏出中和之音。“狂波心上涌，骤雨笔前来”（张祜《投韩员外六韵》），从心底上的狂波骇浪，到笔底的惊风骤雨，奇崛不平是发之于内心的。

韩愈作为进士阶层中儒学政教型的代表人物，亲身卷进了当时激烈而复杂的政治和思想文化斗争之中，而一系列矛盾斗争，又在心底激起种种撞击：正与反，是与非，利与害，廉与贪，进与退，出世与入世，妥协与僵持，勇敢与怯懦，庄严与滑稽，崇高与卑下……彼此互不相让，冲突不已。这种强烈复杂的冲突，反映在诗中，就与汉魏以来的诗歌多表现浑融优美的意境，呈现明显差异，而给人以富有刺激性的奇险之感。如韩愈贞元十九年南贬，实由弹劾京兆尹李实所致，但他同时又怀疑同官刘禹锡、柳宗元不慎泄露了他的语言于仇家。其《岳阳楼别窦司直》是让刘禹锡属和的，诗中既写了佞臣对他的报复，又致疑于刘柳。诗的前半写洞庭湖轰輵大波，见世路凶险与当初南贬途中颇历艰危，收尾处写虽受恩赦，仅为江陵法曹参军，以见一蹶不得复振，写出纠缠不清、无可休止的矛盾与自己所受的折腾，而不顾刘禹锡处于尴尬难明的境地。诗人所历所见，写诗时的心境及所展开的诗境，都让人感到怵目惊心，展怖险巇。其《归彭城》诗，开篇即历数汴州军乱、关中大旱、东都大水，直斥宰相失职。次写自己“剖肝以为纸，沥血以书辞”，想要呈献方略而“无由以达”。后半叙出使京都“屡陪高车驰”，本是陈策的机会，但“见待颇异礼，未能去毛皮”，朝中官僚，仅以虚礼应酬，更无可与言。归来之后，“连日或不语”，“茫茫诣空陂”，所谓“不减穷途之哭”。通过诗人的悲愤及与环境的格格不入，写出他虽举进士而仍不得其职的焦虑心情。儒家的血性、劲气、热情、执着，与周围的冷淇、混乱、虚伪，在尖锐冲突中衬出世相之险。

与体现多方面矛盾冲突相联系，韩诗深层的另一突出之点，是“利欲斗进，勃然不释”（《送高闲上人序》），充满着亢进奋发、躁郁不平的情绪。斗进奋发，可以说是继承了孔子“知其不可为而为之”的精神，而由于韩愈具体处境和个性，又添了一份躁郁抃急的情绪，“自进而不知愧”（《后廿九日复上书》），为自己的仕进拼搏，为建立理想的封建政治文化秩序拼搏。斗争进取，又不断遭受挫折，郁愤激切，化成奇杰横放之诗。其《赴江陵途中寄赠三学士》诗，一开始就突出他如火如焚的忧国忧民心情：“归舍不能食，犹如鱼中钩。”上疏论旱，揭发佞臣，反遭斥逐。然后历叙被贬的屈辱，炎荒的可怕，归到目前宪宗继位，黜奸用贤，而自己仍然失志。“三贤推侍从……岂忆尝同裯？……空怀焉能果？但见岁已遒。……兹道诚可尚，谁能借前筹？”强调时不我与，岁月煎迫，频频发问，语气逼人。意在扳援，却显得理直气壮。只有进士阶层中儒学政教型人物，怀着舍我其谁的迫切用世之心，才能这样直言不讳而又心安理得。全篇在复杂的矛盾斗争中不断展现其利欲斗进的精神和躁郁情绪，而风格归于奇崛。韩愈迫切希望国家和个人都能尽快有所作为，焦虑地感受着人寿与事业的矛盾。“用将济诸人，舍得业孔颜。百年讵几时？君子不可闲。”（《读皇甫湜公安园池诗书其后二首》其二）怀抱济世行道的使命感，愈觉人生有限，莫可等闲。《此日足可惜一首赠张籍》结尾云：“男儿不再壮，百岁如风狂。高爵尚可求，无为守一乡！”本即君子自强不息之意。但他用否定的语式——“不再壮”，猛敲警钟，用速度上的强烈夸张——“百岁如风狂”，绝去因循之念，大言不惭，要博取高爵，就激切躁动，有一种在险山峭壁上号呼跃马之势。韩愈坚持自己的处世原则，对看不惯的事物难忍于心，自身又难容于世，而儒家的刚劲之气总是支持着他在与诸方面的冲突中奋进不已。他恨未能亲手刺杀周围的群小：“使我心腐剑锋折！”又抱怨无法诛灭南山湫中的怪蛟：“吁无吹毛刃，血此牛蹄殷！”（《题炭湫祠堂》）他与佛教徒交往，心底激荡着文化信仰的冲突，表现出一副进攻的姿态。《送惠师》说：“吾嫉惰游者”，“子道非吾遵”；《送灵师》进而想强使对方还俗：“方将敛之道，且欲冠其颠。”交游诗中闪现这种念头，尤觉豪横奇险。

矛盾冲突，躁郁斗进，精神总是处在履险犯难之中，是韩诗在意象、结构、语言、声韵等方面，与传统诗美显出区别的根本原因。韩诗的意象峥嵘奇特，壮伟瑰怪，意象之间往往突起突结，撑拄突兀。意象瑰奇，源于处在矛盾冲突、斗进躁郁中的心灵，艺术上需要有这样的对应物。他的南贬诗中的山水，常以险巇、蛮荒、阴晦的面貌出现，正是跟作者道之不行，且陷身蛮夷的躁郁感受相对应，是内心矛盾冲突凭附山川风物，化成了光怪陆离的愈象。意象组合的生硬，包括“狠重奇险”的笔法，也是内在情绪冲突躁动加上一股刚劲决绝之气所致。韩愈要表达身心承受各种矛盾冲突的错综复杂感受，而本人又恰好是散文大师，“言之长短，气之高下”，皆能得心应手，遂促成了诗歌结构语言方面的散文化。“情激则调变”（陈沆《诗比兴笺》），要把斗进躁郁、带着矛盾冲突的情感状态与力度，通过语言辞气表达出来，上二下三、上四下三的五七言传统句式及韵律是有局限性的，于是不耐约束，把与口语心声更接近的音韵节奏，带进诗中，增加了诗格之奇。

韩愈的心灵在当时几乎是无法逃遁的。下文将会看到，进士阶层中比较放达的一群，为了排除精神负担，常常借助于吏隐或声色。而韩愈作为儒学政教型的人物，既与吏隐无缘，亦离声色较远。他嘲笑长安富儿：“不解文字饮，惟能醉红裙。”（《醉赠张秘书》）韩诗只于一两处因描写宴会偶见艳句，即使经过附会，能算作艳诗的，亦只《镇州初归》一首，这跟白居易、元缜的情况极不相同。张籍《祭退之》诗，虽然提到两位奏乐的侍女，但这在唐代官僚家庭是普遍现象，不能因此夸大韩愈的声色享受。韩愈比较独特的娱乐方式，不外好博塞之戏与滑稽诙谐。博塞之戏，韩愈接受过张籍的批评。滑稽诙谐，“为无实驳杂之说”，他认为比之酒色尚有一间（《答张籍书》）。实际上，诙谐戏谑是韩愈发泄无聊、放纵精神的一种方式，对其诗文创作有重要意义。韩愈的诗文有强烈的复古精神，有浓厚的儒学味，但不失于板腐，复而能变，与诙谐驳杂颇有关系。由于好谑善戏，韩愈心理上的躁郁，常被变形扭曲，加以外化，奇诡滑稽，而内含尖锐冲突。如《泷吏》借南荒险恶风土和泷吏对他的戏弄，让灵魂仿佛在地狱中经历险境和审讯："胡为此水边，神色久惝慌？……不知官在朝，有益国家不？得无虱其间，不武亦不文。仁义饰其躬，巧奸败群伦。"表面上调侃滑稽，实则指桑骂槐，悍厉辛辣。因此，韩愈即使以文滑稽，也不是心灵的逃遁解脱，而是以夸张的笔墨，更为奇横诙诡地表现身心内外冲突。

剖析韩诗之奇，可以看出，作为进士阶层中的儒学政教型人物，一种刚毅果决之气和强烈的用世思想支配着韩愈，围绕儒家提倡的立德、立功、立言，韩愈不断拼搏斗争。"欲为圣明除弊事，肯将衰朽惜残年。"（《左迁至蓝关示侄孙湘》）与封建国家休戚与共，见危致命。但他的一生，"跋前踬后，动辄得咎"（《进学解》），心志经常难得舒展，因而抒情言志之诗，也就难以心平气和，如他自己所说："时有感激怨怼奇怪之辞"（《上宰相书》）。宋人魏了翁针对这种现象作过分析，认为："凡天下欲为而不能者其辞厉……夫欲为而不能者其愤必深。天下未有怀不能为之恨而泰然贴息于辞气之表也。"（《韩愈不及孟子论》）魏氏从心理基因上，对形成峻厉激发型文学风格的探源分析，极有见地，韩诗中那种奇崛险峨，正是在"欲为而不能"的心理基础上产生的。

三

跟韩愈相对照，白居易显然属于另一类型人物。白居易等世俗才子型进士，其立身行事，思想作风，与韩愈等儒学政教型颇多不同。主要表现为：一是不为儒教所囿，习儒而兼奉佛道。白居易宣称："上遵周孔训，旁鉴老庄言"（《遇物感兴因示子弟》）、"外服儒风，内宗梵行"（《和梦游春诗序》）。大体上周孔的一套只用以应付官场和人事，而修身养性，自我调节，则仰赖佛道。二是自我意识增强，传统的朝士对君主的依附性下降。白居易宣称：“只有一身宜爱护”（《读道德经》），又说：“朝廷雇我作闲人”（《从同州刺史改授太子少傅分司》），重视“一身”，把自身看成受“雇”于朝廷，传统的臣下无条件“委质”于君主，朝士与朝廷一体的观念趋于淡薄。又由此对朝廷逐渐获得一份旁观的态度，较易看轻朝廷的纷扰，更善于为个人考虑。三是开放浪漫，思想作风接近世俗潮流。元白等人行为通脱，自负才情，流连诗酒，不为礼法所拘，才子诗客的习性，多于严谨端正的政治家气质。司空图称元白为“都市豪估”，虽意在贬抑，但元白确实是中唐都市社会中如鱼得水式的人物。白居易、元稹均三登科第，唐人所谓浮薄之风，在元白等科场得意者身上，体现得更为明显。

基于世俗才子型进士的思想作风，白居易抒情诗常常体现对身心内外矛盾的化解，有韩诗所缺乏的舂容暇豫之态。“人言世事何时了，我是人间了事人。”（《百日假满少傅官停自喜言怀》）白居易因不执定于儒学一家，在宗教文化冲突面前，显得超脱。又因从传统的臣僚“委质”事君，走向爱重自我，且深达老庄之旨，立朝任事，虽能直谏于君前，却不愿卷入臣下的纷争。从白居易入仕到去世，朝廷经历四场重大斗争：永贞革新、元和中期对蔡州用兵、大和九年甘露事变、穆敬文武四朝牛李党争。前两场白居易未直接介入，或可用官低和遭贬在外解释，后两场则完全是有意避开。甘露事变后，白居易作诗云：“祸福茫茫不可期，大都早退似先知。当君白首同归日，是我青山独往时。”（《九年十一月二十一日感事而作》）“海水桑田欲变时，风涛翻覆沸天池。鲸吞蛟斗波成血，深涧游鱼乐不知。”（《涧中鱼》）导致时代巨变的大灾难，何尝不感慨系之，但他不是正面承受时代灾难的冲击，而是局外兴叹，一面悲天悯人，一面以“早退”自我宽慰。正因为他早已从朝廷的复杂矛盾斗争中脱身，游离于冲突之外，所以面对这场惨痛的大事故，仍然有悟道式的从容，冷静地出之以侧笔，风格平易。如果对照同一背景下李商隐所写的《有感二首》，那种忧心如焚，感愤激切，更可以看出白居易的平易有其超脱世事的心理基因。

外部矛盾固然尽量摆脱，即使是事关自身的升沉进退，白居易也追求精神上的超脱。“无令怏怏气，留滞在心胸。”（《闻庾七左降》）元和十年江州之贬，长庆至大和年间的外任，大和至会昌年间的分司与致仕，是白居易在宠与辱、高与低、内与外、热与闲之间的几大转折。围绕一次次转折，白居易写了大量诗歌，但情绪不是陷入郁结中不能自拔，而是通过调节，将矛盾淡化或排开，让心灵得到宽解。江州之贬，是白居易一生所受的最大的一次打击，而白居易借州司马职务清闲，借九江、庐山风景，以及佛道哲学，尽量宽解自己。他与僧徒结社，又在庐山筑草堂居处，终于做到了“合是愁时亦不愁”（《岁暮道情》）。其《东南行一百韵》写南贬途中及居江州的见闻感受，与韩愈《赴江陵途中》等南贬诗大体相当。白诗没有对异乡景物的恐怖性描写，没有心灵冲突躁郁的表现。诗篇以大量篇幅追叙贬谪之前与元稹、崔群等友朋在京的游乐，又极写江州风景，在淋漓尽致地对游乐和景物铺叙中，穿插上自己的贬谪：“日近恩虽重，云高势却孤。翻身落霄汉，失脚到泥涂。”就显得失落而并不可怕。“渺默思千古，苍茫想八区。孔穷缘底事，颜夭有何辜？……穷通应已定，圣哲不能逾。”以圣贤皆未免于穷恶，见己之应该听天由命。虽然无可奈何，但却没有那种使心灵内外纠缠不已的冲突。以“思千古”“想八区”的心胸，去透视一己一时的不幸，使一切都化解得可以从容承受。显出作者主观精神在贬谪中仍具春容暇豫的一面。《琵琶行》也是诗人抒写“迁谪意”的代表性作品，处理方式更值得注意。白居易之前，此类诗歌向以弃妇比拟逐臣，弃妇与故夫之间当然存在深刻的矛盾冲突。《琵琶行》中诗人却以己之迁谪与歌女的老大沦落相比并。歌女的沦落系由年长色衰，事势变迁，谈不上怨谁、恨谁、与谁构成深刻的矛盾。相应地诗人的沦落，也就似乎属于事理之常，无可怨尤。全诗把迁谪意与一场美妙的琵琶演奏结合起来描写。诗人意外地获得“如听仙乐”的音乐享受，在寂寞中与琵琶女产生情感交流，又以此为创作契机，成就了《琵琶行》这首得意之作。

“醉不成欢惨将别”的一夕迁谪意，就这样得到了补偿。因此，诗歌创作本身不是情感的郁结，而是宽解和排遣。这种心境与诗之和谐优美，平易流畅，成对应关系。

白居易的《新乐府》《秦中吟》等诗，主体精神与诗中展开的具体社会矛盾也是有间距的。创作这类诗，固然是正视社会矛盾，并作了积极的反映，但白居易新乐府与杜甫那些即事名篇之作产生过程并不一样。杜甫出于目击身遇，主观情感在时代灾难与矛盾中承受着深刻而强烈的撞击。《新乐府》李绅首唱，元稹和之，白居易再和，材料多是转手的，很少出自白居易自身体验。五十首诗，有美有刺，组织完整，体例一致，这一庞大的组诗创作，需要有从容不迫的设计酝酿过程。诗人自身并未直接卷入所反映的具体矛盾冲突之中。

白诗在情感表现上的另一特征，是通达识体，省分知足。有一种不忮不求、委运任化的态度。由于在政治上功业思想不及儒学政教型进士强烈，白居易不像韩愈那样汲汲于进取。加以受佛道处世哲学影响，白居易委顺思想发展得很突出，“冥怀齐宠辱，委顺随行止”（《长庆二年七月自中书舍人出守杭州路次蓝溪作》），坦然地进于不得不进，退于不得不退，乐天知命，无往不适。

讽人之嗜欲害性，不能省分知足，为白居易早年讽喻诗的重要内容之一。《感鹤》诗以鹤喻人，感慨“一兴嗜欲念，遂为矰缴牵。委质小池内，争食群鸡前。”《和雉媒》讽慨“稻粱暂入口，性已随人迁。”《伤宅》《凶宅》讽权重位高，难于持久。《寓意五首》咏叹“权势去尤速”，“贫贱可久长”。《海漫漫》讽身为帝王之贵的秦皇、汉武妄求神仙。《杂兴》三首分别讽楚王、越王、吴王之侈心无止。《高仆射》《不致仕》一赞一嘲，讽老耄仍不愿致仕。《草茫茫》讽“拟将富贵随身去”之厚葬。这些诗在讽喻的同时，兼以“知止则不殆”的精神自儆。诗人深慨世俗“贪荣不能止”，愈到中后期，破除尘妄，自我解剖，以省分知足自劝自勉的诗愈多。

“一生耽酒客，五度弃官人。”（《醉中得上都亲友书》）从大和三年开始，白居易先后以告长假的方式辞去苏州刺史、刑部侍郎、河南尹、同州刺史、太子少保等职。长庆三年守杭州，也出于主动。这几次弃官和外任，或因朝政昏乱，人事复杂，主张不被采纳，或因事务繁剧，图就闲逸。“事势排须去”（《过昭君村》），论其与外部关系，是顺应环境压力的推移，走向宽松自在之地。论个人行为动机，则是省分知足，不计官位高低，惟求适意。这种委运任化，有中唐世俗才子型进士的特点，它不是彻底屏退寂处，丢掉世俗社会的享受和乐趣，而是要在仕途上化险为夷，化拘束烦扰为闲适畅快。从摆脱形骸之累，追求放心自得方面看，白居易接近晋代的陶渊明。这一点白居易本人和金代元好问等都予承认。但白之委运任化，不是归向自然，而是体现在仕途中，留居在城市里，又颇与陶不同。仕途本即趋竞之途，白居易以委顺行之，可以说是把唐中叶以后世俗的一面与魏晋通脱之风结合的一种尝试。

白居易以委顺行之于仕途，集中表现在从吏隐到中隐过程中。元和三年白居易任翰林学士时即有“形委有事牵，心与无事期”（《夏日独直寄萧侍御》）的闲适之想和悟道之语。贬江州时借“吏隐”自我排遣。出守苏、杭，吏隐达到了更为满意的程度：“忆我苏杭时，春游亦多处。……两衙少辞牒，四境稀书疏。俗以劳徕安，政因闲暇著。仙亭日登眺，虎丘时游豫。寻幽驻旌轩，选胜回宾御。……但令乐不荒，何必游无据？”（《和微之诗》）可以说，既以通达自在、委运任化的方式生活，亦以此道治郡，心情放佚，诗境畅快。

白居易以太子宾客分司时，进一步提出“中隐”。《中隐》诗认为大隐、小隐仍不够理想，“不如作中隐，隐在留司间。似出复似处，非忙亦非闲。”诗人极写中隐之可以恣情游乐：“君若好登游，城南有秋山。君若爱游荡，城东有春园。君若欲一醉，时出赴宾筵。……”最后说：“人生处一世，其道难两全。贱即苦冻馁，贵则多忧患。唯此中隐士，致身吉且安。穷通与丰约，正在四者间。”分司是闲职，他人居此，皆有沦屈之感，而白居易以委运知足的眼光看分司，觉得正得其宜。诗人津津乐道，口吻语调皆似可闻可见。《唐宋诗醇》评云：“胸中无罣碍，乃得此空明洒脱之境。”确实由于放心自足，才能这样无一点造作安排，肆口而出，极超脱而又极平易近人。

元白较之韩愈等人，生活作风要浪漫得多，也更接近世俗。元白二人早年都有一段恋爱史。元稹于女方始乱终弃，固然突出表现其轻浮薄幸，白居易与邻女湘灵恋爱，虽形诸忆念而终未结成眷属，情况可能亦与元稹有某些相近。元和初居长安时，元白均极放浪，“忆昔嬉游伴，多陪欢宴场。寓居同永乐，幽会共平康。……结伴归深院，分头入洞房。彩帷开翡翠，罗荐拂鸳鸯。留宿争牵袖，贪眠各占床。……”（白居易《江南喜逢萧九》）这样酣畅地铺叙早年的游乐，在二人的长篇中屡见。元白官高后，家中均蓄有歌舞妓女，赠妓以及歌咏妓女之作，数量上远远超过一般诗人。长庆、宝历年间，白居易外任，选择的是苏杭形胜佳丽之地，“白马走迎诗客去，红筵铺待舞人来。”（《和薛秀才》）“六七年前狂烂熳，三千里外思徘徊。”（《忆旧游》）无论当时还是事后，苏杭时期的风流太守生活，都让他感到惬意。白氏最后十八年在洛阳度过。“老爱东都好寄身”（《赠侯三郎中》），洛阳有世俗的各种游乐，而无长安那种政治上的角逐，确实具备《中隐》诗所描述的多种乐趣。白居易等作风上的浪漫、生活上的享受，无疑能让心理获得更多的调节，韩愈式的动辄即来的内心冲突，以及精神常常陷于躁郁而无法排解的情况，在白居易等人身上是不易出现的。

精神委顺任化，接近世俗，在诗歌语言、意象、声韵、结构等方面，也就自然相应需要一种由艰难高古向平易浅俗的化解。那种刿目怵心的意象，佶屈聱牙的语言，变怪不测的结构，本身就是心灵扭曲，情感不能理顺的反映，与白居易的心性难以相合。通达和易的个性，放逸的情趣，只能用顺适惬当的语言，流畅的音节，任其自然的结构来表现，从诗人心地特征对创作的影响看，白居易省分知足，“穷通生死不惊忙”（《遣怀》），内心的一切尽可向人坦开。真实的、无所隐匿的情感，见之于诗，自然显得洞彻表里，平平易易，让读者如同面对乐易的朋友。白诗的明白恺切，所谓“无不达之隐，无稍晦之词”（赵翼《瓯北诗话》），不仅由于有意到笔随的表达能力，同时也由于笔之所到，内心能够倾情倒意而无保留。从创作过程本身看，以委运任化的精神行之于吟咏，会淡化求工见好的欲念，自适其适，言其所欲言，称心而出，信笔抒写，诗篇自会有随意真放之趣。从语言的身份口气看，白居易从众随俗，与韩愈一向自命不凡，欲以儒学从政化俗不同。袁枚说："韩子以知命之君子望天下之常人，而白傅又甘以常人自待。"（《小仓山房文集》卷二十）对常人，韩愈尚且想通过儒学教化使之成为君子，自己作为化人者，语言辞气，身份气派，当然更是与众不同。而白居易以常人自待，表达接近世俗的思想感情，便会采用日常的题材和家常化的写法，吸取口语和民歌成分。白诗善于叙述，曲尽情态，也由于他如常人之话家常，免掉了客套，而贴近于生活；当其话及身心内外矛盾时，即以常人世俗的情理对待，客观通达，平静从容，因而不烦躁，不萎靡，能井井有条，委婉详尽，以平易而最近乎人情的方式叙述出来。

四

典型的解剖给理解一般提供了参照。韩之奇险，白之平易跟他们的思想作风、立身行事之间的联系揭示以后，我们会清晰地看到，通常被称为韩派或白派诗人，同派之间不仅诗风有某些相近，并且在学识修养、精神气质方面，也有共同点。元镇和白居易许多方面均非常接近。韩派的孟郊，"古貌又古心"（韩愈《孟生诗》），盛赞孔子之书"周万古而行也"，道德仁义乃"天地至公之道也。"（《上常州卢使君书》）卢仝深于经学，所著《春秋传》，宋人许觊评曰："辞简而远，得圣人之意为多。"（《彦周诗话》）皇甫湜、张籍等更是鲜明地崇尚儒学，贬低佛道。显然，通脱才俊，接近世俗，不为儒学所囿是元白结为亲密诗友的思想基础，韩派诸家则以儒学复古精神声气相通。今天如果想更概括地把握中唐诗歌，以韩白两家作为对中唐诗坛进行更大范围划分的标志，单就诗歌给人的外在印象，辨识某诗人与韩白哪一方为近，或许令人困惑，而如果着眼于进士阶层中文人的分野，进而从诗歌的内在精神气质去把握，则易见分晓。如柳宗元诗洁净、整炼，刘禹锡晚年与白居易为诗友，似乎都与韩诗距离遥远。但刘、柳前期参加永贞革新，“虽万受摈斥不更乎其内”（柳宗元《答周君巢饵药久寿书》），有政治家坚韧不屈的精神气质。柳宗元伦理思想核心是“大中”，（见《惩咎赋》《与吕道州温论非国语书》等）不出儒学范畴。柳诗和韩诗一样，多抒发政治上受抑的感受，“长吟哀歌，舒泄忧郁。”（《上李中臣献所著文启》）因而无论在诗歌精神内质和取象造语上都往往与韩相通。明代瞿佑认为他的《与浩初上人同看山寄京华亲故》诗，“造作险语，读之令人不欢”；蒋骥认为《天对》“务为奇僻”，“雷霆塞聪”。宋蔡伯衲《西清诗话》更从总体上认为柳诗“似入武库，但觉森严”，“若捕龙蛇，搏虎豹，急与之角，而力不敢暇”。这些，与韩诗给人的感受都非常相近。并且，蔡伯衲的“若捕龙蛇，搏虎豹”云云，恰恰是把柳宗元评韩愈《毛颖传》的话，转移给了柳诗。因而像清代王会昌等将二人并提，称“韩柳体”，以及像上文提到的钱谦益将二人之作并称“儒者之诗”，都是深有见地的。刘禹锡与柳宗元气类相同，刘诗虽较柳诗流利，但常于流利中见矫拔之致，在愤懑中表现出豪迈的气概，即包含有奇崛的一面。其属和韩愈《岳阳楼别窦司直》诗，波澜壮阔，驶悍矢矫，和韩诗而即类其风格。近人沈曾植曾用“韩孟刘柳之奇崛”（《海日楼札丛》卷七），把四家合在一起。可见刘与韩孟亦颇相通。刘较柳放达，晚年政治上进取心渐趋淡薄，与白居易诗酒唱和，诗风亦较前期平易，但白居易称其“诗豪者也，其锋森然”（《刘白唱和集解》），平易而不掩其奇雄警策，与白之平易和婉，仍有一间。

中唐进士阶层由思想作风差异所标志的分野，与诗歌方面派别形成，风格异同之间的内在联系，让我们更具体真切地看到，文学的发展变化，流派的形成，与作家主体所具的精神素质，在社会因素影响下，以其特定的心态形诸文字有极密切的关系。从大历诗的浅弱，到韩诗的奇崛，白诗的平易，固然可以大略看到后者挽救前者偏失，对诗歌进行更新的轨迹，体现文学内部演变推移的规律。但这种推移，所产生的力量不是太显著的。以至韩白之间，究竟是否有某一方曾意图纠正对方的流弊偏失，实在难以说清，甚至有被说错的现象。[①]而进士阶层不同类型人物，在社会政治实践及其他多方面活动中，“喜怒窘穷，忧悲愉佚，怨恨思慕，酣醉无聊不平。”（《送高闲上人序》）藉吟咏宣泄情感，展现心态，对诗歌面貌的影响，似乎更深刻。不同形式的文学艺术，有自己的特质与发展规律，诗剧、小说、戏曲，这些客观性或叙事性比较强的类型，需要经营制作，以吸引读者或观众，体制的演变发展，艺术经验的积累，在演进过程中似乎占有更重要的地位，而我国独具特色的抒情诗，由于是心声的直接表现，情感的文字载体，“哀乐之心感，而歌咏之声发。”（《汉书·艺文志》）出于主体“舒忧娱悲”，宣泄情感的需要，自吟自足，不过分外求于读者，诗歌风貌总是逼肖其人的气质、性分，诗境与心境总是契合或相通。优秀的诗人，人与诗为一，“人外无诗，诗外无人”（龚自珍《书汤海秋诗集后》），作家对前代或同辈诗人的艺术成就，通过把玩探索，可能有很精深的领会，但在将对方的艺术精髓，化入自己诗歌创作中的时候，总是要随着自身的性分和实际生活体验发生偏移。被追随者与追随者之间，如果心理基因、时代条件差异过大，追随的结果，有时甚至仅能获得皮毛。宋代西昆派学李商隐受“挦撦”之讥，明代前后七子，悬盛唐为准则，获“瞎盛唐”的嘲谑，都是很典型的例证。可见中国抒情诗各种局面的形成，不单纯依赖技巧的演进。而由社会政治、经济、文化背景所决定的诗人心理状态、胸襟气质，倒是经常对诗歌创作起着更深刻的作用。

中唐政治文化背景下科举、文学、政治三位一体的现象，给诗歌创作的巨大影响，在于它促成了士人的普遍文学化，也加强了文人与诗歌的政治化。进士、博学宏辞等科，有司以文辞为主要取舍标志，“取之以文”，使所有志在登上朝廷的士子，都要尽力习文，从而导致有唐一代文学极受重视，文学之士大量登朝为官，文学与朝政、与高层人事结缘极深的局面。用之以政，则使进士等科的文人，普遍卷入政治，受到政治风浪和社会生活的洗礼。唐代诗歌与政治关系之密切，是其他时代无法比拟的，科

① 参看拙文《变奏与心源》，《江淮论坛》1990年第3期。

举则充当沟通二者的重要中间环节。尽管由于进士科群彦毕集，各类人才“靡所不有”（韩愈《送孟秀才序》），作家材地性分的广泛性和多样性，带来了中唐诗坛多元化的局面，但济济群才，围绕对政治介入的态度，仍然能表现出大的分野。韩愈之积极干预，卷入复杂的矛盾冲突，白居易之委顺任化，化解身心内外各种矛盾，是当时进士集团中两种有代表性的倾向。与此相联系，韩白所代表的两种不同类型的诗歌，也最有影响。中唐诗坛，色彩纷呈，而又能显示出主要分野，其最深刻的思想文化根源或在于此。

［原载《文学遗产》1993年第5期］

李贺诗歌的赋体渊源

李贺诗歌瑰奇诡谲，后世在阐释上分歧极大。主观臆测，假说附会，是挥之不去的幽灵。针对“欲以本事说长吉诗”者，钱锺书曾尖锐批评：“皆由腹笥中有《唐书》两部，已撑肠成痞，探喉欲吐，无处安放。于是并长吉之诗，亦说成史论。”（《谈艺录》七《李长吉诗》）此种弊端，从根本上讲，是研究者把主观之见加于长吉，与作品的实际内容往往并不相符。面对此种情况，笔者认为不妨把某些无根据的附会史事之说搁置一边，而就李贺创作的渊源与来路作一番认真考察，并以此作为辨识李贺诗歌思想内容和艺术的重要依据。因为作者注意接受、大量吸收的是前代何种文学资源，追慕效法的是哪些作家，对他们自身的创作走向，必然有着深刻影响，探其源而识其流，无疑是认识李贺诗歌的一条有效途径。

论李贺诗歌渊源，杜牧《李贺集序》称之为“《骚》之苗裔”，是最早也是最有影响的说法。按：屈原《离骚》等篇，是赋的源头，汉代人并且直接以之为赋。若据此而论，则“《骚》之苗裔”，理应包含赋家赋体对李贺的影响在内。但历史资料显示，后代在理解或阐发杜牧的说法时，多半是从楚骚影响长吉最为显著的那种奇情幻思、比兴手法和幽峭的意境等方面着眼，至于楚骚是否以赋体特征影响于李贺的问题，学者们可能是将《诗》《骚》与汉魏至唐代之诗，都作为前后一脉相承的诗体看待，而未予深究。事实上，《骚》在诗赋之间，其文体归属本即特殊，彼此界限暧昧，若把《骚》体影响简单归之为赋的影响，亦未必妥当。有鉴于此，本文论述，一般不再牵扯屈原的作品。考察范围主要着眼于赋体进一步确立之后，以司马相如等为代表的赋家对于李贺的影响。“相如始为汉赋，与（扬）雄皆祖（屈）原之步骤。”（晁补之《离骚新序上》）理清屈原以下赋家对长吉体的影响，“乘其流者返其源”，则屈赋与李贺之间的传递关系，也会认识得更为清楚和全面一些。

一、李贺与司马相如

李贺诗中有一突出现象：凡具有用以自比意味的古人，绝大多数都是赋家或诗赋兼擅的文人。有宋玉、司马相如、东方朔、扬雄、赵壹、张仲蔚、边让、曹植等。其中，西汉大赋家司马相如，被提到的次数尤多，共六见。有“长卿牢落悲空舍”（《南园十三首》其七）、“马卿家业贫”（《出城别张又新酬李汉》）、“茂陵归卧叹清贫”（《昌谷北园新笋四首》其四）、“园令住临邛”（《恼公》）、“为作台邛客”（《河阳歌》）、“相如塚上生秋柏”（《许公子郑姬歌》）、“长卿怀茂陵”（《咏怀二首》其一）。除此六处外，《还自会稽歌》是杜牧《李贺集序》中特别提到的两首诗之一。此诗代梁代文人庾肩吾（庾信之父）抒情，表达其将守贫贱以终老，而于世事未能完全释然的悲凉情怀。诗中写肩吾“秋衾梦铜辇”“脉脉辞金鱼”，心情十分沉重复杂。在诗前又有长序云：

> 庾肩吾于梁时，尝作宫体谣引以应和皇子，及国势沦败，肩吾先潜难会稽，后始还家。仆意其必有遗文，今无得焉，故作《还自会稽歌》，以补其悲。

这样的诗与序，确实如杜牧所说，是“探寻前事，所以深叹恨古今未尝经道者。”但问题是李贺凭什么揣测庾肩吾必有遗文，乃至为其代作诗歌？《梁史》和《南史》有关庾肩吾的传记，并没有可供引发这种猜想的材料，引发李贺的只能是他所最为心仪并视为同调的司马相如。相如遗文是历史上的一段佳话，《史记·司马相如列传》云：

相如既病免，家居茂陵。天子曰："司马相如病甚，可往从悉取其书；若不然，后失之矣。"使所忠往，而相如已死，家无书。问其妻，对曰："……长卿未死时，为一卷书，曰有使者来求书，奏之。无他书。"其遗札书言封禅事……。忠奏其书，天子异之。

相如病免家居，死前留下《封禅书》，是李贺"探寻前事"，联想揣测庾肩吾"必有遗文"的依据。清人萧琯云："此诗（按：指《还自会稽歌》）正用此结。"（《昌谷集句解定本》卷一）所言甚是。可见，李贺实际上是怀有一种司马相如情结，借代为庾肩吾作歌，抒写从相如到自身那种在牢落中又难以泯灭的用世之心。

明白《还自会稽歌》构思与用事，若再读李贺的《咏怀二首》其一，对李贺的司马相如情结当会有更深的认识，诗云：

长卿怀茂陵，绿草垂石井。弹琴看文君，春风吹鬓影。梁王与武帝，弃之如断梗。惟留一简书，金泥泰山顶。

题作"咏怀"，正如清人黎简所说："此长吉以长卿自况也。"前半写赋闲家居情景，结尾则掉转说相如在屯贱牢落中仍有遗文，留书言封禅事，而武帝取之，用于封禅。诗不仅借咏相如写自己的消闲自适，同时亦借相如留有遗文，写自己虽赋闲而仍著述不止（按：下一首《咏怀》其二开头即写著书），表现对世事的执着和对文才终能为世所用的期待。它与《还自会稽歌》一显一隐，而内中都直接或间接（以庾肩吾为中介）地含有对相如生活与心事的揣摩，且借以自寓。

除司马相如外，李贺还以其他赋家自喻："扬雄秋室无俗声"（《绿章封事》）、"曼倩诙谐取自容"（《南园十三首》其七）、"边让今朝忆蔡邕"（《南园十三首》其十）、"宋玉愁空断"（《恼公》）、"赵壹赋命薄"

（《出城别张又新酬李汉》）、“下有张仲蔚，披书案将朽”（《感讽五首》其五）。宋玉、东方朔（曼倩）、扬雄、赵壹、边让、张仲蔚，都是以赋著名。而除了相如与上述赋家之外，其他被李贺用以自喻的古人则很少，仅苑蠡（《昌谷诗》：“好学鸱夷子”）、终军、颜回（《春归昌谷》：“终军未乘传，颜子鬓先老”）、北郭骚（《感春》：“花悲北郭骚”）等极少数人。对照起来，更可以看出司马相如等赋家在李贺心目中占有的突出地位。

与李贺同时，赏识李贺而又最受李贺推崇的人物是韩愈、皇甫湜。李贺《高轩过》称颂二人：“殿前作赋声摩空，笔补造化天无功。”韩愈、皇甫湜以古文著名。李贺却偏偏提出二人之赋，推崇到“笔补造化”的地步，这显然不是对具体作品的评价，而是特意将赋这种文体与其所敬重的前辈结合起来。赋，特别是骋辞大赋，铺张扬厉，内容阔大，作者既需要有广博的才学，又要有强大的笔力，所谓“会须作赋，始成大才士。”（《北史·魏收传》）赋，“不歌而诵”，是用以诵读的。只有这种宏文巨制，宣读起来，才有“殿前作赋声摩空”的气势。在写法上，如司马相如之“控引天地，错综古今”，“苞括宇宙，总览人物”（《西京杂记》卷二），也正是可谓“笔补造化天无功”。由《高轩过》对韩愈、皇甫湜赋之极度称颂，亦可见赋体在李贺心目中地位之高。

因看重故有借重。尽管李贺所用文体为诗体，但赋源自诗骚，诗与赋关系极近，彼此相互参用吸收，实为普遍而经常的现象。唐代又处在诗赋彼此消长、积极展开交融互动的关节点上，姚华《弗堂类稿》云：“律赋既行，古赋衰歇，格律拘束，不便驰驱，登高所能，复归于诗。于是李杜歌行、元白唱和……皆用赋为诗。”虽然只举李杜元白，而韩孟一派诗人也同样如此。特别是在文与质、辞与理的关系上，赋偏重在文与辞。《三都赋序》称赋“文必极美”“辞必尽丽”，道出了赋体“唯美”的特征。而李贺，则如钱锺书所云：“长吉穿幽入仄，惨淡经营，都在修辞设色。”（《谈艺录》七《李长吉诗》），故而对于李贺这样的诗人，醉心于“极美”“尽丽”的赋，以赋为借鉴取资的对象，便是很自然的事。

二、李贺几种主要题材诗歌与赋之关系

李贺推崇赋家赋体，上文已据其作品加以揭示，但从历代李贺接受史看，他在创作上的赋体渊源，至今并未引起人们应有的注意。究其原因，盖由于李贺的作品是诗，诗体较短，抒情成分重，而赋体长，又以铺陈为最主要的特征，李贺则除《恼公》《昌谷诗》等少数长篇外，皆不以大段铺陈引人注目。或许这正是李贺有意埋没笔墨蹊径，狡猾变化之处。但“铺”实际上存在于李贺许多诗中。长吉诗，一线直下者少，常常是围绕一物一题把许多形容描写拼置联缀在一起。如《十二月乐词》即是按月对相关物候加以铺陈，《昌谷诗》即是对昌谷景物风光加以铺陈。钱锺书论长吉曾谈到他的“铺陈追琢”[①]，并在《补订》中说：“马星翼《东泉诗话》卷一谓长吉诗‘篇幅稍长，则词意重复，不可贯注。’……长吉才质殆偏于‘铺张’、‘盘旋’者欤。”他们强调长吉“铺陈”“铺张”，若取文体关系的视角看，实际上已接触到了长吉诗与赋的关系问题。这方面，西方语言环境中的读者，比自幼习惯于中国传统诗词的汉语读者，显然要敏感得多。美国学者宇文所安在《晚唐》第五章《李贺的遗产》中一再突出强调李贺“激进的并置法”“李贺的并置技巧”，认为比起一般唐诗，“李贺诗歌的并置技巧更为极端”[②]。他所说的李贺将种种意象拼置在一起的“更为极端”的“并置”，实际上即是赋体与赋法“铺陈”“铺排”的表现。当然，李贺接受赋体影响，并非只此一端。笔者打算继上一节揭示李贺对司马相如等的追慕之后，按照题材内容分项考察长吉诗对赋体的吸收，进而再论其在创作精神与艺术手法方面跟赋家赋体之间的联系。

① 钱锺书《谈艺录》（增订本）十二《长吉用代字》。中华书局1984年版，第57页。

② 宇文所安：《晚唐》，贾晋华、钱彦译，生活·读书·新知三联书店2010年版，第157—182页。

(一)艳情美人

杜牧序李贺集云:“时花美女,不足为其色也”;“牛鬼蛇神,不足为其虚荒诞幻也。”“时花美女”“牛鬼蛇神”,不仅用以形容其诗歌风貌特征,同时也关系诗之题材内容。杜牧同时代人赵璘所著《因话录》云:“李贺作乐府,多属意花草蜂蝶之间。”所谓“花草蜂蝶”,既指词藻意象,亦指男女爱情。至唐末,吴融在《禅月集序》中又云:“李长吉以降,……有下笔不在洞房蛾眉、神仙诡怪之间,则掷之不顾。”从这种尖锐批评中,也可见贺诗在题材内容方面的取向。花草蜂蝶、洞房蛾眉、神仙诡怪无疑属于长吉诗中最有代表性的题材,这些题材前代的诗赋中皆有,并皆影响于后世。而由于赋体较诗体的容量大,注意描写铺叙,其对上述题材所作出的开拓,给后代文学提供的资源更多。

艳情美人在赋体中出现得早且被表现得很充分。宋玉的《高唐赋》《神女赋》,司马相如的《美人赋》《长门赋》,曹植的《洛神赋》等,塑造了从神女、宫女到桑中邻里之女等多种美人形象。渲染了种种男女相互吸引、接触的场面,从人物的环境、居处、衣饰、体态、容貌,到情思,都有生动的描写。由于篇什多而又富有文采,《文选》中为之专列“情赋”一类。这对于同类诗歌创作,自然是特别重要的资源和参照。李贺诗中对洞房闺闱和女子容貌服饰情态的描写,深受赋的影响。篇幅长的《恼公》《美人梳头歌》等,几乎就是用诗句写的艳情赋或美人赋。《恼公》不仅以赋体的铺排之笔写艳情,而且用了前代赋的许多词藻典故。开头即以“宋玉愁空断”写男思女,此缘宋玉写有《登徒子好色赋》《神女赋》《高唐赋》,是艳情赋开山人物。收尾,正如清代蒋文运所指出:“‘月明’一结,准《神女》去引身忽不知处发也”(《昌谷集句解定本》)。诗至高潮,以“园令住临邛”,点出男方留宿,不光是用相如与文君恋爱故事,同时亦与相如《美人赋》等篇以绮艳之笔写男女亵昵场面有关。蒋文运还指出诗中“‘弄珠’一段,准《洛神赋》‘或采明珠,或拾翠羽’而发也。”又,《恼公》前后过渡转换具有关键性的两句——“古时填渤澥,今日凿崆峒”，用填海移山表示对爱情的追求，未见注家交待其语典出处。实则，当源于庾信《哀江南赋》中：“岂冤禽之能塞海，非愚叟之可移山。”庾肩吾、庾信父子为李贺所重，清人黄周星说：“长吉最心醉新野父子。”（《龙性堂诗话续编》）翁方纲《石洲诗话》指出：“长吉《恼公》一篇，直是徐庾妙品。”陈本礼《协律钩玄》亦云：“长吉《恼公》……摹屈宋之微辞，漱徐、庾之芳润。”屈宋是赋体开山人物，徐庾二人诗赋兼擅，“徐庾妙品”即是带有宫体色彩的诗赋。

《恼公》用赋法写男女幽会，而《美人梳头歌》则是用赋法写美人。从美人晓梦、醒起，到开镜梳妆，形容发之浓密，发之香腻，人之娇慵，心绪之烂漫，一直铺叙到梳成后之顾影自怜。宋胡仔云：“余尝以此歌填入《水龙吟》，”并全录其所填之词。（见《苕溪渔隐丛话后集》卷十二）像《美人梳头歌》这样的诗，文字上未有多大变动，即能填入词中，形成文体转换，正在于它近似赋的铺叙。王夫之说：“艳诗不炼，便入填词。”[①]指出艳诗不简古，不提炼，便是填词写法。这是因为词与诗相较，描写更趋于细腻。即使是花间词那样很短的篇幅，在局部描写上，用笔也比诗繁细而近铺。至于词中长调，更是多用赋笔，所以长调写法通之于赋成为词家共识[②]。李贺诗歌的语言意境颇为周邦彦、姜夔、吴文英等词家吸收取用，这种现象的出现，除由于长吉造语奇隽外，与其写景状物时或“不炼”而通之于赋，亦有很大关系[③]。

（二）游仙

李贺诗中经常涉及仙道，或写神仙境界，或写升天遨游。但他同时又

---

① 王夫之：《唐诗评选》卷三，《船山遗书》本。

② 参看况周颐：《蕙风词话》卷一，人民文学出版社1982年版，第15—19页。吴熊和：《词学通论》第四章第五节，浙江古籍出版社1987年版，第195—196页。

③ 郑文焯《郑大鹤先生论词手稿》：“玉田谓：‘取字当从温、李诗中来。今观美成、白石诸家，嘉藻纷缛，靡不取材于飞卿、玉溪，而于长爪郎隽语，尤多裁制。”（载唐圭璋：《词话丛编》第五册，中华书局1986年版，第4328页。）又，郑文焯校《梦窗词跋》：“其取字多从长吉诗中得来。”

在《苦昼短》《官街鼓》《拂舞歌辞》《神弦》等诗中，一再对迷信神仙予以讽慨。写仙人仙境乃至神游上天，却又加以否定，这是究竟为何？此种矛盾现象正是赋中常有的“讽”“劝”对立。具体到渲染神仙而又否定神仙。亦可追溯到司马相如。《史记·司马相如列传》载：

> 相如见上好仙道，因曰：“《上林》之事，未足美也，尚有靡者。臣尝为《大人赋》，未就，请具而奏之。”相如以为列仙之传居山泽间，形容甚臞，此非帝王之仙意也，乃遂就《大人赋》。（赋略）相如既奏《大人之颂》，天子大悦，飘飘有凌云之气，似游天地之间意。

司马相如认为“列仙之传……非帝王之仙意也”，《大人赋》虽写游仙，但赋中明显有对神仙的否定，为什么汉武帝读后的效果只是飘飘然陶醉于游仙呢？这是由于相如赋自身就包含内在矛盾。《史记》记载，相如见武帝好仙道，欲有所讽谏。遂将原来已具初稿的《大人赋》“写成奏上”。但这篇赋开始是个人的抒写，后来才针对皇帝好神仙，进一步加工奏上，其创作的动机与目的前后是有变化的。《大人赋》开头即云：“悲世俗之迫隘兮，朅轻举而远游。”结尾又说：“迫区中之隘狭兮，舒节出乎北垠。”首尾都强调世俗迫隘，因而走出人间，游览上天四垠，顺这条线索而下，它的阅读效果自然会是让人飘飘然为之向往，亦即汉赋之所谓“劝”。但相如后来献赋的目的又是要对汉武有所规谏，故而在周览四方上下，将要回车之前特为郑重宣布：“吾乃今目睹西王母皬然白首，戴胜而穴处……必长生若此而不死兮，虽济万世不足以喜。”如果重视这样曲终奏雅的警世之论，人们自然能领会赋的深层意旨，即思想上可以放佚，但在实际生活中神仙并不足取。一篇《大人赋》，或以为“劝”，或以为“讽”，从写作动机，到文本自身，都包含着矛盾，而这两方面对李贺都有一定影响。李贺诗：“陇西长吉摧颓客，酒阑感觉中区窄。葛衣断碎赵城秋，吟诗一夜东方白。”从语言上可以直接看出与《大人赋》之间的联系。李贺“感觉中区窄”，要求精神解脱，与相如“迫中区之隘狭兮”，是一致的。李贺写

《梦天》《天上谣》，可以比于相如的“轻举而远游”，但李贺的《苦昼短》等篇又激烈地批评：“神君何在？太一安有！……何为服黄金？吞白玉？谁是任公子？云中骑白驴。刘彻茂陵多滞骨，嬴政梓棺费鲍鱼。”这对于迷信神仙又等于是一番醍醐灌顶，而从其对“刘彻茂陵多滞骨”的严斥来看，似乎亦与《大人赋》有联系：刘彻（武帝）不理解《大人赋》的讽谏之意，尽管飘飘然有仙意，但实际上乃是不可以长久的“滞骨”，严斥中可能含有对刘彻误读相如赋的讽慨。至于李贺诗中甚至又不免暗怀对仙姝（美人）的欲念，如《梦天》中“鸾佩相逢桂香陌”，《天上谣》中“仙妾采香垂佩缨”“秦妃卷帘北窗晓”等描写，亦有来自《大人赋》等作品的渊源。《大人赋》中有“排阊阖而入帝宫兮，载玉女而与之归”；其后张衡继《大人赋》而作的《思玄赋》，写在王母处有太华玉女、洛浦宓妃相媚，并赠物咏诗，十分动情，这些若与李贺诗歌对照，无论所写情景，还是作者所投射的情感，都有后先相承的因素，可以说这也是李贺沿袭了《大人赋》中“劝”的一面。

（三）招魂与咏鬼

魂魄鬼怪的形象与阴森幽冷的境界频频出现在李贺诗中，有的是形象描绘，有的是场景铺写和气氛渲染，如《致酒行》：“我有迷魂招不得，雄鸡一声天下白”；《绿章封事》：“愿携汉戟招书鬼，休令恨骨埋蒿里”；《公无出门》：“熊虺食人魂”；《秋来》“雨冷香魂吊书客”，等等。李贺之前，诗歌写到非人间的，神仙居多，鬼魂少见。李贺则多涉及鬼魂精怪，他的这类诗歌有无前代文学渊源呢？招魂，虽是先民早已有之，而在文学作品里充分进行铺写，则是从宋玉《招魂》赋开始。李贺《南园》诗“坐泛楚奏吟《招魂》”，即写自己歌咏楚调，独吟《招魂》。又《自昌谷到洛阳后门》云：“闻道兰台上，宋玉无归魂”，更明确将招魂与宋玉相联系。宋玉《招魂》赋写东南西北四方的恐怖景象，要将处于逆境的放佚的灵魂乃至其人召回精神家园，这也正是李贺诗经常表达的一种心情和精神状态。

由生人的魂魄到鬼怪，长吉又有些诗虽非招魂，而描写渲染的却是阴间以及荒坟废墟等接近阴间的世界。这些，除借鉴《招魂》等篇外，还涉及另一些楚辞篇章，如《苏小小墓》之与《九歌·山鬼》，《长平箭头歌》之与《九歌·国殇》。但继楚辞之后，赋中对枯骨、鬼魂和荒丘废苑之类，还有描写得更为充分也更阴森恐怖的。张衡《髑髅赋》写“顾见枯骨，委于路旁。下居淤壤，上负玄霜”。询问其来历时，“肃然有灵，但闻神响”。最后，又用酒食奠祭：“为之伤涕，酬于路滨。”颜延之《行殣赋》写“崩朽棺以掩圹，仰枯颡而枕衢。”等等。若与李贺诗对照，情景可算更为接近。李贺称：“秋坟鬼唱鲍家诗”（《秋来》），鲍照有《代蒿里行》《代挽歌》，写“赍我长恨意，归为狐兔尘”，“玄鬓无复根，枯髅依青苔”，所谓“秋坟鬼唱鲍家诗”，当源于此。鲍照同时又有《芜城赋》《伤逝赋》，写死亡破败比其诗更有影响。《伤逝赋》云：“晨登南山，望美中阿。团露秋槿，风卷寒萝……弃华宇于明世，闭金扃于下泉。”《芜城赋》云：“木魅山鬼，野鼠城狐，风嗥雨啸，昏见晨趋。”“埋魂幽石，委骨穷尘。”从张衡到鲍照等人的这些描写，李贺诗似乎更是其回响。“桂叶刷风桂坠子，青狸哭血寒狐死。”（《神弦曲》）“海神山鬼来座中，纸钱窸窣鸣旋风。……呼星招鬼歆杯盘，山魅食时人森寒。”（《神弦》）乃至：“我寻平原乘两马，驿东石田荒坞下。风长日短星萧萧，黑旗云湿悬空夜。左魂右魄啼饥瘦，酪瓶倒尽将羊炙。……访古汍澜收断镞，折锋赤璺曾封肉。”（《长平箭头歌》）等等，这些对于鬼魅和枯骨魂魄的描写，从《髑髅赋》《芜城赋》等作品中都可以找到为其前导的蛛丝马迹。而且，除前代之赋外，还会有当代之赋的影响，李华写于天宝十二载的名作《吊古战场文》有云：“此古战场也。尝覆三军，往往鬼哭，天阴则闻。”“利镞穿骨，惊沙入面。……无贵无贱，同为枯骨。”“魂魄结兮天沉沉，鬼神聚兮云幂幂。”“布奠倾觞，哭望天涯。”李华是韩、柳古文运动的重要前驱，他的这一名篇，李贺必然熟知。而上引李华所写，若与李贺《长平箭头歌》相对照，则二者尤其接近。

（四）咏物

李贺除所谓“多属意花草蜂蝶”之外，写到其他物品的也很多，如雪、竹、笋、笛、琴、剑、砚、马、虎、屏风、葛布、箜篌、官街鼓、御沟水等等，因而咏物在李贺集中占有重要地位。

咏物，虽诗中早已有之，但汉魏六朝时期，体物之赋在发展上领先于诗。如建安文坛，体物赋的创作已相当繁荣，而咏物诗无论数量和质量都未能与赋同步发展，多数咏物诗只是借物喻志或喻情，却少有对物作生动细致的描写，甚至连与咏物内容相配的诗题也没有[①]。晋宋之后，咏物小赋昌盛，对咏物诗的发展更具影响力。李贺咏物诗除一般取自赋的词语意象之外，还有不少篇章与赋有更深的联系。

李贺的组诗，如《河南府试十二月乐词并闰月》《南园十三首》《昌谷北园新笋四首》《追赋画江潭苑四首》等，以多篇作品铺陈并列，总属一题之下，无论是其“拟诸形容，象其物宜”（《文心雕龙·诠赋》）的写法，还是并列式的章法，都近于赋。以《马诗二十三首》为例，虽然每首都是五绝，难言其一首之中有赋体的铺叙，但它借题抒意，写骏马骨相不凡，而无识者，遭受困羁摧折，渴望获得知遇，却是吸取了前代咏马赋的写法和用意。建安文人应玚的名作《慜骥赋》在主旨上足以笼括李贺的组诗。《马诗》一首首短章，几乎像是对应玚整篇赋的抽绎。《慜骥赋》云：“慜良骥之不遇兮，何屯否之弘多！抱天飞之神号兮，悲当世之莫知”，李贺诗云：“此马非凡马，房星是本星”，“赤兔无人用”，“如今不豢龙”，二者都是写马之非凡和不遇。赋云：“赴玄谷之渐途兮，陟高岗之峻崖。惧仆夫之严策兮，载悚栗而奔驰。”诗云：“午时盐坂上，蹭蹬溘风尘。”又都是写良骥困于仆夫之手，遭受折磨。赋云：“思奋行而骧首兮，叩缰绁之纷拏”，希望能获得奋行驰骋的机会，诗亦表示同样的渴望：“何当金络

① 曹植咏飞蓬一首，可算是其咏物的代表作，但诗题却是“吁嗟篇”，一作“瑟瑟歌”。刘桢“亭亭山上松”一首，可算很好的咏物诗，但实为《赠从弟诗三首》之一，乃借物咏志之作，说明当时咏物诗还没有达到很自觉的程度。

脑，快走踏清秋。”“一朝沟陇出，看取拂云飞。”这些地方都可以见出贺诗对前代赋的继承。二十三首联章几乎可以说是通过各方面铺陈议论合成的一篇马赋。除了《赭白马赋》，颜延之《赭白马赋》亦颇为贺诗所采。颜赋“附筋树骨，垂梢植发，双瞳夹镜”，李贺诗中即有“向前敲瘦骨，犹自带铜声”；“鬣焦朱色落，发断锯长麻”；“欲求千里脚，先采眼中光”等语。前人曾注意到颜赋为李白、杜甫咏马所采用，同样，颜赋亦沾溉了李贺。

李贺《夜龙吟》咏笛：“卷发胡儿眼睛绿，高楼夜静吹横竹，……蜀道秋深云满林，湘江夜半龙惊起。”从题材到内容，皆本于汉代马融《长笛赋》：“近世双笛从羌起，羌人伐竹未及已。龙鸣水中不见已，截竹吹之声相似。”李贺《李凭箜篌引》：“昆山玉碎凤凰叫”，《听颖师弹琴歌》又有“蜀国弦中双凤语”，咏箜篌声和咏琴都用凤凰鸣声为喻。鸾凤之声人们并没有听过，若求其源，嵇康《琴赋》“若鸾凤和鸣戏云中”，乃李贺所本。又，嵇赋中写琴声使“天吴踊跃于重渊”，到李贺笔下，则是“老鱼跳波瘦蛟舞”。古代将嵇康琴技神化，《晋书》载有嵇康，遇鬼神弹《广陵散》以授之的神话。黎简云《李凭箜篌引》中“梦入神山教神妪，老鱼跳波瘦蛟舞”，是“叹其技之神，如叔夜（嵇康）授《广陵散》于鬼意”。如依其说，则更可以见出贺诗与嵇康《琴赋》及相关神话之间的联系。又，古代制琴，用梧桐木。《风俗通》说：“梧桐生于峄山之阳……采东南孙枝为琴，声极清丽。”嵇赋云：“乃斫孙枝，准量所任。……制为雅琴。”而李贺却说：“古琴大轸长八尺，峄阳老树非桐孙”，强调非孙枝而是老干。虽然显示了好与人立异的个性，但这种翻案也是一种另类的接受。

三、虚辞滥说与铺叙隐谜

李贺对赋家和赋体的吸收，还深刻地贯穿在创作精神和艺术手法等方面。首先是“文心”，亦即体现创作精神的艺术想象与构思。《西京杂记》载：

> 司马相如为《上林赋》《子虚赋》，意思萧散，不复与外事相关，控引天地，错综古今，忽然如睡，焕然而兴，几百日而后成。

桓谭《新论·祛蔽篇》载扬雄作赋情景云：

> 思虑精苦，赋成遂困倦小卧，梦其五脏出在地，以手收而纳之。及觉，病喘悸，大少气，病一岁。

这种记载，是赋家耗费心力将全副精神注入创作之中所呈现的状态。李贺有与相如、扬雄相似的表现。李商隐《李贺小传》云：

> 长吉细瘦通眉，长指爪，能苦吟疾书。……恒从小奚奴，骑距驴，背一古破锦囊，遇有所得，即书投囊中。及暮归，太夫人使婢受囊，出之，见所书多，辄曰：是儿当要呕出心肝始已耳。

与《小传》可以构成呼应的，还有唐人笔记小说《云仙杂记》中的一则：

> 有人谒李贺，见其久而不言，吐地者三。俄而文成三篇，文笔噤喉。

李商隐《李贺小传》又述其临终前的白日梦：

> 忽昼见一绯衣人驾赤虬，持一版，书若太古篆或霹雳石文者，云当召长吉。……曰："帝成白玉楼，立召君为记。"

司马相如、扬雄、李贺都在创作中耗尽心力，而由于他们投入了全副心力乃至生命，从创作的想象和构思而言，又是由"思虑精苦"，呕出心肝，而神志恍然。甚至出现精神脱离躯体飘然上天的幻觉。这种呕心为文，在摆脱心外一切牵挂（即所谓"不复与外事相关"），精骛八极，文思飞扬之时，也就有可能“神用象通，情变所孕”（《文心雕龙·神思》），以其诗性思维，“控引天地，错综古今”，获得“笔补造化”的效果。司马相如、扬雄那些煌煌大赋，李贺《梦天》《天上谣》等篇，都可以视为这样的艺术产品。扬雄说：“长卿赋不似从人间来，岂神化所致耶!”（《答桓谭书》）同样，李贺的诗也经常给人思入鬼神的感觉。

然而文心过分翻空出奇，文辞意境架虚行危、撇入窅冥，乃至“不似从人间来”，对于务实循理的读者难免会从义理方面感到缺憾。《史记》评司马相如云：“《子虚》之事，《大人》赋说，靡丽多夸，然其指风谏，归于无为。”“（相如）靡丽过其实，且非义理所尚。”“相如虽多虚辞滥说，然要归之节俭。”史家是务实的。司马迁虽然欣赏相如的才华，并肯定其旨在“讽谏”，但毕竟有“虚辞滥说”，“侈靡过其实，且非义理所尚”的批评。后来，《文心雕龙·夸饰》更针对赋体的夸张指出：

> 自宋玉、景差，夸饰始盛。相如凭风，诡滥愈甚。故上林之馆，奔星与宛虹入轩……。及扬雄《甘泉》，酌其馀波……虚用滥形，不其疏乎！……饰穷其要，则心声锋起，夸过其理，则名实两乖。……

刘勰“虚用滥形”“诡滥”的批评，即来源于《史记》，并从文论家的角度，对其“夸过其理”再度予以确认。

与司马相如等受到的批评相似，历来对于长吉诗，就是既有人认为笔补造化，通乎鬼神，又有人嫌其“虚妄”“少理”。杜牧为李贺集作序即在热情赞扬的同时，又深加惋惜，所谓“理虽不及，辞或过之”，可算兼及“得失短长”两个方面。杜牧甚至在看似赞美的话中——“鲸呿鳌掷，牛鬼蛇神，不足为虚荒诞幻也”——也包含着两面，“虚荒诞幻”不就近似对司马相如的“虚辞滥说”之评吗?

曹丕曾对屈原和司马相如作比较：“或问屈原、相如之赋孰愈？曰优游案衍，屈原之尚也；穷侈极妙，相如之长也。然原据托譬喻，其意周旋，绰有余度矣，长卿、子云意未能及已。”（《北堂书钞》卷一〇〇）认为屈赋中的思想和理性周旋贯注，绰有余裕，而相如、扬雄不及。这种看法与杜牧对李贺的评价是近乎一致的。相如、李贺同样都是渊源于屈原，而又都有理有所不及、意未能周旋的缺憾，可见承屈原而下，在把赋体的夸饰推向极端的时候，便会出现刘勰所说的“夸过其理”的情况。相如笔下，有“上林之馆，奔星与宛虹入轩”（刘勰《文心雕龙·夸饰》）那样的夸张，而李贺的“女娲炼石补天处，石破天惊逗秋雨”（《李凭箜篌引》）之类，则有过之而无不及。若是用左思批评相如的话，不同样都是“侈言无验”（《三都赋序》）吗！

继承骚赋传统，除构思出神入化，而不免有“虚辞滥说”之病外，李贺作品中，与“虚辞滥说”内在相通的还有“谲辞饰说”的讔谜（《文心雕龙·谐隐》）。它不一定是表现神奇怪异，而是用特有的手段写境状物，造成诡异、迷闷、生涩、新奇的效果。赋从起源看，即与讔谜相关。《文心雕龙·谐隐》云：“讔者，隐也；遁辞以隐意，谲譬以指事也。”“谜也者，迴互其辞，使昏迷也。”认为“荀卿《蚕赋》，已兆其体。”又在《诠赋》篇中说“荀结隐语”。（按：荀卿的《礼》《智》《云》《蚕》《箴》等文，是最早以“赋”名篇的作品，写法上都是多方面铺排描摹所赋事物的状态、本质和功用，到最后一句才点出所赋对象或题旨。除末句外，皆是相关事物的谜语。）他的这种赋即是运用先秦时代流行的隐体[①]。隐谜是赋用以体物的重要手段[②]，而这种手段，亦经常被用于诗体咏物之中。钱锺书云：“长吉又好用代词，不肯直说物名。……《剑子歌》《猛虎行》皆警炼佳篇，而似博士书券，通篇不见‘驴’字。……长吉此二诗，亦剑谜、

① 参看钱南扬：《谜史》第一章，中华书局2009年版；褚斌杰：《中国古代文体概论》第三章，北京大学出版社1998年版。程章灿：《魏晋南北朝赋史》第一章，江苏古籍出版社1992年版。

② 朱光潜《诗说》第二章《诗与谐隐》，论诗赋与谐隐关系可参看。他说：“中国大规模的描写诗是赋，赋就是隐语的化身。”并举荀卿的《赋篇》为例证。《朱光潜美学文集》第二卷，上海文艺出版社1982年版，第39页。

虎谜，如管公明射覆之词耳。”[①]钱锺书所说《剑子歌》即《春坊正字剑子歌》：

先辈匣中三尺水，曾入吴潭斩龙子。隙月斜明刮露寒，练带平铺吹不起。蛟胎皮老蒺藜刺，鸊鹈淬花白鹇尾。直是荆轲一片心，分明照见春坊字。挼丝团金悬䴕簌，神光欲截蓝田玉。提出西方白帝惊，嗷嗷鬼母秋郊哭。

首句以“三尺水”，代指亮光如水的剑。次句用周处刺蛟指剑，三四句以月光、白练比剑。五六句，谓“以鲛鱼皮为剑室，其珠文历落，若蒺藜之刺；以鸊鹈膏淬剑刃，则光彩艳发如白鹇之尾。”（王琦笺语）七八句，用荆轲剑刺秦王的典故。九句写丝络剑穗之精美，十句谓剑之神光可以截玉。末二句以刘邦的斩蛇剑比喻剑之非凡。用博喻铺排，全方位咏剑。刘辰翁说：“虽刻画点缀簇密，而纵横用意甚严，剑身、剑室、纹理、刻字、束带、色泽，无一叠犯。”确如所评，而“用意甚严”还突出表现在所有的比喻都是谜，通篇未点出“剑”字。《猛虎行》亦然：

长戈莫舂，长弩莫抨。乳孙哺子，教得生狞。举头为城，掉尾为旌。东海黄公，愁见夜行。道逢驺虞，牛哀不平。何用尺刀，壁上雷鸣。泰山之下，妇人哭声。官家有程，吏不敢听。

或叙述，或用典，或写其危害，或言其凶悍，横说竖说，而通篇未点出猛虎，未交待用意。两诗诚如钱锺书所说是剑谜虎谜，若比照荀卿《礼》《智》等赋的命名，也可以说是用诗语写成的《剑赋》《虎赋》。李贺诗集中用力于描写暗示而不点明题旨，以造成奇峭生涩效果的还相当多，如

① 钱锺书《谈艺录》一二《长吉用代字》，中华书局1987年版，第57页。按：“博士书券”，语出《颜氏家训·勉学》所引邺下谚语：“博士买驴，书券三张，未有驴字。”指文词繁冗，而未点题。管公明，即三国时管辂，精术数，善用谜语喻意，亦善猜谜（射覆）。

《北中寒》，从天空昏黑，黄河结冰，鱼龙冻死，霜花如钱，浓雾挥刀不入，山瀑化为冰凌，一一加以铺排描摹，却始终未直接点明是写北中寒。此外，如咏竹（“入水文光动”）、咏御沟水（“入苑白泱泱”）、咏雪、咏射雉，以及《牡丹种曲》《十二月乐词》等，在写法上都可以说是亦谜亦赋。

讔谜之用，可以是整篇，也可以是段落、语辞或意象。司马相如《上林赋》写天子校猎：“乘镂象，六玉虬。”以雕镂镶嵌的象牙装饰代指车，以佩玉的虬龙代指马，就有“讔”的意味。相如之后，赋在文字上所下功夫更多。如刘歆《灯赋》：“惟兹苍鹤，修丽以奇。身体剡削，头颈委蛇。负斯明烛，躬含冰池。明无不见，照察纤微。以夜继昼，烈者所依。”则可称是灯的隐语。而以“苍鹤”代指鹤形的灯台，以“冰池”代指贮膏油的凹槽，比相如以“雕象”代车，以“玉虬”代马在隐僻上又进了一层，显出赋体在隐代手法上的刻意追求。与刘歆同时代的扬雄，尤以雕锼著称，在用艰深词字和谲词隐语方面对后世的影响更深。李贺可以说是承其后而颇逞其才。清人张澍云：“长吉之诗，窃以为扬雄之文也。”（张澍《养素堂文集》卷三十四）叶矫然云：“《笔精》载：长吉诗本奇峭，而用字多替换字面。如吴刚曰‘吴质’，美女曰‘金钗客’，酒曰‘箬叶霜’，剑曰‘三尺水’，剑具曰‘簏簌’，甲曰‘金鳞’，燐火曰‘翠烛’，珠钏曰‘宝粟’……”（《龙性堂诗话》续集）叶氏所引，一气列举了58例，充分说明李贺诗风的奇峭与用代字（替换字面）密切相关，特别是在代字密集的地方，更能显出奇峭，如“茂陵刘郎秋风客，夜闻马嘶晓无迹。画栏桂树悬秋香，三十六宫土花碧。”汉武帝有《秋风辞》，遂用“秋风客”隐指。“秋香”代指桂花。“土花”代指丘坟陵墓间呈死色的苔藓。这样，四句诗就从整体上烘托出了武帝鬼魂夜游，以及荒陵废苑的夜间景象，此种诗境，匪夷所思，靠的即是出入神怪错综古今的想象和在用语上隐辞饰说。李贺不仅用隐语指代，而且特别追求词语的生新，如：“端州石工巧如神，踏天磨刀割紫云，佣刓抱水含满唇，暗洒苌弘冷血痕。”（《杨生青花紫石砚歌》）以从天上割下的紫云，喻指高山取来的石砚用料，以苌弘血痕喻指石砚青花。“蛇子蛇孙鳞蜿蜿，新香几粒洪崖饭。”（《五粒小松歌》）以蛇子蛇孙喻小松，以洪崖饭喻松子。“绕堤龙骨冷，拂岸鸭头香”（《赋得御沟水》），用“龙骨”代指沿御沟砌成堤的石条。“鸭头”，指绿色的水。“短佩愁填粟，长弦怨削菘”（《恼公》），用“填粟”，代指佩饰上雕嵌的宝石或金属细粒；用“削菘”代手指。这种代与所代之间的联系，以及所用的名物词语都具有隐辞带来的生新拗涩的特点。

李贺隐语指代所代对象，除天、地、日、月、山、水、风、雨、人物、动植、器具乃至官职等名词性事物之外，还可以是行为动作和情景。“可怜日暮嫣香落，嫁与东风不用媒”（《南园十三首》其一），用“嫁与东风”指风吹花落。“天上分金镜，人间望玉钩”（《七夕》），以“分金镜”代指离别，以“望玉钩”代指团圆。一篇《恼公》大量句子都是用隐语指代行为。李贺诗中用以隐指的事物和被隐指的事物之间，联系的方式又是多种多样甚至是非常迂曲奇诡的，如因太阳热而圆，遂说“炎炎红镜东方开，晕如车轮上徘徊”，就显得奇诡。又如乐府民歌的隐语：“莲”谐“怜”；而李贺的“隐语笑芙蓉”，则是以“芙蓉”指“莲”，再谐“怜”，意为“隐语笑相怜”，格外迂曲。李贺又经常让人在不经意间出现隐语，而用以指代和被指代者之间的联系，又仅取属性中的某一点，遂不免诡涩。如“细绿及团红，当路杂啼笑”，“颓绿愁堕地”，“芳径老红醉”，“古春年年在，闲绿摇暖云”，用“细绿”“闲绿”指草树，“团红”“红鲜”指花，用“颓绿”指草树进而指绿色山岭。“晚紫凝华天”，以“晚紫”指霞。“纤手却盘老鸦色”，以“老鸦色”代指黑发。大量的例子都是似乎在不必有隐语的语境下出现隐语，以物所给予人的直觉印象的某一点，指代物的整体，形成一种特殊的形象思维，而且多用来自视觉的颜色字。后来词家喜用长吉字面，也往往属于这一类型。当然，若从渊源上考察，这些可算极有特色的用印象和颜色作指代的写法，也非李贺首创，以“铺采摛文”（《文心雕龙·诠赋》）为事的赋，实早已滥觞。如谢灵运《山居赋》：“含红敷之缤翻”，即以“红敷”指红花；“列镜澜于窗前”，以“镜澜”指水面，并且在类似的写景中用了大量颜色字。李贺与之相比，只不过是用得更生新更峭涩而已。

李贺以司马相如自比，相如赋“苞括宇宙，总览人物”，“控引天地，错综古今”，那种“不似从人间来”的神奇，被李贺以超凡入神的想象力，“笔补造化天无功”的艺术精神追随于后世；相如“虚辞滥说”，“夸靡过其实”，李贺遣辞放言，也是不避虚妄怪诞，夸过其理。李贺多种题材诗歌，从花草蜂蝶、美人仙鬼到一般写景咏物，在题旨意境、语言意象与写法上，对相如及其后赋家都有所继承。赋体的隐言谲说在李贺诗中被广泛运用，成为其诗性思维的一个方面，以更加诡异的形式出现，用于抒情状物，创造意象，锤炼字面，直接影响了作品的命题命意与语言修辞风格，对其长吉体诗的形成产生了重要影响。考察李贺如何多方面吸收赋体加以酝酿转化，形成其自家面貌，不仅有助于加深对李贺诗歌艺术的认识，而且可以从生成上对他的许多作品作出有根源可寻的符合实际的判断，证实前引钱锺书所说：“长吉穿幽入仄，惨淡经营，都在修辞设色，举凡谋篇命意均落第二义。”这样，或可减轻阐释李贺诗时把“谋篇命意”看得过重的压力，从而避免种种臆测，乃至给作品附会某些政治背景，强行穿凿成“诗史”。把李贺诗歌接受赋的影响放到文学演进的大背景上看，还有助于认识不同文体之间相互递转为用的规律。谢灵运云：“文体宜兼，以成其美。”（《山居赋序》）唐诗发展从拥有丰厚资源的赋中吸取养分，充分地证实了这一点。

［原载《文学遗产》2014年第1期］

“诗家三李”说考论

20世纪60年代传出毛泽东喜爱“诗家三李”之说[①]。人们在觉得新鲜的同时，对“三李”何以并列、毛泽东何以喜爱“三李”，感到需要探讨。有学者以为“三李”之说始自毛泽东，对“三李”并称的起源亦颇为模糊。本文打算从“三李”自身的诗歌创作和后世对“三李”的接受两方面，探讨“三李”联系到一起的原因，以及“诗家三李”说是怎样出现和被认同的。

一、三家诗文中相联系的迹象与历代对“三李”的并提

“三李”并提，涉及三位诗人相互间多边关系，既包含三家如何联系串通的问题，又包含按排列组合方式形成的两两之间关系问题。其中前二李（李白、李贺）和后二李（李贺、李商隐）的相近和联系，历代学者多有论述。如李白和李贺虽有所谓“天才”“鬼才”之别，但在想象丰富和境界之奇方面，一致性非常明显。李商隐和李贺则在写闺阁粉黛，深度地进入内心世界写冥思奇想方面，有直接继承关系。有前二李和后二李的联

① 1959年，何其芳在《新诗话——〈李凭箜篌引〉和〈无题〉》（《文学知识》1959年第5期）中说：“听说毛泽东同志喜欢三李的诗，就是李白、李贺和李商隐的诗。从他的诗词也可以看出他吸收了这三位诗人的某些特点和优点。这是值得我们深思的。”此文收入何其芳《诗歌欣赏》，于1962年由作家出版社出版。

系做基础，以李贺为中介，将三李贯穿起来当然是可以的，但李白诗风豪放，李商隐偏于婉约，差别毕竟很大，人们或许在这一环上对三李的相通，产生疑问。能否在前后相距时间长、面目变化大的李白与李商隐之间看到明显而直接的联系呢？检查两家诗文集，似多有可资对照之处，兹列如下：

李　白	李商隐
1. 黄河之水天上来。(《将进酒》)	1. 黄河摇溶天上来。(《河阳诗》)
2. 手把芙蓉朝玉京。(《庐山谣》)	2. 手把金芙蓉。(《李肱所遗画松诗书两纸得四十韵》)
3. 宫中谁第一，飞燕在昭阳。(《宫中行乐词八首》其二)	3. 朝元阁迥《羽衣》新，首按昭阳第一人。(《华清宫》)
4. 众鸟集荣柯，穷鱼守枯池。(《古风五十九首》其五十九)	4. 晓鸡惊树雪，寒鹜守冰池。(《幽居冬暮》)
5. 走傍寒梅访消息。(《早春寄王汉阳》)	5. 知访寒梅过野塘。(《酬崔八早梅有赠兼示之作》)
6. 弃我去者昨日之日不可留，乱我心者今日之日多烦忧。(《宣城谢朓楼饯别校书叔云》)	6. 昨日紫姑神去也，今朝青鸟使来赊。(《昨日》)
7. 相见情已深，未语可知心。(《相逢行》)	7. 身无彩凤双飞翼，心有灵犀一点通。(《无题二首》其一)
8. 清水出芙蓉，天然去雕饰。(《忆旧游赠江夏韦太守良宰》)	8. 惟有绿荷红菡萏，舒卷开合任天真。(《赠荷花》)
9. 白兔捣药秋复春，嫦娥孤栖与谁邻？(《把酒问月》)	9. 嫦娥应悔偷灵药，碧海青天夜夜心。(《嫦娥》)
10. 终于安社稷，功成去五湖。(《赠韦秘书子春》)	10. 永忆江湖归白发，欲回天地入扁舟。(《安定城楼》)
11. 芬荣何夭促，零落在瞬息。(《咏槿二首》其一)	11. 可怜荣落在朝昏。(《槿花》)

续表

李　白	李商隐
12.愿因三青鸟，更报长相思。光景不待人，须臾发成丝。(《相逢行》)不信妾肠断，归来看取明镜前。(《长相思》)	12.晓镜但愁云鬓改，夜吟应觉月光寒。蓬山去此无多路，青鸟殷勤为探看。(《无题》)
13.虚传一片雨，枉作阳台神。纵为梦里相随去，不是襄王倾国人。(《系浔阳狱上崔相涣三章》其三)	13.荆王枕上元无梦，莫枉阳台一片云。(《代元城吴令暗为答》)
14.迷花倚石忽已暝。(《梦游天姥吟留别》)	14.寻芳不觉醉流霞，倚树沉眠日已斜。(《花下醉》)
15.庄周梦蝴蝶，蝴蝶为庄周。一体更变易，万事良悠悠。(《古风五十九首》其九)野禽啼杜宇，山蝶舞庄周。(断句)	15.庄生晓梦迷蝴蝶，望帝春心托杜鹃。(《锦瑟》)
16.君抱碧海珠，我怀蓝田玉。(李白集中《送王屋山人魏万还王屋》后附魏万《金陵酬翰林谪仙子》)	16.沧海月明珠有泪，蓝田日暖玉生烟。(《锦瑟》)
17.若非群玉山头见，会向瑶台月下逢。(《清平调词三首》其一)	17.如何雪月交光夜，更在瑶台十二层。(《无题》)

供对照的各组例句，有些或出于偶然性的巧合，但李白诗名大，作品广泛流传，上引李白诗句，必有许多为商隐熟知者，从而影响了商隐，在创作中予以吸纳和继承。李商隐历叙生平而作的《漫成五章》其二云：

> 李杜操持事略齐，三才万象共端倪。集仙殿与金銮殿，可是苍蝇惑曙鸡？

借咏李、杜寄寓自己才高见妒，遭受谗毁摈斥之慨，把自己与李白、杜甫联系起来。“可是苍蝇惑曙鸡”之叹，与李白更贴近。李白《答王十二寒夜独酌有怀》云：“一谈一笑失颜色，苍蝇贝锦喧谤声”，李商隐诗显然有隐括李白诗的用意。李商隐著《李贺小传》，说李贺“才而奇”，虽世人“多排摈毁斥之”，但却被天帝召去为白玉楼写记。杜撰这则神话，不仅为了慰奠李贺，亦可能寓有自慨自慰的意思。而神话的来源，又可能与李白“天上谪仙人”的传奇故事有关。怀才不遇，幻想能在俗世之外有所遇，表现了三李具有共同性的孤独感与超越尘俗的追求。

以上所述，可以说是作家自己笔端留下的彼此构成联系的迹象，至于他人并论三李也可以追溯到很早。前二李或后二李并提者，历来很多，此处不赘。将前后二李连到一起的，在五代人韦縠编的《才调集》中已可以见到。《才调集》所选，每一卷中往往类型相近。其卷六选李白、李商隐、李涉、唐彦谦四家。李白、李商隐诗次序紧紧相连。清初学者冯班，对《才调集 》进行过研究和评点。冯氏批注云：“此书多以一家压卷，此卷太白后又有李玉溪。此有微意，读者参之。”“选玉溪次谪仙后，乃是重他，非以太白压之也。”冯班的话较可信，《才调集》把二李放在一起，用意深微，并非出于偶然。至金代，诗人兼学者李纯甫，赠友人李冶的诗云：“仁卿（李冶字）不是人间物，太白精神义山骨”（《中州集》卷四），认为李冶诗兼有李白、李商隐二家的骨骼与精神面貌。“太白”——“义山”二李并提，且被认为是超越人间，不同寻常的人物。稍后，元代方回有诗云：

> 人言太白豪，其诗丽以富。乐府信皆尔，一扫梁陈腐。馀编细读之，要自有朴处。最于赠答篇，肺腑露情愫。何至昌谷生，一一雕丽句？亦焉用玉溪，纂组失天趣？……
>
> ——《秋晚杂书三十首》其二十

方回肯定李白，对后二李有批评。但三人既然被放到一起，就等于将一家几代人列在一起互比，而并非互不相干。这样辨三李之差别和相异，当非凭空而起，应该是基于世人认为三李有相联系的可比的一面。

清代明确标举三李和将三李并提的有金学莲、舒位、张金镛、蒋湘南等。金学莲喜爱三李，将自己的书堂取名“三李堂”。对此，翁方纲曾表示异议：

> 金子子青（学莲）瓣香太白、长吉、义山诗，而以三李名堂。噫，渊乎奥哉！……义山孰可与并耶？曰：义山杜之嫡嗣也。吾方欲准杜法以程量古今作者，而适闻子青以三李名其堂，是不可无一言记之也。夫唐贤气体近杜者莫名昌黎，而昌谷韩徒也。昌谷之从韩出，实以天机笔力行之，则杜法何远焉。自古诗人并称者皆同格调耳，惟少陵与太白不同调，则义山有曰：“李杜操持事略齐，三才万象共端倪”，此其不似而似者乎？此三李之义岂子青臆说乎？吾固愿子青深思善养，得三家之所以然，而勿袭其貌也。则此堂何名三李，仍即共此苏斋之师杜而已。
>
> ——《复初斋文集》卷四《三李堂记》

翁方纲论诗主格调，尊崇杜甫，“欲准杜法以程量古今作者”。他反对学三李，以空泛的所谓“袭其貌”来贬低“三李”之说，而希望对方学杜，行文颇绕弯子，尽量把三李等人拉往杜甫门下。说“近杜莫若昌黎（韩愈），而昌谷韩徒也”，同时李白与杜甫又是“不似而似”，潜在结论是杜可囊括三李。其说显然牵强。故尽管翁方纲持异议，同时代的阮元却对“三李”说给予支持：

> 子青子诗惊采绝艳，宛委沉郁，兼慕唐之三李而得其神理。
>
> ——《揅经室续集》卷三《金子青诗集序》

阮元称赞金学莲诗得三李之神理，前提便是三李诗有共同的或相近的神理。其后，舒位和张金镛、蒋湘南也将三李并提。舒位有组诗《读三李二杜集竟岁暮祭之各题一首》（见《瓶水斋诗集》卷一），张金镛有组诗《读三李诗集各书一首》(见《躬厚堂诗初录》卷一)、蒋湘南自称“诗学三李”。(见潘筠基《春晖阁诗钞选序》)由于三李并称日益流传，以致晚清有学者欲增添盛唐李颀为“四李”。光绪时人何惟棣《论诗》云：“旷世清音唐四李，道源六代荟琼琚。”自注：“昔人称太白、长吉、义山为三李，余以东川(李颀)列首为四。”①稍后施山云：“唐贤四李氏：太白仙，长古鬼，余视东川若神明，义山在仙鬼间。”(《姜露庵杂记》卷三)添上李颀为四李，正见三李之说在学界已广泛形成影响。

文献材料表明，三李相连并列，其来有自，并非到毛泽东才开始提出。

二、三李创作上的相通

三李并提，而且越来越为人们所承认，基于创作上有较多的相通之点。

倾向写主观，写自我　唐代作家，如果将杜甫、白居易视为较多写客观的诗人，三李则是较多写主观、写自我的诗人。李白诗中“我”字出现了398次、“吾”字出现94次、“余”字出现76次、“予”字出现19次。频率之高，远远超出其他诗人。以“我”开篇的诗，如“我本楚狂人”(《庐山谣》)、“我觉秋兴逸”(《秋日鲁郡尧祠亭上宴别杜补阙范侍御》)、“我本不弃世”(《送蔡山人》)，等等，多达37首，充分表现了他是多么强烈地表现自我。李白诗中自我形象十分突出，与此有密切联系。李白一生遨游四方，他的主观精神也是六合上下，自由驰骋，属于外向型。“名工绎思挥彩笔，驱山走海置眼前。”(《当涂赵炎少府粉图山水歌》)他以凌驾万物的气势，捕捉宇宙万象，为表现其情感服务，而很少客观地按照事物本来面貌去描绘。李白的主观化，在后二李创作中得到继承和发展。

① 见郭绍虞等编：《万首论诗绝句》第四册，人民文学出版社1991年版。

“李长吉师心”（王世贞《艺苑卮言》卷四）。李贺阅历不广，所写内容，直接来自社会现实生活的成分较少。诗境所呈现之象是“荒国陊殿，梗莽邱垅”“鲸呿鳌掷，牛鬼蛇神”（杜牧《李贺集序》），多非世间所有，而是“笔补造化”的主观心造。李白“清水出芙蓉，天然去雕饰”，诗语诗境一任自然；李贺则“虚荒诞幻”，语言与意象组合往往违背常规常情，所谓于理有所不及。这些，显示李贺的主观化更为明显而突出。

李商隐与前二李特别是和李白相比，特点是内向。以展现心灵景观的方式，使主观世界获得更为形象的体现。李白的主观化是外向型的，“阳春召我以烟景，大块假我以文章”（《春夜宴从弟桃花园序》），面向山川大地、社会人生，乃至宇宙太清，抒写他的希望与幻想，喜悦与忧愤。李贺对现实社会比较隔膜，联系社会人生加以品味思考的内在心理活动尚不算突出。由于年青，他对外部世界仍然抱有很大热情和兴趣，精神常常遨游于由病态心理编织的外在空间。相比之下，李商隐对自己心境意绪的审视、体验、品味、把握，要深入和细腻得多。“庄生晓梦迷蝴蝶，望帝春心托杜鹃”（《锦瑟》）、“心知两愁绝，不断若寻环”（《戏赠张书记》）、“芳心向春尽，所得是沾衣”（《落花》）、“摇落伤年日，羁留念远心”（《摇落》）、“几时心绪浑无事，得及游丝百尺长”（《春光》）、“身无彩凤双飞翼，心有灵犀一点通”（《无题》），等等。他把内心的种种情思与心理状态，把纷纭变幻的心象，作为直接描摹与表现的对象，展现更为直观、更为本原的心象。创作由主观化发展为内向，与前二李相承而又具新的特色。

继承楚《骚》传统，多用比兴　三李是楚《骚》传统在诗史上的重要传承者，“屈平辞赋悬日月”（李白《江上吟》）、“斫取青光写《楚辞》”（李贺《昌谷北园新笋四首》其二）、“赋续楚《离骚》”（李商隐《献寄旧府开封公》），都把屈原作为学习、继承和尊崇对象。屈原在运用比兴方面，对中国文学具有极深远的影响，三李则以多用比兴为突出特征。比兴与主观化有密切联系，人的主观意志、情绪，与客观社会生活不同。前者非可视可触之物，因其虚而不容易直观具体地展现，需要用比兴传达。后者则较实，可以通过铺叙描述，用赋法使之穷形尽相。以李白与杜甫相比，杜甫较多继承《诗经》、汉乐府传统，叙事状物，直面社会人生，以用赋笔写实见长。李白则较多继承屈《骚》传统，抒写其豪情逸兴与愤懑怨怼，多用比兴见意。清人陈世镕云：

> 太白绝迹飞行，烟云变灭，比兴杂陈，其源出于《离骚》《天问》，为灵均以后一人。（《求志居外集》）

李白诗篇如《梦游天姥吟留别》以梦游寓对理想世界的追求与对世俗的鄙弃；《远别离》以“尧幽囚，舜野死”、斑竹染泪，寓君主失权的历史教训，均有《离骚》《天问》遗意。李贺、李商隐继轨楚《骚》，同受屈原沾溉。杜牧序李贺集，称之为“《骚》之苗裔”。其《金铜仙人辞汉歌》寓黍离之悲，《致酒行》（“雄鸡一声天下白”）寓对理想的追求，都是运用比兴手法的名篇。清人姚文燮云：“白，近乎《骚》者也；贺则幽深诡谲，较《骚》为尤甚。”（《昌谷诗注自序》）同样是继承《离骚》，运用比兴，李贺确有“幽深诡谲”，“愈推愈远，愈入愈曲”（同前引）的特点。运用比兴，而又沿“愈入愈曲”向前发展，遂为更加深婉的李商隐诗。《锦瑟》《无题》的主题，向来争论不止，但其中用比兴，有寄托，却是历来为多数学者所承认。借香草美人托喻，是屈原所开创的中国诗歌比兴手法的重要传统。多用比兴的三李，在其诗中写女子、写爱情也占有很大比重。这类诗有的当然是用赋法，别无寄托，但相当一部分确如李商隐所说：“为芳草以怨王孙，借美人以喻君子”（《谢河东公和诗启》），用的是比兴寄托手法。

有才气，富文采　三李才气文采，辉耀诗史。本文第一节引录了方回评论三李的诗。方回宗江西诗派，对宋末江湖诗派宗晚唐，以及金、元一些诗人学李贺不满。他的一些贬抑之词可不论，而从“人言太白豪，其诗富以丽”，到“何至昌谷生，一一雕丽句？亦焉用玉溪，纂组失天趣？”中心话题还是“丽”，承认三李都有“丽”的特征，只不过对三人的“丽”，有所区别褒贬而已。其实，《离骚》本即“金相玉式，艳溢锱毫”（《文心雕龙·辨骚》)，三李之“丽”是有师法传承的。李白式的“清水出芙蓉”之丽固然可贵，雕琢纂组之丽，也不能简单否定。杜牧序李贺诗，称“云烟绵联，不足为其态也”；“时花美女，不足为其色也”，“盖《骚》之苗裔，理虽不及，辞或过之”云云，可算是有高度鉴赏力的批评。李贺的弱点是思想性与理性尚不能达到如屈原那样的高度，而其奇诡瑰丽，乃是诗境中一种新的景观。至于李商隐则将李贺生峭之丽，化为瑰艳婉丽。虽然用了许多金玉龙凤花草粉黛的意象，但绮俗在他手里往往化为云英花粲，鲜妍芳菲，上升为精美的艺术境界。“我是梦中传彩笔，欲书花叶寄朝云”(李商隐《牡丹》)，不妨把三李的“彩笔”理解为传自屈原，他们各自发挥所长，追求最高最美的艺术境界。

三、接受史:“诗家三李”说的出现与被认同

三李创作具有共同性和传承关系，仅仅是三李并称的客观基础，而“诗家三李”说之提出，并得到广泛认同，则是诗歌接受史的产物。接受史上三李有一个被认识和被联系起来的过程，而接受过程中对三李认识的发展，又与历史上各个时期的文化思潮、诗学水平密切相关。

晚唐五代时期对三李关系的认识，尚处于偶发的和仅能将三李中某二李联系起来的阶段。如李商隐在《漫成五章》其二和《李贺小传》中述及李白、李贺并寓自身感慨；如陆龟蒙《书李贺小传后》慨叹李贺、李商隐等有才无命，说他们作诗“抉擿刻削”，暴露万物情状，受到上天惩罚，“长吉夭，东野穷，玉溪生官不挂朝籍而死，正坐是哉，正坐是哉!”又，韦縠编《才调集》，以李商隐次李白后，置于同一卷中；齐己在《谢荆幕孙郎中》诗中说:“长吉才狂太白颠，二公文阵势横前”。这些，都就三李中二李的某一方面加以联系，还是局部性的。

宋代是理学和江西诗派盛行时期，三李张扬个性，偏主观，与理学相背；三李主情，与江西诗派以筋骨思理见长亦相背。因此，三李的优点与特点在宋代很难获得深入认识，更缺少在深入认识基础上的贯通联系。只

有在北方的金王朝，因文化背景与南宋不同，对三李较少偏见。元好问称李商隐诗“精纯”[①]，李纯甫推许“太白精神义山骨”。评价较宋儒公允。

元代反思江西诗派之失，效法李贺者颇多，学李白、李商隐者也不乏其人。上引方回论三李诗的出现，与李贺等人在诗坛上的影响呈上升之势有关。方回的批评虽有片面性，但对三李诗的特征，在认识上显然是加深了，三李已完整地被串到一起。

明代中后期，中国有了资本主义经济萌芽，思想界反程朱理学的各种思潮出现并发展，对三李的评价上升，宋儒的许多成见被抛弃或受到批评。如许学夷云：“王荆公……谓李（白）识见污下，十首九首说妇人与酒，此尤俗儒之见耳！”又云：

> 苏子由云：“李白诗类其为人，骏发豪放，华而不实，好事喜名，不知义理之所在也。……唐诗人李杜首称。甫有好义之心，白所不及也。”愚按：宋儒议论，往往皆然。田子艺云：“太白宁放弃而不作眷恋之态，宁狂荡而不作规矩之语，子美不能不让此两着。”斯足以知太白矣。
>
> ——《诗源辩体》卷十八

像这样，抛开封建时代的“义理”“规矩”，肯定骏发豪放与性情的自主，对三李的优长与诗歌思想艺术的特点，自然可以认识得更深入一些。三李构成联系的共同性之发现，乃至带有欣赏爱好意味的三李并提，至此便有可能出现。清代前期，具有权威性的王琦辑注《李太白文集》《李长吉歌诗汇解》、朱鹤龄《李义山诗集笺注》、冯浩《玉溪生诗笺注》问世，三李诗的流传与普及超越往代。于是“诗家三李”说终于被明确地提出，并且在清代中后期逐步获得学者认同。

三李关联之被认识和揭示，与诗学观念的进步和对中国诗史研究的加深相联系。无论从创作史和接受史看，中国的传统观念是强调正宗，要求

---

① 元好问《论诗三十首》其二十八：“古雅难将子美亲，精纯全失义山真。论诗宁下涪翁拜，未作江西社里人。”

立意符合圣贤之道，表达上温柔敦厚才算是正。以此作为衡量标准，李白或许勉强可以属“正”，李贺、李商隐则难免不被列入另类[①]。因而承认三李为应予肯定的类型且具有前后传承关系，需要有新的标准和眼光。韩愈《进学解》评论了一系列古代典籍，有云：“《易》奇而法，《诗》正而葩”。于并非十分有意之中提出了一个与“正”相对的衡量文章标准——“奇”。“自退之为《诗》正《易》奇之论，文章家遂有以此互品题者。”（宋·林希逸《竹溪鬳斋十一稿续集》卷十二《李君瑞奇正赋格序》）奇可以不必正，但却自有其价值。明代谢榛引唐代大将李靖论兵的话论诗云：“正而无奇则守将也；奇而无正则斗将也；奇正皆得，国之辅也。”（《四溟诗话》卷二）江盈科云：“古工诗之家，其大较三：有正，有奇，又有奇之奇。唐杜工部……正而兼奇者也。李青莲……专以奇胜者也。至于长吉……直奇之奇者乎！”（《袁中郎全集》卷首《解脱集序》）在这些诗论里，奇已经具有与正相对等的地位了。三李之中，李白、李贺一向被视为奇；李商隐，明清学者也经常将他归入奇的一类。锺惺云：

> 长吉、义山二家摆落常诠，务为奇崛……皆暂寓人间而一泄其奇。
>
> ——曾益注《昌谷集》卷首《李长吉诗解序》

既然三李皆奇，他们就可以并列并受到称许了。

顺着任主观、张个性而诗风又偏于奇一路向前发展，再到近现代，此种创作和理论自然会与西方浪漫主义潮流发生联系。近代学者中较早接触西方文学理论的梁启超，明确地把浪漫主义概念和理论用于解释中国文学史：

① 如唐吴融《禅月集序》：“李长吉以降，皆以刻削峭拔飞动文彩为第一流，有下笔不在洞房蛾眉神仙诡怪之间，则掷之不顾。……呜呼！亦风俗使然也。”又如唐李涪《刊误·释怪》云：“商隐词藻奇丽，为一时之最；所著尺牍篇咏，少年师之如不及；无一言经国，无纤意奖善，惟逞章句。……至于君臣长幼之义，举四隅莫反其一也。”

浪漫派特色，在用想象力构造境界。想象力用在醇化的美感方面，固然最好，但何能个个人都如此？所以多数人走入奇谲一路。《楚辞》的《招魂》已开其端绪。太白作品也半属此类。中唐以后，这类作风益盛。

——《饮冰室文集》卷三十七《中国韵文里头所表现的感情》

这样，当三李之奇、当三李艺术上“用想象力构造世界”被归属浪漫派一路时，近现代人注意和推许“诗家三李”就不难理解了。毛泽东正是在这一背景下接受三李的。

毛泽东作为革命家兼有诗人的气质，富于豪情和理想而不乏诙谐细腻的雅致。理想的一面和整个三李是共通的，诙谐细腻可通于后二李。作为革命家，他主张张扬个性和理想，作为精于鉴赏和创作的诗人，他重视比兴。自“五四”新文学运动到20世纪80年代初，从文学史编写到文学理论探讨，最为时尚的理论，是把文学的传统和流派一分为二：现实主义与浪漫主义。作为文艺建设的指导纲领则是提倡革命现实主义与革命浪漫主义相结合。由于西欧和苏联现实主义处于强势，浪漫主义的传统与实力都稍显单薄，而毛泽东本人的性格和爱好又是倾向于浪漫主义，这样自然就更加感到需要加强对浪漫主义文学的提倡和对于浪漫主义传统的研究继承了。毛泽东在诗词中多处化用了三李的诗句，表现了浪漫主义的理想精神，如：“可上九天揽月，可下五洋捉鳖”（《水调歌头·重上井冈山》）、“一唱雄鸡天下白”（《浣溪沙·和柳亚子先生》）、“坐地日行八万里”（《送瘟神二首》其一），等等。他说：

光搞现实主义一面也不好，杜甫、白居易哭哭啼啼我不愿看，李白、李贺、李商隐，搞点幻想。

——1958年在南宁会议上的讲话。参见陈晋主编《毛泽东读书笔记》广东人民出版社1996年7月第2版

又于1965年7月21日《致陈毅》信中说：

诗要用形象思维，不能如散文那样直说，所以比兴两法是不能不用的，赋也可以用，如杜甫之《北征》。可谓“敷陈其事而直言之也。”然其中也有比兴。

——《毛泽东文艺论集》中央文献出版社2002年4月版

以上清楚表明，毛泽东肯定浪漫主义，赞成表现理想，“搞点幻想”，认为诗歌需要运用比兴。而这些，显然都会让他喜爱和看重三李。

诗歌的创作史和接受史表明：三李上承屈原传统，诗歌倾向于表现主观，多用比兴，富于想象。三家具有共同倾向，且与屈原等人相呼应，构成偏于奇的大致可称浪漫主义的传统。而对于三李这些特征和共性的发现在接受史上则经历了一个漫长的过程。大作家创作上许多隐含的特质和成分，往往不是一个时代或从某一两方面就能认识清楚的，需要放在不同的文化背景上，从多种角度切入，才能逐渐被发现和发掘出来。经典之作在接受史上的所谓“光景常新”正需要从这个意义上去理解。我们的文学研究和诗史研究，从对古代作家作品单个鉴赏分析到发现“三李”之间的联系和共性，并理出“屈原——三李——”一线时，人们对于中国文学史和当代文艺创作的认识，自然均受到新的启发。而对“三李”的认识，也并不是到发现某些共性和传承关系，就算完成了最后一步。三李及其接受史上的各种现象，将是一个演绎不尽的话题，它会随着时代的进程和文艺观念的变化，不断有新的推进。

［原载《文艺研究》2003年第4期］

李商隐诗歌的多义性及其对心灵世界的表现

——兼谈李诗研究的方法问题

本文拟论述李商隐诗歌的朦胧、多义，及其对心灵世界的表现，在揭示李诗特点的基础上，兼谈有关研究方法问题，希望得到批评指正。

一

李商隐是一位在艺术上具有多方面成就的诗人。而从诗史的演进角度看，他以近体律绝（主要是七律、七绝）写成的抒情诗，特别是无题诗，以及风格接近无题的《锦瑟》《重过圣女祠》《春雨》等篇，其艺术成就和创新意义，尤其值得重视。李商隐在文学史上的地位，在很大程度上取决于这类作品所产生的巨大而持久的影响。

中唐后期，以李贺创作为标志，出现三种值得注意的走向：一是爱情和绮艳题材增长[①]，齐、梁声色渐渐潜回唐代诗苑；二是追求细美幽约，补救韩愈、白居易的发露直致；三是重主观、重心灵世界的表现。三者从不同的侧面表现出来，又有其内在联系。爱情和丰富细致的心灵活动常常是相伴随的，而表现爱情和心灵世界又需要写得细美幽约。李商隐正是受这一走向推动，在《锦瑟》、无题一类诗中，通过表现包括爱情体验在内的心灵世界方面作出的重大开拓，创造了幽美朦胧、内涵丰富，甚至具有

① 这里所说的绮艳题材，除男女之爱、闺情、宫怨者外，还包括带有爱情脂粉气息的咏物、写景与描绘绮楼锦槛、歌舞房闱的题材。

多重意蕴的诗境。

李商隐的抒情诗，情调幽美。他致力于情思意绪的体验、把握与再现。借以表达情绪的多是一些精美之物。表达上又采取幽微隐约、迂回曲折的方式，不仅无题诗的情感是多层次的，就连其他一些诗，也常常是一重情思套着一重情思，表现得幽深窈渺，如《春雨》：

> 怅卧新春白袷衣，白门寥落意多违。红楼隔雨相望冷，珠箔飘灯独自归。远路应悲春晼晚，残宵犹得梦依稀。玉珰缄札何由达？万里云罗一雁飞。

为所爱者远去而“怅卧”“寥落”“意多违”的心境，是一层情思；进入寻访不遇，雨中独归情景之中，又是一层情思；设想对方远路上的悲凄，是一层情思；回到梦醒后的环境中来，感慨梦境依稀，又一层情思；然后是书信难达的惆怅。思绪往而复归，盘绕回旋。雨丝、灯影、珠箔等意象，美丽而又细薄迷蒙，加上情绪的暗淡迷惘，诗境遂显得凄美幽约。

李商隐不像一般诗人把情感内容的强度、深度、广度、状态等等，以可喻、可测、可比的方式，尽可能清晰地揭示出来。为了表现复杂矛盾甚至怅惘莫名的情绪，他善于把心灵中的朦胧图像，化为恍惚迷离的诗的意象。这些意象常常具有某种象征意义。由它们结构成诗，略去其中逻辑关系的明确表述，遂形成如雾里繁花的朦胧诗境。如《锦瑟》：

> 锦瑟无端五十弦，一弦一柱思华年。庄生晓梦迷蝴蝶，望帝春心托杜鹃。沧海月明珠有泪，蓝田日暖玉生烟。此情可待成追忆，只是当时已惘然。

这首诗能使读者神游在一个现实生活中不可能有的境地里：锦瑟的弦声唤回了已逝的华年情境；庄子和蝴蝶忽此忽彼，变幻不定；望帝的魂魄化为杜鹃，哀鸣不止；月照沧海，海中之珠闪着莹莹的泪光；日暖蓝田，蓝田山中美玉袅袅生烟。诗的境界超越时空限制，真与幻、古与今打成一片。心灵与外物之间也不再有界限存在。但此诗究竟写什么？只首尾两联隐约暗示是追忆华年所感，而传达所感的内容则是五个在逻辑上并无必然联系的象喻和用以贯串这五个象喻的迷惘感伤情绪。喻象本身不同程度地带有朦胧的性质，而所喻又未出现，诗就自然构成多层次的朦胧境界。

诗歌的朦胧当然会给理解把握诗旨带来困难。但李商隐诗歌的朦胧，一般不是有意要造成晦涩，而和亲切可感的形象常常统一在一起。读者尽管难以明了《锦瑟》的思想内容，但那可供神游的诗境，却很容易在脑子里浮现。所以《锦瑟》虽号称难懂，却又家喻户晓，广为传诵。《重过圣女祠》中的名句："一春梦雨常飘瓦，尽日灵风不满旗"，写圣女"沦谪得归迟"的凄凉孤寂处境，境界幽缈朦胧，被认为"有不尽之意"（吕本中《紫薇诗话》）。但荒山废祠，细雨如梦似幻，轻轻飘洒于瓦上，灵风柔弱无力，不能吹满神旗的情景，以及那种似灵非灵，既带有朦胧希望，又显得虚无缥缈的气息，却是让人有极亲切的身临其境之感。李商隐诗歌虽朦胧而仍亲切可感，说明作者不是故意埋没意绪，置读者于迷闷之中。从创作看，尽可能直观地传达心灵中微妙复杂的感受，表现在这感受中呈现的图像，让人从这些没有经过逻辑重新组合的画面进入诗境，是导致李诗亲切可感而又不免朦胧的根源。可以说李诗的朦胧是与他直观地表现心灵世界相伴随而产生的。

二

诗歌境界的朦胧，与内涵的多义性往往有一定的联系。《文心雕龙·隐秀》篇云："隐也者，文外之重旨者也。……隐以复意为工。"刘勰论"隐"与"重旨""复意"的关系，对我们理解朦胧与多义的关系是富有启发性的。李商隐无题一类诗歌，境界朦胧，而在内涵上则往往具有多义性。一篇《锦瑟》，聚讼纷纭。多种笺解，似皆有可通。所谓"味无穷而炙愈出，钻弥坚而酌不竭。"（葛立方《韵语阳秋》引北宋杨亿语）这种可供多方面体味和演绎的现象，表现出李商隐诗歌多义性的特点。

多义性在中国古典诗歌，特别是在近体诗和婉约词里，本来很常见。但一般表现为情韵丰厚，意在言外，在一些意象中带象征意义，或在表层意义下掩藏着深层意义，虽然多义，却属于外延的扩展，层次的加深。而李商隐诗的多义，往往是给读者提供更多方面的启示和联想，构成解读上的复义。他通过所写的事物，指示多重意旨。意旨之间可以是比较接近的，也可能是差距很远的歧解。

李诗的多义性与其意象的独特有一定联系。一般诗人所用意象，客观性较强。能以通常的方式去感知。李诗意象，多富非现实的色彩。诸如珠泪、玉烟、蓬山、青鸟、彩凤、灵犀、碧城、瑶台、灵风、梦雨，等等，均难以指实。就连蝉、莺、柳、梅等，看似客观之物，但只要举有关名句："本以高难饱，徒劳恨费声"（《蝉》）、"巧啭岂能无本意，良辰未必有佳期"（《流莺》）、"桥回行欲断，堤远意相随"（《赠柳》）、"为谁成早秀，不待作年芳"（《十一月中旬见梅花》），就会令读者不敢指实其为普通的蝉、莺、柳、梅了。这类意象，有较多的属于个人的象征意义，被李商隐心灵化了。所赋予的内涵，主要不是取自外部世界，而是源于内心。心生万象，象乃多种体验的复合。内涵远较一般意象复杂多变。

李诗大量用典，典故由于内涵的浓缩性等原因，如果用得好，往往能在有限的字句中，包含丰富的、多层次的内容。李商隐又擅长对典故的内涵加以增殖改造，用典的方式也别开生面。"庄生晓梦迷蝴蝶"，原典不过借以阐发齐彼此、齐物我的思想，并无所谓"迷"，"迷"出于诗人品味这一典故时的内心体验。"望帝春心托杜鹃"，原典只说望帝死魂化杜鹃。死而春心不泯，仍然托之杜鹃，是在运用中的增殖。并且，这些典故不是用以表达某种具体明确的意义，而是借以传递情绪感受。情绪感受所引发的联想和共鸣，可以是多种多样的。李商隐一生坎坷，对事物的矛盾和复杂性有充分的感受。从他的心境和体验出发，常常把典事生发演化成与原故事相悖的势态。由正到反，正反对照。把人思想活动的角度和空间大大扩展了。如《嫦娥》：

云母屏风烛影深，长河渐落晓星沉。嫦娥应悔偷灵药，碧海青天夜夜心。

嫦娥吃了不死之药，得成月中仙子，本是常人羡慕之事。张衡《灵宪》云，嫦娥奔月之前，曾作过占卜，得到的是吉兆①。可见古时文献记载，也把奔月认定为对嫦娥有利的事。李商隐一生有许多高远的追求，但结果是流落不偶，处于孤独寂寞的境地。他学过道，也熟悉女道士修仙的寂寞生活。大约正是基于这些感受和见闻，他设想嫦娥会因为天上孤寂而后悔偷吃了灵药。注家对诗旨猜测纷纷②，说明这一典故经过反用之后，那种高远清寂之境和永恒的寂寞感，沟通了不同类型人物某种近似的心理，从而使诗可以从不同的角度加以解读。还有些典故，虽不是反用，但诗人作了别有会心的挑醒，也使典故的意义多方面生发开去。如"梦泽悲风动白茅，楚王葬尽满城娇。未知歌舞能多少，虚减宫厨为细腰。"（《梦泽》）从"歌舞能多少"方面寻问减膳的效益。于是引发"深慨宫中希宠美人的愚昧与麻木""因小而害大""自嘲或嘲人""倡导恶浊潮流者之可恨，迎合与追求者之可鄙"，种种解说与推测，乃至"制艺取士，何以异此"，以及"普天下揣摹逢世才人读此同声一哭"等联想，都可以说于诗之本意有所发明。可见楚王爱细腰的典故通过生发，产生了多义性的效果。

多义性与诗中独特的意象组合也很有关系。心理负荷沉重，精神内转，内心体验则极其纤细敏感。当心灵受到外界某些触动时，会有形形色色的心象若隐若显地浮现，发而为诗，则可能以心象融合某些物象和典故等等。构成印象色彩很浓的诗境。在这种诗境中，诗歌的意象，是以内心体验为核心向外投射，往往错综跳跃，不受现实生活中时空与因果顺序限制。这样，意象转换跳跃所造成的间隔，便有待读者通过艺术联想加以连贯和补充。如《无题》：

① 《后汉书·天文志》注引张衡《灵宪》："羿请无死之药于西王母，姮娥窃之以奔月。将往，枚筮之于有黄。有黄占之曰：'吉。……毋惊毋恐，后且大昌。'……"

② 参看刘学锴、余恕诚：《李商隐诗歌集解》，中华书局1988年版，第1694—1696页。

紫府仙人号宝灯，云浆未饮结成冰。如何雪月交光夜，更在瑶台十二层？

意象和句子之间跳跃都很大。作叙事看，真乃匪夷所思。但处在迷茫失落之中，人的内心有可能出现类似的心象与幻觉。作为心象，把前后变化联系起来看，云浆未饮，旋即成冰，是追求未遂的幻化之象。“如何”二句是与所追求的对象渺远难即之感。中间的跳跃变化，透露对方变幻莫测，难以追攀。这一切，不仅能够意会，而且可以是多种诱因（如爱情、友谊、仕宦）导致的心事迷茫的感受。由于诗的产生，本身有多重诱因，加以读者面对意象的跳跃变化，又有各自的艺术联想，因而在解读时会出现多义①。

李商隐诗歌多义性的根本原因，在于把心灵世界作为表现对象。李商隐在反映晚唐时代生活的同时，深刻地反映了时代心理，表现了士人对于周围环境和命运遭遇的感受。其中有些篇章写得比较具体，如《回中牡丹为雨所败二首》之“玉盘迸泪伤心数，锦瑟惊弦破梦频”，借牡丹遭急雨摧残，伤心泪迸的情景，表现作者参加博学宏辞考试受打击时的伤感心态。《哭刘蕡》：“广陵别后春涛隔，湓浦书来秋雨翻”，抒写对刘蕡冤死异乡的悲恸之情，借写景传心境：“春涛隔”，赋予前时阻隔中的思念以浩渺无际的具象；“秋雨翻”，把听到噩耗的哀伤激愤情怀化为具体可感的画面。但李商隐还有许多诗所写的不只一时一事，乃是整个心境，并且他的心境又非常复杂。对于政治的执着关注，使他的精神境界通之于人世、宇宙、历史和治乱兴衰等方面的探究，而在实际生活中，各方面的困扰又缠结于心②。具体而言，没落的时世，衰败的家世，仕途上、爱情上的失意，令狐绹的不能谅解，妻子王氏的早逝，等等，都加重了他的心理负荷。种种情绪，互相牵扯连渗透，难辨难分。这种心理状态，被以繁复的意象表现出来的时候，便无法明确地用某时、某地、某事诠释清楚。《锦瑟》诗

① 参看刘学锴、余恕诚：《李商隐诗歌集解》，中华书局1988年版，第1449—1451页。

② 参看王蒙：《对李商隐及其诗作的理解》，《文学遗产》1991年1期。

开头即点出“无端五十弦”，可见意绪纷纭。就其所表现的朦胧境界与浓重的怅惘、迷茫、感伤的情思看，决不是一时一事就能使作者陷入那样一种心境之中。追忆往事，百感交集。忆念勾起的心象既重叠出现，忆念的情思又错综纠结。千头万绪，渊深浩渺。以某种具体事件解之，不免挂一漏万，顾此失彼。《锦瑟》如此，无题诗也有类似现象。诗人表现的是萦绕于心间的一种莫名的愁绪。其来龙去脉自己都未必完全明白。诗也就加不上合适的题目而以“无题”名之。其中多数篇章只能看作是以爱情体验为中心的整个心境的体现。如《无题四首》其一：

来是空言去绝踪，月斜楼上五更钟。梦为远别啼难唤，书被催成墨未浓。蜡照半笼金翡翠，麝香微度绣芙蓉。刘郎已恨蓬山远，更隔蓬山一万重！

全篇写男主人公“梦为远别”醒来后思念对方的心境。但那种殷切的期待中只迎来“空言”和“绝踪”的失望，那种已隔蓬山，更复远离的间阻之感，李商隐在事业追求过程中和与朋友交往过程中，不都曾一次又一次地反复体验过吗？因此诗中所表现的那种斜月晨更的心境，也就并非单纯由爱情失意所引起。又如《无题》：

相见时难别亦难，东风无力百花残。春蚕到死丝方尽，蜡炬成灰泪始干。晓镜但愁云鬓改，夜吟应觉月光寒。蓬山此去无多路，青鸟殷勤为探看。

首联两“难”并提，是括尽所有离情别恨的总咏叹。不限一时一事，甚至不只限于男女之情。“东风无力百花残”，给难堪的离别提供一个黯然销魂的背景，像是离别双方难堪情绪的外化，同时也像是象征青春与爱情的消逝。颔联春蚕蜡炬，到死成灰。比喻中寓象征，至情至性，历代诗歌中一切悲苦执着的抒情，都未能达到这个境地。颈联于细意体贴关注中见两心眷眷，两情依依。末联是近乎无望中的希望，更见情之执着。此诗情境非常亲切可感，但每一联都没有很具体的地点、事件。无意叙事，纯属抒情。它舍弃了生活原型中的大量杂质，提炼、纯化、升华为爱情失意中情感愈益深挚、忠贞的表现。而那种缠绵执着和浓厚的感伤，又体现了李商隐整个精神气质与心灵特征，是由多方面因素所铸成，不止于爱情一端。

李商隐有些诗，虽有一时一事的触动，但着力处仍然在于写心境。心境之所包涵，远远超出了具体情事。《乐游原》："向晚意不适，驱车登古原。夕阳无限好，只是近黄昏。"诗由登古原遥望夕阳触发，引起的是整个心灵的投注，百感茫茫，一时交集。诗中的情感，只有这"意不适"三字可以概括，而不适之因由及其内涵，则几乎汇聚其毕生经历之所感受。由以上一些诗例，可见李商隐诗歌尽管有亲切可感的形象，但这种形象主要不是外部形象，而是心灵状态和景观。人的心境无限深邃广阔，李诗表现的情感内涵亦颇为虚括浑沦，它经常汇集了心灵中多方面的体验。

三

在粗浅地论述了李商隐诗歌的朦胧、多义及其对心灵世界的表现之后，本文将连带讨论一个问题，即上述特点有没有对李诗的阅读、笺解和研究，提出了不同于对待一般诗歌的要求呢？这无疑是关系到李商隐诗歌研究中的方法和取径问题。除了李诗本身的独特性这一至关重要的因素外，我们还有必要看看李诗在历代接受、笺解过程中所出现的一些情况。

宋人杨亿除说李商隐的诗诗味炙之愈出外，还曾感叹《宫妓》诗"寓意深妙"（《谈苑》）。南宋吕本中则赞赏"一春梦雨常飘瓦"一联"有不尽之意"。他们对李商隐诗的"本事"未见作过探讨，从他们模仿作无题诗，以及所举的篇目看，欣赏玩味的大约主要是无题、《锦瑟》与某些抒写人生感慨的诗。杨亿等人对李商隐诗的接受情况，说明李商隐有些作品，仅凭诗歌所营造的诗境和所提供的艺术形象，也可以让人味之无穷，获得丰富的艺术感受。但杨亿、吕本中式的阅读，显然不具备普遍的代表性：一是李诗中一些典故词语和句法，对于缺乏深厚文化修养的读者，有一层阅读上的障碍，深入注释词语典故，对一般读者乃至研究者还是有必要的。二是李商隐集中有一部分涉及时事和叙述自己身世遭遇的诗，如果不把背景和事件考释清楚，读者难以明白。一些人“类以才人浪子目义山”（朱鹤龄《笔注李义山诗集注》），与没有读懂李商隐的政治诗和自述身世遭遇的诗，有一定关系。明代后期，胡震亨感慨：“商隐一集迄无人能下手。”认为唐诗“有两种不可不注：如老杜用意深婉者，须发明；李贺之谲诡、李商隐之深僻……并须作注，细与笺释。”（《唐音癸签》卷三二）说明学者此时已意识到笺释考证工作是李商隐诗阅读研究过程中不可缺少的。

明末清初以来，李商隐诗注家蜂起。除了字释句疏，详引典故出处外，还在揭示诗旨上作了深入的探索。从明清之交的钱龙惕，中经清代朱鹤龄、冯浩等人，到近人张采田，取得了巨大成绩。经众家笺注考释，大大增加了阅读的方便。李集中一些涉及时政与自叙性的诗篇，内容与背景得到了疏通证明。特别是像《有感二首》《重有感》《随师东》等篇，意旨被发掘出来之后，让人对李商隐的政治识见、气节，及其诗的思想价值，获得了新的认识。

但清人的笺释考证并非都是成功有效的。他们基本上是采取以史事和传记资料证诗的办法，寻求诗歌和某些具体人事之间的关系，甚至直接以某时、某人、某事、某景去解某诗。这种笺释和寻求有一部分流于穿凿附会。也有些所考之事虽然可能与诗存在某种联系，但也未能解决诗旨问题。一时一事与李商隐诗中那种“絮乱丝繁”的心理状态，也许只是千头万绪中的一绪。从具体人事到诗，经过复杂的情感酿造过程，诗旨和具体人事之间往往存在着很大的距离。

传统的大致可以称为实证式的注释笺解、考证行年本事的做法，在李商隐研究上，当然不会是已经到了止境。通过新材料的发掘和不断改进方法，无疑还会有进展和收获。但如上所说，它毕竟在某些方面有其失误，有其力所难及之处。清代屈复说：“凡诗无自序，后之读者，但就诗论诗而已，其寄托或在君臣朋友夫妇昆弟间，或实有其事，俱不可知……若必强牵扯其人其事以解之，作者固未尝语人，解者其谁曾起九原而问之哉！”（《玉溪生诗意》卷四）屈复这番话，是深深说中了勉强牵扯某些人事解诗的弊端。他自己所著的《玉溪生诗意》，解说意旨，简明概括，力求贴近诗的本意。表明鉴于一般笺注考证的拘执穿凿，有意务求通达。当然屈复所谓“意”，是意旨和思想内容，诗学观并不出“诗言志”的范畴。他对于李商隐诗歌的研究，只是由刻意推求，务为执实，改为就诗论诗，观其大略，并不标志观念与方法的更新。从观念与方法更新意义上看，值得注意的是近年来一些学者开始从对心灵世界的反映方面去研究李商隐诗[①]，这自然是由于当代学术演进，特别是文艺理论发展的推动，出现在李商隐诗歌研究领域中的一种新探索。面对着传统研究方式所取得的成就和存在的不足，此种探索，将会在当前和今后李商隐诗歌研究中起到什么作用呢？显然是应该认真地予以估价的问题。

一种研究方法能否奏效，以及能取得多大成效，总是与它跟研究对象的适应程度有关。上面我们所看到的李商隐诗歌的特点以及历代接受与研究方面的一些情况，虽然一表现于创作过程之中，一表现于阅读传播过程之中，而内里却存在着因果联系。传统的索隐考据，在李商隐一部分诗歌研究中，之所以未能取得理想的效果，正是由于它未能适应李诗的特点。认清这种彼此未能适应的现象，我们对从反映心灵角度研究李商隐诗便可以有更多的自觉：其一，传统的笺释考证由于实证思想的过分强化，对李商隐诗歌意蕴的虚涵往往认识不足，加以传统的诗学多强调诗歌与政教的直接联系，旧时的研究家或是认为李诗中“经国”“奖善”的成分太少[②]，或是曲解作品，去牵合时事，很难对李商隐诗歌成就得出合理的认识。而从反映心灵世界方面去读李商隐诗，由于审视和欣赏的角度跟作品的实际比较一致，有助于正确把握李商隐那些具有多重意蕴的诗境，同时也能较为充分地对李商隐诗作出应

① 如王蒙《对李商隐及其诗作的理解》《混沌的心灵场》《通境与通情》。分别载《文学遗产》1991年1期、1995年3期，《中外文学》1991年1期。董乃斌《李商隐的心灵世界》，上海古籍出版社1992年版。国外学者的研究则更早一些，如刘若愚《李商隐诗评析》等文章写于20世纪60年代末期。

② 唐末李涪谓李商隐诗文“无一言经国，无纤意奖善。”（《刊误·释怪》）固然是攻击之词，但如在其诗歌中寻求与政教的直接联系，所得也不会太多。

有的评价。从诗史上看，李商隐诗歌所表现的心灵世界，可以和李白诗歌所表现的理想世界、杜甫诗歌所表现的现实世界鼎足而三。围绕表现心灵世界，李商隐诗歌在对语言潜在功能的探索，比兴象征手法的运用，咏史、咏物诗的写法，以及近体诗表现力的开发上，都取得了卓越的成绩，值得深入研究。其二，为无题、《锦瑟》等诗作“本事”式的索隐，在指导思想上多数出于对传统比兴理论的曲解。随着人们对文艺创作特征和艺术典型化过程认识的加深，比附索隐，愈来愈为读者所难以接受。而将《锦瑟》等一类诗所提供的艺术境界作为心灵景观去看，则与读者的直接感受比较吻合，在阅读欣赏的导向上是比较正确的。但从表现心灵世界去研究李诗，也需要避免空泛和随意性，如果“俯视但一气”（杜甫《同诸公登慈恩寺塔》），认为无题等诗一片朦胧，无非心灵景观而不作深入具体的分析，即难免空泛疏浅；如果对作品情感与境界缺少整体性的切实把握，孤立地借个别词语意象逞臆解之，又与旧式的任意比附穿凿貌异实同，陷入李商隐研究中极容易落套的怪圈。而回转来再看传统的笺释考证，如果排除了务为穿凿的生硬比附，其钩稽所到，有时尚能切实具体。李商隐诗中所反映的心理状态，并非一时一事所致，但又必然是种种具体的情与事所导致的结果。牵合某些具体的甚至个别的人事，执定为解，固然不可取，但某些人事是导致李商隐复杂心境的一种因素，则或许有其可能。在诗歌艺术形象反映的心理状态背后，看到复杂的人事背景，有助于更切实地把握诗境的深层意蕴。权衡两种研究方法的利弊，最佳的选择似应为两者互补：总体上可以着重从反映心灵世界去看李诗，而在深处、细处融合某些人事背景的考释，使诗歌多义性的丰富情感内涵，在解读和研究中能够得以更充分地展开，既可避免穿凿、偏狭，又不致蹈空无实。总之，根据李商隐诗歌朦胧多义和反映心灵世界的特点，在更高层次上汇集已有研究成果，融通众说，把研究李商隐诗中的心灵景观与科学合理的笺释考证结合起来，将有利于推进李商隐诗歌研究的健康发展。

［原载《文学遗产》1997年第2期］

从“阮旨遥深”到“玉溪要眇”

——中国古代象征性多义性诗歌之从主理到主情

中国诗史上风格以幽深奥隐著称的诗人，魏晋之际有阮籍，晚唐有李商隐。阮诗代表作标题为“咏怀”，诗旨在政治和感遇方面，以传统批评眼光看，托体自高；李诗多言男女闺闱，诗旨众说不一，很少有人把它和政治感遇型的《咏怀》诗相提并论。实际上两家诗在魏晋之际与唐代，亦即中国五七言诗发展的两次高潮中，代表着当时象征性、多义性诗歌所达到的高度。两家诗歌的风貌特征和先后变化，可以作为很好的切入点，进而研究中国诗歌比兴象征传统的发展及其艺术经验。

一、李商隐对阮诗幽情寄托的追慕

李商隐在东川（梓州）幕府期间，因赴西川（成都）推狱，曾拜会时任西川节度使的杜悰。商隐除先后作两首四十韵长律颂美杜悰外，还曾以旧作一百首相呈，是为商隐一生中规模最大的一次献诗活动。杜悰得诗后颇为推重，“揖西园之上宾，必称佳句；携东山之妙妓，或配新声”，不仅在酬宾时，称赏他的佳句，还让歌妓将其配乐演唱。对此，商隐兴奋感激，在辞行时所呈之《献相国京兆公启》中感谢杜悰的“知妙”“彰能”，同时谦谓杜悰的赏识“或有所私”，说自己“纵时有斐然，终乖作者……八十首之寓怀，幽情罕备；三十篇之拟古，商较全疏。”“八十首之寓怀”即指阮籍《咏怀》。阮籍及其《咏怀》诗在古代评价极高，梁代锺嵘在《诗品》中列为上品，评云：

"《咏怀》之作，可以陶性灵，发幽思。言在耳目之内，情寄八荒之表……厥旨渊放，归趣难求。"与锺嵘同时代的刘勰，也在《文心雕龙》中对阮籍一再加以肯定，并以"阮旨遥深"四字概括其诗特征，与锺嵘的看法大体相同。商隐谦称己诗缺少阮籍《咏怀》诗的幽深情思旨趣（"幽情罕备"），说明他对阮诗优长有明确的认识并心怀向往。

阮诗旨意幽深，从它的精神归趋、思辨方式以及使用的语言词汇看，与当时弥漫士林的玄风有密切关系。而从构成作品的生活内容与情感内容方面去寻察，则魏晋易代的政局，有以促成。阮籍处于曹氏集团和司马氏集团争权斗争的夹缝中，痛恨司马氏的残暴篡逆，却又不得不虚与委蛇，所遭的压抑，所蓄的愤恨，使他绝不可以沉默，但又绝不可以痛快淋漓地表达，于是在行为上出现"率意独驾，不由径路，车迹所穷，辄恸哭而反"（《晋书·阮籍传》）那样的反常之举；在创作上则含蓄隐晦，于玄远中深藏着有关现实人生和社会政治等多种寓意。对阮籍危苦处境心情以及他的"志在刺讥而文多隐避"（《文选》卷二十三《咏怀》诗注），李商隐是有深切认识的，其《乱石》诗云："虎踞龙蹲纵复横，星光渐减雨痕生。不须并碍东西路，哭杀厨头阮步兵。"以迷茫暗夜，怪影朦胧，东西路塞，写黑暗政治局面。既可视为商隐所处的晚唐政治环境的象征，也可以视为魏晋易代之际一片昏暗恐怖景象的再现。诗中的穷途之哭是商隐笔下常用的事典。其《咏怀寄秘阁旧僚二十六韵》再次以"途穷方结舌"明确自指，表明虽生活于异代，却自感与阮籍有相似的处境。清代冯浩云："盖义山不幸而生于党人倾轧、宦竖横行之日，且学优奥博，性爱风流，往往有正言之不可，而迷离烦乱，掩抑纡回，寄其恨而晦其迹者。"（《玉溪生诗笺注发凡》）可以说，正是基于社会政治背景和具体人事处境的某些相近，使阮籍和李商隐在"掩抑纡回"的表现手法方面有共同的追求。

二、阮籍与《诗》《骚》以下的比兴象征传统

李商隐和阮籍迷离奥隐之诗，在创作上突出之点是走比兴象征一途，

由比兴象征的婉转附物，造成含蓄、深晦的艺术境界。比兴象征在《诗经》中就已经占有一定的比重。影响深远，其后形成了一种传统。但《诗经》所用的比兴，一般是局部性的某象对某物，简单直接，明确了当，不给人扑朔深隐的感觉。屈原《离骚》继《诗经》之后，在确立与发展中国诗歌比兴象征的传统上，起了更重要的作用。《离骚》借求偶象征对理想的追求，不再是局部性的。所用喻象，如兰、蕙、芙蓉、杜衡、芳芷、萧艾、鸩鸟、雄鸠、凤凰、宓妃、有娀之佚女、有虞之二姚，均有象征意味。这些喻象与种植、采摘、佩带香草，以及求女、升天等行为配合起来，既有以象征性的事件设喻，又有具个人特征的象征性意象群。足以标志中国抒情诗象征艺术的成熟。

屈原以后，两汉时期儒学居统治地位，朴实径直的思维和表达方式居主导地位，乐府和文人诗歌直接面对社会人生的倾向突出。一般作品，虽有比兴象征，通常只是诗歌中的辅助成分，诗旨主要仍由赋体的叙述和抒情表达。少数比兴象征成分重的诗歌，因其数量有限，在诗史上显得零散，且直露浅近，艺术上的开拓不够。如汉乐府《乌生八九子》，借乌比人，比法简单。张衡《四愁诗》，效“屈原以美人为君子，以珍宝为仁义，以水深雪雾为小人”（《文选·四愁诗序》），仅是对屈原的模仿之作。《古诗·西北有高楼》感知音难遇，具有一定象征意味，但本身即借歌者有无知音设喻，近于赋而比兴象征并不突出。东汉末期，建安诗歌掀起高潮，但那是一个富于激情的直抒胸臆的时代，“造怀指事，不求纤密之巧；驱辞逐貌，唯取昭晰之能”（《文心雕龙·明诗》），比兴象征不可能居突出地位。故屈原以后直到建安，比兴象征、隐文奥义的诗歌传统，未有大的发展。

阮籍《咏怀》诗，在发展比兴象征传统，造就意旨隐深的诗歌领域方面，为屈原以来的一次重大突破。《咏怀》诗八十二首，大部分用了比兴，在阐释上需要透过字面的显性含义去探索其深一层的意旨。屈原《离骚》寓情草木，托意男女。草木象征用以表现其品行、操守、气节；男女象征用以表现其理想、追求、失败。比喻性质较为确定而明显。尤其是像以兰喻美材、以灵修喻楚怀王，等等，所喻对象更为具体。阮诗则多半是把时空加以集中、浓缩，并对物象予以精心选择组合，构成具有象征性的境界。如《咏怀》其四十一开头："天网弥四野，六翮掩不舒"[①]，一下子就写出一个天地之间网罗森严密布，禽鸟潜惕窒息，失去自由的恐怖境界。其三十二："朝阳不再盛，白日忽西幽"，将时间高度浓缩，把人生短促的哀歌与曹魏国祚给人的短促感，交融在一起，具双重象征意味。作为全篇的开头，这两首诗就在这样象征境界的笼罩统摄之下展开。

因为阮籍写的是一种象征境界，而非一对一的喻指，所以他在解读上既有隐指某一讥刺对象的可能，又有"信其但然而又不徒然"（王夫之《古诗评选》卷四）的不可确指、不限于一端的模糊多义的一面。《咏怀》其十六云：

> 徘徊蓬池上，还顾望大梁。渌水扬洪波，旷野莽茫茫。走兽交横驰，飞鸟相随翔。是时鹑火中，日月正相望。朔风厉严寒，阴气下微霜。羁旅无俦匹，俯仰怀哀伤。小人计其功，君子道其常。岂惜终憔悴，咏言著斯章。

何焯考证此诗隐喻司马师废魏帝曹芳之事，虽不无根据，但诗人所构筑的象征境界，有如世界的末日，岂止一时之感受？阮籍十一岁时，曹丕篡汉；阮籍四十岁后，司马氏又一再诛杀或废黜曹魏皇帝。他一次次所面对的几乎皆是"渌水扬洪波""走兽交横驰"的变乱场面，因而对于此诗的诠释，不能用单一的某回事件去局限，这类作品在意旨的隐蔽、模糊和多义性方面，较前代有了发展。

阮诗的特点是抒情中含有很强的思辨，驰心于玄默之表，把复杂的心理导向玄思，构成虚拟象征之境，回映现实，隐约暗示诗旨。魏晋之际，玄学思潮兴盛。玄学与个性觉醒有联系，珍惜生命而生命短促、人生无常，这种忧生之想，再加上黑暗政治的压抑，本来是痛苦之极，急需宣

① 本文所引阮诗原文及其在《咏怀》中的顺序，均依黄节《阮步兵咏怀诗注》。

泄。但阮籍的为人，又是如司马昭所说的"天下之至慎者"[①]，不可能把所见所感直接表现出来。而是借助玄学思辨，让情感接受理性的疏导，形成对现实的远距离观照。"言及玄远，而未尝评论时事，臧否人物。"经过理性的调节、过滤和向玄远方面升华，多达八十二首的《咏怀》诗，论其旨归大要无非是：一、从人生短促出发，走向求仙。求仙不成，则或是悲愤绝望，或是放弃对大鹏、黄鹄之企慕，甘为燕雀、鸒鸠之退屈；二、由对污浊现实与卑劣小人的蔑视憎恶，到希望远离现实，遁归自然。由此亦可走向求仙一路，追求进入如其《大人先生传》所描绘的逍遥之境。对于上述这些内容与表现，王夫之曾有很精到的概括："或以自安，或以自悼，或标物外之旨，或寄疾邪之思；意固径庭，而言皆一致。"（《古诗评选》卷四）"自安""自悼""物外之旨""疾邪之思"，扼要列举了阮诗内容最为突出的几个方面，这些方面虽"意固径庭"，有所不同，而总体上又不出玄学对社会人生的认识思考范围。

《咏怀》诗常常出现许多象征性意象和场景，而内贯玄理。如其四十五：

> 幽兰不可佩，朱草为谁荣。修竹隐山阴，射干临增城。葛藟延幽谷，绵绵瓜瓞生。乐极消灵神，哀深伤人情。竟知忧无益，岂若归太清。

一连用五种植物作比，象征世间不同类型的人。接言乐与哀于人皆有所伤，是针对五种人哀乐不同所作出的思考。结尾则以"终忧无益，惟泯忧乐始归太清"（黄节笺语）作为归宿。诗中，作者无疑是心怀忧虑之情，但经过玄学的一番思辨，终于用庄子泯灭忧乐，归向自然的思想来化解忧虑。又如《咏怀》其三：

> 嘉树下成蹊，东园桃与李。秋风吹飞藿，零落从此始。繁华有憔

① 《世说新语·德行》刘孝标注引李秉《家诫》，下引同。

悴，堂上生荆杞。驱马舍之去，去上西山趾。一身不自保，何况恋妻子？凝霜被野草，岁暮亦云已。

荣华繁盛的桃李转眼随秋风零落，华堂广厦倏忽变为荆棘荒岗，既可见人生之无常和短促，也隐约透露东汉至魏晋之际，帝王与诸侯政权忽兴忽灭、兴衰更迭的现实。有盛必有衰，有荣必有悴，追逐华盛有何意义呢？“驱马舍之去，去上西山趾”，干脆入山做隐者去吧。然而万物兴歇乃不可违抗的自然之理，躲进西山也不能摆脱零落憔悴的命运——“凝霜披野草，岁暮亦云已”。此诗从东风桃李，到霜被野草，基本上是一连串景物形象推移，而联系贯串这些形象的是玄理，足见阮诗中，哲理玄思常常起主导作用，具有暗示作用的意象在外，而哲理玄思包藏于内。明代许学夷说《咏怀》：“中多比兴……然多以意见为诗……故不免有迹。”（《诗源辩体》卷四）所谓“意见”，指主观思想，就阮诗而言，也就是贯于诗中的玄理。为了适应和表现玄思，诗歌在意象上和取境上，比附的痕迹也就较为明显。

阮籍《咏怀》式的托喻寄兴的组诗，后世颇多嗣响，最著名的，是唐代陈子昂的《感遇诗三十八首》和李白的《古风五十九首》。

陈子昂对于阮籍诗歌曾明确表示肯定和追慕，其《修竹篇序》突出地标举以阮籍为代表的“正始之音”，强调它所体现的“兴寄”特点。但《感遇》虽继承阮籍“怅尔咏怀”（陈子昂《上薛令文章启》）的精神，内容和写法却多有差异。《感遇》诗有许多写得很直接，如其二十九“丁亥岁云暮”，其三十五“本为贵公子”，其三十七“朝入云中郡”等篇，皆直咏所历所见。有的虽用咏史的口气，但所指的现实问题或事件，也是一看即知的，与阮籍的辞多悠缪，意旨深远，颇不相同，前人谓“陈诗意在篇中，阮诗意在篇外”（王夫之《唐诗评选》卷一），即指此而言。陈氏《感遇》从兴寄无端，托体命意若离若合方面接近阮籍的是“兰若生春夏”（《感遇》其二）、“白日每不归”（《感遇》其七）一类作品，这类诗效阮籍用象喻表现玄思，且所用喻象如孤凤、幽鸿、黄雀、兰若、夸毗子等，皆类似阮诗之所用。由他们所组成的喻境，与阮籍《咏怀》也多有相似。“用意用笔皆法阮公”[①]，不仅在艺术上“复多而变少”，缺少创新，还因其产生带有模仿性，在实际生活中的酝酿不及阮籍充分，内在蕴涵也贫于阮籍。陈子昂玄学造诣不深，谈黄老无为而缺少玄趣。有些诗甚至让人感觉“极似《契》语”[②]，不免是把阮籍感悟式的玄思的理，往带有更多抽象性的知识性的理靠近了，减弱了诗歌的艺术感染力。

李白的《古风》前人早已指出“托体于阮公”（陆时雍《诗镜总论》），“多效陈子昂”（《朱子语类》），于阮、陈二家有直接渊源。但《古风》中指言时事，感叹身世之作，较陈子昂《感遇》中同类作品所占比重更大，现实性更强。即使是发游仙之想，也与唐代道教人物栖息游仙的修炼活动相近，而不像阮籍那样神秘深邃，不可端倪。李白更多的是豪迈飘逸之气，“却忆蓬池阮公咏，因吟‘渌水扬洪波’”（《梁园吟》），阮籍喻祸的诗语诗境，到李白手里能变成兴致飞扬的抒情，故尽管是与《咏怀》有渊源关系的《古风》，也多放言寄慨，而不是阮籍式的如履薄冰，如哭途穷，以隐约的象喻，暗示其内心苦闷。明代胡震亨《李诗通》云：“嗣宗诗旨渊放，而文多隐蔽，归趣未易测求。子昂淘洗过洁，韵不及阮，而浑穆之象尚多包含。太白六十篇中，非指言时事，即感伤己遭，循径而窥，又觉易尽。此则役于风气之递盛，不得不以才情相胜，宣泄见长……亦时会使然，非后贤果不及前哲也。”不仅论述了三家的异同，而且指出“役于风气”，“时会使然”，即阮籍之时不得不深隐，为求深隐，也就相应地在艺术的象征性和多义性方面进行了创造性的开拓，而陈子昂、李白之世，诗人总的倾向是要表现才情，畅快宣泄，故虽托体阮籍，主要是取其气体之高古，神思之超越。至于寄兴深微，迷离浑化，在《古风》中虽有体现，但由于整体风格是明朗畅快的，其深微迷离也就有限，不可能在通常的比兴寄托之外有更多、更自觉的追求。

① 刘文蔚《唐诗合选详解》卷一引吴绥眉评《感遇》其七。

② 高棅《唐诗品汇》卷三引宋人刘辰翁语。《契》，指道家著作《周易参同契》。

三、从主理到主情

阮籍在作品中渗透玄思，其所表现之理，虽与抒情相结合而属于审美化的存在，但追随者若不具备相应的情感，不是从审美感兴中生发理念，而只是借喻象演绎玄思，便会导致诗歌的理念化，以及意象的因袭，笔墨蹊径的重复。上文已揭示了李商隐对阮籍诗的仰慕推崇，但他与陈子昂、李白不同，没有在形式上因袭《咏怀》，创作大型感遇组诗。他的诗体一般不再用易显高古难入世俗的魏晋式五古，题材上也与传统的感遇型诗歌所常取用者明显不同。罗宗强先生说李商隐之于阮籍"在迷离恍惚，归趣难求方面庶几近之，然嗣宗以哲思之深层含蕴为归趣；而义山则以纯情的朦胧恍惚为特色。"（《魏晋南北朝文学思想史》第三章）在发展中国诗歌象征性、多义性传统方面，李商隐尽管与阮籍后先相望，但取径并不蹈袭，有许多重要开拓和贡献。

首先是整体象征之浑沦与使用意象之繁复。李商隐不仅摒弃简单的比附，而且也不取阮籍主理的做法。《锦瑟》、无题、咏物诸作，常常不是枝节地、局部地取喻，而是由作品整体构成所要表达的喻旨。他人之诗，在某一部分设喻，某物某事，喻义往往比较具体，商隐整体性地构成象征的作品，不是一对一的比喻，不是对某一具体事物或具体概念的象喻，而是喻象体系的整体投射，是对包涵复杂内容喻义的多方面涵盖与暗示。如《锦瑟》诗整个是一象征体系。喻旨有自伤身世、悼亡、咏物、题卷等多种说法，形成阐释上的多义性。但又可以据开头、结尾的暗示，认为是追忆华年所引起的复杂情绪，从而具有多方面的包容性。开头"锦瑟无端五十弦"具有总喻性质，中二联四个象喻，有分喻作用。有总有分，层深递进，回复幽咽。所用喻象，有人事，有景物，忽而庄生、望帝，忽而大海、蓝田，超越空间和时间的限制，古与今，真与幻，心灵与外物，不再有界限存在。虽景物喻象与人事喻象错综杂陈，混沌一片，但自有一种似乎与人的心灵和情绪相贴近的浑沦之象、整体之感。阮籍等人诗中，一般用几句话来叙述一事一物或一种场景，完成一个具有象征意义的单位。《锦瑟》中间二联，多重意象，累进叠加，喻指的意思也就复杂而不易确定。如：仅仅是大海遗珠、蓝田蕴玉，喻指的范围尚比较明显。加上"泪"与"烟"，即给阐释大大增加了空间。朱彝尊云："珠有泪，哭之也；玉生烟，葬之也。"[①]屈复云："（珠有泪）别离之泪；（玉生烟）可望而不可亲，别离之情。"冯舒云："有泪明珠、生烟宝玉是活宝耳。"等等。同样，"庄生"一联，在庄生化蝶、望帝化鹃之间，又加"晓梦""春心"等成分，也给解读增加了多向扩展的空间。可见，商隐一方面建立通篇一体的象征体系，使作品具有更为浑沦完整的风貌，一方面所设之象内在繁复重叠，导致解读天地的层深曲折，难窥涯际。

与繁复而不流于饾饤，相反地有亲切可感的浑沦之象相联系，李商隐的又一重要贡献是比兴象征之境的现实性与鲜活感。比兴象征作为一种艺术表现方式，包含两个方面：喻象和喻义。这两个方面，构成意义与感性显现的关系。因而感性显现是否鲜明生动，是否具有诱发读者去探求超越形象本身意蕴的魅力，以及喻象与喻义之间的连接，是否做到有机浑融，乃是此类艺术成功与否的关键。这看起来重心似乎主要在喻象一边，但实际上采取何种类型的喻象，取决于所要表达的喻义。阮籍主理，要为他的玄感体验与认识寻求喻象，喻象自然是超越现实的玄远的一类。而李商隐诗歌的喻象，与阮籍相比，有明显差异。这种差异，根源亦正在于他所要表达的喻义与阮籍有主情与主理之不同。

比兴象征作品中，成功的喻象创造往往把具象置于不可忽略的地位，并通过它为喻象创造的现实性提供保障。这里所谓具象，即指取自生活之中，带有自然界原貌或生活原汁原味的景象或情节。这些，在喻理的象征那里，因理的抽象性，可以不必倚重它，但主情的比兴象征，由于情之传达一般忌用抽象性媒介，便不能脱离具象。在李商隐的喻象创造中，含有大量具象性成分。而这些具象性成分融入喻象体系中之后，本身也往往或

① 本文所引有关评李诗的材料，均见刘学锴、余恕诚《李商隐诗歌集解》（中华书局1998年版）。

多或少带上了象喻的功能。春蚕吐丝、蜡烛流泪、鸟类之双飞、犀角中含髓线，本来都是自然界和生活中的事物，被李商隐融汇入诗后，即化为具有象征意义的意象，形成一种以具象成分为基础的喻象创造。具象本身因来自现实而真切生动，同时又被所赋予的喻义升华了，被喻象体系提高了。而喻义和喻象体系，又因具象成分显得实在和极富生活气息。如阮籍和李商隐都有继屈原香草美人一路而来的有所托寓的诗篇。但阮籍展现的是虚拟之境，李商隐则将香草美人与现实生活的情感世界进行嫁接。所用的喻象和喻象情节，与现实世界的事物，特别是与男女爱情的情感体验相结合，现实感特别强。对照以下两首诗可见一斑。

> 西方有佳人，皎若白日光。被服纤罗衣，左右佩双璜。修容耀姿美，顺风振微芳。登高眺所思，举袂当朝阳。寄颜云霄间，挥袖凌虚翔。飘飖恍惚中，流眄顾我傍。悦怿未交接，晤言用感伤。
>
> ——阮籍《咏怀》其十九
>
> 凤尾香罗薄几重，碧文圆顶夜深缝。扇裁月魄羞难掩，车走雷声语未通。曾是寂寥金烬暗，断无消息石榴红。斑骓只系垂扬岸，何处西南待好风？
>
> ——李商隐《无题二首》其一

两首诗，阮诗写男思女，李诗写女思男，但仍不无可比之处。阮诗写一位云霄间的美人，对之爱慕向往，但无缘交接，可望而不可即。从表面上看，诗用叙述方式，由佳人容貌服饰写到登高凌空，再到流眄相顾，似乎相当具体，但实际上却是虚拟。《庄子·逍遥游》所写的藐姑射山上“肌肤若冰雪，绰约若处子……游乎四海之外”的神人，以及有关神女或美女的故事与诗文，已经为他提供了原型。阮籍写来，并没有太多的生活实感。李商隐诗写女子深夜缝制罗帐，以及寂寥中的思念，逼真具体，非常富有气氛感和神味。两诗都写到了双方的相遇，阮诗虚飘恍惚，李诗则把对方驱车匆匆走过，自己以团扇羞涩掩面，露眼偷窥，虽相见而未通言语等一连串细节，以具象充分加以表现。男女邂逅的情景鲜明如画，初恋的心理惟妙惟肖。这些描写，来自真实的情感体验。除此以外，李诗中常为人们所引的名句如：

相见时难别亦难，东风无力百花残。

——《无题》

来是空言去绝踪，月斜楼上五更钟。

——《无题四首》其一

东家老女嫁不售，白日当天三月半。

——《无题四首》其四

所注入的情感是那样镂心刻骨，相应的环境描写和心境描写是那么逼真！不是虚泛的构想，而是能让读者如亲自置身于那种环境气氛之中，感受情感的缠绵与执着，焦虑与失望。这些名句，与其全篇结合起来看，都是在比兴中含赋，在喻象中含具象，取得逼真而又有超越形象本身意蕴的效果。

李商隐咏物诗的许多名篇，也是从主情出发，将喻象与具象结合在一起的成功范例。阮籍《咏怀》诗中也有借咏物寄意的，但在紧紧把握物性、贴近现实方面，终嫌泛而不切。李商隐的咏物诗，则既吸收了汉魏以后诗人体物愈来愈精细的艺术经验，又继承了阮籍等人注意兴寄的传统。以人的生活情感体物，以物的遭遇习性贴合人情，加强了具象性表现，使现实生活与自然界物性、与象征性达到最佳结合的浑融状态。如：

本以高难饱，徒劳恨费声。五更疏欲断，一树碧无情。薄宦梗犹泛，故园芜已平。烦君最相警，我亦举家清。

——《蝉》

流莺漂荡复参差，度陌临流不自持。巧啭岂能无本意，良辰未必有佳期。风朝露夜阴晴里，万户千门开闭时，曾苦伤春不忍听，凤城何处有花枝？

——《流莺》

《流莺》写莺鸟转徙飘飞，《蝉》写蝉鸣之欲断仍嘶，特别是“不自持”写莺飞转时之不能自主，难以控制；“碧无情”写心理上对一树冷绿、漠然无情的感受，均为极精确的具象而又兼有象征意义。从全篇看，两诗在逼真地写出物态的同时，将物拟人化，揭示物类似于人的情态与心理，达到人与物一体，有神无迹的化境。

四、主情与直观象征地表现心灵景观

绝对地说中国古代诗歌当然都离不开抒情，但诗的抒情方式与所抒之情有多种。有表层的，有深层的；有的抽象概括，有的形象具体；精粗曲直以及具体细腻的程度各不相同。李商隐《锦瑟》、无题一类诗歌，其情不是一般的“爱”“恨”或“有望”“无望”之类的词语可以表达，而是把像“庄生晓梦迷蝴蝶”“心有灵犀一点通”等那种既非常富有直观性，又带有象征性的心灵状态，作了生动的展现，其喻情已超越了比较外在的层次，将内在的复杂奥妙，错综变化，它的清晰和不清晰的难以表达的领域，作了前所未有的细腻传神的体现。这种把象征艺术的表现往人的心灵世界细曲隐奥处深化，固然是李商隐的独特贡献，但象征表现形式随着文学艺术的发展，特别是出于对加强具象的追求，表现人内心的情感状态，往心灵深处深化，应该说是一种趋势。李商隐是一位身世不幸情感内转的诗人。他的诗中有许多孤独、怅触、自怨自艾自省的描写。他与外界的交往有限，经常生活在自己的情感世界里。

处在这种心境中，内心体验往往特别敏感，遇到某种诱发，心绪会涌动汇集，如云如雾如潮水如涟漪，并会伴有种种心象闪烁映现。心象意绪之流动转徙，毕竟是瞬息万变，没有固定形质，加之李商隐有些心事箝口难言，有“几欲是吞声”的隐痛，因而在潜心摹写自己心象的时候，又需着意将其客观化，借客观物象以及传说典故等经过改造之后可以诱发多种联想的优长，将本难直接表现的心象，融合眼前或源于记忆与想象的物象，构成种种印象与象征色彩很浓的艺术形象。如《日日》："几时心绪浑无事，得及游丝百尺长"，内在的心绪由眼前的游丝触发，把心绪不再纠结得以自由舒展，与闲寂之境中游丝飘扬的悠闲容与之态相融合，象征向往中的心灵解脱状态。《蝉》："五更疏欲断，一树碧无情"，也是借想象中寒蝉对于碧树的感受，象征作者羁役幕府，心力交瘁，举目无亲，那种"冷极幻极"（锺惺《唐诗归》）的心象。这是作者刻意追寻和表现自己心象过程中因融合物象而获得的物质感的形象，是通过带象征性的具象对情感本原状态的生动展示。

李商隐不仅用融铸物象的方式表现了特定的心灵景观，而且他所创造的喻象或喻象体系，还往往能够沟通多种心态。由于人的心灵是一个溶汇万有的精神大空间，各种因素，作用于一身。方寸之地，多种情绪多种心象聚集酝酿，相互连接渗透、重叠、融合，于是出现这样的现象："当我们深思熟虑地考察自然界或人类历史或我们自己的精神活动的时候，首先呈现在我们眼前的，是一幅由种种联系和相互作用无穷无尽地交织起来的画面。"[①]在这种条件下，某些情感体验出现了沟通：才士之渴求仕进与少女怀春之幽怨苦闷；贫女无媒难嫁与寒士政治上无人荐举；离开京城远投藩镇幕府与"上清沦谪得归迟"之圣女；士人感受仕途寥落与仙女感受"尽日灵风不满旗"之孤寂；寂寞无赏、强笑混俗的文人与"自明无月夜，强笑欲风天"的李花，等等，举此方可以象喻彼方，亦此亦彼，相互迭合。这种"秘响旁通，伏彩潜发"（《文心雕龙·隐秀》），不仅是两两沟通，甚至能围绕某一点，把多种印象体验结合起来。如"夕阳无限好"（《登乐游原》）的心理感受，可以喻人事，可以喻国家，可以是赞晚景之美，可以是讽好景不长，可是叹息为时已晚，可以是珍惜有限时光。"嫦娥应悔偷灵药，碧海青天夜夜心"，（《嫦娥》）可以是咏"嫦娥贪长

① 恩格斯：《反杜林论·引论》《马克思恩格斯选集》（中文版第3卷），人民出版社1972年版，第60页。

生之福，无夫妻之乐"（谢枋得），可以是讽女道士"尽堪求偶，无端入道"（程梦星），可以是"桑中之思，借嫦娥以指其人"（唐汝询），可以是"士有争先得路而自悔者"（沈德潜），可以是"自比有才调翻致流落不遇"（何焯），亦可理解为"依违党局，放利偷合"的"自忏之词"（张采田）。等等。这类诗基于一种可以触类旁通的情感体验与印象，不断激发读者理解阐释的主动性，给予一代代人以无穷的破译解读的诱惑，"味无穷而炙愈出，钻弥坚而酌不竭"（葛立方《韵语阳秋》卷二引杨亿语），生生不已，演绎不尽，是李商隐在中国诗歌象征性、多义性方面登峰造极的创造。

中国诗歌运用比兴象征是一个极其重要的传统，而从比兴象征一路把诗境推向隐约深奥，具有象征性、多义性的作者中，以阮籍、李商隐最为突出。阮诗以哲思之深层含蕴为归趣，李诗主之以情，各有特点。刘勰赞赏："阮旨遥深"（《文心雕龙·明诗》），清代金农说："玉溪赏在要眇之音"（《冬心先生集自序》），此虽笔者任意摘录的两则评语，但即以"遥深""要眇"分看二家，也不无启发。阮籍寄疾邪之思而标物外之旨，目的是要使"当时雄猜之渠长无可施其怨忌"（王夫之《古诗评选》卷四），但他迂回曲折，转由玄理观照人世，对作品的真切鲜活、生动形象必然带来负面影响。李商隐则把他象征结构中的具象表现置于重要地位，以其真气自开灵府户牖，其心象与心灵景观，以前所未有的丰富真切、新鲜动人面貌展现于诗中，他融汇了身心内外多种感受，使诗境象征性更强，所指向的生活与情感内容更加复杂多样，包蕴密致，令人视之无涯，测之无端。清代叶燮云：

> 诗之至处，妙在含蓄无垠，思致微渺，其寄托在可言不可言之间，其指归在可解不可解之会，言在此而意在彼，泯端倪而离形象，绝议论而穷思维，引人于冥漠恍惚之境，所以为至也。
>
> ——《原诗》卷二内篇下

这段话精彩地描述了诗的含蓄要眇之美，李商隐的《锦瑟》、无题等作品几乎可以对号入座[1]。主情的、“刻意伤春复伤别”（《杜司勋》）的李诗，以心象融铸物象、奥隐而兼秀美，具备象征性、多义性，且又亲切生动，要眇宜修，“有声有色，有情有味”（何焯《义门读书记》）。这一境界的开拓，不仅是属于李商隐的，而且也是诗史长期演进的结果。中国诗歌比兴象征传统从《诗》《骚》经阮籍到李商隐，其间变化发展及其所提供的艺术经验值得深入研究探索。

［原载《文学遗产》2002年第1期，中国人民大学书报资料中心《中国古代、近代文学研究》2002年第5期全文转载］

① 叶燮《原诗》卷四外篇下云：“李商隐七绝，寄托深而措辞婉，实可空百代无其匹也。”对李商隐七绝的评价，与这里所引的“含蓄无垠，思致微渺”云云，大体可以对号。

樊南文与玉溪诗

——论李商隐四六文对其诗歌的影响

李商隐是唐代诗坛大家，同时又是唐代成就最高的骈体（四六）文作者。四六文整齐华美，讲究对仗、声韵、词藻、用典，与诗歌特别是近体诗有不少相近之处。其间关系，在诗与四六文都很繁盛的唐代，人们未必注意。后世读者可能有所注意，但这一问题有些不是单凭实证可以辨识，而是同时涉及体貌风神和审美特征等一些较虚的方面，因而不大容易深入认识和把握。李商隐一生写了大量四六文，而且多半是官场应用文字，对诗人来讲，究竟是徒然虚耗了时间精力，还是这种写作无论如何已经跟他写诗产生了密切联系，乃至深刻影响了他的诗风？对此加以研究，不仅可以更全面深入地把握他的作品，增进对文与诗这两种文体间相互关系的认识，且亦有助于透视一代文学在文体上呈现多元状态，而内中又有所沟通、互为促进的复杂现象。本文即打算就李商隐写四六文对他诗歌创作的影响进行探讨，旨在从一个侧面揭示诗人能于唐诗中“自辟一境”的原因所在，并为有关文体学和文学史研究提供参考。

一、前代学者对李商隐文与诗关系的揭示

已故前辈学者周振甫先生在《李商隐选集前言》中曾对钱锺书先生提出“商隐以骈文为诗”作过介绍。他引用钱先生一封信里的话说：

樊南四六与玉溪诗消息相通，犹昌黎文与韩诗也。杨文公（亿）之昆体与其骈文，此物此志。末派挦扯晦昧，义山不任其咎，亦如乾隆"之乎者也"作诗，昌黎不任其咎。所谓"学我者病"，未可效东坡之论荀卿李斯也。

因为是书信，钱先生不大可能详引前人的话。钱先生极其熟悉古代典籍，他所说的"商隐以骈文为诗""樊南四六与玉溪诗消息相通"，应当不仅是凭他自身敏锐的艺术感受力，且亦有前人对他的启发。宋代王铚《四六话序》云：

世之所谓笺题表启号为四六者，皆诗赋之苗裔也。故诗赋盛则刀笔盛，而其衰亦然。

王铚强调的是诗赋对四六的影响，称四六为诗赋苗裔，前提当然是诗与四六消息相通。至清代，贺裳则云："温、李俱善作骈语，故诗亦绮丽。"（《载酒园诗话·又编》）指出温庭筠、李商隐因擅长骈文，而诗写得绮丽，是从与王铚相反的方向看到四六文对诗的影响。其后，方东树说：

义山《韩碑》，前辈谓足匹韩，愚谓此诗虽句法雄杰，而气窒势平。所以然者，韩深于古文，义山仅以骈俪体作用之，但加精炼琢造，句法老成已耳。

——《昭昧詹言》卷一

方氏以《韩碑》诗为例，比较韩诗与李诗的差异，指出《韩碑》气势比较平，而精炼琢造，句法老成。认为所以如此，是由于韩以古文作用于诗，而商隐以骈俪体作用于诗。方东树是承认文对诗有影响，而且认为古文与骈文影响于诗的效果不同。

清人特别强调商隐诗受骈文影响的是何焯。何焯时代尚在方东树之前。《义门读书记》论商隐《镜槛》诗时云：

> 陈无己谓昌黎以文为诗，妄也。吾独谓义山是以文为诗者。观其使事，全得徐孝穆、庾子山门法。

韩愈以文为诗，自从陈师道指出后，为许多学者认可。何焯居然斥之为“妄”。而在否定韩愈以文为诗的同时，又强调商隐“以文为诗”，他的看法就更引人注目。他就李商隐用事，得徐陵、庾信门法作出论断[①]。因徐、庾是骈文大家，所谓商隐“以文为诗”之文，则非散文，而是骈文。

钱锺书先生之论与何焯前后呼应，当然并非雷同。钱先生是承认韩愈以文为诗的，不同于何焯。而在商隐文和诗关系上与何焯认识一致。他明确将“文”界定为“骈文”或“四六”文，在表达上较何焯更为明晰准确。

以上征引，可见李商隐之骈文与诗互通消息前代学者已有发现。周振甫先生的《李商隐选集前言》在介绍钱先生“商隐以文为诗”之论后，曾有所说明，可惜只是就骈文与商隐诗歌在文采、音韵、典故方面举例作一些类比，未作深入论述。又，董乃斌先生专著《李商隐的心灵世界》第六章“非诗之诗”，中指出“以骈文手法入诗乃是玉溪生诗的一大特色”，并在引了见于上文的宋人王铚的一段话后说：“具体到李商隐，却似乎应反言之：其所作诗歌，尤其是五七言律绝，皆为其四六之苗裔，或深受其影响者，故欲深知其诗，非研究其四六则莫办也。”强调欲深知李商隐诗，必须研究其四六，无疑是指踪发迹之论，但也是点到即止，有关问题仍有待进一步探讨。

---

① 何焯所谓徐孝穆、庾子山门法，当指典故的灵活运用。何焯于这段话后，对《镜槛》中两个典故进行了批注：“‘待乌燕太子’，待乌谓乌栖也。‘驻马魏东阿’，《洛神赋》：‘日既西倾，车殆马烦’。”意谓商隐用这两个典故，都不是死扣本事，而是在写有所等待的同时，暗示时间、环境气氛和人物心情。这样用典，就不是拿古事与今事机械对照比附，而是在去取变化上灵活多样。参看下一节中有关用典部分。

二、“好对切事”

商隐《樊南甲集序》有云：

> 樊南生十六能著《才论》《圣论》，以古文出诸公间。后联为郓相国、华太守所怜，居门下时，勅定奏记，始通今体。后又两为秘省房中官，恣展古集，往往咽噱于任、范、徐、庾之间。有请作文，或时得好对切事，声势物景，哀上浮壮，能感动人。十年京师寒且饿，人或目曰：韩文杜诗，彭阳章檄，樊南穷冻人或知之。

序中商隐自述幼时能为古文，后来因获四六高手令狐楚（郓相国）、崔戎（华太守）的怜爱器重，得其传授，掌握了骈体文（四六）写作技艺，又因两度在秘书省做官，得以大量阅读古集，沉浸在任昉、范云、徐陵、庾信等人的文集中，大有所获。作文遂能有好的对偶，贴切的典故，写景状物，声情音韵皆具有感染力。京城十年，生活贫困，但人们认为他对于韩文、杜诗和令狐楚的四六章奏之学有深刻领会。这段文字交代了他与骈文结缘的经过。谈骈文时，又兼及韩文杜诗，说明他以兼通三者自许，把三者看成是相互联系应该同时具备的文学修养。他述及恣展古集，浸沉于任、范、徐、庾的文字之中，与获得“好对切事”的联系，与何焯说“观其使事，全得徐孝穆、庾子山门法”等语正好相合，说明何焯“义山以文（四六）为诗”之论是有根据的。李商隐吸收骈体艺术经验，将骈文和近体诗沟通，“好对切事”是一个重要方面。“好对切事”之“好对”，李商隐在《漫成五章》首章中亦曾提及：

> 沈宋裁辞矜变律，王杨落笔得良朋。当时自谓宗师妙，今日惟观对属能。

言当年从令狐楚受四六章奏之学，指望能在仕途上致身通显，但今日所得不过属对的本领而已。诗中未交待“属对能”表现于何种文体，但沈宋的贡献在于律诗，王杨兼长骈文与诗歌，则“属对能”即既关诗又关文，其诗其文在“属对能”方面是相通的。

商隐在诗文中为了表达仕途沉沦的感慨，把属对的本领说得似乎无益无用，不足挂齿。实则“属对能”谈何容易，要做到惬当和谐，精警有味，平仄协调，词性对称，而又不显拼凑雕刻的痕迹，决非轻易可就。对商隐来讲，则是由于资质聪颖、名师传授、刻苦训练，才得以成就。尤其是幕府中那种长期的、大量的写作实践，对他来讲，绝不仅仅是消耗精力的一种负面效应。给当时的一些高官起草各类文书，从而获得对时事政治的了解，提高了政治识见，使其诗有通于政治的丰富深刻的内容，固然可算一种收获，而从提高写作技艺的角度看，写四六文与写诗，则又有着相辅相成的关系。商隐大中元年在桂林幕出使江陵途中编《樊南甲集》，在“火燹墨污，半有坠落”的情况下，尚收文四百三十三篇。至编《樊南乙集》(大中七年)，“所为已五六百篇，其可取者四百而已。”作者本人所提供的这些数字，加上他的骈赋和其他零散四六文，总数超过千篇无疑。即使平均每篇仅按十组对句统计，他在骈文中所撰的对句也在万数以上。有撰写上万数偶句的练习，对材料的储存，技艺的提升，作用决不可以低估。商隐四六文中颇有与诗字面相近的对句，如：“江远惟哭，天高但呼”（《祭张书记文》），与“江阔惟回首，天高但抚膺”（《哭刘司户蕡》）；“据其证逮，按彼词连”（《为荥阳公与三司使大理卢卿启》）与“证逮符书密，辞连性命俱”（《有感二首》其一）；“彤庭列位，丹陛陈仪”（《为汝南公贺元日御正殿受朝贺表》）与“丹陛犹敷奏，彤庭歘战争”（《有感二首》其二）；“叫白日而不回，望青天而永诀”（《代仆射濮阳公遗表》）与“叫帝青天阔，辞家白日晡”（《哭虔州杨侍郎》）；“凤池浴日，鸡树侵云”（《为荥阳公上通义崔相公状》）与“凤池春潋滟，鸡树晓曈昽”（《今月二日不自量度……》）；“越贾生赋鹏之乡，过王子登楼之地”（《上汉南卢尚书状》）与“贾生年少虚垂泪，王粲春来更远游”（《安定城楼》），等等。说明在恣展古籍，咽嚎佳篇，以及多次练习与实际创作中，有些对偶的材料，烂熟于胸，可随时驱遣入文或入诗。因他在四六文中撰写的对句，数量上远过于诗，故而骈俪的技能和材料，由骈体文转移到诗的情况可能更多一些。

《文心雕龙·丽辞》论对偶云：

言对为易，事对为难。反对为优，正对为劣。

商隐四六文反对占有很大的比重，樊南集中一般性的叙述描写，反对较少，而在需要转折深化的紧要之处，则往往用反对。如：

某早辱徽音，夙当采异①。晋霸可托，齐大宁畏②？持匡衡乙科之选，杂梁竦徒劳之地③。虽饷田以甚恭，念贩舂而增愧④。京西昔日，辇下当时⑤。中堂评赋，后榭言诗⑥。品流曲借，富贵虚期⑦。诚非国宝之倾险，终无卫玠之风姿⑧。

——《祭外舅赠司徒公文》

这段悼念岳父王茂元的文字，其中②③④⑦⑧五联，说到自己的科名与仕途，特别是说愧对王氏之爱与王家期许时，均用反对的句式，予以强化。商隐诗《漫成五章》其三云：

生儿古有孙征虏，嫁女今无王右军。借问琴书终一世，何如旗盖仰三分？

此诗也是联系与王氏的婚姻抒慨，说生男古代曾有孙权那样的儿子，而嫁女今已无王羲之那样的女婿。试问如王羲之之以琴书名世，与孙权之建立鼎足三分帝业相比，究竟如何？其中有自比王右军之以文才自负，有怀才不遇之愤激，而以似解嘲似内悔的语气出之。一二句与三四句之间均用反对，三四句以“借问”“何如”构成反诘，反对的意味尤深。诗所表达的情感，及运用反对表达情意的方式，都与文有许多相通相近的地方。

与对偶密切相联系的用典，在商隐四六文和诗中也表现得很突出，宋人记载：“唐李商隐为文，多检阅书史，鳞次堆积左右，时谓为獭祭鱼。”（吴炯《五总志》）由于他的四六绝大部分是应用文，用于人事方面。常以古人之事，喻今人之事。所以文中用了大量的事典。

> 某顷以声迹幽沉，音辉悬邈，空灭许都之刺，竟乖梁苑之游。于服义而徒深，顾归仁而尚阻。今幸假途奥壤，赴召遐藩。越贾生赋鹏之乡，过王子登楼之地。岂期此际，获奉馀恩，而又询刘、苑之世亲，问栾、郤之官族。优其通旧，降以清谈。言念古人，重难兄事。季布始拜于袁盎，萧何近下于周昌。将用比方，彼有寥落。徒（以）迫于祇役，尝抱沉疴，空思韦曜之茶，莫及孔融之酒。遂不得仰沾美禄，一中圣人。歌山简倒载之欢，睹定国益明之量。草戚上道，徘徊乐乡。况蒙卫以武夫，假之骏马。前腾郢路，却望汉皋。俯缘逐逐之姿，翻阻迟迟之恋。封笺写邈，下笔难休。
>
> ——《上汉南卢尚书状》

写他随郑亚赴桂林，途经襄阳，得以拜见山南东道节度使卢简辞。彼此叙亲戚情谊。分别时，卢以马匹和侍卫送行。文中贾谊、王粲之典，既写所经路线，又表达伤时、不遇和漂泊之情。商隐迫于行役，未能在卢处醉酒尽欢，似不免冷落，但用茶、酒、山简等典故，却写出了彼此情谊的淳厚和对方的贤能风流。短短二百字，至少用了十三个事典，密度是相当大的。商隐四六文，拥有众多类型。包括表、状、启、牒、祝文、序、书、碑、铭、祭文、黄箓斋文等多种样式，涉及社会人事范围极为广泛。玉溪集中，写政治和写人生感慨的诗，所用典故在其四六文中经常可见。《安定城楼》《贾生》《哭刘司户蕡》《九日》《撰彭阳公志文毕有感》《送郑大台文南覲》《汉宫词》《漫成三首》等篇，所用典故，大部分在其四六文中反复出现。长篇而又多典的，像《有感二首》《井泥》《奉使江陵途中感怀寄献尚书》《今月二日不自量度辄以诗一首四十韵干渎尊严》等篇，其中典故在四六文中也多曾被运用。玉溪集中固然有诗情不足而用典故堆砌成篇的，如《忆雪》《残雪》《喜雪》等，但多数都能用得很成功。商隐在诗中所表现的驾驭典故的能力，与四六文的功夫密不可分。因作文而大量反复用典，可以说已经将各种典故盘熟盘活了。信手拈来，即能成功。

“言对为易，事对为难。”一般言语的词汇量，比事典的词汇量大得多。言对从众多词语中，选择一个可以形成对偶的词语较为容易；事对在少量词语中寻找对偶则相当困难。一般词语通过组合变化去适应对偶的要求相对容易；事典受原来事件、人物、背景的限制，在词语上伸缩变化，适应对偶，无疑较难。典故是一种暗示，由今日之情之事之理，求以古代某事把它暗示出来，甚至要求比直说更深刻透辟，更具有感染力和启示性，决非轻而易举。四六文和诗歌，都要求有韵味，且受字数音律的限制。使用典故，不能像散文那样放手叙述，没有节制。须将一些事典诗化、简约化，使之成为能用少量词语提示的意象，以适应诗歌语言在字数音律方面的限制。中国诗歌从《诗经》时代发展到唐，经过历代文人创造和运用，将许多词语诗化了，成为饱含诗情画意的词藻或意象，为诗家所用。但这种诗化，是从自然意象和一般社会生活方面，一步步向前推进和积累的，事典的诗化则发展较迟。李商隐诗歌所用的事典，将近半数出自魏晋以后，许多都不是熟典，甚至是首次发掘之典。商隐在四六文写作中大量隶事。当事典被熔裁到能适应四六文的语言要求时，同时也就大体上能符合诗歌的语言要求了。从诗歌创作角度看，李商隐的四六文写作，是为诗歌用典，做了材料上的准备和技巧上的锻炼。

用典的方式是多样的。方式不同，功能和效果也不同。宋人魏庆之《诗人玉屑》云：“文人用故事，有直用其事者，有反其意而用之者。李义山诗：‘可怜夜半虚前席，不问苍生问鬼神’。虽说贾谊，然反其意而用之矣。……直用其事，人皆能之。反其意而用之者，非学业高人，超越寻常拘挛之见，不规规然蹈袭前人陈迹者，何以臻此！”又云：“有意用事，有语用事。李义山‘海外徒闻更九州’，其意则用杨妃在蓬莱山，其语则用邹子云：‘九州之外，更有九州。’如此然后深稳健丽。”前人注意并推崇义山的用典不是偶然的。他对典故有透彻的理解，多方面的把握。同一个典故在他手中往往有不同用法和多种用意。如用庄生梦蝶的典故，有“漆园之蝶，滥入庄周之梦”（《为白从事上陈许李尚书启》），喻自己不够条件而冒滥受聘于对方幕府；又有“蝶过漆园，愿入庄周之梦”（《上华州周侍郎状》），乃并非已经入幕，而是希冀入幕。文中这两处用典，与原典阐发的哲理无关，且蝶是蝶，庄周是庄周，与原典中庄生化蝶，人与蝶一体不同。而到了《锦瑟》诗中则是“庄生晓梦迷蝴蝶”，也不是用原典的哲理，而是表现一种人生如梦的迷惘之感。李商隐擅长将典故的内涵加以增殖改造，用典的方式也别开生面，如常常把典事生发演化成与原故事相悖的势态，由正到反，正反对照，扩大或改变其内涵。

> 虽有祭以呈文，终无城而验哭。
>
> ——《韩城门文请为子侄祭外姑公主文》
>
> 柱础成润于兴云，辙鲋何阶于泛海。
>
> ——《上座主李相公状》

春秋时齐国杞梁殖战死，杞梁妻哭之，城为之崩。说无城验哭，属于反用典故。涸辙之鱼，本是求升斗之水以救性命，这里变为慨叹无缘通往大海，是对原典的改造。樊南文中关于贾谊的典故达20多处。宣室受召，历来被认为是君臣遇合的荣耀之事，樊南文中也正面使用过，但在《贾生》中却写成“可怜夜半虚前席，不问苍生问鬼神”。这样精警绝伦地用典，无疑是贾生典故经多次运用，思考深了，因而化铁成金，产生了新飞跃。

商隐代郑亚写的《太尉卫公会昌一品集序》，评论会昌年间泽潞叛将刘稹企图勾结其他藩镇对抗朝廷的狂悖与侥幸心理：

> 姑务连鸡，靡思缚虎！

鸡性好斗。《战国策·秦策》云："诸侯不可一，犹连鸡不能俱止于栖"。"姑务连鸡"是反用。吕布被缚，要求宽解。曹操说："缚虎不得不急。""靡思缚虎"也是反用。虎尚且被缚，鸡即使能暂时联合，又有何用？商隐有七绝《赋得鸡》云：

稻粱犹足活诸雏，妒敌专场好自娱。可要五更惊稳梦，不辞风雪为阳乌？

借鸡为喻，揭露藩镇跋扈利己、贪婪好斗的本质。他们各怀敌意，互不相容。固然不会为中央王朝效忠，但彼此也不可能构成真正的联盟。诗文用同一典故，虽分属不同文体，但作家在创作的酝酿构思过程中，其间自有灵犀相通。

三、樊南文风与玉溪诗风

对偶和用典是李商隐四六文和诗之间相互沟通的重要方面，结合这两者，进一步把握其他诸多因素，则能看到樊南文风与玉溪诗风在更多方面的联系甚至对应。

四六文不同于散文的白描直说，简省朴实。它讲究铺排文饰，形式整炼，用间接展现形象或事典的方式表达内容。这样，它除了偶俪和用典外，还有不少方面值得注意。如遣词造句不循散文所代表的常规。为了安排典故，追求表达上的委婉含蓄，形式的工整和音节之美，常有词序的颠倒错综，成分的省略，以及句与句之间、联与联之间的间隔、距离、跳跃等特点。如《代李玄为崔京兆祭萧侍郎文》：

鸣呼！令惟《逐客》，谁复上书？狱以党人，但求俱死（指文宗大和末年李训、郑注专权，借惩治朋党为名，打击朝臣）。衔冤遽往，吞恨孤居（指刑部侍郎萧浣被贬）。目断而不见长安，形留而远托异国（写远贬的处境心情）。屈平忠而获罪，贾谊寿之不长（写其忠贞和被迫害早死）。才易炎凉，遂分今昔。粤自东蜀，言旋上京（写其丧之归）。郭泰墓边，空多会葬；邓攸身后，不见遗孤（会葬者多而无子嗣）。信阴骘之莫知，亦生人之极痛。

写唐文宗大和年间李训、郑注当权，大量贬斥朝臣和萧浣的贬死、归葬。文句多有跳跃，从“狱以党人”跳到远贬，从远贬跳到归葬，从会葬者多到无嗣绝后。避免平直的叙述，侧重抒情和形象的展示，在写法上与诗歌类似。写萧浣远贬的处境和心情：“目断而长安不见”“形留而远托异国”，按一般的散文语序，应该是“长安不见而目断”“远托异国而形留”，为了加强语意的表达，将“目断”“形留”提前置于句首，这种变换词序的做法，也正是诗歌里面常有的现象。将这篇祭文与玉溪诗中《哭遂州萧侍郎二十四韵》，特别是与其中“初惊逐客议，旋骇党人冤”“有女悲初寡，无儿泣过门”“朝争屈原草，庙馁若敖魂”“始知同泰讲，徼福是虚言”等联相对照，可以见出其词采、风貌、神味、气调，都非常接近。

由于四六句式调配组合的需要，以及构成俪偶和熔裁典故的需要，四六文中虚字的地位也很重要。骈文是双句，需要连属和策应。没有虚字，前后往往难以构成属对，难以表现承转起伏。虚字在骈文中，往往用于句子开头和吃紧处，为诵读时吃重之所在，密切关系文气和语意的表达，如《上兵部相公启》中一段：

扶持固在于神明，悠久必同于天地（指令狐楚诗的石刻受神明保护，将同天地不朽）。况惟菲陋，早预生徒（指早年在令狐门下）。仰夫子之文章，曾无具体（谦言未能学好令狐楚的文章）；辱郎君之谦下，尚遣濡翰（指受命书写令狐楚之诗）。空尘寡和之音，素乏入神之妙（书法不佳，有污楚诗）。

兵部相公即指令狐绹，商隐受令狐绹之托，书写其父令狐楚生前之诗，供刻石用，写成后，上此启于令狐绹。启中涉及自己与令狐绹父子关系，推崇令狐楚之诗作，谦称自己文未能继承令狐楚，书法于楚之诗亦有所不称，等等。将这些内容表达周到贴切很不容易，文中的虚字既是构成属对的纽带，又对情意的表达起重要作用。首二句“固在”与“必同”之间有转进一层的关系，强调其诗将传而不朽。三四为散句，“况惟”二字，转入双向铺写。五至八句“仰”与“辱”分别用在父子两人身上，极见分寸。“曾”“尚”一纵一收，愈见绹之谦下和念旧。九、十句，“空”与“素”相对，前后策应，更加强了自谦和受绹爱重之意。这些虚字使文气贯通，文意得到周全的表达。四六文中这种虚字运用，也自然会与商隐诗歌创作产生联系。诗歌，尤其是近体诗，一般忌用虚字，但商隐诗虚字用得多，如《九日》诗：

> 曾共山翁把酒时，霜天白菊绕阶墀。十年泉下无消息，九日樽前有所思。不学汉臣栽苜蓿，空教楚客咏江蓠。郎君官贵施行马，东阁无因再得窥。

除二、七两句外，其余六句均有虚字。中间两联，用“有”与“无”、“不学”与“空教”构成反对，表达对令狐楚的思念和对令狐绹的不满。“无消息”“有所思”，先蓄势，后放开。“有所思”，承上启下，复以“不学”和“空教”相呼应，一气鼓荡，表现感念和怨愤交并的心情，将此诗与上引《上兵部相公启》合看，《启》中虽不免因为有违心之言跟诗中对令狐绹的态度不同，但在运用虚字使诗文脉络流畅、情意充分表达方面，却有异曲同工之妙。

四六文作为应用文，其铺排藻饰和含蓄委婉，用于交际场合，非常得体。商隐在努力发挥四六文这一性能，并习惯和擅长于这种表达方式时，对其诗歌创作的影响是深刻的。

作为应用文和官府文书，有些内容用散文表达可能比较简单，分量和庄重感或许不足，四六文则有其独特效果。如为郑亚起草的任命县令的官牒：

> 蒋琬沉醉，未如巫马之戴星；王衍清谈，岂若韩棱之去雹？勉修实效，勿徇虚名。
>
> ——《为荥阳公桂州署防御等官牒》

戒对方不要讲空话，不要贪酒。如果直说，未免简单，写在官牒上亦欠典雅。四六文则有两组前修往事构成的反对，褒贬自见。又有“勉修实效，勿徇虚名”一正一反的劝诫，显得语重心长。商隐寄给卢弘止的《上度支卢侍郎状》，表达渴望对方由度支荣升宰相，以及自己将至京投靠的心愿：

> 伏愿荣从司计（度支），入赞大猷，鼓长楫以济时，运洪钧而播物。则某必冀言旋上国，来拜恩门，一吐汉相之茵，一握周公之发。

启中的意思，若轻易地直说未免卑俗，甚至尴尬。此处则郑重其事，甚有情味。说对方为相是长楫济时，洪钧播物。拜见时“一吐汉相之茵，一握周公之发”，不仅亲切，而且指对方为丙吉、周公，自己则为受礼遇的贤才，也颇见身份。这类书启与作者呈献给杜悰等人的诗歌从构思到表达方式都非常相近。

四六文用于书启，在有些不宜于直说和明说，需要委婉其词，甚至隐约暗示的情况下，最能发挥其文体的优长。如武宗朝李德裕执政，牛党遭受贬斥。宣宗朝，李党被逐，原被贬在外的牛党人物复起。大中元年，郑亚作为李德裕集团重要成员，外放为桂管观察使，处境恶劣，需要谨言慎行。商隐在代郑亚写给牛僧孺的状中，一则说：“某窃计前经，遐追曩躅。险而不坠，邵公所以能谏；约而无衅，重耳所以复还。”（《为荥阳公上衡州牛相公状》）再则说：“虽世途则有污隆，而吾道终无消长。忆昨暂非利往，远适荒陬。仲尼之不陋九夷，子文之能安三已。永言阃阈，实冠品流。”（《为荥阳公贺牛相公状一》）都是避开具体事件，避开对问题性质的正面评论。只按“夷险一致，左右皆安”（《为荥阳公贺牛相公状二》）意思，浑沦地说，既问候对方，又不涉及牛李两党的是非。而当李德裕由宰相贬为太子少傅分司东都时，给德裕状中则云：

> 今者长君惟睿，元子（太子）有文。当深虑之所关，必殊勋而是赖。山涛则曰祷天下之选，张秩则曰用天下之贤。西汉之命元成，以相门才子；东都之升邓禹，因先帝旧臣。……伏惟慎保起居，俯镇风俗。俟金縢之有见，俾玉铉之重光。
>
> ——《为濮（荥）阳公上李太尉状》

前用山涛等一系列典故，暗指太子保傅之职，既不明说德裕贬后的任职，同时又把这类官职说成是德高望重的贤者之位，以慰对方之心。后用“金縢”“玉铉”之典，意在劝德裕颐养保重，等待有金縢被开启，疑忌被解除，重居原位，再光相业之时。这是郑亚、德裕等同集团中人物隐传信息与情感的文字，多弦外之音，少直露之词，把情感心意借典故予以表达。隐约暗示是玉溪诗的重要特征，而上举两例可见这一特征在樊南文中的表现，也是很突出的。

本文开头，曾引清人贺裳之言：“温李俱善作骈语，故诗亦绮丽。”贺裳把商隐诗之绮丽，看成是受骈文的影响。认为二者共同具有绮丽的特征，颇具眼力。上述关于对偶、用典、句法、虚字，以及表达方式的隐约含蓄都给诗文增添了绮丽之美。但商隐诗文的绮丽，还包含内在的情韵之美。四六文本身即较散文更重情韵。义山四六文是在丽辞的同时，更有一种情调气韵，增添了文之妍美。类似其诗之所谓“深情绵邈”“哀感顽艳”。如《奠相国令狐公文》：

> 呜呼！昔梦飞尘，从公车轮；今梦山阿，送公哀歌。古有从死，今无奈何。天平之年，大刀长戟。将军樽旁，一人衣白。十年忽然，

> 蜩宣甲化。人誉公怜，人谮公骂。公高如天，愚卑如地。脱蟺如蛇，如气之易。愚调京下，公病梁山。绝崖飞梁，山行一千。草奏天子，镌辞墓门。临绝丁宁，托尔而存。公此去邪，禁不时归。……故山峨峨，玉溪在中。送公而归，一世蒿蓬。鸣呼哀哉！

全用四言句，大量骈句中穿插若干不对偶的句子，造成情感的流动回旋和音韵节奏之美。作者把对令狐楚的哀悼和自己的身世之感，结合在一起抒写，渲染悲戚的气氛。开头以“昔梦”“今梦”一组反向对偶领起全篇。直到“临终”一联，所有的偶句全用反对，表现令狐去世与自己心愿的违背。“昔梦飞尘”与“今梦山阿”等句，通过今昔对比，写出失去恩师，无可追随的悲痛。“人誉”“人谮”等句，通过令狐与他人的对比，天高与地卑的对比，以及句中的正对、反对（“人誉”二句），写出令狐对作者的袒护，和两人超越地位悬殊而互相爱怜尊重的深厚情谊。文章虽情感强烈奔涌，却又常常出以典重委婉之笔。如改造变化典故，用“蜩宣甲化”“脱蟺如蛇”暗指自己受令狐关照登第和得其章奏之学。“故山峨峨，玉溪在中”，既以“故山”照应开头“山阿”，指令狐葬地，以“玉溪”自指；又以“故山”“玉溪”指自己家乡山水。引起下文归于故乡草野之意。文中的句法、俪偶、音节、用典，以及比喻、象征等，固然显示文辞之美，而挟情韵以行，如泣如诉，则突出地具有哀感顽艳之美。此篇从抒情效果看，虽为商隐之文，亦无异于商隐之诗。同时之作如《自南山北归经分水岭》诗云：“水急愁无地，山深故有云。那通极目望，又作断肠分。郑驿来虽及，燕台哭不闻。犹馀遗意在，许刻镇南勋。”一气流走，抒写令狐楚丧后，自己离兴元北归，中心惶惶，不知所适的心情。将前引奠令狐文与此篇以及《撰彭阳公志文毕有感》《彭阳公薨后赠杜二十七胜李十七潘》等篇对照，可见义山四六与诗在情韵风貌上的一致。

清代学者吴乔云：“唐人能自辟宇宙者，惟李、杜、昌黎、义山。”（《西昆发微序》）吴乔之论有特定的背景，但他特别强调四家能开辟出独有的诗歌天地是很有眼光的。四家诗在表达方式和诗境上别开生面，其作品本身，能给人鲜明的直感，但如深入探究其能作出开辟的原因，则并非易事。

诗歌演进中的创新，因素是多方面的。有的学者认为文有定体，每种体裁均有自己的体制特征，各种变化都由本体内在机制引发和调节。这种研究把诗歌的发展理解为封闭式的，使认识受到很大的局限。实际上文学发展从文体角度看受两方面制约：一方面是文体内部的革新变异；另一方面则是各种文体间的互相影响与吸收。且两个方面又交相作用，互动互连[①]。唐代由于五七言诗处在发展高潮期，且由于唐诗自身具有多种体裁和风格，因而它在同时代的各种文体中最具活力，最富有吸纳其他文体优长的容受性，无论新与旧，以及抒情、叙事、议论等各种文体之长，它都能有所吸收。容纳其他文体某些艺术成分，促进自身的发展变化，一再掀起高潮。从大的阶段看，李白、杜甫是盛唐诗坛的顶峰人物，同时也代表着从初唐到盛唐诗史演进成果的总结，这一时期，歌行体以及五古长篇吸收六朝以来赋的成分，完善了七言的章法句法，扩大了规模容量，提高了描写能力，使歌行成为新鲜的取得重大成就的诗体，同时也促进了五言大篇的出现。中唐韩愈以文为诗，把散文的句法、章法、题材内容，散文的参差拗折，带进诗歌，使诗歌面貌迥异于盛唐，形成又一次开辟。晚唐则是李商隐以骈文为诗，把骈文的因素带进诗歌，讲究诗歌的词采、对偶、用典、虚字，以及表达上的委婉含蓄，给诗歌再次带来新的变化。从赋、散文、骈文（四六）先后影响于诗歌的角度来考察唐诗，不仅可以对各大家在诗史上的新贡献，以及唐诗不断发展和变化的背景获得一些新的认识，而且还可较为全面地揭示以唐诗为中心的唐代各种文体间相互影响、相互推动的情景。

［原载《文学遗产》2003年第4期］

① 参看袁行霈《中国文学概论·馀论》。

论小说对李商隐诗歌创作的影响①

唐代诗歌在其发展过程中，不断推陈出新，高潮迭起，中唐在盛唐之后大变，晚唐面貌又迥异于中唐。这种变化，除了诗歌自身内在演进动力外，其他文体对诗歌的影响，也是重要方面。历代学者较多地注意到韩愈的“以文为诗”。韩愈等人，把散文的语言、手法及各种成分带入诗歌，给诗坛带来巨大冲击和变化。但“以文为诗”所引起的诗变，主要是以韩愈为代表的那种力大思雄，奥衍奇崛和语言结构上的参差拗折。而大体上沿李贺往下，到晚唐李商隐、温庭筠等人的诗风变化，却又是一番景象：瑰奇、隐僻、谲怪、幽艳。若就文体之间相互作用导致变异而言，正宗的经史文赋是不会这样影响诗歌的。多方面情况表明，唐代传奇小说，以及唐以前大量可以归入小说一类的稗史、杂录、笔记、志怪，等等，曾经深刻地影响诗歌。李贺、李商隐、温庭筠等人搜集奇书，穿穴异闻，思出常境，跟中晚唐大为兴盛的传奇小说，表现出千丝万缕的联系。本文拟着重考察晚唐大家李商隐诗歌所受到的传奇小说的影响，以见晚唐诗歌之变在一个方面的重要原因，以及文体交融在文学演进中的作用。

① 本文所使用的“小说”概念为古小说，即子部小说或笔记小说。明代胡应麟把古小说分为志怪、传奇、杂录、丛谈、辨订、箴规六类。所涵盖的内容与本文所使用的小说概念相近。本文所引的小说书，大体不出《新唐书·艺文志》和《四库全书》小说家类范围。

一、对小说材料的吸收和使用

李商隐诗歌的隐僻和思路的超出常情常境是其显著特点。宋张戒《岁寒堂诗话》卷上云：

> “地险悠悠天险长，金陵王气应瑶光。休夸此地分天下，只得徐妃半面妆。”李义山此诗，非夸徐妃，乃议湘中也。义山诗佳处，大抵类此。咏物似琐屑，用事似僻，而意则甚远……。“玉桃偷得怜方朔，金屋妆成贮阿娇。谁料苏卿老归国，茂陵风雪雨潇潇。”此诗非夸王母玉桃、阿娇金屋，乃讥汉武也。“景阳宫井剩堪悲，不禁龙鸾誓死期。肠断吴王宫外水，浊泥犹得葬西施。”此诗非痛恨张丽华，乃讥陈后主也。其为世鉴戒，岂不至深至切。“内殿张絃管，中原绝鼓鼙。舞成青海马，斗杀汝南鸡。不睹华胥梦，空闻下蔡迷。宸襟他日泪，薄暮望贤西。”夫鸡至于斗杀，马至于舞成，其穷欢极乐不待言而可知也。“不睹华胥梦，空闻下蔡迷”，志欲神仙而反为所惑乱也。其言近而旨远，其称名也小，其取类也大。……义山诗句，其精妙处大抵类此。

张戒从大量诗作中总结出商隐“用事似僻，而意则甚远”“其称名也小，其取类也大。”正指的是用意非同一般，而材料故实多来自僻书杂记，以其上举诗中涉及的名物、人事等为例，材料分别见于《春秋运斗枢》（“瑶光”）、《吴录》《金陵图》（“金陵王气”）、《南史》（“徐妃”“景阳井”）、《博物志》（“偷桃”）、《西王母传》（“方朔偷桃”）、《抱扑子》（“玉桃”）、《汉武故事》（“方朔”“金屋贮娇”）、《汉书·苏武传》（“苏卿归国”）、《金陵志》（“景阳井”）、《吴越春秋》（“葬西施”）、《明皇杂录》（“内殿张管弦”“舞马”）《东城老父传》（“斗鸡”）、《列子》（“华胥梦”）、《登徒子好色赋》（“下蔡迷”）、《幸蜀记》《天宝乱离记》（“望贤宫”）等书，这些书多半属于杂传小说之类。李商隐尤喜引用仙家故事，诗中经常出现的杜兰香、萼绿华、紫姑、嫦娥、织女、萧史、弄玉、宓妃、麻姑等人物，以及鲛人泣珠、青鸟传信、吴刚伐桂、玉兔捣药等故事，这些人物故事，也都出自神仙志怪类的小说与杂书。其书，偏杂不经，熟悉者少；其事，多虚幻怪异，出乎常情常理。运用这些材料入诗，当然给人深僻之感。

李商隐运用材料见于正史的当然也很不少，但初唐以后史书的情况已相当复杂，若就此加以分析，也很能见出商隐对于小说故事的偏嗜。历朝传记体史书被后代奉为楷模的是《史记》《汉书》。两书人物传记虽然有不少具有故事性，甚至有生动的情节和场面，但皆严格遵守了实录的原则。而下至初唐所修的八史[①]，尤其是其中的《晋书》《南史》《北史》，在魏晋南北朝以来尚文思潮的影响下，不仅讲究骈俪和词藻，而且为追求生动，采用许多出自虚构臆想的野史和杂记传说。此时，正所谓“史官多文咏之士，好采碎事，竞为绮艳。”[②]《晋书》问世不久，史学家刘知幾即尖锐批评其摭取小说中的无稽之谈。指出“刘敬升（叔）《异苑》称晋武库失火，汉高祖斩蛇剑穿屋而飞，其言不经”，而《晋书》取之，“令俗之学者……谈蛇剑穿屋，必曰晋典明文。”（《史通·杂说》）明人王世贞视《晋书》为“稗官小说之伦”[③]。《四库总目提要》也批评《晋书》：“是直稗官之体，安得目为史传乎？”朱熹说李延寿《南史》《北史》“除了《通鉴》所取者，其余只是一部好笑底小说”[④]。可见《晋书》《南史》《北史》掺杂了不少小说的成分。这些被正统史论家视为“稗官小说之伦”的著作，在李商隐诗中引用率却特别高，现将唐代大诗人中用事多的杜甫、韩愈与李商隐作比较，依据注释详细的仇兆鳌《杜诗详注》、钱仲联《韩昌黎诗系年集释》、刘学锴、余恕诚《李商隐诗歌集解》（增订重排本）中涉及《史

①《晋书》《梁书》《陈书》《北齐书》《北周书》《隋书》《南史》《北史》。

②浦起龙《史通通释》卷十二《古今正史》注。

③胡应麟《少室山房集》卷一〇一《读二十一首·读晋书》云：“李献吉极论《晋书》芜杂当修，而王元美以为稗官小说之伦，皆得之矣。”

④《朱子全书》卷六《学六·读史》，文渊阁《四库全书》版。

记》《汉书》《晋书》的事典和语词引用情况进行统计：

三家诗中用事、用语情况统计

	史记		汉书		晋书	
	用事	用语	用事	用语	用事	用语
杜　甫	129次	184个	183次	357个	97次	82个
韩　愈	68次	103个	27次	151个	19次	23个
李商隐	159次	51个	138次	114个	150次	43个

上表的诗中所用语词出自史书的情况，与本文关系不大，顺带列出，暂不置论；运用有关人物事件情况，则非常值得注意。《史记》《汉书》作为传记体史书中具有典范性的两部早期著作，其中许多人物故事皆家喻户晓。诗家信手拈来，熔裁入诗，与读者极易沟通，故大量运用《史记》《汉书》材料，在诗家久已成为传统；而撰于贞观十八年至二十年间的《晋书》对唐代诗人来讲，为本朝编纂的近世之作，其地位与影响远不能与《史记》《汉书》相比。故杜甫、韩愈两家诗歌运用《史记》《汉书》的材料，都远远高于《晋书》。但这种情况，到李商隐发生重大变化，李诗中引用《晋书》人物故事次数居然与引《史记》相差无几，而大大超过了《汉书》。除《晋书》外，李诗中亦多次引用《南史》《北史》等初唐编撰的史书，这在他以前的诗人中是不曾如此的，可见李商隐对于掺有稗史杂记内容的《晋书》等有强烈的兴趣。

李商隐把杂记小说乃至史书中的奇事异闻运用入诗，非独出于个人好尚，亦是当时整个文化背景、文学潮流使然。中晚唐时期，文化思想日益开放，三教九流，各种学说，均能得到传播，被人接受。李商隐《上崔华州书》云："为文不爱攘取经史……百经万书，异品殊流，岂能意分出其下哉！"即表明对于经书以外"异品殊流"的肯定。在思想文化开放自由的气氛下，以往被视为体格卑下的小说，亦广为传播并多方面影响文人创作。李贺即屡屡采用仙道杂记，小说稗史，杜牧序其诗，称"鲸呿鳌掷，牛鬼蛇神，不足为其虚幻荒诞也。"与李商隐为知交的温庭筠，撰有属于小说一类的杂记《干月巽子》，其乐府诗《湖阴行》《谢公墅歌》等，具有小说的情节气氛。以骈文与李商隐、温庭筠齐名，俱号“三十六体”的段成式，同时是小说家，撰有著名的笔记小说《酉阳杂俎》，李商隐诗中的不少典实，他处无考，而在《酉阳杂俎》中可以得到印证[①]。《酉阳杂俎》撰于唐文宗大和到唐宣宗大中年间，李商隐未必读过其书，但作为《酉阳杂俎》素材的许多奇闻逸事，必曾为李商隐所知。李商隐《骄儿诗》叙其子衮师模仿戏曲与“说话”中人物：“或谑张飞胡，或笑邓艾吃”“忽复学参军，按声唤苍鹘”，颇能反映出其家庭对世俗文艺的欣赏与接受状况。商隐尚撰有俗语类笔记小品《杂纂》，南宋陈振孙《直斋书录解题》将其归入子部小说家类，云：“俚俗常谈鄙事，可资戏笑，以类相从。今世所称‘杀风景’，盖出于此。”《宋史·艺文志》“小说家类”除《杂纂》外，还列有李商隐《杂藁》，虽然两者可能为一书，但足证李商隐曾染指于小说类的笔记文创作。苏轼《渔樵闲话》曾引李商隐赋三怪物，离奇生动，可惊可怖[②]。王应麟《困学纪闻》云：“李商隐赋怪物，言佞魖、谗魏、贪魃，曲尽小人之情状，魑魅之夏鼎也。”这种借状物讽世的文字，也接近小说。

李商隐不仅有《杂纂》、赋三怪物等属于小说类的戏笔，而且即使在作为正经文字写的古文中，亦有类似小说的人物形象塑造和虚构性、寄托性笔法，颇具小说趣味。如《李贺小传》写李贺之死，说天帝造成白玉楼，召李贺为记。李贺见绯衣人驾赤虬前来宣召；家人见窗中有烟气，闻行车嘒管之声。这些描写，就明显出于虚构。张读小说集《宣室志》李贺条，即与传中天帝召李贺为记的情节大体相同。《宜都内人》写内人迂回巧妙地向武后进言，愿其屏去男妾，独立天下，致使僧怀义被诛。司马光

---

① 如《异俗二首》中的“猪都”、《圣女祠》中的“崔罗什”、《同学彭道士参寥》中的“西河斫树人”，注家皆引《酉阳杂俎》作解。

② 如赋贪魃（按《龙威秘书》作魃）：“贪魃之状，顶有千眼，亦有千口，鼠牙蚕喙，通臂众手。常居于仓，亦居于囊。颊钩骨箕，环联琅珰。或时败累，囚于牢狴。拳梏履杖，聚棘死灰。侥幸得释，他日复为。”（引自中华书局孔凡礼校点本《苏轼文集》苏轼佚文汇编卷七附录《渔樵闲话录》）

说："此盖文士寓言"，指明其虚构性。《齐鲁二生》写刘叉"任气重义，大躯，有声力"，在韩愈门下，"以争语不能下诸公，因持愈金数斤去，曰：'此谀墓中人所得耳，不若与刘君为寿。'"状其声貌言语，近似小说作品中的人物描写，很能突现其形象与思想性格。《齐鲁二生》另一则写程少良、程骧父子及程骧之母，故事尤其曲折生动。程少良本是强盗，后改恶从善。文章写促使其转变的一节云：

> 每旬时归，妻子辄置食饮劳其党。后少良老，前所置食有大脔连骨，以牙齿稍脱落不能食，其妻辄起请党中少年曰："公子与此老父椎埋剽夺十数年，竟不计天下有活人。今其尚不能食，况能在公子叔行耶？公子此去，必杀之草间，毋为铁门外老捕盗所狙快！"少良默惮之，出百余万谢其党曰："老妪真解事，敢以此为诸君别。"众许之，与盟曰："事后败出，约不相引。"少良由是以其贽发举贸转，与邻伍重信义，恤死丧，断鱼肉葱薤，礼拜画佛，读佛书，不复出里闬，竟若大君子能悔吝前恶者……。

上述类似于"放下屠刀，立地成佛"的描写，完全是传奇小说的笔法。

古文文体庄重，李商隐对于古文是很尊崇的。其《樊南甲集序》，对自己在幕府中受困于四六公文而未能发挥古文专长深表遗憾。既然他在地位尊崇的正宗古文中，尚能吸取小说手法，则在诗歌中融入小说因素无疑就更少拘忌了。

二、歌咏小说故事

李商隐诗歌用小说材料情况是多样的。有属于一般意义上的征事用典，仅仅为表达句中某项意思而使用，并非全篇皆牵系某一故事。如《无题四首》其二的腹联"贾氏窥帘韩掾少，宓妃留枕魏王才。"仅仅是借以表达女方对于男子或爱少俊，或慕才华，情之所发，皆有其故而已。再如

《无题二首》其二：

闻道阊门萼绿华，昔年相望抵天涯。岂知一夜秦楼客，偷看吴王苑内花。

萼绿华，女仙名。清人冯浩《李义山诗集详注》引《真诰》云："萼绿华，……女子，年可二十上下。……以升平三年十一月十日夜，降于羊权家，自此以往，一月辄六过，来与羊权尸解药。"秦楼客，指《列仙传》中的萧史。萧史"善吹箫，作鸾凤之音，（秦）穆公女妻焉"末句，"吴王苑内花"，暗用西施典。西施故事则出自《吴越春秋》。以上所涉之人物，故事，出自仙道杂记或杂史，皆属小说家言。而"萼绿华"与"吴王苑内花"在诗中只是作为美女代称，"秦楼客"只是作为风流男子代称。全诗写女子美名早著，男方之想望非止一日，今夜则如愿以偿。这显然属于仅借以表达一定意义的词语上的征事用典。

李商隐诗中用小说故事，更值得注意的是突破一般意义上的征事用典，而与全诗有深一层的联系，着重吟咏或演绎某些小说故事。试看《马嵬二首》：

冀马燕犀动地来，自埋红粉自成灰。君王若道能倾国，玉辇何由过马嵬？

海外徒闻更九州，他生未卜此生休。空闻虎旅传宵柝，无复鸡人报晓筹。此日六军同驻马，当时七夕笑牵牛。如何四纪为天子，不及卢家有莫愁？

第一首起句"冀马燕犀动地来"，朱鹤龄《李义山诗集笺注》引《长恨歌》"渔阳鼙鼓动地来"，指明其出处。第二首朱鹤龄注云：

陈鸿《长恨歌传》："玄宗命方士致贵妃之神，旁求四虚上下，跨蓬壶，见最高仙山上多楼阙，署曰‘玉妃太真院’。玉妃出揖方士，问天宝十四载已还事。言讫，悯然。取金钗钿合，各析其半，授使者还献上皇。将行，乞当时一事不闻于他人者为验。玉妃曰：‘昔天宝十年秋七月，牵牛织女相见之夕。时夜殆半，独侍上。上凭肩而立，因仰天感牛女事，密相誓心，愿世世为夫妇，执手各呜咽。此独君王知之耳。’方士还奏，上皇嗟悼久之。”此诗起二语，正指其事。言夫妇之愿，他生未卜，而此生先休，徒仿佛其神于海外耳，能无悲乎？

朱注精确不移。冯浩注于“海外”二句之下，亦引《长恨歌传》为解，可见其诗正是所谓：“一起括尽《长恨歌》”（查慎行《初白庵诗评》）。姚培谦《李义山诗集笺注》则进一步予以发挥：

首联皆用《长恨传》中事，海外九州即临邛道士之说；他生夫妇，即长生殿中语。二语已极痛针热喝。下二联，却将“此生休”三字荡漾一番。方其西出都门时，宵柝凄凉，六军不发，遂致陈玄礼等追原祸本，请歼贵妃。追思世世为夫妇之誓，曾几何时；……伤心钿合，曾不思四纪君王，不及民间夫妇，却以何人致之？甚矣色荒之难悟也。

李商隐以小说提供的故事加以提炼。诗与小说之间关系表现为由叙述转为抒情，实事虚用，用其事而注入全新的思想情感与认识，议论精警，讽叹有味。既有沉痛的哀挽，又有尖锐的讽刺。是以小说为基础和背景加以生发，化为抒情诗篇。徐德泓说：“此诗专咏《长恨传》事，故笔意轻宕。”（《李义山诗疏》）

《马嵬二首》就传奇小说故事发为吟咏，并没有展现事件过程，而《宫妓》则融演绎与咏叹故事为一体：

珠箔轻明拂玉墀，披香新殿斗腰肢。不须看尽鱼龙戏，终遣君王怒偃师。

故事出自《列子·汤问篇》，云周穆王时有巧匠偃师，能造假倡（类似木偶人），“（倡者）趣步俯仰，顉其颐则歌合律，捧其手则舞应节，千变万化，惟意所适。王以为实人也，与盛姬内御并观之。技将终，倡者瞬其目而招王之左右侍妾。王大怒，欲诛偃师。偃师大慑，立剖散倡者以示王，皆傅会革木胶漆白黑丹青之所为，内外肝胆支节等，皆假物也。”《列子》是一部颇具小说色彩的书。明冯梦龙在《古今小说·序》中说：“史统散而小说兴，始乎周季，盛乎唐，而浸淫于宋。韩非、列御寇诸人，小说之先祖也。”偃师故事显然具有小说特色。诗中包含叙述过程，演绎了周穆王观看假倡表演的故事，演绎中通过“不须”“终遣”的唱叹轻轻提示，一纵一收，融入嘲讽与感慨。

商隐诗中运用小说材料，还常常把叙述、吟咏故事与类似小说家虚构场面和情节的手法结合起来，显出艺术上的创造力，收到奇警的效果。如《隋宫》：

紫泉宫殿锁烟霞，欲取芜城作帝家。玉玺不缘归日角，锦帆应是到天涯。于今腐草无萤火，终古垂杨有暮鸦。地下若逢陈后主，岂宜重问《后庭花》？

写隋炀帝逸游扬州，荒淫败国。大的史实，固然见于《隋书》，但更为具体生动的细节，则见于《开河记》《隋遗录》等小说。如《隋遗录》载：“（炀帝）尝游吴公宅鸡台，恍惚间与陈后主相遇，尚唤帝为殿下。后主……舞女数十许，罗侍左右。中一人迥美，帝屡目之。后主云：‘殿下不识此人耶？即丽华也。……’因请丽华舞《玉树后庭花》……再三索之，乃徐起，终一曲。……”炀帝请张丽华舞《玉树后庭花》，《隋遗录》记为炀帝生前事，此诗则将生前梦遇，设想为死后重逢。炀帝纵欲南游，三下扬州，诗中则设想：若非天命归唐，政权为李渊所得，则其锦帆龙舟将更会远至天涯海角。炀帝开河植柳与放萤火本是两事，诗中组合为“无”与“有”的对照，极写隋堤与隋宫之荒凉破败。这些，都不是单纯铺陈故实，而能不拘泥于已有的史实和传说，根据讽刺对象性格和事物发展逻辑，进行推想假设，事或虚拟，情出必然。此种手法，已近于小说中之艺术虚构，为诗家所罕用。此诗，明代顾璘批评其“用小说语，非古作者法律”（《唐诗选脉笺释会通评林》）。纪昀则说：

> 纯用衬贴活变之笔，一气流走，无复排偶之迹。……结句是晚唐别于盛唐处，若李杜为之，当别有道理。此升降大关，不可不知。
>
> ——《玉溪生诗说》上

对于《隋宫》的写法，顾璘认为“非古作者法律”；纪昀虽欣赏其用笔活变，但同时指出“是晚唐别于盛唐处”，为“升降大关”。两家立场偏于保守，但面对运用小说材料入诗，乃至采用小说创作手法，都已认识到是有别于前人，构成了诗史上的重大变化。

运用小说材料，再加以类似小说的想象虚构，在李商隐作品中为数不少，如《瑶池》：

> 瑶池阿母绮窗开，黄竹歌声动地哀。八骏日行三万里，穆王何事不重来？

题目“瑶池”即提示《穆天子传》中有关周穆王和西王母的故事。开头即写想象中西王母敞开绮窗，临窗而望的情景。次句虚构周穆王留下的《黄竹歌》哀声动地，暗示西王母此时不见穆王，而惟闻哀歌。三四句乃发问：以八骏马之神速，穆王为何不能实践“比及三年，将复而野”的诺言。此可以理解为西王母心中自问，也可以理解为第三者的诘问。隐含的答案则是穆王已死，神仙之事全属荒唐。诗中没有叙述《穆天子传》中的具体情节，而是在小说故事的基础上虚构西王母的期待与所闻所想，可以说是把小说的场面设计、气氛创造、心理描写带入了诗歌。

《曼倩辞》也是对小说故事任意加以灵活运用：

十八年来堕世间，瑶池归梦碧桃闲。如何汉殿穿针夜，又向窗中觑阿环。

“曼倩”，东方朔字。《东方朔别传》谓其为岁星，下到人间，在汉武帝宫中十八年。《博物志》谓王母七月七日降九华殿与汉武帝见面时，东方朔隔窗偷看，又曾偷王母仙桃。“阿环”，女仙上元夫人名，王母曾介绍汉武帝与之相见。诗糅合上述小说家言，借东方朔既渴望返回仙境又偷窥靓女，写求神仙与恋女色之间的矛盾。而东方朔之“瑶池归梦”“觑阿环”乃出自虚构或移花接木。《汉武内传》等书，并无这样的细节。李商隐诗用关于东方朔、汉武帝、西王母、周穆王等的小说故事颇多，尤其是在唐武宗服丹药致死前后，写了包括《瑶池》在内的一系列诗篇，如《汉宫词》《汉宫》《华岳下题西王母庙》《华山题王母庙》等，对皇帝迷信神仙，作了深刻的讽刺。

李商隐运用小说材料，认真按原故事展开者少，从未粘着不放，重复小说故事，而是随手拈来，取其一点，加以生发。可以说是用小说的手段，驾驭小说的材料。上引张戒所举《南朝》（“地险悠悠天险长”），用梁元帝与徐妃故事。徐妃不美，不受礼重。梁元帝“二三年一入房”。元帝瞎一眼，徐妃每知帝将至，故意只妆饰半面。元帝看到，大怒而去。此事本只属帝妃之间不和，缺乏社会意义。但作者别出心裁，将占半壁江山的偏安与“半面妆”联系起来，“南朝止分天下之半，徐妃妆面亦止半”（钱良择评），便成为寓深刻思想的绝妙讽刺。不仅是小说材料被运用，更重要的是其点化之功。名篇《梦泽》也是如此：“梦泽悲风动白茅，楚王葬尽满城娇。未知歌舞能多少，虚减宫厨为细腰。”“楚王好细腰，宫中多饿死”的故事，经过“未知”“虚减”这样的开合唱叹，获得巨大的阐释空间。制造恶浊潮流者之可恨，迎合者之可悲，被人戕害而不自知，自我戕害而不自知，等等，一切与“虚减宫厨为细腰”相类似的历史与现实生活内容，可以说尽在讽刺之中。诗以诙谐出之，运用小说家调侃的手段，似怜似嘲，收到类似讽刺小说的效果。

义山诗中的小说材料，有时被重新组合增饰，用来表现现实生活内容。《板桥晓别》写一对情侣在汴河客舍晓别的情景。用的材料是琴高在水中乘鲤鱼来去、薛灵芸离家流红泪的故事。两者出自两书①，本不相关。诗则编织为“水仙欲上鲤鱼去，一夜芙蓉红泪多”，男子将乘舟而去，女子一夜红泪不止。《海客》写自己应郑亚之聘，赴桂林幕府。用的材料一为《博物志·杂说》说天河与海通，海上曾有人乘槎至天河。一为《荆楚岁时记》说张骞寻河源乘槎至天河，见牛郎、织女，织女取搘机石给张骞带回。诗将这些材料糅合成：“海客乘槎上紫氛，星娥罢织一相闻。只应不惮牵牛妒，聊用支机石赠君。”织女赠石不怕惹牛郎的妒忌，以及主动罢织相见，为原材料中所未有。经过组合添补，即以织女、海客、牛郎的关系喻作者与郑亚（李党）、牛党的关系，谓自己不顾忌牛党的不满，受聘为郑亚幕僚。这些都可算是采自小说，复以小说手段编织而成的“故事新编”。

三、代言体与寓言赠答中的小说成分

李商隐诗中有不少“代人”“代物”之作，而且往往带有戏笔的性质。这类赠答诗变体，纪昀《玉溪生诗说》颇为关注，多有评论。如批评《追代卢家人嘲堂内》《代应》《代魏宫私赠》《代元城吴令暗为答》“小家数”，批评《嘲樱桃》“小品戏笔”，批评《代越公房妓嘲徐公主》《代贵公主》为“弄笔之作”，批评《赠柳》“题最小样”，批评《谑柳》“题更恶”，等等。这些作品都是代人、代物赠答，或与作品中人物鬼神等直接对话，改变了通常的陈述方式，接近小说、戏曲和某些俗赋、变文的写法，乃至染上了某种小说

① 琴高事见于《列仙传》；薛灵芸事见于《拾遗记》。

气。纪评中所谓“小品”，即有从文体角度认为属于创作比较随意、体制小巧而不甚庄重一类的意思。这在他批评《赠勾芒神》时说得更清楚：

> 题纤而诗浅，此种题皆有小说气。……大雅君子当知所别裁焉。

李商隐的《赠勾芒神》为七言绝句：“佳期不定春期赊，春物夭阏兴咨嗟。愿得勾芒索青女，不教容易损年华。”诗意谓春期短促，春物摧残，深感年华易陨而生出奇想：愿春神勾芒娶霜神青女，则霜雪不再施威，而人间将春光永驻。按诗题为“赠勾芒神”，乃是直接与勾芒神对话；又异想天开，让勾芒神娶青女为妻，确实有志怪传奇的色彩。纪昀敏感地觉察到这一点，而且从“皆有小说气”的语气中，透露出于此非止一篇，盖凡他认为“纤巧”的“小调”“小品”都不免有这种气息。

李商隐的《百果嘲樱桃》《樱桃答》也是被他视为“小品戏笔”“偶然小调”之作，两诗安排了物与物之间的对话，诗人则为之代笔。

> 珠实虽先熟，琼莩纵早开。流莺犹故在，争得讳含来？
>
> ——《百果嘲樱桃》
>
> 众果莫相诮，天生名品高。何因古乐府，唯有《郑樱桃》？
>
> ——《樱桃答》

一“嘲”一“答”，前章（嘲）揭露樱桃曾被流莺口含过的事实，所谓“攻其旧恶”，“以讽得志相骄者。”答诗“写悍然不顾，恬然不耻之意”[①]。这样，突出模拟对象的弱点、隐私，写出角色与角色之间的关系，以及不同角色的口吻、心理，虽是诗体，但确实带有小说气和小说等文体的某些影响。纪昀针对这种在诗中设置人物并代拟对话，评云：

① 沈厚塽辑《李义山诗集辑评》引纪昀评语。

此弊始于六朝《鱼旦表》《甘蔗弹文》之属①，降而已甚。卢仝集中至于代虾蟆作诗请客矣。义山此作亦此类也。

——《玉溪生诗说》下

纪昀就《百果嘲樱桃》《樱桃答》作出的评论，不光是论其格调，同时梳理其渊源。卢仝的生活年代早于李商隐，在中唐诗坛上以怪诞著称，与李贺等人都属于中唐诗坛上变异突出的作家。有组诗《萧宅二三子赠答诗二十首并序》所谓“二三子”，乃是石、竹、井、马兰、蛱蝶、虾蟆。二十首诗题不外是《客赠石》《石让竹》《竹答客》《石请客》《蛱蝶请客》《客答蛱蝶》《虾蟆请客》《客请虾蟆》之类。围绕萧氏要出卖房宅，宅内竹、石等有想跟卢仝去洛阳等种种打算，彼此展开对话。已故学者陈贻焮曾根据诗序的提示，按组诗原来的次序稍加串联，便构成很有趣的情节，并且说：“这不就成了一篇像牛僧孺《元无有》（《太平广记》引）写故杵、灯台、水桶、破铛四物化作四诗人‘谈谐吟咏’、‘递相褒赏’那样的传奇了么？汉民歌《枯鱼过河泣》、曹植的《鹞雀赋》《七步诗》，李白的《山鹧鸪词》等，都是以物拟人的童话寓言诗。很难说文学史上这一不绝如缕的拟人手法传统对卢仝的这组诗毫无启发。但与之最密切相关的，则莫如《元无有》之类的传奇，和《燕子赋》《茶酒论》之类的俗赋。”②陈氏梳理了卢仝这组诗的来源，不仅提到《元无有》之类的传奇，还提到俗赋和以物拟人的童话寓言诗，这些文类，实际上是彼此互相关联的。带有寓言俳谐性质的诗赋，在小说发育成长过程中，对小说的想象虚构和谐趣有积极影响；而小说的发展，又反过来在设计人物故事并借以反映生活方面，给诗赋以影响。陈贻焮的论述，与纪昀在溯源时举出《鱼旦表》《甘蔗弹文》（实即俗赋），在认识上相合。这些，正说明小说等通俗文类影响于李商隐

② 王琳《鱼旦表》假设鱼旦鱼上表，自陈味美及蒸食之道。沈约《修竹弹甘蔗表》假设泽兰萱草投诉，修竹弹劾甘蔗，而杜若、江蓠到案对证。两文假设问对，虽名为“表”，实际上受俗赋影响，近于俳谐戏谑之赋，并带有小说气。

② 陈贻焮：《唐诗论丛·从元白韩孟两大诗派略论中晚唐诗歌的发展》，湖南人民出版社1980年版，第391—393页。《燕子赋》《茶酒论》均为敦煌俗赋。都是先说明故事起因，然后采用主客问答方式进行辩难，最后以议论点出题旨。

代物赠答诗有很深的渊源和多种文体的合力。

卢仝的《蝦蟆请客》、李商隐的《百果嘲樱桃》等诗，是代物问答。与此同时，纪昀还对代人赠答诗的源流进行梳理。李商隐《代魏宫私赠》《代元城吴令暗为答》二诗[1]，创作的材料依据为《文选》李善注《洛神赋》题下所引的《感甄记》。《感甄记》谓曹丕的甄后于曹植有情，曹植《洛神赋》即为甄后而作。《代魏宫私赠》设为代与甄后相亲的魏宫人赠诗曹植，表达甄后对曹植的生死恋情。《代元城吴令暗为答》，所代为吴质，吴质为曹丕谋主，同时又善处于曹氏兄弟之间[2]，颇为圆滑。吴质维护曹丕，以卫道者的口吻说曹植未曾有过感甄之事，矢口否认，讳莫如深。李商隐的两诗，乃是就小说故事进一步加以演绎。对此，纪昀作出了自己的解释，连带论及有关文学史现象。《玉溪生诗说》卷下云：

> 此诗辨“感甄”之诬，立意最为正大，然何不自为绝句一章，乃代为赠答，落小家窠臼也。曹唐游仙之作正滥觞于此种耳。　问：代为问答为小家数矣，若渊明之《形》《影》《神》三首非设为问答乎？曰：彼悬空寄意，其源出于《楚辞》之设为问答，故不失大方。此则粘着实事，代古人措词矣。

按所谓“辨‘感甄’之诬”，即吴质代曹植答诗，否认有梦宓妃（甄氏）之事。但吴质是曹丕集团的人。其代曹植答诗，乃是有意掩盖“感甄”一事。故从李商隐创作角度言，恰恰不是辩诬，而是假借吴质的答词，以见曹植在政治上和爱情上所受的压抑。纪昀出于封建正统观念，对诗人用意的理解虽有偏差，但他从诗学角度所发的评论，却非常精到。纪昀论述了陶潜《形》《神》《影》一类问答体诗与李商隐《代魏宫私赠》等的不同。

---

① 《代魏宫私赠》云：黄初三年，已隔存殁，追代其意，何必同时，亦广子夜吴歌之流变。来时西馆阻佳期，去后漳河隔梦思。知有宓妃无限意，春兰秋菊可同时？《代元城吴令暗为答》云：背阙归藩路欲分，水边风日半西曛。荆王枕上原无梦，莫枉阳台一片云。

② 见《三国志·魏志·吴质传》引《魏略》。

陶潜的诗是“悬空寄意”，借自身的《形》《神》《影》展开思想中的不同侧面与矛盾斗争，故虽设为问答，实则属于自我剖析与抒情，此在《楚辞》中已经有之。而李商隐的两首，则是“粘着实事”，落到具体人物，“代人物措词”，等于将世俗人事及其矛盾纠葛展开，此在实质上近于小说戏剧的人物描写和对话，故在纪昀看来落入小家数，与陶潜之作有很大差异。而就所谓“小家数”一路看，纪昀认为曹唐游仙诗正滥觞此种，这和前引他由商隐诗联系到卢仝诗，均涉及中晚唐诗歌与小说相互影响渗透所引起的诗风与诗歌发展走向变化。

曹唐游仙之作接近代言体，并就古代小说加以推想和描写的是其《大游仙诗》。《唐才子传》卷八云：“《大游仙诗》五十篇”，今《全唐诗》仅存十七篇，散佚不少。但其中咏《幽明录》刘晨、阮肇入天台逢仙女故事，五首相连，仍然完整。五首诗题依次为：“刘晨阮肇游天台”“刘阮洞中遇仙子”“仙子送刘阮出洞”“仙子洞中有怀刘阮”“刘阮再到天台不复见仙子”。诗题叙事，为故事的几大环节。诗句则侧重描写和叙情，首尾相连，与唐传奇中叙事兼具诗歌的类型相近。虽然今存《大游仙诗》完整地咏唱一个故事的仅此五首，但程千帆曾考证《大游仙诗》的散佚情况，指出“五十首中应无以一首咏一事者”，而是如咏刘、阮故事一样，“每事以数章分咏。题为叙事，诗则叙情”。[①]可见《大游仙诗》曾较完整地歌咏了若干小说故事。每事数章，各为首尾。这些表现，关系到诗史发展的正变问题，纪昀虽不以为然，但他认为此种诗滥觞于李商隐，却也真正把握了其中的联系。其共同特点，即是运用传奇小说的材料，并在写法上加以借鉴吸收。

李商隐集中与《代魏宫私赠》二首非常接近的，还有《代越公房妓嘲徐公主》《代贵公主》。纪昀评此二首云：“弄笔之作，不关大雅。此与《代魏宫私赠》及《代元城吴令暗为答》诗，皆不似泛然之作，然晚唐人亦实有弄笔作戏者，非确有本事，未可武断也。”在诗旨上，纪昀未作武

① 程千帆《郭景纯、曹尧宾〈游仙〉诗辨异》，收入《程千帆诗论选集》，山西人民出版社1990年版，第66页。

断推测；而在写法上，认为《代魏宫私赠》二首与《代越公房妓嘲徐公主》二首均有“弄笔戏作”的特征。按：后二首诗为：

笑啼俱不敢，几欲是吞声。遽遣离琴怨，都由半镜明。应防啼与笑，微露浅深情。

——《代越公房妓嘲徐公主》

芳条得意红，飘落忽西东。分逐春风去，风回得故丛。明朝金井露，始看忆春风。

——《代贵公主》

两诗由“破镜重圆”的故事生发。《唐本事诗》载：

陈太子舍人徐德言尚乐昌公主，陈政衰，德言谓主曰：“以君之才容，国亡必入豪家。傥情缘未断，犹期再见。”乃破一镜，人执其半，约他日以正月望日卖于都市。及陈亡，主果归杨素。德言访于都市，有苍头卖半镜者，高大其值。德言引至旅邸，言其故，出半镜以合之，仍题诗曰：“镜与人俱去，镜归人未归。无复姮娥影，空留明月辉。”主得诗，悲泣不食。素知之，召德言至，还其妻；因命主赋诗，口占曰：“今日何迁次，新官对旧官。笑啼俱不敢，方信作人难。”

联系这一故事背景可知，李商隐两首诗，首章为杨素（越公）家妓嘲徐公主于新旧去故之际不敢表露真情，嘲中带有同情与怜悯；次章代徐公主表明心迹，谓明朝归故夫之后，方可充分重温旧情。二诗调侃中包含血泪，完全由“破镜重圆”的诗话小说故事生发。不仅人物与调侃对答跟原故事有衔接深化关系，且诗歌本身亦与原故事中两诗的诗情诗意彼此相扣。纪昀论这些诗，特别归结到晚唐弄笔戏作，是从创作态度上把它和作家从事小说等俗文学的创作归到一路上去了。

四、抒情诗外壳下的传奇故事

李商隐等人诗歌大量运用杂记、野史和传奇中故事，呈现出不同文体间相互渗透交融现象，这种交融，当然是诗吸取已经流传的小说故事作为创作材料。材料是前人或他人的，并且因为这些故事多有书本或传说为依据，读者对于故事能够有所了解。但论诗与小说沟通，在李商隐笔下绝非只此一种。他还有一些让人感觉隐藏着故事，而外壳为抒情诗的篇章。内中情节，亦非书上已有，而是属于李商隐自身或其周围人物的故事。这些故事的清晰度一般都不高，有的只是读者感觉其背后可能隐藏有人物和事件，不同于一般的抒情诗。

李商隐的组诗《柳枝五首》诗序不啻一篇传奇。节录如下：

> 柳枝，洛中里娘也。父饶好贾，风波死湖上。其母不念他儿子，独念柳枝。生十七年，涂妆绾髻，未尝竟，已复起去，吹叶嚼蕊，调丝擫管，作天海风涛之曲，幽忆怨断之音。……余从昆让山，比柳枝居为近。他日春曾阴，让山下马柳枝南柳下，咏余《燕台诗》，柳枝惊问："谁人有此？谁人为是？"让山谓曰："此吾里中少年叔耳。"柳枝手断长条，结让山为赠叔乞诗。明日，余比马出其巷，柳枝丫环毕妆，抱立扇下，风障一袖，指曰："若叔是？后三日，邻当去溅裙水上，以博山香待，与郎俱过。"余诺之。会所友有偕当诣京师者，戏盗余卧装以先，不果留。雪中让山至。且曰："为东诸侯取去矣。"明年，让山复东，相背于戏上，因寓诗以墨其故处云。

《柳枝五首》是李商隐爱情诗中唯一以长序交待背景的组诗。清人冯浩云："序语不无回护之词，未必皆实，而有笔趣。""未必皆实"是无疑的，其中不无虚构成分。序与诗不是自传，而是在一定程度上作为传奇故事写的。冯氏认为序语"有笔趣"，即包含其中可资玩味的那种小说意趣。诗五首云：

花房与密脾，蜂雄蛱蝶雌。同时不相类，那复更相思？

——其一

本是丁香树，春条结始生。玉作弹棋局，中心亦不平。

——其二

嘉瓜引蔓长，碧玉冰寒浆。东陵虽五色，不忍值牙香。

——其三

柳枝井上蟠，莲叶浦中干。锦鳞与绣羽，水陆有伤残。

——其四

画屏锦步障，物物自成双。如何湖上望，只是见鸳鸯？

——其五

五首诗多用比兴手法抒情。同时，亦就人物事件进行点染。五首大意可理解为：其一，东诸侯与柳枝（商贾女）贵贱悬殊，柳枝所适非类。其二，内心愁结，徒抱不平。其三，写己之所恋者唯有柳枝。其四，写彼此俱伤。其五，写举目堪伤。五首诗虽非叙事，但其咏叹，分明针对有关情事而来，如果联系后代的《红楼梦》进行对照，《红楼梦》太虚幻境中寓言金陵十二钗及其命运的歌词，如“玉带林中挂，金簪雪里埋”之类，与《柳枝五首》中之“柳枝井上蟠，莲叶浦中干”等诗句即非常相似，可见诗与人物故事相配合，发挥两种文体协作的优势，由来已久。文以叙事，诗作点染，有事有情，确有一种诗与小说互相映带组合的笔趣；同时也只有从两种文体互相结合渗透的角度，才能理解李商隐何以有这种格调的诗。

《柳枝五首》因有序，读者尚能略知故事梗概，但李商隐更多时候是并未点出相关的人物和情节。而其诗又不同于一般的抒情。它能让人感到是围绕一个哀艳的故事在歌咏，其中隐含爱情悲剧。如《柳枝五首序》中所述为柳枝激赏的《燕台诗》，一共四章，皆埋没意绪，不作具体交待。

可是，某些诗句又分明有人物事件乃至场景。首章《春》，“风光冉冉东西陌，几日娇魂寻不得”；二章《夏》，“蜀魂寂寞有伴未？几夜瘴花开木棉”；三章《秋》，“欲织相思花寄远，终日相思却相怨”；四章《冬》，“冻壁霜华交隐起，芳根中断香心死”，“当时欢向掌中销，桃根桃叶双姐妹”。从寻觅不见，到彼姝孤寂独处，到相思相怨，再到香消人亡，这就足以连成一个哀艳的故事。此类题材，中晚唐诗人多写成叙事长歌，李商隐则将其熔铸成抒情篇章。它不以事件之发生发展与结局结构全篇，而以诗人强烈的流动变化的感情为线索，故诗的章法结构呈现出明显的跳跃性。随诗人的感情流程，忽而回忆，忽而想象；忽而昔境，忽而现境；忽而此地，忽而彼地；忽而闪现某一场景片断，忽而直抒心灵感受。断续无端，来去无迹，但其中分明有着凄艳的故事。它未采取平直的小说叙事模式，但在意识流式的心理过程描写中融入了许多小说因素。与《燕台诗四首》相近，李商隐《河阳诗》《河内诗二首》《碧城三首》皆有类似情况。历代注家，几乎没有人将其作为单纯的抒情诗看，而在其中寻觅本事。近代学者苏雪林乃至把多篇作品串联起来，写成近乎传奇的《李义山恋爱事迹考》。可见，这些诗虽以抒情的面貌出现，却又具有某种小说背景和成分。《碧城三首》结尾云：

> 《武皇内传》分明在，莫道人间总不知。

可以说是作者的夫子自道，将其所写视同《武皇（汉武）内传》中的小说故事。

以抒情之笔写叙事性题材，与李商隐一贯的诗歌风格有关，但也可能因为这些诗歌所写多涉及作者自身和周围人物，不便于把事情或过程呈露得过于清楚。如李商隐的《拟意》，与初唐张鷟《游仙窟》有些相近。而张鷟是以第一人称写自己游狭邪，李商隐则显然不愿公开自己或其友人有这样的艳遇。《拟意》的写法是不涉及具体人物故事，仅围绕风流艳事进行描绘。《游仙窟》写男女一夜欢会，自日晚投宿，写到次晨离别。李商隐《拟意》在结构上与《游仙窟》相同。其开头两句："帐望逢张女，迟回送阿侯"，首句写引颈而望其来，次句写欢毕而去，迟回不忍分别。"逢""送"二字，概括一夜情事。这从男子艳遇的角度而言，即是"游仙窟"。"拟意"中写男女调情欢会，特别是"夜杵"等十二句，运用隐语瘦辞，设喻之辞意，均与《游仙窟》相近。《游仙窟》词藻华丽，内含大量诗歌和韵语，诗的气氛很浓，可以说是诗人抱冶游态度，以写宫体诗的本领创作出的小说；而《拟意》则同样散发着宫体的靡艳气息，以旖旎惝恍的笔墨，虚拟冶游的情景，可谓相当于诗体《游仙窟》。但尽管有这样的相近，《拟意》毕竟未交待具体人物事件，与《游仙窟》之近乎自我炫耀，还是有所不同。

李商隐的《和郑愚赠汝阳王孙家筝妓二十韵》也是用抒情之笔写叙事性题材。这一首诗体筝妓传奇本可以写得清楚一些，但显然亦由于对方是王孙所宠之女，不便将其身份交待得过于清楚，只是约略见其大概：

> 冰雾怨何穷，秦丝娇未已。寒空烟霞高，白日一万里。碧嶂愁不行，浓翠遥相倚。茜袖捧琼姿，皎日丹霞起。孤猿耿幽寂，西风吹白芷。回首苍梧深，女萝闭山鬼。荒郊白鳞断，别浦晴霞委。长彴压河心，白道联地尾。
>
> 秦人昔富家，绿窗闻妙旨。鸿惊雁背飞，象床殊故里。因令五十丝，中道分宫征。斗粟配新声，娣侄徒纤指。风流大堤上，怅望白门里，蠹粉实雌弦，灯光冷如水。羌管促蛮柱，从醉吴宫耳。满内不扫眉，君王对西子。
>
> 初花惨朝露，冷臂凄愁髓。一曲送连钱，远别长于死。玉砌衔红兰，妆窗结碧绮。九门十二关，清晨禁桃李。

开头一段，写弹筝时的环境气氛，筝声所传达的幽寂凄凉意境与离愁别恨，见筝技之高，类似李贺《李凭箜篌引》与白居易《琵琶行》中的音乐描写。次段"秦人"八句叙筝妓之出身；"风流"四句暗写其流落为妓；

“羌管”四句叙其转入王孙家为乐妓，专宠后房。此段约略相当于白居易《琵琶行》“沉吟放拨插弦中”以下一大段写弹奏者身世。末段点送别。“一曲送连钱，远别长于死”，写所奏为送别之曲，点出郑愚将有远行。总之，王孙为郑饯别，命筝妓弹奏，故郑作诗相赠，李商隐从而和之。筝妓与郑愚，即相当于琵琶女与白居易。尽管此诗多用比喻暗示，跳跃断续，与白居易的明白流畅有明显区别，但一赋琵琶女传奇，一赋筝妓传奇，则又可以说是后先相继。并且，有《琵琶行》作为参照，更能见出李商隐此类诗与传奇小说之间的联系。

受神仙志怪和传奇小说影响，李商隐《七月二十八日夜与王郑二秀才听雨后梦作》是一篇把梦境写得近似传奇的诗，且诗的语言格调也值得注意：

> 初梦龙宫宝焰燃，瑞霞明丽满晴天。旋成醉倚蓬莱树，有个仙人拍我肩。少顷远闻吹细管，闻声不见隔飞烟。逡巡又过潇湘雨，雨打湘灵五十弦。瞥见冯夷殊怅望，鲛绡休卖海为田。亦逢毛女无憀极，龙伯擎将华岳莲。恍惚无倪明又暗，低迷不已断还连。觉来正是平阶雨，独背寒灯枕手眠。

诗把抒情和叙事结合起来，以梦境象征人生某些经历，具体指向难明。但就梦境而论，其中有些情节，如：“旋成醉倚蓬莱树，有个仙人拍我肩”“瞥见冯夷殊怅望，鲛绡休卖海为田”等，倒颇具有传奇气息，加以又创造七律散体[①]，有音节流畅之美，而无对偶之拘束，因而颇受学者注意。清人平步青《霞外捃屑》卷八下云：

> 盲词入诗，骚坛削色。……潇雪曰：“弹词七字句，其言亦出于诗。不观玉溪生《七月二十八日夜与王郑二秀才听雨后梦作》乎？”……予谓：“……此诗倘播之管弦，岂非绝好弹词乎？”

① 参见钱锺书：《谈艺录》（补订本），中华书局1984年版，第187、524页。

弹词（盲词），作为曲艺的一种，实际上等于演唱的诗体小说。平步青等认为《七月二十八日……听雨后梦作》格调趋下，是弹词源头或“绝好弹词”，即等于指认之为弹唱的小说体。近人任二北（半塘）在其所著《唐戏弄》中引录了平步青之论，并进而称之为“李商隐诗人讲唱体”。任氏说：“人皆知唐代讲唱文之重点在变文，若置此诗于变文之内，而从叙事转折、人物出场等方面去体验，信难识别彼此之间果有何差别也。李商隐诗原以典丽深奥著，而其集内，竟有此项相反之俗体存在，盖染于当时习俗，偶一效颦而已。然正可验晚唐民间文艺之风会为如何……难得此篇之性质竟然凿穿‘文人诗’与‘讲唱辞’之双方壁垒而贯通之，乃更能说明问题。”[①]戏弄与小说、变文有非常切近的渊源和交叉关系，都立足于演绎人物故事。任氏研究唐戏弄，所以特别重视李商隐这首诗。既然《七月二十八日……听雨后梦作》凿穿“文人诗”与“讲唱辞”之壁垒，置于变文内而难辨其差别，则其与小说之间也就存在某种程度的沟通。

上引任二北关于《七月二十八日……听雨后梦作》的评论，表现出处于现代学术环境下的学者，对于李商隐诗歌在通俗文艺影响下产生的某些新变，已不同于纪昀站在雅正立场上一味抱着抑制防范的态度。当然，仅注意李商隐一两首诗的变异，毕竟还是不够的。《七月二十八日……听雨后梦作》的出现，绝不仅仅是“染于习俗，偶一效颦”的孤立偶见的现象。如上所述，李商隐吸取小说传奇中的材料，接受其影响是多方面的，既有作为一般典实，用以表达某一语意者，也有以其故事为基础，进一步加以演绎、改装与生发者，还有以小说的手段，特别是小说描写场景、创造气氛、设置情节的经验，写自我或周围人物之情事者。尤其是取小说某些故事、某些写法、某些笔墨意趣，与诗的整体构思、艺术特征，融为一体，铸造成瑰奇浑融艺术境界者，对表现义山整体艺术风格，体现其在诗史演进中的新创造，更有重要意义。《板桥晓别》借用琴高乘鲤、薛灵芸

② 任半塘：《唐戏弄》第五章《伎艺》，上海古籍出版社1984年版，第895、896页。

泣别的故事，将一对男女的离别写得那样深情、浪漫，斑斓多彩，富有童话气息。《锦瑟》中“庄生晓梦迷蝴蝶，望帝春心托杜鹃”，取《庄子》谬悠之说和《华阳国志》的小说家言，写梦幻般的身世之感，跟整首诗的“追忆华年”融合一体，而又有恍惚迷离、深博要眇之笔趣。商隐的“无题”一类作品，不光融入许多小说故实（如青鸟传信、犀角通灵），同时有类似小说的细节（如“扇裁月魄羞难掩，车走雷声语未通”）、小说的场景（如“隔座送钩春酒暖，分曹射覆蜡灯红”）、小说的人物描写（如“八岁偷照镜，长眉已能画”）、小说的心理描写（如“悬知犹未嫁，背面泣春风”）、小说的构思（如“紫府仙人号宝灯，云浆未饮结成冰”），这些，正是诗体中融入了他体的成分，新颖生动，而又浑合无间，使诗体自身得到了丰富和提高。

对于李商隐诗歌的变化，有必要如任二北所说，应放到当时文化背景、文学风会、文学流变中考察。而通过全面地了解李商隐诗歌接受小说、变文等影响的情况，则可以发现，纪昀在这方面是较早地以其锐利的眼光看到了诗歌在中晚唐时期的某些重要演变。他结合《马嵬》二首指出晚唐与盛唐之别，为诗史“升降大关”；结合《百果嘲樱桃》《樱桃答》，联系了卢仝的《蝦蟆请客》之类；结合《代魏宫私赠》《代元城吴令暗为答》，联系了曹唐的游仙诗。尽管他是强调正宗雅道，对有违于此的，要力“防其渐”，但毕竟是见微知著，在观察诗史演进方面，有很强的洞察力。

诗到唐代贞元、元和之后，面临的形势与初盛唐不同，初盛唐时期，诗在唐代诸种文体中，最早完成了革新。在各种文体中最具活力，最受人青睐。而经过盛唐高度繁荣，把传统诗歌中各种艺术手段的潜能都发挥到极致之后，五七言诗面临着走出传统、重新开辟的任务。除诗体自身需要外，中唐时期，古文运动取得成功，散文创作达到高潮；传奇小说在此一时期，也进入鼎盛阶段。这两种文体，在吸收诗歌壮大和提高自身的同时，复以其强大的影响力，向诗歌渗透。“以文为诗”，是中唐以来诗歌首先迎来的引起诗体多方面变革的重大突破；元稹、白居易等人的叙事诗，则是诗在传奇影响下的新创获。但传奇小说对于中晚唐诗歌的影响，不止于元白等人的叙事诗。元白长庆体贴着事件发展过程进行叙述，平直具体，“寸步不离”，其诗歌艺术，在体式上继承了以卢照邻、骆宾王等为代表的初唐七古，在叙述上继承了古代叙事诗的传统，同时吸收了唐传奇的叙事经验，委曲周详，步骤井然。在诗与小说交融方面是显露的，艺术上的新变不算太大。而从李贺等滥觞，到李商隐深入推进，大量吸收偏记杂录、志怪小说、神鬼故事、野史、传奇内容，吸收传奇小说的艺术经验与笔趣，其变化则是更为深入的。

前代学者认为李商隐诗“用事僻”“多奇趣”，属于“邪思之尤者”（张戒），谓其“用意深微，使事稳惬，直欲于前贤之外，另辟一奇”（管世铭），是看到了他在使用材料上走出了正宗典籍的范围，广泛发掘说部乃至各类“异品殊流”之书与委巷传说的内容，在构思上运用非诗歌传统所有的来自小说等文体的手段，在用意上突破“思无邪”的禁忌，将小说之想入非非、凿空出奇带入诗体。这一切，到了纪昀眼中，则是关乎诗运之升降，即诗史演进的大局面。应该说，对于李商隐诗歌创作吸收传奇小说的得失，还可以就不同篇章、不同类型作更为具体细致的分析。但从总体上提高到诗史升降大关，并由此途径来加深对文体间交融互动和中晚唐诗歌演变的认识，无疑是十分重要的。

［原载：《文学遗产》2009年第3期］

中晚唐诗歌流派与晚唐五代词风

文学与文体的发展，离不开不同文体之间的交融互动。词有“诗余”之称，诗词关系，自宋代之后，特别是敦煌文献发现以来，学者们围绕长短句形式的起源问题作过大量研究，而诗词之间联系，除句调韵律外，还有词语、意象、情境、风格等多种因素。缪钺《论词》云：

> 词之所以别于诗者，不仅在外形之句调韵律，而尤在内质之情味意境……内质为因，而外形为果。先因内质之不同，而后有外形之殊异。故欲明词与诗之别，及词体何以能出于诗而离诗独立，自拓境域，均不可不于其内质求之，格调音律，抑其末矣。①

全面看待诗词之别和词体兴起的根源，作为内质之“情味意境”，确实是更为重要的因素，本文即从文学内质角度，先考察中晚唐流行的由李贺开启，到李商隐、温庭筠趋于极致的绮艳诗风，与以温庭筠为代表的花间词风之间的演进关系；再考察韦庄词风与温词异同及其原因，并藉以进一步深入认识诗词之间关系。

---

① 缪钺：《诗词散论》，上海古籍出版社1982年版，第54页。

一、从李贺、李商隐到温庭筠

（一）表现“迷魂”“心曲”

词，特别是最为突出地表现词体不同于其他文体特征的婉约词，从内容上看，更多的是以具体细腻的笔触，集中地体现人的心境意绪，将情思中最为细美幽约者，曲尽其妙地予以表达。温庭筠词《菩萨蛮》（小山重迭）通首表现的是女主人公慵懒、孤寂的心境；韦庄《菩萨蛮》五首，表现的是在乱离中流落江南的枨触情怀；李煜词：“剪不断，理还乱，是离愁，别是一般滋味在心头”（《相见欢》），写的是被“离愁”折磨的心头滋味。《花间集》中“心”字出现79次。名句如：“谢娘无限心曲，晓屏山断续”（温庭筠《归国遥》）、“柳暗魏王堤，此时心转迷”（韦庄《菩萨蛮》）、“丁香软结同心”（毛文锡《中兴乐》）、“换我心为你心，始知相忆深”（顾夐《诉衷情》）、“不堪心绪正多端”（孙光宪《临江仙》）等等，在直接出现“心”字的同时，由相关的语境烘托，把“心曲”“心绪”，以至难以把握难以说清的内心复杂变化与繁复层次，都鲜活贴切地表现了出来。从文体角度看，这在其他文类中固然少见，但从艺术的演进承传角度看，也并非词体独创，诗中自有一类作品为其前导，而与其时代最近的“李贺—温李”一派诗歌，更是对其有着直接的影响。

李贺与李商隐、温庭筠先后崛起于中晚唐诗坛，他们在创作上很突出的一点，是向心灵世界开拓。“李长吉师心”[①]，而李商隐、温庭筠也同样有这种倾向。他们除写自己的寥落、阻隔、理想幻灭、年华蹉跎等种种枨触外，还将心思留连于女性世界，写女性的“心曲”。李贺的“我有迷魂招不得，雄鸡一声天下白”（《致酒行》）、“劳劳一寸心，灯花照鱼目”（《题归梦》），以及《梦天》《天上谣》《苏小小墓》等，都是或写自己

① 王世贞：《艺苑卮言》卷四。

的"迷魂"，或状女子的"心曲"。李商隐的名句"身无彩凤双飞翼，心有灵犀一点通"（《无题二首》其一）、"几时心绪浑无事，得及游丝百尺长"（《山行》）、"嫦娥应悔偷灵药，碧海青天夜夜心"（《嫦娥》），以及《燕台》《锦瑟》等篇，更是在对心理世界发掘的深度和表现的细腻真切方面，达到前所未有的高度。温庭筠之写心理状态，虽突出表现在词体中，但其乐府诗与近体抒情小诗，于此也很擅长。可以说正是由于将诗歌中这种艺术经验成功地移入词中，他才能对"谢娘心曲"作出那样丰富多彩的表现。试看以下诗词：

香灯伴残梦，楚国在天涯。月落子规歇，满庭山杏花。

——《碧涧驿晓思》

千万恨，恨极在天涯。山月不知心里事，水风空落眼前花。摇曳碧云斜。

——《梦江南》

都是将天涯阻隔之恨融入眼前沉寂寥廓的夜空和月色花影之中，种种物象，都是为了烘托体现抒情主人公落寞的心境。对照可见温庭筠诗与词在艺术表现上的相通。我们甚至还可以看到作者一些深微造极的体验，被不止一次地织入不同的作品中。温词《菩萨蛮》其三结尾："心事竟谁知，月明花满枝"，与上引《碧涧驿晓思》结尾："月落子规歇，满庭山杏花"，意境也是非常接近。在展示人物心理上诗境与词境相通，是温庭筠将李贺一派在诗中用得很纯熟的手法，转移到词中的突出表现。

(二)心象融铸物象

李贺一派诗歌与以温庭筠为代表的花间词，为了展示人的心情意绪，将诗中以景就情、以情化景之法，加以发展。往往以心象融铸物象，创造出艺术化的主观色彩很浓而又更为直观的心灵景象。温庭筠《归国谣》下片："画堂照帘残烛，梦余更漏促。谢娘无限心曲，晓屏山断续。"用画堂残烛和梦后的更漏声等，极力烘托环境。在点出其人“无限心曲”之后，不是对“心曲”作抽象说明（如“悲”“怨”之类），而是用类似电影蒙太奇手法，迭印其人卧床边的“晓屏山断续”。此时，晓屏之景在环境烘托之下，同时借助语言的前后联系，便成了“心曲”状态的延伸与展示。伊人难以言状的“心曲”，不就是如屏风景物之曲折迷离吗？机缘凑泊，经过充分酝酿镕炼，便化情为景，使相关情事若隐若现于可感可触的暧昧仿佛之景中，形象直观，却又不落言诠。与这种化情为景相对应的，是化景为情，如《荷叶杯》：

一点露珠凝冷，波影，满池塘。绿茎红艳两相乱，肠断，水风凉。

这首词仅仅是写荷塘景色吗？何以说“肠断”，又何以用“冷”“乱”“凉”等形容词呢？说者谓：

题旨系写“一个断肠人眼中的荷塘景色”……荷池是否即象征其心湖呢？荷池之上，忽尔风生，而景色变异如彼……荷池当时景色，实即断肠人当时心境，景即是情，情即是景，满池塘的缭乱，即是满心湖的纷扰。①

荷塘景色所以能如此理解，在于一经点出“断肠”，即如盐着水，使景不再是客观之景，而是以情观物，化景为情，使景物朦胧隐约皆有反映心境的作用。这种艺术表现能力与效果，不光见于花间词，其他词人的作品中，也能见到。李璟《浣溪沙》：“菡萏香消翠叶残，西风愁起绿波间”，一个“愁”字也是发挥了化景为情的效用，西风碧波间的残荷，也就宛似愁人的心境。

词的这种表现心境乃至心灵景观的艺术功能，并非一开始就很突出。

① 张以仁：《花间词论集》五《试论温庭筠的一首〈荷叶杯〉词》。

早期的民间词朴拙直白，在这方面显然难以出色。即使是白居易、刘禹锡的词，也是简约明快，很少对心境作细笔描绘。“心曲”外化，在《花间集》中成功运用，并为后代词家所继承，与李贺、李商隐、温庭筠等人所作的开拓有直接关系。他们在诗中用以表现心灵世界的艺术手段，再由作为词人的温庭筠等移之于词，遂有别于民间词直拙的面貌。试看李贺的《美人梳头歌》：

> 西施晓梦绡帐寒，香鬟堕髻半沉檀。辘轳咿哑转鸣玉，惊起芙蓉睡新足。双鸾开镜秋水光，解鬟临镜立象床。一编香丝云撒地，玉钗落处无声腻。纤手却盘老鸦色，翠滑宝钗簪不得。春风烂漫恼娇慵，十八鬟多无气力。妆成鬖髿欹不斜，云裾数步踏雁沙。背人不语向何处，下阶自折樱桃花。

这首诗写美人晨起梳妆，论题材在《花间集》等婉约词中可算最为常见。《花间集》开篇《菩萨蛮》（小山重迭）即是此种题材。南宋胡仔称“余尝以此填入《水龙吟》”，词云：

> 梦寒绡帐春风晓，檀枕半堆香髻。辘轳初转，栏杆鸣玉。咿哑惊起。眠鸭凝烟，舞鸾翻镜，影开秋水。解低鬟试整，牙床对立，香丝乱，云撒地。　纤手犀梳落处，腻无声，重盘鸦翠。兰膏匀渍，冷光欲溜，鸾钗易坠。年少偏娇，髻多无力，恼人风味。理云裾下阶，含情不语，笑折花枝戏。①

胡仔的变动并不算大，而在文体上已易诗为词，这显然是因为李贺诗之情味、语言、意象等本即接近于词。《美人梳头歌》多写体貌以及枕镜钗鬟之类，但能于描写中见人物心态。这种特色正好通之于词。如果与温庭筠《菩萨蛮》（小山重迭）对照，则开镜、解鬟、簪钗的大段描写，大

① 胡仔：《苕溪渔隐丛话》后集卷一二，人民文学出版社1981年版，第89页。

体相当于温词之“弄妆梳洗迟”。在弄妆迟缓中见情绪之低。结尾：“背人不语向何处，下阶自折樱桃花”，为妆毕之后，仍然独处，无所事事，顾影自怜，则又与温词结尾暗示美人心事寂寞，孤独无偶，有同样的作用。《美人梳头歌》中“春风烂漫恼娇慵，十八鬟多无气力”，是对女子情态与心境的集中描写。“春风烂漫”与“恼娇慵”，“十八鬟多”与“无气力”中间的事理逻辑，很难细析，主要是主观情绪借助和依托物象的一种体现，心绪与物象融为一体。

把心象与物象融铸到一起，构成艺术形象，表现人的心境意绪。在中晚唐一些诗人作品中成为一种新的艺术倾向。这一倾向较早见于李贺诗歌，继之者为李商隐和温庭筠。李贺生峭，名句如“我有迷魂招不得，雄鸡一声天下白”（《致酒行》）“壶中唤天云不开，白昼万里闲凄迷”（《开愁歌》），心理与物象之间，都接得比较突然。温李学李贺的“长吉体”诗，在多数情况下，是由生峭趋向圆融。李商隐特别善于把心灵中的朦胧图像化为依稀仿佛的诗的意象，非常适合表现失意文人和多情女子的情感状态。李商隐多情善感，“可怜漳浦卧，愁绪乱如麻”（《病中闻河东公乐营置酒口占寄上》），凄迷的心境受外界触动，会诱发出形形色色恍惚迷离的心象，发而为诗，则可能以心象融合眼前或来源于记忆与想象中的物象，构成种种印象色彩很浓的艺术形象。“身无彩凤双飞翼，心有灵犀一点通”，把青年男女身隔情通，心心相印，与灵异的犀角相链接，构成新鲜可感且带神秘色彩的形象，极其微妙地体现出阻隔中的契合，苦闷中的欣喜，寂寞中的慰藉。“春蚕到死丝方尽，烛炬成灰泪始干”，将至死难以磨灭的挚爱和思念，与春蚕到死才停止吐丝、蜡烛燃尽才停止流淌烛泪联系到一起；“春心莫共花争发，一寸相思一寸灰”，将爱情萌发与春花绽放、将痛苦失恋的相思与香烛燃烧后的灰烬联系到一起；这种把人的心理状态和情感化为一种更为直观的艺术形象的写法，在词里更为普遍。温庭筠《更漏子》其三：“香作穗，蜡成泪，还似两人心意”，在写法和所展示的形象方面与上引李商隐《无题》中的诗句，即非常相近。据此，可以看到以心象融铸物象的表现方式，由诗向词推进之迹。

(三)意象错综跳跃

与心象融铸物象的表现方式相联系，李贺、李商隐、温庭筠等人的一些诗歌与词体，在意象组合上亦有相近的特点。晚唐五代的文人词的意象组合，往往错综跳跃，难求明确的线索和时空因果联系。温庭筠《菩萨蛮》其二："江上柳如烟，雁飞残月天"、《更漏子》其一："惊塞雁，起城乌，画屏金鹧鸪"、《菩萨蛮》其三："翠钗金作股，钗上蝶双舞"，在篇中的前后联系与全篇脉络问题，都一再引起学者议论。俞平伯说：

> 飞卿之词，每截取可以调和的诸印象而杂置一处，听其自然融合，在读者心眼中仁者见仁知者见知，不必问其脉络神理如何如何，而脉络神理按之则俨然自在。[①]

叶嘉莹说：

> 不必深求其用心及文理上之连贯。塞雁之惊，城乌之起，是耳之所闻，画屏上金鹧鸪，则目之所见，机缘凑泊，遂尔并现纷呈，直截了当，如是而已。[②]

李冰若说：

> 以一句或二句描写一简单之妆饰，而其下突接别意，使词意不贯……为温词之通病，如此词"翠钗"二句是也。[③]

或褒或贬，都指出了温词语言意象在组合衔接上往往任意凑泊，前后

---

① 俞平伯：《读词偶得》，上海书店出版社1984年版，第3页。

② 叶嘉莹：《温庭筠词概说》，见《迦嘉论词丛稿》，上海古籍出版社1980年版，第31页。

③ 李冰若：《栩庄漫记》，见《花间集评注》。河北教育出版社1999年版，第14页。

之间不甚连贯、不甚确定的现象。这在其他词人作品中，也很常见。韦庄《菩萨蛮》其五上片：“洛阳城里春光好，洛阳才子他乡老。柳暗魏王堤，此时心转迷。”抒情主人公应为“洛阳才子”，既然是“他乡老”，应该身在他方，然而首句“洛阳城里”、第三句“柳暗魏王堤”，写目见之景，又似乎置身洛阳。这前后空间的转换，就没有给出清晰明确的线索。冯延巳《谒金门》（风乍起）词的首尾跟全篇关系，都有点若即若离。俞陛云说：“‘风乍起’二句，破空而来，在有意无意间，如絮浮水，似沾非著。”[①]陈廷焯说：“结二语若离若合，密意痴情，宛转如见。”[②]可见词体中语言意象间若离若合、似沾非著的情况，相当普遍。

词体的上述现象，在一般五七言诗中较为少见，五七言诗（特别是古体诗）多数循事件或情感发展，进行叙述与描写，上下联系与前后的逻辑顺序是清楚的，例外者是少数。但值得注意的另类现象是李贺开启的晚唐一路。李贺的诗，杜牧说：“盖《骚》之苗裔，理虽不及，辞或过之。”又说：“求取情状，离绝远去笔墨畦径间，亦殊不能知之。”（《李贺集序》）李商隐说他“未尝得题然后为诗，如他人思量牵合，以及程限为意。”（《李贺小传》）杜牧与李商隐所注意的，都是李贺诗中事理、线索、畦径的难觅难知。对此，钱锺书则说：

> 长吉穿幽入仄，惨淡经营，都在修辞设色，举凡谋篇命意，均落第二义……余尝谓长吉文心，如短视人之目力，近则细察秋毫，远则大不能睹舆薪；故忽起忽结，忽转忽断，复出旁生……[③]

“忽起忽接，忽转忽断，复出旁生”可算李贺某些代表性诗篇在结构上的特点。尽管可能伴随某些缺点，但后继并不乏人。李商隐、温庭筠的“长吉体”诗，章法上与之仿佛。即使是李商隐自具面目的《锦瑟》、无题

① 俞陛云：《唐五代两宋词选释》，上海古籍出版社1985年版，第97页。
② 陈廷焯：《词则·闲情集》卷一《五代十国诗》。
③ 钱锺书：《谈艺录》（补订本）七《长吉诗境》，中华书局1984年版，第46页。

一类诗，亦有这种表现。夏承焘云：“李商隐律诗有一个缺点，是组织性不强。尤其是‘无题’几首，它的起结及中间各对句，往往可以互相拆换……”夏承焘举两首《无题》为例，将其起结及中间各联互相拆换，依然成诗，且自认为“读起来好像和原作并没有多大差别。”[①]距夏承焘的发现半个世纪，王蒙论李商隐，又一再指出《锦瑟》、无题等篇“结构的无端……不是我们习惯的线性结构”[②]，具有“可简约性，跳跃性，可重组性，非线性”[③]。王蒙也像夏承焘一样，多次把李商隐的《锦瑟》和无题等诗的句与联拆散，打乱重建。从李贺诗歌的欠“理”，到李商隐无题等篇结构的“无端”，再到温词“每截取可以调和的诸印象而杂置一处，听其自然融合”，可以看出中晚唐从诗到词都有一种重在呈现种种印象，而象与象之间逻辑关系不甚明显，在组合中带有某种跳跃性、纵横性，而彼此间又不失相互弥漫性、粘合性的作品。这在诗中主要体现者为温李一派，由诗到词，再由温词带动，成为词体中所呈现的特征之一。

意象组合扑朔迷离，跨越跳跃，层次结构有异于一般逻辑顺序，跟侧重表现情感意绪和以心象融铸物象的表现方式有密切关系。人的心理和情感活动没有界域限制，且瞬息万变；人的情感状态与心灵的微妙隐秘，本来无质无形，恍兮惚兮，殊难究悉，并非只有某种固定的形态和变化的程序。从艺术表现的角度看，客观景物，乃至神话传说、历史典故，经过改造之后，可以给人多种联想，主观性强的诗人往往超越常理常规加以运用，造成若即若离似断似连之感。同时晚唐五代诗词中许多意象，如锦瑟、灵犀、珠泪、玉烟、碧城、瑶台、蓬山、灵风、梦雨等等，都被情感化、主观化，甚至心灵化了，是多种体验的复合，并非与客观现实之物完全对应。这些意象在诠释上具有弹性和多义性，也带来衔接上和逻辑上的超越常规常理。基于上述原因，当心象变幻，借助于主观化的意象加以表

① 夏承焘：《夏承焘文集》第七册《天风阁学词日记》，浙江教育出版社1997年版，第1079页。

② 王蒙：《说无端》，《安徽师范大学学报》2002年第4期。

③ 王蒙：《双飞翼·混沌的心灵场——谈李商隐无题诗的结构》，生活·读书·新知三联书店1996年版，第104页。

现的时候，意象与意象之间的衔接联系，就未必是逻辑和有序的。有时围绕某种心态加以表现时，可以把多种景物意象加以拼合、迭印，乃至抽换互代。意象的来龙去脉难以理清，跳跃性纵横性等种种复杂情况都会出现，在理解上也会见仁见智，莫衷一是。

（四）接受楚辞影响

温庭筠等的花间词跟楚辞之间的继承关系，在词学史上一直有不同认识。清代张惠言主温词继承楚辞传统之说，认为《菩萨蛮》其一有“《离骚》‘初服’之意”[①]，陈廷焯亦赞同张说，强调“飞卿词，全祖《离骚》”[②]，而近代学者对此则多不以为然。应该说温庭筠缺少屈原那样的抱负、人品和政治经历，认为他在词中有关花草和女性的描写，是像屈原那样表现自我修养和忠君爱国，不免缺乏根据。但问题是：楚辞对于后代的影响是多方面的，除了政治感遇之外，楚辞写男女之情和作为比兴手法的香草美人之喻，对后世的影响也是广泛而普遍的。刘勰《文心雕龙·辨骚》，既认为楚辞有“同于《风》《雅》者也”，又认为其诡异、谲怪、狷狭、荒淫四事异乎经典。所谓“荒淫”，即“士女杂坐，乱而不分，指以为乐，娱酒不废，沉湎日夜，举以为欢。”[③]单就此“荒淫之意”，花间词与楚辞不是没有渊源的。而李贺、李商隐、温庭筠诗歌之继承楚辞也正有此一面，都是远宗楚辞，近取六朝，形成晚唐绮艳诗风与词风。三家之宗尚楚辞，都有文字表述。李贺云：“斫取青光写楚辞”（《昌谷北园新笋四首》其二），以楚辞比拟自己的创作。李商隐云：“为芳草以怨王孙，借美人以喻君子”（《谢河东公和诗启》），表白其创作继承了屈原香草美人的比兴手法。温庭筠作品题为《握兰集》《金筌集》，“兰”“筌”的命名，出

① 张惠言：《词选》卷一，大中书局1933年版，第1页。

② 陈廷焯：《白雨斋词话》卷一。

③ 《文心雕龙·辨骚》：“士女杂坐，乱而不分，指以为乐，娱酒不废，沉湎日夜，举以为欢，荒淫之意也。”

自《离骚》[①]。又，温庭筠《上盐铁侍郎启》有云："滋兰九畹，伤谣诼之情多"，亦是将自己的创作和遭遇，比拟于屈原。

温词来自楚辞的影响，不少词学家作过分析探讨。陈廷焯论词标举"沉郁"，由沉郁追溯到《风》《骚》，认为二者"沉郁之至，词之源也"[②]，又发挥说："所谓沉郁者，意在笔先，神余言外。写怨夫思妇之怀，寓孽子孤臣之感。凡交情之冷淡，身世之飘零，皆可于一草一木发之。而发之又必若隐若见，欲露不露，反覆缠绵……'懒起画蛾眉，弄妆梳洗迟'无限伤心，溢于言表。""飞卿《菩萨蛮》十四章，全是变化楚《骚》，古今之极轨也。徒赏其芊丽，误矣。"[③]所论虽缺少实证，但他在风格气息上的把握，亦不全是对温词的误读。温词在绮艳中有可能渗透若干自己的人生感受，其"若隐若现，欲露不露，反复缠绵"的表达方式与《离骚》确有近似之处。除人们注意较多的《菩萨蛮》十四章外，温庭筠以《河渎神》为调的词，也有《九歌》的气息。陈廷焯《词则》卷三云："《河渎神》三章寄哀怨于迎神曲中，得《九歌》之遗意。"李冰若从总体上是贬抑温词的，但于其《梦江南》亦云："《楚辞》：'望夫君兮未来，吹参差兮谁思？''袅袅兮秋风，洞庭波兮木叶下。'幽情远韵，令人至不可聊。飞卿此词：'过尽千帆皆不是，斜晖脉脉水悠悠'，意境酷似《楚辞》，而声情绵渺，亦使人徒唤奈何也。"[④]李冰若是从意境情思方面说的，就此而言，温词和《花间集》中可举者还不少。楚辞，特别是《九歌》中那种思念之情。隔离之恨，如"望美人兮未来"（《少司命》）、"思公子兮未敢言"（《湘夫人》）、"隐思君兮悱侧"（《湘君》）、"子慕予兮善窈窕"（《山鬼》）、"思公子兮徒离忧"（《山鬼》），等等，几乎就是《花间集》中反复吟咏的主题。不仅是意境情思，有的甚至在人物、场景的具体描写与结

① 《新唐书·艺文志四·别集类》载："温庭筠《握兰集》三卷。又《金筌集》十卷。《诗集》五卷。《汉南真稿》十卷。"《离骚》："余既滋兰之九畹兮"，又"筌不察余之中情兮"。

② 陈廷焯：《白雨斋词话》卷一。

③ 陈廷焯：《白雨斋词话》卷一。

④ 李冰若：《栩庄漫记》，见《花间集评注》，河北教育出版社1999年版，第37页。

构上亦逼近《楚辞》，试以温词《梦江南》与《九歌·湘夫人》前半为例：

梳洗罢，独倚望江楼。过尽千帆皆不是，斜晖脉脉水悠悠，肠断白蘋洲。

——温庭筠《梦江南》

帝子降兮北渚，目眇眇兮愁予。嫋嫋兮秋风，洞庭波兮木叶下。

登白薠兮骋望，与佳期兮夕张；鸟何萃兮蘋中，罾何为兮木上。

沅有茝兮醴有兰，思公子兮未敢言。荒忽兮远望，观流水兮潺湲……

——《九歌·湘夫人》

两篇作品都是写一方在水边盼望等待另一方。从叙述描写看，《湘夫人》第一节“帝子降兮北渚，目眇眇兮愁予”，相当于《梦江南》一、二句写眺望。《湘夫人》第三节“荒忽兮远望，观流水兮潺湲”，相当于《梦江南》三、四句，写望而不见，唯见流水悠悠。而《湘夫人》第二节“登白薠兮骋望”，则近于《梦江南》末句“肠断白蘋洲”。因此，如果将《湘夫人》二、三节对调，则此诗与《梦江南》之伫望—观流水—肠断白蘋洲的过程就宛然一致了。很难说温庭筠有意模仿楚辞，但这些对古代文人来说，是烂熟于胸的经典作品，其潜在影响，无疑是存在的。

诗体长期发展所积累的成果，所进行的多方面的艺术探索，是为词体预设的最丰厚的资源。五七言诗经过盛唐与中唐的高度发展，到晚唐出现了在前代诸大家之外另辟蹊径的“李贺—温李”一派，作为花间鼻祖的温庭筠，吸收了这一路诗歌的艺术经验，从事词的创作，并进而由此奠定了文人词的主导风格。当然，以诗之博大丰富，影响于词体绝非限于一条途径。下面，我们将会看到由另外一派诗人对晚唐五代词所产生的另一种影响，从而表现出诗在艺术上影响于词的多面性与复杂性。

二、从白居易到韦庄

《花间集》诸家的创作，在共同体现晚唐五代文人词总体风格的同时，又在不同程度上有自己的特征。其中温庭筠与韦庄两家风格差异，最为人所关注。温词浓艳，韦词清丽。温词多见精美物象，描写性较强；韦词醞情深至，而又明白如话，抒情性较强。历代词家于温、韦，或并尊，或有所轩轾，多数都是就其特点进行比较。近代强化了文学史的发展观念，又有人认为温、韦代表发展上的不同环节。如说："鲜明真切、极具个性的风格，不仅为端己（按指韦庄）词的一大特色，而且也当是晚唐、五代词在意境方面的一大演进……从不具个性的艳曲（按：指温词），到具有鲜明个性的情诗，这是晚唐、五代词在意境方面第一度的演进。"[①]或说："（韦庄词）长于写情，技术朴素，多用白话，一扫温庭筠一派的缜丽浮文的习气。在词史上，他要算一个开山大师。"[②]这些评论，如说韦词在客观上提供了与温词不完全相同的风格是正确的，但强调韦庄在词史上构成一大演变，甚至一扫温派习气，成为新的开山大师，则不符合词体实际上的发展进程。

韦庄与温庭筠词风之异，以及与此相联系的在词史上的意义，仍然需要结合其词与中晚唐诗歌流派的关系去考察。

（一）韦庄诗词之间的沟通

韦庄与温庭筠同属诗词兼擅的作家，其诗与词之间沟通的程度，甚至超过温庭筠。韦庄诗与词不少篇章字句以近似的面貌出现。他的《宫怨》（一辞同辇闭昭阳）与词《小重山》（一闭昭阳春又春），乃同一内核适应不同体裁而稍变其面目。《春陌二首》其一与《浣溪纱》其三均有"一枝

① 叶嘉莹：《从〈人间词话〉看温韦冯李四家词的风格》，《迦陵论词丛稿》，上海古籍出版社1980年版，第72、116页。

② 《胡适选唐宋词三百首》，东方出版社1995年版，第9页。

春雪冻梅花”之句。《江上别李秀才》：“与君俱是异乡人”，跟《荷叶杯》其一：“如今俱是异乡人”；《对梨华赠皇甫秀才》“还是去年今日时”，与《女冠子》其一“正是去年今日”，均仅两字相异。《对梨华赠皇甫秀才》：“且恋残阳留绮席，莫推红袖诉金卮。腾腾战鼓正多事，须信明朝难重持”，不仅与其《菩萨蛮》其四“劝君今夜须沉醉，樽前莫话明朝事”“须愁春漏短，莫诉金杯满”相近，而且借助诗意，可以了解词之借酒浇愁的时代生活背景和作者内心深处的痛苦。这些，都说明韦庄诗与词之间往往互通。因而，考察韦庄诗风渊源所自，有助于认识韦庄词风的来路。

(二)《又玄集》所体现的对前辈作家的态度

作家的创作是在对前代文学继承和当代的文学现实环境中进行的。韦庄除创作外，还编有唐诗选本——《又玄集》，从初唐宋之问到当时还在世的罗隐、杜荀鹤等人，其间著名诗人几乎全部入选。反映了韦庄对于这些诗人的广泛肯定态度。韦庄任左拾遗时又曾上表（《乞追赐李贺皇甫松等进士及第奏》），建议将中晚唐“无显遇”“有奇才”的文士，“追赐进士及第，各赐补阙、拾遗”，这也可见韦庄对于前辈和同时代的优秀诗人的普遍尊重。

韦庄最推崇的前代诗人是杜甫。晚年在成都居于杜甫草堂旧址；诗集取名《浣花集》，即源自杜甫。所编《又玄集》，置杜诗于卷首。杜甫生逢安史之乱，长期流寓，备尝艰险，忧国忧民，与韦庄在黄巢起义、军阀混战期间的遭遇和心情多有相似。杜甫的诗歌记载了那个时代的灾难，成为“诗史”，韦庄写乱离中的感受见闻，不仅在内容上可继杜甫，风格上亦略具杜诗沉郁的特征。韦庄存诗322首，应酬诗很少，明显反映或涉及时事战乱的约93首，占全诗的三分之一，这在唐人诗中比例是很高的。

韦庄继承杜甫，也有受限制的一面。时代远隔，杜甫的思想和才力，亦非韦庄所能及。二者之间，需要有过渡。盛唐之后，大力推崇杜甫，自觉传承杜甫，当首推白居易与其诗友元稹。元白注意反映社会问题，诗风平易近人，韦庄继承杜甫，而实际上的取径，则是走元白一路。

韦庄生于唐文宗开成元年（836），其时白居易仍在世。白居易卒于唐武宗会昌六年（846），韦庄已十一岁。韦庄《下邽感旧》云："昔为童稚不知愁，竹马闲乘绕县游"，可知其少年时期曾居华州下邽县。而下邽为白居易故乡，白居易因守母丧居下邽前后四年。韦庄很早闻白居易之名，且受其影响，应是很自然的事。洪亮吉《北江诗话》云："韦端己秦中吟诸乐府学白乐天而未到。"①宋育仁《三唐诗品》云："（韦庄诗）其源出于元稹。"②两家诗话，大体上反映了韦诗受元白诗派影响的事实。

韦庄所编《又玄集》选了元稹两首长篇叙事诗：《连昌宫词》和《望云骓马诗》。韦庄的名作《秦妇吟》，无论内容还是其七古长篇的叙事手法，都直接继承了《连昌宫词》与白居易《长恨歌》等长篇。王国维在《敦煌发现唐朝之通俗诗及通俗小说》中谓："（《秦妇吟》）诗为长庆体，叙述黄巢焚掠，借陷贼妇人口中述之，语极沉痛详尽，其词复明浅易解……"不仅指明《秦妇吟》用的是元白长庆体，而且谓其"沉痛详尽""明浅易解"，也是元白长篇叙事诗的特点。

《又玄集》选录白居易诗歌，着眼于唱和诗。唱和诗在白居易集中占很大比重，"元白""刘（禹锡）白"唱和为诗坛佳话。《又玄集》中入选的刘禹锡与白居易诗前后相连，均为两人唱和之作，其中刘对白多有安慰和赞誉，体现出以刘衬白的意味，反映了韦庄对于白居易的尊崇与重视。

（三）韦庄诗词创作与白居诗词之间的关系

韦庄诗词创作对白居易的继承是多方面的。韦庄叙事诗《税人场歌》在《全唐诗》和清人汪立名刊本《白香山诗集》中，一作白居易诗，错乱原因可能与两人诗歌风格相近有关。白居易《长恨歌》名句："玉容寂寞泪阑干，梨花一枝春带雨"，韦庄《春陌二首》其一中有"肠断东风各回首，一枝春雪冻梅花。"《浣溪沙》其三中又有"暗想玉容何所似，一枝春雪冻梅花"，与白居易的写法和喻象相近。白居易《和梦游春诗》："眉敛

① 洪亮吉：《北江诗话》卷六。

② 宋育仁：《三唐诗品》卷三。

远山青……梦断魂难续”，韦庄《谒金门》其一：“远山眉黛绿”，“梦魂相断续”。白居易《忆江南》其一“春来江水绿如蓝”，韦庄《西塞山下作》：“西塞山前水似蓝。”白居易《喜敏中及第偶示所怀》：“杨穿三叶尽惊人”，韦庄《寄湖州舍弟》：“云烟但有穿杨志。”白居易《寄王质夫》：“旧游疑是梦”，韦庄《归国遥》其二：“旧欢如梦里”。白居易《江南谪居十韵》：“忧方知酒圣，贫始觉钱神”，韦庄《遣兴》：“乱来知酒圣，贫去觉钱神”。白居易《东南行一百韵》：“承明连夜直，建礼拂晨趋”，韦庄《和郑拾遗一百韵》：“晓风趋建礼，夜月直文昌”。白居易《潜别离》：“不得语，暗相思”，韦庄《应天长》其二：“暗相思，无处说。”白居易《失婢》：“今宵在何处？唯有明月知”，韦庄《女冠子》其一：“除却天边月，没人知”。白居易《长恨歌》：“但令心似金钿坚，天上人间会相见”，韦庄《思帝乡》其一：“说尽人间天上，两心知”。以上，有的几乎完全相同，有的非常相近，其中难免没有巧合，但多数应出于韦庄对白居易诗歌的熟悉和喜爱，因而加以化用。

除可以简单地直接加以对照的语例外，还有不少复杂微妙的情况。如：白居易用“无力”一词，有《长恨歌》：“侍儿扶起娇无力”；《魏王堤》“柳条无力魏王堤”；《曲江早春》：“曲江柳条渐无力”，这几处所用的“无力”，都能给人留下很深的感觉印象。韦庄《乞彩笺歌》中有“卓文醉后开无力”；《思归》中有“暖丝无力自悠扬”；《思帝乡》其一中有：“髻坠钗垂无力”；《谒金门》其二：中有“新睡觉来无力”，韦庄在这样运用时，不可能不会想到白居易的名句。白居易的《琵琶行》与韦庄《赠峨眉山弹琴李处士》都是描写音乐的诗篇。两首诗，从对弹奏人身份的叙述，到对音乐的形象描绘，到乐停后环境效果渲染，以及主动提出给弹奏者作歌，在井井有条地叙述和描景状物的手法上都有相近之处。

跨出个别词句篇章的对照，更为整体概括地看韦庄对于白居易的接受，可归为两大方面：一是伤时感世的内容，二是语言表达上的通俗性和叙述性。

白居易青少年时期自述流离困苦的诗，任左拾遗前后，写社会问题与民生疾苦的讽喻诗，以及内含某些世情感慨与人生感慨的感伤诗，跟韦庄的忧世多感，有相近之处。白居易云："文章合为时而著，歌诗合为事而作。"（《与元九书》）韦庄生逢世乱，蒿目时艰，自称："伤时伤事更伤心"（《长安旧里》）。其弟韦蔼撰《浣花集序》，陈述韦庄的生活经历与创作云："流离漂泛，缘目寓情。子期怀旧之辞，王粲伤时之制。或离群轸虑，或反袂兴悲。《四愁》《九愁》之文，一咏一觞之作。"这一切，确实与白居易"为时""为事"的创作精神相去不远。其《悯耕者》《汴堤行》《重围中逢萧校书》《喻东军》《闻再幸梁洋》等反映人民疾苦和时事的篇章，都可称"为时""为事"之作。另外，韦庄还有不少贴近自身生活经历的抒情感慨之作，如"记得竹斋风雨夜，对床孤枕话江南"（《寄江南逐客》）、"更被夕阳江岸上，断肠烟柳一丝丝"（《江外思乡》）等，情调亦近似白居易。

与内容相比，更值得注意的是韦庄与白居易语言表达上的接近。白居易诗歌平易流畅，在中晚唐有广泛影响。韦庄选《又玄集》，标举"清词丽句"。作者们"清词丽句"的具体表现是多样的。白居易诗歌流畅而又优美，无疑是"清词丽句"中最有普遍性的一种。韦庄的语言，即在这方面近于白居易，获有"流丽""清丽"之称[①]。

白居易诗歌语言叙述性强。诗之赋比兴，在不同诗人作品中所占比重各异。李贺、李商隐、温庭筠三家笔下，比兴地位突出。白居易则多用赋法，铺陈叙述占大部分篇幅。李商隐等人因比兴而隐晦朦胧，白居易因多用赋法，而详悉明畅。白诗中叙述是主要手段。《长恨歌》《琵琶行》和乐府诗是叙事，闲适诗、感伤诗也主要是通过叙述来表达情感。韦庄亦承白居易之风，其《秦妇吟》那样的长篇，固然是叙事杰作，而即使是有关人生和世情的感慨，也多半偏重直陈和叙事。不同流派的诗人词客，有的尽量交待叙述清楚，有的则是埋没针线，省略事件原委过程，作品风貌自然形成鲜明差异。

① 李调元：《雨村词话序》："温韦以流丽为宗"。唐圭璋辑：《词话丛编》（第二册），中华书局1986年版，第1377页。蔡嵩云：《柯亭词论》："韦派清丽"。《词话丛编》（第五册），中华书局1986年版，第4904页。

（四）韦词——花间词的底调融入白居易诗词明朗爽快的因素

同为花间派中大家，韦庄与温庭筠在创作上究竟是什么关系？在温庭筠建立的文人婉约词系统中，他是扫除变革刚刚建立起来的词体本色形态？还是置身于本色形态中，而又因其诗歌所继承之传统，引入另一些成分，酝酿出有别于温词的自家面目？为弄清这一问题，先应考察韦庄对温庭筠诗词的接受情况。

韦庄出生晚于温庭筠三十余年，温对于韦是知名的前辈。韦庄在《乞追赠李贺皇甫松等进士及第奏》中，举到温庭筠；在《又玄集》中选温庭筠诗五首，又选了纪唐夫一首为温庭筠鸣不平的诗——《赠温庭筠》。章奏和选诗，都表现了对温的肯定。《花间集》作者，以西蜀词人为主体，作词皆承袭温庭筠，韦庄在前蜀官至宰相，又是文坛上从晚唐到西蜀的主要传递人物。西蜀之承袭发扬温庭筠词风，与韦庄的带动当有极大关系。韦庄诗词即明显有承袭温庭筠的印迹。韦编《又玄集》中选有温诗《过陈琳墓》，所抒发的飘零失路的感叹，与韦庄诗中常见的“流离漂泛，寓目缘情”（《浣花集序》）之慨相近。《过陈琳墓》结联为：“莫怪临风倍惆怅，欲将书剑学从军”，韦庄《九江逢卢员外》诗结联则云：“莫怪相逢倍惆怅，九江烟月似潇湘”，上句仅更换温诗句中三、四两字。

温韦两家词风有别，是总体一致下的个性差异。陈廷焯云：“端已《菩萨蛮》四章，……意婉词直，一变飞卿面目，然消息正自相通。余尝谓……端已之视飞卿，离而合者也。”①陈氏的分析，相当深刻。所谓“离”，即词风有别；所谓“合”，即总体一致。温与韦尽管一浓一淡，但语言情境同样都是非常艳美，如：

玉楼明月长相忆，柳丝袅娜春无力。门外草萋萋，送君闻马嘶。画罗金翡翠，香烛销成泪。花落子规啼，绿窗残梦迷。

——温庭筠《菩萨蛮》其七

① 陈廷焯：《白雨斋词话》卷一。

莺啼残月，绣阁香灯灭。门外马嘶郎欲别，正是落花时节。妆成不画蛾眉，含愁独倚金扉。去路香尘莫扫，扫即郎去归迟。

——韦庄《清平乐》其四

都是写相思离别，许昂霄《词综偶评》云："（韦庄）三、四与飞卿'门外草萋萋'二语，意正相似。"①下片离别之后女主人公孤独痴迷之状也比较接近。用语上"玉楼"与"绣阁"、"香烛"与"香灯"、"明月"与"残月"、"子规啼"与"莺啼"又可算相当。不同之处在于温词侧重铺陈描写，韦词侧重叙事，温词的辞藻密度更大一些。韦词上片写离别，下片写别后相思，情事顺时展开。温词则首二句和下片都写相思，三、四两句插入写回忆中的离别场面，结构上较韦词曲折。两家不同，自是"疏""密"之别，但情思之感人，词语与意境之美则是一致的，故陈廷焯云："端已词艳入骨髓，飞卿之流亚也。"（《云韶集》卷一）

韦庄词化用温庭筠诗词尤其是词中词语意象极多。温庭筠乐府诗《惜春词》首句"百舌问花花不语"，韦庄《归国遥》其一则有"南望去程何许，问花花不语。"《归国遥》其二结句："旧欢如梦里"，又出自温庭筠《更漏子》其二结句"旧欢如梦中"。韦庄《荷叶杯》其二"惆怅晓莺残月"。温庭筠《更漏子》其二有"帘外晓莺残月"。韦庄《河传》其二："拂面垂丝柳"，温庭筠诗《题柳》："杨柳千条拂面丝。"韦庄《谒金门》其一："远山眉黛绿"，又《荷叶杯》其一"愁黛远山眉"，温庭筠《菩萨蛮》其十三："眉黛远山绿"，两家相比，韦词较温词仅仅在词语顺序和个别字面上，稍有变换。

韦庄和花间词人语言上继承温庭筠，当然不只是化用其成句或成篇，更主要的是温庭筠在远师齐、梁宫体，近承李贺、李商隐等诗歌语言词汇的基础上，应歌适俗，创造了一套为婉约词风服务的语言符号系统，创造了前人未曾提供的为词体所用的词汇群。如以下一些词语群类：

① 许昂霄：《词综偶评》，见唐圭璋辑《词话丛编》（第二册），中华书局1986年版，第1549页。

有关女性容貌、服饰：玉容、含羞、憔悴、黛眉、蛾眉、愁黛、鬓云、罗带、金缕、红袖

有关闺闱陈设：玉楼、画堂、栏干、纱窗（窗纱）、罗幕、鸳被、画帘、绣衾、金枕

有关物与景：翡翠、鹧鸪、牡丹、鸳鸯、柳丝、落花、残烛、残月、细雨、碧云、春水、柳烟、马嘶、漏残

有关人物活动与心理：卷帘、肠断（断肠）、离肠、梦魂、魂消（消魂）、惆怅

有关人物称谓：美人、谢娘、谢家、王孙

这些词语、意象在温、韦词中都曾出现，甚至出现多次，另外，温词所用的单字如：香、红、绿、芳、冷、寒、凉、软、眉、鬓、腰、心、肠、腮、腕、泪、梦、帘、幕、帏、枕、衾、被、钗、蜡、屏、窗、帐、栏、袖、衫、梁、莺、燕、蝶、金、玉、春、柳、雨、风、月、烟、镜，等等，在韦庄和《花间集》的其他作家词中，被变化组合成各种相关词语，特别适宜于表现女性的感觉世界和心理世界。《花间集》就是由这样一类词语，构成一座有别于诗的色调艳丽的艺术殿堂。

韦庄等继承温庭筠无疑是唐末五代文人词发展的主流。至于韦庄对温庭筠既有所继承而又不尽与之相同，则是因为他在追随主流词风的同时，又有对白居易诗词通俗性叙述性的明白晓畅之风的接受，调剂融合，遂有别于温庭筠之秾艳而稍趋清丽。

像温李诗风与白居易诗风在唐末五代各有继承一样，白居易词风在唐末五代温词居主流地位情况下，亦同时有其影响。唐代文人词，发展到中唐，大体上以白居易、刘禹锡等人作品为一时标志，有了明确的依词调曲拍为句的创作要求，词的文类意识，由此逐渐走向自觉。但此时词的文类意识，更多地尚表现在曲拍句式上。从抒情写意看，与文人诗及民歌还没有太大的距离。“唐贤为词，往往丽而不流，与其诗不甚相远”[①]。像温庭

① 况周颐：《蕙风词话》卷二，人民文学出版社1960年版，第23页。

筠等人词那样细腻冶艳，以描写男女之情，展现“谢娘心曲”为主要内容，在中唐词人笔下还未出现，而是多结合自己的经历和情感体验，进行抒写。张志和的《渔歌子》，白居易、刘禹锡的《忆江南》，即大体上反映了这种情况。如白居易《忆江南》三首：

江南好，风景旧曾谙。日出江花红胜火，春来江水绿如蓝。能不忆江南。

江南忆，最忆是杭州。山寺月中寻桂子，郡亭枕上看潮头。何日更重游。

江南忆，其次是吴宫。吴酒一杯春竹叶，吴娃双舞醉芙蓉。早晚复相逢。

缘题而赋，“忆江南”，即忆自己数度在江南所见景物、所过生活、所领略的风情。每首开头，分别交待：“风景旧曾谙”“最忆是杭州”“其次是吴宫”，表明所写都是他亲眼见闻、亲身感受，并且互相联贯，带有叙事性。这与他多篇回忆苏、杭的诗，如《郡亭》《和三月三十日四十韵》等彼此相通、内容一致。可以说白居易《忆江南》，虽是词体却又跟诗有些相近。

用词体记述自己的经历和思想情感。在温庭筠笔下极少见，而在韦庄词中有明显体现。韦庄代表作《菩萨蛮》五首，有关词旨，虽存在争议，但带自叙成分，则为词学家所公认。首章从离家时“美人和泪辞”写起，末章写到“洛阳才子他乡老”，“凝恨对斜晖，忆君君不知”；中间又点出“当时年少春衫薄”“此度见花枝”，显示漂泊异乡的漫长过程，和非止一度的转徙流离。在抒情唱叹中，把流浪的过程，流浪的地域和流连酒楼、醉眠画船等生活细节，一一带出。叙事和抒情结合，显出了五章的连贯性和自叙性。《菩萨蛮》是晚唐五代产出名篇最多的词调，温韦二家的代表作都是此调。但韦庄《菩萨蛮》五首，与温庭筠《菩萨蛮》十四首，笔调意境并不相仿。韦词倒是与白居易的《忆江南》非常相近。汤显祖曾经指出："词本《菩萨蛮》，而语近《江南弄》《梦江南》等，亦作者之变风也。"[①]以其特有的艺术敏感，捕捉到了其中脉络。韦庄《菩萨蛮》次章开头："人人尽说江南好"，出语的语境显然与白居易的《忆江南》广为流传有关。"春水碧于天"，以及末章"桃花春水渌"，从白词"春来江水绿如蓝"等句脱化而来。三章"如今却忆江南乐"，亦与白居易反复吟唱"江南好""何日更重游"，构成呼应，两相对照，可以说白居易的连章忆旧、抒情流丽之笔，极大地影响了韦庄，使韦庄的《菩萨蛮》五章出现了汤显祖所指出的现象。

韦庄词之多叙述交待，明白流丽，不止于《菩萨蛮》五章，它如《浣溪沙》其五（夜夜相思）、《荷叶杯》二首（绝代佳人、记得那年）、《望远行》（欲别无言）、《谒金门》二首（春漏促、空相忆）、《江城子》二首（恩重娇多、髻鬟狼籍）、《天仙子》其二（深夜归来）、《思帝乡》其二（春日游）、《小重山》（一闭朝阳）、《女冠子》二首（四月十七、昨夜夜半），等等，伤离忆旧，均有明显的叙事脉络。

一般说来，中国传统五、七言诗，对人物事件多有交待。而在词中，语言的省略跳跃，多于诗歌，令词尤甚，温词最为突出。可是韦庄词的叙述交待却较多，比起温李的某些诗，甚至有过之。如同是写会晤环境与地点。李商隐诗是："昨夜星辰昨夜风，画楼西畔桂堂东"，除点出环境地点外，对何人何事没有任何交待。韦庄的《荷叶杯》其二却是："记得那年花下，深夜。初识谢娘时，水堂西面画帘垂，携手暗相期。"叙述之清楚，与李商隐之埋没意绪绝不相同。韦词倒是很像白居易的诗："莫忘平生行坐处，后堂阶下竹丛前"（《答山驿梦》）、"何处曾经同望月，樱桃花下后堂前"（《感月悲逝者》）。韦词中叙述人物思想行为的词语，如"卷帘

① 《花间集》卷一引汤显祖评语。按，汤显祖所说《梦江南》即白居易《忆江南》。宋王灼《碧鸡漫志》卷五："《乐府杂录》云：'李卫公为亡妓谢秋娘撰《望江南》，亦名《梦江南》。'白乐天作《忆江南》三首……自注云：'此曲亦名《谢秋娘》，每首五句。'予考此曲，自唐至今，皆南吕宫，字句亦同，止是今曲两段，盖近世曲子无单遍者。然卫公为谢秋娘作此曲，已出两名。乐天又名以《谢秋娘》。近世又取乐天首句名以《江南好》。予尝叹世间有改易错乱误人者，是也。"

直出”“指点牡丹”“夜夜相见”“独上小楼”“想君思我”“记得”“初识”“携手”“相别”“出兰房”“别檀郎”“留不住”“敛细眉”“归绣户”“空叹息”，等等；记时间与方位的，如“四月十七”“如今”“当时”“此度”“今夜”“去年今日”“昨夜夜半”“画堂前”“谢娘家”“魏王堤”“水堂西面”“灞陵春岸”，等等。有了这样一些关于动作行为时间地点的交待，叙述性自然大为加强，情与事亦显得明朗。而像上述韦庄关于行为动作时间地点的交待，温词要少得多。温词句与句之间，往往不是前后承接的叙述，而是彼此独立的罗列，中间省略或隐去了关于情事的交待，因而也就没有韦词那样清朗明晰。

诗与词是关系最密切、沟通渠道最多的两种文体，有着久远历史与丰富遗产的诗，总是不断对词产生影响。花间词中温韦之不同，与中晚唐诗派相关。温词上承源自李贺的温李诗风。这种诗风，本来就是“向着词的意境与词藻移动的”[①]，温庭筠再将此带入词中，遂确立了晚唐文人词的主导词风。韦庄对温词并非没有继承，其词仍然属于温庭筠所建立的晚唐五代文人词的本色形态，但他同时继承了白居易等大众化的明畅浅易的诗风词风，显得与通常的五七言诗更接近一些。其词叙述交待与主观抒情多于温词，在花间词中自具特色。韦词若作为一般文学作品阅读，可从抒情之真挚动人，表达之朴实明快方面给予高度评价，但此种批评立场实际上属于传统的诗歌立场，或者说鉴衡标准，还仅是一般的诗歌鉴赏。[②]而从词体自身建立与发展角度看，韦庄处在词体文类特征刚刚建立起来，尚需巩固以求确立时期，其词表现的某种特色，还只是对词的内容和表现手法的一种丰富。韦庄之后的西蜀词人，多数仍是承袭温词，而非追随韦庄。词史的演进，并不是直线地由温到韦跨入新阶段，匆忙地来一次革新，而是辩证地在与诗歌复杂的交流过程中，让另一诗歌流派再度介入，把似乎离本色词风远一点的直白抒情因素融合进来，使词体发展更加丰富多元，

① 闻一多：《唐诗杂论·贾岛》，古籍出版社1957年版，第42页。

② 前引叶嘉莹云：韦庄使词“从不具个性的艳曲，到具有鲜明个性的情诗”，即透露了这种立场，亦透露了韦词接近于一般诗歌，即所谓“情诗”。

而不致流于单一化。这就是截至《花间集》编定时晚唐五代词史的实际情况，和温韦差异的主要原因所在。

［原载：《文学评论》2009年第4期］

晚唐两大诗人群落及其风貌特征

一、晚唐诗歌之变与诗人群体的划分

唐代在中国诗歌史上是诗歌艺术屡屡发生新变的时期。贞元、元和前后，当全社会酝酿着政治革新之际，韩愈充满怨怼情绪的抒愤诗和白居易揭露社会问题的讽谕诗，曾引起广泛共鸣。但当政治改革浪潮在重重阻力下渐渐消退，士大夫躁动不安的情绪逐渐收敛的时候，情况就随之变化。一些人不再是抗争，不再是像韩愈、白居易那样，定要为“除弊政”或“补察时政”效力，而是把注意力转向自己的内心体验和日常生活琐事。因而不仅韩、白早期诗歌的内容与情感跟元和、长庆以后士人的心态有隔膜，就连韩、白那种倾向于粗硬或平易同时又都缺少含蓄的笔法，也为他们在表达情感时所不适用了。与此同时，韩、白两派自身也处在演变过程中。孟郊卒于元和六年（811），使韩愈失去一位专从奇险方面与之“相伴鸣”的主要诗友。韩愈到后期官高位重，早期那种烦躁的心境有所改变，作品中律体和应酬诗增加，类似前期的“情炎于中”“勃然不释”的古体长篇减少。以《南溪始泛》等闲适之作为标志，诗风也逐渐由奇险稍趋坦易。白派方面，白居易于元和后期已基本上不再创作讽谕诗，而代之以闲适诗。大和五年（831），元稹去世，白派亦叹凋零。白居易于大和三年（829）以太子宾客分司东都，直到会昌六年（846）逝世不再复出。他的最后十八个年头是在洛阳度过的。居洛期间，白居易与刘禹锡、裴度等唱和，形成以东都洛阳为基地，以退休及分司官员为主体的专写闲适生活的诗人群体，尽管这批人官高名重，但他们那种从高位退向闲局的心境，与一般士人的体验相距太远。当东都诗人“闲适有余，酣乐不暇，苦词无一字，忧叹无一声”（白居易《序洛诗》）的时候，他们在诗坛上的影响便随之减弱。因此，可以说韩、白两派至少从宝历以后就渐渐失去了领导主流的力量，诗歌界也就自然会有新潮和新的诗人群体出现.

晚唐新起的诗人也是家数众多，交游和创作呈现纷纭复杂的情况，若求从大的方面把握，应该如何认识呢？叶绍本云：“诗品王官莫细论，开成而后半西昆”（《白鹤山房诗钞》），说开成年间以后，诗坛有一半在李商隐的势力范围之内。闻一多先生的论文《贾岛》则将晚唐五代称为“贾岛的时代”。说：“由晚唐到五代，学贾岛的诗人不是数字可以计算的，除极少数鲜明的例外，是向着词的意境与词藻移动的，其余一般的诗人大众，也就是大众的诗人，则全属于贾岛。从这个观点看，我们不妨称晚唐五代为贾岛时代。”为了强调晚唐五代在作诗方面追随贾岛的人数之多，闻一多的话多少有些夸张。但就在这一段带夸张性的论述中，毕竟还是承认了贾岛势力范围以外，有“极少数鲜明的例外，是向着词的意境与词藻移动的”。虽未指名，人们也自然会想到李商隐、温庭筠乃至杜牧等人。这样看来，晚唐诗坛显然有两种类型的诗人或者说有两个大的诗人群体。

把晚唐诗坛的众多诗家大体归结为两种类型或两个群体，决不意味着忽视同一群体之内诗人创作上的差异，也并不抹煞大群体之内还可能有一些小的群体。两大群体的划分，无非是同属一个群体内的诗家，在存异求同的时候，他们的一些比较共同或比较接近的方面，有明显区别于另一群体之处，因而由这些特征标志出他们在客观上构成了相对于另一群体而存在的一方。如杜牧的诗歌有拗峭的特征，与温庭筠、李商隐的绮靡，是显有不同的。但如拿杜牧、温、李与闻一多所说的那些追随贾岛的“大众诗人”相比，前者诗歌中那种都市色彩和政治色彩，几乎是后者诗中难以觅见的，那种结合自身怀抱未展、遭遇不偶所抒发的对国家命运和时代的悲感，也与后者往往单纯表现为即身即事的愁怨不同。“温李”历来并称，代表晚唐一种新的诗歌风貌，而“小李杜”也历来并称，同样代表晚唐的风气。李商隐、温庭筠、杜牧均以近体擅长，他们近体诗的清词丽句，与贾岛及其后继者的清幽冷寂迥然不同。这样，把李、杜、温合在一起，而与另外的诗人们相区别，就不算勉强了。

温、李和杜牧以外的晚唐诗家，人数众多。历代学者对其流派颇多论析，这些论析，既有助于把握和认识在大群体中尚可进一步细分的中小群体，同时通过对中小群体的辨析，认识他们相通、相联系的方面，也为合众多诗人作大群体观提供了依据。最早在较大范围内给中晚唐诗人划分流派的，当推《诗人主客图》的作者张为。《主客图》所列的六个系列中，被列入“清奇雅正”与“清奇僻苦”系列中的“入室”“升堂”“及门”者，几乎是清一色的晚唐诗人，且都与贾岛、姚合、孟郊的诗风有渊源和瓜葛。“清奇雅正”“清奇僻苦”，在取名上两字相同，两字相异，能见出两系诗人在张为心目中是微有区别而又相近的。张为之后，关于晚唐诗歌渊源派系的研究进一步深入。南宋方岳《深雪偶谈》云：“贾阆仙燕人，产寒苦地，故立心亦然。……同时喻凫、顾非熊，继此张乔、张蠙、李频、刘得仁，凡晚唐诸子，皆于纸上北面，随其所得深浅，皆足以终其身而名后世。”这一论述，即为闻一多所本。明杨慎《升庵诗话》卷十一云：“晚唐之诗分为两派：一派学张籍，则朱庆余、陈标、任蕃、章孝标、司空图、项斯其人也；一派学贾岛，则李洞、姚合、方干、喻凫、周贺（九僧）其人也。其间虽多，不越此二派。……其诗不过五言律，更无古体。五言律起结皆平平，前联俗语十字一串带过，后联谓之颈联，极其用功。又忌用事，谓之‘点鬼簿’，惟搜眼前景而深刻思之，所谓‘吟成五个字，撚断数茎须’也。余尝笑之，彼之视诗道也狭矣。”[①]杨慎所谓学张籍，并

① 杨慎云：“二派见《张洎集》序项斯诗，非余之臆说也。”然陆心源辑《唐文拾遗》卷四七所收张洎《项斯诗集序》并无二派之说。序中仅云：张籍格律诗，“唯朱庆馀一人亲授其旨。沿流而下，则有任蕃、陈标、章孝标、倪胜、司空图等。”又云：项斯“特为水部之所知赏，故其诗格颇与水部相类。”是则张洎之序虽列举了对张籍诗风有所继承的一些诗人，但并未从总体上划分晚唐诗家派别。

非指张籍乐府诗，而是指其“字清意远”的近体诗。实际上不仅朱庆余等受张籍影响，即贾岛本人早年以后学身份谒见张籍，与张籍、韩愈交游，也不免受张籍影响。因而杨慎虽分二派，却又合而论之，谓其诗“不过五言律”云云，正见两派有其一致性。其后，清人李怀民作《中晚唐诗主客图》，一方面继杨慎分为两派，一方面又承认：“虽称两派，其实一家耳。”李氏在对张籍、贾岛、姚合及其追随者的诗风辨析上，常指出彼此间的互相融合和交叉现象，通过这些现象，倒是更能见出张籍、贾岛、姚合的后继者们，在诗风上有许多共同之处。

认清了张籍、贾岛、姚合及其后继者之间的关联后，让我们再来讨论唐末另一个较小的群体，胡震亨《唐音癸签》卷八云：“（唐）晚季以五言古诗鸣者，曹邺、刘驾、聂夷中、于濆、邵谒、苏拯数家。其源似出孟东野，洗剥到极净极真，不觉成此一体。”胡氏在此列出的是一群“以五言古诗鸣”的诗人，与贾岛、姚合、张籍后继者以五律见长自然有较多不同。但由于他们源于孟郊，或者至少在人们的感觉上与孟诗有些相似，则又和贾岛一派构成了联系。孟郊和贾岛向来并称，郊、岛在情调寒苦、风格峭冷方面有许多一致处。因而源于孟郊的曹邺等人诗作，也就与贾岛的追随者在声气上显得接近。南宋胡仔《苕溪渔隐丛话》前集引张文潜语云：“唐之晚年，诗人类多穷士。如孟东野、贾阆仙之徒，皆刻琢穷苦之言以为工。”这是合孟郊、贾岛的后继者，包括虽非有意继承，但诗风上难免有些接近郊、岛的所有晚唐诗人在内，作了最大限度的概括。“郊寒岛瘦”，所谓“孟东野、贾浪仙之徒”，无非是取其穷寒作为主要特点，来标志晚唐最为广大的一群诗人。这群诗人从身份上看多为“穷士”，从诗歌内容上看多为“穷苦之言”。有了这种更能抓住本质特征的概括，我们不妨即称温、李、杜牧等人创作之外的晚唐另一大类诗歌为穷士之诗。以“穷士之诗”为标志，不仅所谓“孟东野、贾浪仙之徒”尽皆可以包容在内，就连面貌特殊，在诗体和诗歌题材上有许多新尝试的皮日休、陆龟蒙也可以纳入其中，因为不管他们在题材和体裁上怎样搜寻，其所发出的亦无非是“穷苦之言”（并且皮陆诗还伴有孟郊式的矫激之气），是和孟、贾之徒一样，相当投入地参加了穷士角色的合唱。

二、晚唐穷士诗人的歌唱

晚唐穷士角色的歌唱在诗坛上能够连成一气，成为一种相当广泛的合唱，与时代社会条件以及当时士人们的心态密切相关。司马光在《资治通鉴·唐纪六十》中说："于斯之时，阍寺专权，胁君于内，弗能远也；藩镇阻兵，陵慢于外，弗能制也；士卒杀逐主帅，拒命自立，弗能诘也；军旅岁兴，赋敛日急，骨血纵横于原野，杼轴空竭于里闾。"指出唐末宦官专权，藩镇割据，骄兵难制，赋税沉重，闾里空竭。面对着严重的社会危机，唐王朝失去了自救能力，士人的前途一片暗淡。由于朝廷控制的州县减少，官位紧缺，朝中清要职位又为朋党及其他有背景者所据，一般士人在仕途上进身机会很少；由于科场风气败坏，请托公行，交通关节，出身寒微，拙于钻营的士人即使唯求一第也十分困难，许多有才之士在考场上长期受困，甚至终生不第，故而在晚唐社会出现大批失意文士。并且，这批文士跟前代"贫士失职而志不平"（宋玉《九辩》）不大一样，他们不再是虽处贫贱之中仍然具有意气和理想，而是在很大程度上认命了。他们对自己贫寒困窘的处境进行多方面的审视、发掘、体验，"刻琢穷苦之言以为工"（欧阳修语），发出的常常是典型的贫士无奈之音。其在风貌上给人的感觉是：一、收敛，二、淡冷，三、着意。

收敛　指诗人的视野缩小，诗歌的境界缩小。盛唐以及中唐大家的诗歌所展开的空间和时间范围极其广阔，诗人呼吸吐纳，常与整个国家社会息息相通。而晚唐时期，诗人活动的空间范围（包括政治生活空间）大受限制。"终年此地为吟伴，早起寻君薄暮回。"（方干）他们似乎是"政治生活中多余的人"，被抛弃在闲冷的角落，不能再像盛中唐诗人那样在祖国土地上大幅度漫游，或登上朝堂看到政治上那种煊赫盛大的场面。晚唐诗歌所表现的时空及情事都不能如盛唐之扩展。诗家"唯搜眼前而深刻思之"，有的人甚至"诗思游历不出二百里"。（《唐诗纪事》卷五十引《北梦琐言》）诗中所展开的境界常常是某一处具体的寺庙、庄园、亭馆、驿店，或某地名胜古迹，某段山程水驿。所写的事，常常是某朝、某夕、某季候、某节日的具体感受，以及别家、归家、送人、遣怀、探幽、访隐、慰下第、贺升迁、伤贬谪等等。总之，无论是境还是事，都更靠近诗人周边，而缺乏阔大之象，高远之思。如果拿同是登慈恩寺塔诗进行比较，晚唐诗人就再也未能创造出高适、杜甫、岑参、储光羲等唱和时那种壮阔的境界。同是写洞庭湖，许棠的“四顾疑无地，中流忽有山”（《过洞庭湖》），尽管一时盛传，然正如胡震亨评云：“视老杜‘乾坤日夜浮’，愈小愈切。”（《唐音癸签》）同是题为《终南山》，王贞白诗与王维笔下那种苍莽、阔大、雄浑之境的相比，即顿见境界和写法之收敛。

晚唐贫士角色诗歌的收敛，一般仅是景物事件收向身边，而不是收向内心。真正收向内心，表现丰富复杂心灵世界的是李商隐等人的诗歌。贫士诗的情感主要是长期困于举场的苦恼，村居或闲居的情调，对社会混乱黑暗现象的感叹，以及穷、老、衰、病等等，情感本身并不深曲，表达也较明确。他们的诗歌多半是摄取自身周边的景与事，再配以一种生活情调，以至发展到皮日休、陆龟蒙，更是泛滥性地写日常各种琐碎。皮陆集中如《渔具诗》《樵人十泳》《茶中杂咏》《酒中十咏》《添酒中六咏》等连篇累牍的唱和，都是一些器物、琐事和闲居情调的描写。

晚唐贫士诗歌的收敛也反映在体制上，境界小，骨气弱，情感内容有限，难于适应篇幅较长的古体。七律亦嫌字数较多，未易敷演。绝句则需要笔致灵活，见出风情才调，亦有难处。因而诸体中以文质和长短均比较适中的五律与晚唐诗人的气局及能力最为契合。工古体的曹邺等人，也主要是写五古短篇，而对李白、杜甫那种长篇七古则不敢问津。

淡冷　晚唐诗人处在国运衰颓、环境恶劣，且又无力加以干预的时代，功业之心以及对国家社会的责任感都大大减弱了。他们失去了盛、中唐诗人那种对政治、对生活的饱满的热情。多方面的收敛，使他们对人事表现出一种淡泊的态度、冷清的心理，作品的风貌也相应显得淡泊、清寂、峭寒，乃至幽冷。

晚唐诗人对社会与个人前途均缺乏信心，不仅对仕宦，甚至对科考也感到没有把握。由于在科场一再落第，不免显得愧疚、萎缩；由于在官场处于闲冷地位，诗也写得闲冷；由于绝了功名的念头，遁归山林田园，与周围世界也显得疏离冷生。

高蟾《下第后上永崇高侍郎》："天上碧桃和露种，日边红杏倚云栽。芙蓉生在秋江上，不向东风怨未开。"以碧桃、红杏比有地势者，以秋江芙蓉比自己出身清寒。不怨未开指对己之未能中第不怀怨恨。虽深处亦有潜在的不满情绪，但因为有一种对各方面政治人事背景的清醒认识和认可，情感上也就"化悲愤为和平"，接近淡漠了。

方干《中路寄喻凫先辈》："求名如未遂，白首亦难归。送我尊前酒，典君身上衣。寒芜随楚尽，落叶渡淮稀。莫叹干时晚，前心岂便非。"写出境况穷窘和满目秋景，点明自己求名未遂，白首难归，在出处上的两难心理。但对前此的干时求名之晚并不表示后悔，依旧显出内心深处对功名的淡视。

诗人在对自身出处趋向淡泊的同时，对国事、民生也显得淡漠，有时甚至近乎麻木。如司空图在唐朝亡后绝食而死，是一位很有节操的人物。但唐亡之前，他一再抽身退隐，在态度上跟安史之乱以及朱泚之乱时一些士大夫以身许国还是显出很大的差别。《归王官次年作》云："乱后烧残数架书，峰前犹自恋吾庐。忘机渐喜逢人少，览镜空怜待鹤疏。孤屿池痕春涨满，小栏花韵午晴初。酣歌自适逃名久，不必门多长者车。"在晚唐遍地战火，白骨满野之时，司空图遁归王官谷，过着逃名忘机的生活，虽出于对时事的绝望，但毕竟有明哲保身的冷漠的一面。如果说前诗还是从个人追求清净的角度立言，未曾说到一位封建士大夫的社会责任问题，那么他的《丁巳重阳》："乱来已失耕桑计，病后休论济活心"，则是明明感到自己有济世活国的责任而又不愿意承担。与司空图同时的郑谷，也是有节概之士，亲身经历的动乱流离比司空图更多。郑谷在写自身遭遇诗中往往连带反映了时代苦难，并抒发了自己的感愤。但郑诗中又常常意识到国事已无可为，有意调节抑制自己的情感，让自己向淡泊冷静方面寻求解脱。

《慈恩寺偶题》云："往事悠悠添浩叹，劳生扰扰竟何能。故山岁晚不归去，高塔晴来独自登。林下听经秋苑鹿，江边扫叶夕阳僧。吟徐却起双峰念，曾看庵西瀑布冰。"金圣叹批云："'成浩叹'，妙，便尽摄过去。二'竟何能'，妙，便摄尽未来。三、四承之不惟不是高兴，兼亦不是遣兴。不惟无胜可揽，兼亦无涕可挥。此为唐人气尽之作也。"在极艰难的时代环境中回首过去，瞻念未来，竟无涕可挥而向往双峰禅境，终于归向一片淡冷。

"感时叹物寻僧话，惟向禅心得寂寥。"（李频《鄂州头陀寺上方》）由于需要解脱世事，消释烦恼，调节心灵，隐居和禅悦成为晚唐诗人的普遍归趋。翻开晚唐人诗集，乡居诗、隐逸诗、宿寺庙诗、访僧道诗，以及文人与僧道之间各种交游诗，所占比重极大。著名文人无不礼僧敬佛，且有些诗人本身就是释子，或经历过蒲团生涯。大量有关隐居、禅悦的诗作，最常见的意象是山村、古寺、高塔、僧院，是钟磬、夕阳、栖鸟、浮云、残月，以及石、竹、松、梅、霜、雪、风、露之类，意境多是清幽、闲旷、冷落，乃至萧瑟，于中体现着诗人淡漠、孤独、幽冷的情绪。诗人自觉地消去儒家的用世之心而与僧道认同，从未有像晚唐这样普遍。他们的心境影响了诗格，而为了追求当时所推崇的冷峭、清幽的诗格，又大量把与僧、禅有关的意象内容写进诗中，"诗无僧字格还卑"（郑谷《自贻》），很能说明那一时代的审美取向。

着意 所谓着意，指写诗用心思，下功夫。它跟中唐人写诗之以意为主情况不同。中唐是重视思想和立意，有意识地借诗歌表现某种思考、某种主张，而不同于盛唐的"伫兴而发"，"惟在兴趣"。但中唐人虽注重思想，在表达时却不一定矻矻以赴。我们读白居易诗有意到笔随之感，他似乎宁愿滔滔如话，也不愿有艰苦用力之态。韩愈写诗，也是凭着雄才健笔，凌厉无比。如果说盛唐李白等人写诗是移山倒海不作难，是"巨刃摩天扬"（韩愈《调张籍》），举重若轻，出神入化，那么韩愈则如陆时雍所云："七尺大刀奋如湍，丈八蛇矛左右盘"，"不免有蹶张之病"（《诗镜总论》）。但韩愈毕竟还是大刀长矛，痛快淋漓，不曾在一招一式上小心考究。相形之下，晚唐人所用的则仿佛是雕刀。他们撇开以情感充沛、气势贯注为特点的歌行之类的体裁，把力量倾注在近体上。近体可以让他们在推敲锤炼，斟酌字句中见功夫，可以澄心静气地着意雕刻，完成令其称心的工艺品。

晚唐人的诗思往往不是自然而然涌现，而是一开始就着意为之。这一点与盛唐之只似乘兴，忽然而来，浑然而就，区别最为明显。“阳春召我以烟景，大块假我以文章。”（李白《春夜宴诸从弟桃花园序》）盛唐人好像是大自然主动地给了他们诗料，让他们即景缘情，酝酿成诗。晚唐人不同，诗料常常是搜寻而来的。“莫笑老人多独出，晴山荒景觅诗题。”（姚合）“物外搜罗归大雅，毫端剪削有余功。”（方干）表现主体对客体的搜寻，一开始就显得着意。

晚唐诗人由于思想和阅历范围都比较窄，入诗的事料相对贫乏。需要着意地加倍用力。“只将五字句，用破一生心。”（李频）“织锦虽云用旧机，抽梭起样更新奇。”（方干《蹭进士章碣》）刻意摹写，确实锻炼出不少佳句。尤其律诗的中间两联，往往能引人入胜。如“禹力不到处，河声流向西。”（周朴《董岭水》）“危城三面水，古树一边春。”（李咸用《春日》）“乱山残雪夜，孤烛异乡人。”（崔涂《除夜有怀》）“风暖鸟声碎，日高花影重。”（杜荀鹤《春宫怨》）“岛屿分诸国，星河共一天。”（李洞《送云卿上人游安南》）“残星几点雁横塞，长笛一声人倚楼。”（赵嘏《长安秋望》）“鹤盘远势投孤屿，蝉曳残声过别枝。”（方干《派次洋州寓居郝氏园林》）“墙头细雨垂纤草，水面回风聚落花。”（张蠙《夏日题老将林亭》）等等。这些诗句虽然能让人看出系着意写就，却非常工致、精警。不用典故，不镶嵌奇字，靠看似平常的语言，取得精警的效果。从总体范围看晚唐诗坛，诗人们的刻苦磨琢，精心推敲，无疑应该予以肯定。问题只是诗歌毕竟最需要灵感，需要新鲜自然。如果只是一味着意而没有太多的意思，缺少新鲜动人的情致，则不免琢伤元气，减损诗美，露出小家习气。晚唐人“先锻炼颈联颔联，乃首尾足之。”（方回）常常是刻苦造就一些相当工整的句子，但由于才力不够，诗中的其他部分不足以相称，缺少完整的意境。如喻凫《得子侄书》颔联："雁天霞脚雨，渔夜苇条风。"杨慎评曰："上句绝妙，下句大不称。此所以为晚唐也。"（《升庵诗话》卷十）李频存诗203首，内中像"梦永秋灯灭，吟馀晓露明""蝉从初伏噪，客向晚凉吟""微寒生夜半，积雨向秋终"等得意的句子，被重复用在不同的诗里竟达十联之多，典型地反映了晚唐诗人借苦心锻炼出的一两联佳句以撑持全篇的现象。由此发展下去，自然就可能让某一两联一再出马，与其他一些诗句搭凑成篇，这样的诗无疑难得浑融。

三、心灵世界与绮艳题材的开拓

当我们在晚唐诗苑中把目光从穷士诗人群体移向另外一边时，自然会发现穷士诗人之外，还有"例外"的一群。这些诗人中，把群体特征体现得最为明显的无疑是温庭筠和李商隐。与温、李年辈相近的杜牧，基于共同的时代文化背景，诗歌创作在内质上跟温、李亦有许多相通之处。温、李之后，追随者甚多，著名的有韩偓、唐彦谦、吴融等人。其他有些诗人如韦庄、罗隐虽然不属温、李一系，但也颇受影响。

温、李、杜三人才名及政治地位比贫士诗人要稍高一些，虽然温、李均出身于破落士大夫家庭。温终生未第，李也是"沦贱艰虞"，"十年京师寒且饿"，自称"樊南穷冻"。仅杜牧仕途相对顺利一些。但他们毕竟才气大、出名早，把交游仕宦等方面综合起来看，地位还是略高于一般贫士诗人。贫士诗人居处往往远离政治中心，而李商隐、杜牧、温庭筠生活的大部分时间，不是在京都就是在藩府或州县，跟政治、跟社会生活特别是跟城市生活有密切联系。这就使得他们的生活面之广，以及与外界相通的渠道之多，远非贫士诗人可比。

李商隐、杜牧、温庭筠三人从诗歌内容题材所涉及的范围看，凡前代重要诗人所曾有的主要类型，他们基本具备。时事、政治、民生、行旅、友谊、情爱，乃至自然风光、宗教生活、隐逸情趣，都有题咏。特别是政治诗，三人都曾有过许多重要作品，如李商隐关于甘露事变的系列诗篇，杜牧有关边防和藩镇问题的感愤之作，温庭筠关于庄恪太子冤死之事的隐讽，都表达了诗人干预时政的心情和愿望。李、杜、温三人还有许多著名咏史诗，或托古讽今，或借古喻今，或以古鉴今，也是政治诗重要组成部分。三人在诗史上最突出的贡献虽然不在政治诗和一般传统题材上，但政治生活的体验和有关创作，以及传统诗所涉及的诸方面的生活体验和创作，对他们成为杰出的诗人是决不可少的。正是这些方面，使他们的识见、心胸、气局、情感不同于一般诗人。多方面因素的渗透、融通、弥漫，使他们即使在爱情、咏物、日常生活描写方面，也给人一种可能是亦此亦彼、“消息甚大”的感觉。

李商隐、温庭筠、杜牧在诗史上的创新和贡献是多方面的。如对于律诗和绝句艺术的丰富，对于咏史、咏物诗的发展，都一向为人所肯定。但在多种创新变化中论其意义和影响之大莫过于对心灵世界和绮艳题材的开拓。

对内心世界的开拓　晚唐时期，由于社会的沉闷压抑，士人们向外部世界的进取受到限制，于是情感内转，把关注点转向自己内心世界。主要诗人中以李商隐的经历最为曲折，人事环境最为复杂，禀性最为敏锐多感，因而经常陷入情感纠结中。“庾信生多感，杨朱死有情。”（《送千牛李将军赴阙五十韵》）“回肠九回后，犹有剩回肠。”（《和张秀才落花有感》）体味、审视、表现自己的情感世界，成为他诗歌创作中非常引人注目的特征。温庭筠、杜牧在这方面虽没有李商隐突出，但时代生活的孱弱，造成人内心敏感、纤细、耽于想象，在他们创作中还是有体现的。温庭筠的《瑶瑟怨》几乎等于李商隐的无题。他的许多乐府诗作为怀古、咏史或叙事看，不免给人意脉不清、主题不显之感，而如果看作是诗人借一些古题展开心灵活动与精神漫游，则可见诗人对他自己那些想入非非的内心活动，是很注意加以表现的。杜牧诗风格俊爽，不可能像温、李那样醉心于展示内心世界的幽深曲奥。但李商隐以“刻意伤春复伤别”概括他的诗歌，作为他“刻意”加以表现的“伤春伤别”正是典型的晚唐时代心理。读杜牧诗，常可以在他那些俊爽的词句中感受到诗人内心的枨触。

“百感中来不自由，角声孤起夕阳楼。碧山终日思无尽，芳草何年恨即休。”（《登池州九峰楼寄张祜》）诗人的郁郁情怀，作品中时有体现。只是他的表现手段是传统的，未能像李商隐那样，给种种内心体验留下更为丰富繁复的形象。

李商隐在表现心灵世界方面突出的贡献是以心象融铸物象。中国传统抒情诗在形象构成上主要是情景两端。唐代诗人，李白多直接抒情，而以客观事物作陪衬，主体处于支配地位。杜甫等人多寓情于景物或叙事之中，主观情感尽量通过对景物或事件的忠实描写加以体现。以上两种类型，在传统诗歌里最为常见。中唐以后，诗家对抒情方式多方面探索和追求，同时随着社会发展，士大夫的心态也更加趋于复杂多样，于是传统的方式被突破了。一些诗人的内心体验往往比他们对于外界的感受更为深入细腻。当心灵受到外事外物触动时，在心境中会出现一串串心象序列，发而为诗，则可能以心象融合眼前或来源于记忆与想象等方面而得的物象，构成一种印象色彩很浓的艺术形象。“沧海月明珠有泪，蓝田日暖玉生烟。”（《锦瑟》）分割开来看，沧海、明月、珠、泪、蓝田、日暖、玉、烟，李商隐或许都曾见过，但它们组合成诗句的时候，却是心象借物象的可视性加以酿造，化生成一种意念中的境象和心灵场，它可供作者自我观照，亦可供读者依据平时视觉经验和心理体验去浮想复制。

李商隐的诗境，从它着重呈现人的心象和情绪看，主观化的倾向是很突出的。但由于晚唐诗人的情思和心绪多指向细微和幽眇的一面，精神上幻灭的、把握不定的成分往往占很大的比重。这种心理状态，不同于心志坚强、将主观世界都看作是可以把握的盛唐诗人。“只是当时已惘然”——要将如此茫然的心境以李白的方式直抒出来是不可能的。再加上像李商隐这样的诗人处境恶劣，心事藉口难言，有“几欲是吞声”的隐痛，于是在潜心摹写自己心象的同时，又须将其着意客观化，发挥某些物象以及由神话、传说、典故等方面得来的形象经过改造之后可以诱生多种联想的优长，将本难直接表现的心象，渗透或依托于物象乃至典故之中，形成以心象为主体的主观化与客观化的交融。如咏为雨所败的牡丹：“玉盘迸泪伤心数，锦瑟惊弦破梦频”，实际上是宏博遭斥时伤心迸泪、理想破灭的心象与为雨所败的牡丹形象的神合。“一春梦雨常飘瓦，尽日灵风不满旗”，“嫦娥应悔偷灵药，碧海青天夜夜心”，写的是圣女祠的外景和嫦娥的形象，但作者的幻灭之感不也有如梦雨灵风；流落不偶的凄冷孤寂心境，不也有如孤月之在碧空吗？同样是心象和物象的神合。至于无题诗虽包含情节和事件，却往往跟一般叙事不同，它不是事件的简单再现，而是更多伴随心境的表现。作事件看，常觉若断若续，莫知指归，作物象、事态和某些心象序列的交织与融合看，则更能窥见作者的文心。如《无题》：“紫府仙人号宝灯，云浆未饮结成冰。如何雪月交光夜，更在瑶台十二层？”作叙事看真乃匪夷所思。作心象看，则“云浆”句是追求未遂，“如何”二句是所追求的对象在心境上渺远难即的感受。不仅能够意会，而且可以进一步诱发起读者某些类似的心象，引起更多的回味。

以心象融合某些景物或情事铸造出来的形象，与传统的诗歌形象是不同的，在情与景、主观与客观的交融整合上，较传统的方式更进一层。这种融铸，除李商隐的作品外，在温庭筠等人的诗里也能见到。温庭筠的《达摩支曲》如果“视为一篇《愁赋》”（袁行霈《在沉沦中演进》），则“捣麝成尘香不灭，拗莲作寸丝难绝”，正是愁恨绵绵不尽的心象。《瑶瑟怨》：“冰簟银床梦不成，碧天如水夜云轻。雁声还过潇湘去，十二楼中月自明。”后两句展开的境界是那么飘渺，那么悠远，也是“冰簟银床梦不成”之后心象融合物象的一种表现。非常接近李商隐的“如何雪月交光夜，更在瑶台十二层”的意境。

绮艳题材的开拓 这里所讲的绮艳题材，包括男女爱情，宫怨、闺怨，带有爱情和脂粉气息的写景、咏物、咏史，以及香草美人式的托寓之作。晚唐绮艳诗兴盛有其历史的必然。唐代中叶以后，商品经济发展较快，晚唐时代统治阶级普遍奢靡，城市成为游乐之所，社会上淫风昌炽是艳诗产生的生活基础。“唐诗主情”（杨慎《升庵诗话》），以主情为特质的唐诗，按照自身运动规律，不可避免要出现一次以表现男女情爱为中心的高潮。它在表现盛唐人的人生意气和功业理想，中唐人的躁动不安和对社会改革的一番渴望之后，把正经严肃的内容加以收敛，转向以温、李绮艳诗风为主流，乃是势之必然。李商隐宣称：“人禀五行之秀，备七情之动，必有咏叹，以通性灵。”（《献相国京兆公启》）韩偓说：“不能忘情，天所赋也。”（《香奁集序》）又说“言情不尽恨无才。”（《冬日》）晚唐人出于对“情”的认识和自觉，可以说是相当主动和坦然地大力从事绮艳诗的创作。而在这之前，我们可以看到元和时期元稹、白居易、刘禹锡、王建、张祜等人笔下，都出现了绮艳之作，齐梁声色又渐渐潜回唐代诗苑。其中，元稹、李贺的艳诗，尤其惹人注目。这一路诗人固然思想比较开放，作风亦较浪漫。而年辈长于他们的大历诗人韦应物、贞元诗人孟郊、权德舆都是能以儒道律己的士大夫。但韦有深情的悼亡二十首，孟有风格近似李贺的艳诗，权有缠绵的赠内、怀内诗三十余首，又有《玉台体十二首》，以及咏妇女的《杂诗》《杂兴》各五首。明代杨慎甚至将权德舆与温庭筠并提，认为二人诗学六朝。如此众多的诗人创作男女情爱之作，说明绮艳一派在大历、元和一段时间，虽未得到最佳的气候与土壤，但显然已在积聚力量，为温、李一派导夫先路了。文学发展的内在动力，恰遇晚唐世风的引力，于是推动着诗歌走向绮艳化。而这种绮艳诗歌的都市色彩与寒士诗歌的村野色彩，正好构成对映和分流的趋势，显现出各自生活土壤的不同。

晚唐许多诗人都自觉不自觉地参与了绮艳诗的创作。杜牧通过记述李戡的话，批评元稹、白居易诗“淫言谍语”“纤艳不逞”（《李府君墓志铭》），但他自己风流浪漫，性喜狎游，以情爱和妇女为题材的诗，在其集中所占的比重超过了元白。只不过杜牧一般写得简括含蓄，不像元白的一些长篇用赋法写得带有肉感而已。与杜牧同时的喻凫，以诗谒杜牧，不受赏识，云：“我诗无绮罗铅粉，宜不售也。”稍后的崔道融云：“紫微才调复知兵，长觉风雷笔下生。还有枉抛心力处，多于五柳赋《闲情》。”（《读杜紫微集》）可见在唐人心目中，杜牧是喜爱写绮艳诗的。李商隐、温庭筠、杜牧之后，现存唐人集中绮艳诗所占的比重不算太大，可能由于许多艳诗粗制滥造，未得流传。如咸通年间，孙发曾以百篇宫体诗取得轰动效应，方干、皮日休、陆龟蒙都曾有诗相赠，称其“百篇宫体喧金屋，一日官衔下玉除。”“日日成篇字字金”，“百咏惟消一日成”，号“孙百篇”，而今天孙发之诗竟连一首也不存。历史无情，追逐时尚，发泄庸俗无聊之情的劣质产品多数遭到淘汰，但在当时却是汹涌的潮流。吴融感叹：“有下笔不在洞房蛾眉神仙鬼怪之间，则掷之不顾。”（《禅月集序》）黄滔亦云：“咸通、乾符之际……郑卫之声鼎沸，号之曰今体才调歌诗，援雅音而听者懵，语正道而对者睡。”（《答陈磻隐论诗书》）”可见当时的艳诗虽未能保持温、李诗歌的品格，但在数量上比起温、李的大中时代，可能尚有过之。

晚唐的绮艳诗，有以男女情爱为中心向各方面泛化的现象。上面提到，除写男女之情外，还有大量带爱情脂粉气息的自然景物、日常生活和咏史、咏物诸作。总之，凡稍微可能涉及男女关系的题材，即有被爱情摄动向之靠拢的倾向，出现众流趋向绮艳诗，而绮艳诗又通向众流的局面。众流趋向绮艳诗，使许多诗篇反映社会生活不再是直接的、正面的，但绮艳诗通向众流，以艳体或准艳体庖代那些直接干预和卷入社会生活的作品，在诗歌反映现实方面，毕竟也是一种补偿。如李商隐的《即日》诗借闺怨反映了会昌年间回鹘侵扰边境的时事；杜牧的《泊秦淮》借慨叹商女唱淫靡歌曲，寄寓诗人对世风和国家命运的忧虑；罗隐的《帝幸蜀》对僖宗逃难西蜀予以讽刺，并对统治阶级往往把祸国的罪责推给女子的伎俩予以旁敲侧击。吴乔《围炉诗话》曾举出韩偓绮艳诗六首，逐一分析，认为皆与时政有关。虽缺少实证，但像“动天金鼓逼神州，惜别无心学坠楼”“惟有此宵魂梦里，殷勤相觅凤池头”，涉及兵乱与宫廷内部斗争无疑是非常明显的。晚唐一些长篇叙事之作，像杜牧的《杜秋诗》《张好好诗》、韦庄的《秦妇吟》亦与当时绮艳诗声息相通。而这几首诗的绮怨，远远突破一般男女关系的狭小范围，或通过妇女一生苦乐由人的命运，或通过乱世佳人的不幸遭遇，反映了广阔的社会现实，不仅涉及市井生活、宫廷生活，甚至包括像宪宗时李绮叛灭、文宗时漳王被罪废削，以及黄巢兵入长安等重大历史事件。通过这些诗篇可以见出由男女关系这个中心辐射之远。

晚唐绮艳诗又常与抒写人生感慨相结合。人生感慨也是晚唐诗歌在内容上的一个重要开拓。这种感慨是指以自我人生体验为基础，对涉及人情世态，对个人命运遭遇、亲友离合、时序迁流、节候变化等等方面带总体性的认识。人生感慨的题材可以是多方面的，但晚唐时期通过绮艳题材来表现人生感慨的诗多而且好。爱情感受或对男女关系的透视中，带着与人生其他方面生活相通的体验与认识。绮艳是其题材、作风，而人生感慨是基本主题。人生感慨之作从表达的思想内容看，可以分为世情感慨和命运感慨两种。世情感慨诗和李白、杜甫、韩愈、白居易等人写得比较多的针砭时弊弊、抒发社会感慨的诗不一样。李、杜、韩、白的许多诗侧重于从社会的利病方面去看问题，而世情感慨则是侧重从人情世态方面看问题。李商隐的《宫妓》《梦泽》，一讽刺弄巧，一讽刺趋时。诗中所揭示的人情世态，是作者在其人生体验中发现的，跟自己的升沉得失有某种联系。

晚唐抒发人生感慨诗歌中的另一种类型是命运感慨。它包含着对人生遭际的种种乖舛乃至整个悲剧命运的慨叹。罗隐的《赠妓云英》把己之未能及第与妓女之未脱风尘联系起来，表现命运之不济，以幽默调侃的语调，抒发处处“不如人”的人生叹息与愤懑不平的情绪。杜牧的《杜秋娘诗》《张好好诗》，抒发的也是一种命运感慨，“女子固不定，士林亦难期”，诗人自己表白得十分清楚。李商隐由于家庭破落以及爱情生活和政治生活的种种不幸，以绮艳题材抒写命运感慨在诗集中占的比重尤大。他的无题诗几乎篇篇都在抒写其不幸。“神女生涯原是梦，小姑居处本无郎”（《无题二首》），慨叹遇合如梦，一生无托，可以说是诗人在扑朔迷离之中已经点清楚了的地方。龚自珍有诗云：“天教伪体领风花，一代人材有岁差。我论文章恕中晚，略工感慨是名家。”（《歌筵有乞书扇者》）这位生于封建末世的中国近代启蒙诗人，对晚唐绮艳诗所抒发的人生感慨非常敏感，并给予肯定。

讨论了晚唐诗歌对于心灵世界和绮艳题材的开拓，李商隐、温庭筠、杜牧等人的诗歌风貌也就容易辨识了。大致说来，这一路诗人之作在风貌上给人的突出感觉是悲怆、绮丽、委婉。

悲怆　唐王朝的衰败给晚唐诗坛笼罩了浓重的悲剧色彩与忧伤气氛。李商隐等人理想的破灭，政治的失意，生活道路的坎坷，爱情的不幸，更铸就了一种衰世的感伤心理。“平居忽忽不乐”（李商隐）、“愁甚似春眠”（温庭筠）、“泪下神苍茫”（杜牧），是他们常有的表现。忧患、挫折、失落、孤独、漂泊、阻隔、分离、幻灭、寥落以及时运不济、无能为力的感受，比成功、希望、欢乐的感受，要频繁深入得多。他们所写的爱情和女性几乎无一不带悲剧性；他们对内心世界的开拓，也主要是由自伤自怜的体验，到艺术地再现内心的悲愁。他们比常人敏感，比常人清醒，因而无论是杜牧用放旷来排遣伤感，温庭筠用侧艳来冲淡伤感，李商隐用佞佛来化解伤感，却实际上没有一人能真正解脱。

绮丽　“朗丽以哀志”，“绮靡以伤情”（《文心雕龙·辩骚》），诗歌中的悲哀与绮丽往往是相联系的。李商隐“沉博绝丽”（朱鹤龄）、温庭筠“才思艳丽”（孙光宪），杜牧“轻倩秀艳”（李调元），前人早有定评。三人都善于用丽语写悲哀。“负面情绪的表达却通过了绮美、艳丽、工整乃至雕琢的形式。”（王蒙《对李商隐及其诗作的一些理解》）温庭筠的乐府诗秾艳得几乎令人目眩。李商隐的“丽”则更突出地与“厚”联系在一起。一方面艳丽得如百宝流苏，一方面“意多沉至，语不纤佻”（施补华），达到“有声有色，有情有味”（何焯）的地步。杜牧“豪而艳，宕而丽”（杨慎），把相反相成的两方面结合在一起。“尘世难逢开口笑，菊花须插满头归。但将酩酊酬佳节，不用登临恨落晖。”（《九日齐安登高》）正是既豪宕而又艳丽。悲剧是把有价值的东西毁灭给人看，反过来诗歌中的丽对于悲哀和不幸似乎又是一种补偿。

委婉　末世阳刚之气不足，诗人转为内向，沉入内心世界的自我品味。自怨自艾，自恋自怜，缠绵宕往，企图自我解脱而又解脱不开，诗歌风格自然倾向于婉。尽管杜牧以所谓“时风萎靡，独持拗峭”，但明眼人亦已见出“虽云矫其流弊，然持情亦巧矣。”（胡震亨）尤其是在他成就最高的诗体七绝中，含蓄婉转的特点体现得更为充分。晚唐诗风趋向委婉含蓄，除了适应诗人表达情感需要的原因外，跟诗歌艺术自身发展演变也有密切关系。中唐韩、白两派大变盛唐，都共同存在着发露直致的缺点，盛唐那种富有韵致、情味浓郁，既风华秀发，又含蓄浑厚的优长，或多或少被丢掉了。晚唐诗人对中唐诗歌的弊端是看到的。他们推崇李白、杜甫，推崇盛唐，写诗追求韵味，注意含蓄凝炼，显然有矫中唐之弊的动机。但盛唐的诗美是气势和情韵相兼之美，晚唐人缺少盛唐人那种阔大的胸襟气魄，也缺少盛唐那种雄健的笔力，即使写古体诗，也是有如木兰从军，“弯弓征战作男儿，梦里曾经与画眉”（杜牧《题木兰庙》），“神魂固犹在铅黛也”。（贺裳《载酒园诗话》）因此，晚唐诗歌的情韵是和含蓄委婉、甚至和纤柔结合在一起的。

根据以上的粗浅勾勒，可见晚唐确实存在各自具有鲜明风貌特色的两大诗人群体。他们在艺术上取径不同，但无论哪一个群体的创作，从诗史上看，都是一种演进，而非亦步亦趋的承袭。他们各自开辟出了属于自己的诗歌领域，有的甚至在某种诗美中达于极致。吴乔云：“唐人能自辟宇宙者，唯李、杜、昌黎、义山。”（《西昆发微序》）充分肯定了晚唐大诗人李商隐的创辟之功。两大诗人群体，处于晚唐特定的社会背景下，诗歌创作都在不同方面带上了晚唐的时代印记，招致了后世学者的种种评说。叶燮云：“论者谓晚唐之诗，其音衰飒。然衰飒之论，晚唐不辞；若以衰飒为贬，晚唐不受也。夫天有四时，四时有春秋。春气滋生，秋气肃杀。滋生则敷荣，肃杀则衰飒，气之候不同，非气有优劣也。使气有优劣，春与秋亦有优劣乎？故衰飒以为气，秋气也。衰飒以为声，商声也。俱天地之出于自然者，不可以为贬也。又盛唐之诗，春花也……固足美也。晚唐之诗，秋花也。江上之芙蓉，篱边之丛菊，极幽艳晚香之韵，可不为美乎？”（《原诗·外篇下》）从时代的变迁，说明晚唐诗歌有其独具特色的、不可替代的美，从而肯定了它的价值与地位，无疑表现出一种通达的、卓越的识见。但在给晚唐诗歌以足够估价的同时，当我们发现在晚唐诗苑内几乎是由两大诗人群落占尽了风光，再回过头去与盛唐和中唐之具有诸多诗人群落相对照，晚唐诗人的阵容分布，对于社会生活的覆盖，显然不像盛中唐那样全面。一个时代，某一两类文学题材内容引起众多作家的兴趣，予以深入发掘，原是常见现象。但在中国封建社会前期居文学正宗地位的五、七言诗，它的多种题材内容中，有一种题材无疑最为举足轻重。当其失去相应的有力量的诗人群体支撑时，一代诗歌在弹奏时代社会的主旋律及所表现的整体气象上，即难免显得萎弱。这种至关重要的题材内容，不言而喻，自然是政治以及可以包括在广义的政治之内的大众社会生活。晚唐有一部分诗歌是有政治的，甚至在绮艳题材的诗中，也有像李商隐某些无题诗那样具备相通于政治的体验和感受，但从整体看，类似李白、杜甫、韩愈、白居易笔下那种直面社会政治生活而又具有深厚艺术力量的诗篇，在晚唐毕竟相对地显得缺少。晚唐政局，一方面让少数身居高位的士大夫穷于应付空前复杂的党争与南北司之争，无暇像韩愈、白居易那样“余事作诗人”；另一方面，则让更多的士人被摒落在与政治近乎无缘的地位。不仅在现实的人事上无缘，而且从朝政到整个时代的灰暗无望，使诗人往往连一种仅仅是属于主观上的干预或参与的意识也难以产生和维持。于是只有在艳情或闲适栖隐的生活品味中安放自己的心灵。政治的淡化，可能导致某种艺术实践的深化，但晚唐的深化，毕竟是深谷中的探幽，而非大面积的普遍提高。这种情况的出现，当然主要不是诗人的过失，而是时代社会政治气候所造成的文学上的生态失衡现象。

[原载：《安徽师范大学学报》1996年第2期]

论20世纪李杜研究及其差异

李白杜甫，并世齐名。后人对二家既有“李杜操持事略齐”（李商隐《漫成五首》其二）的并尊，也往往有所比较，有所轩轾。千余年来，李杜二人已各自形成了一部内容丰富的接受史，因而不仅李杜的创作可以比较，其历代接受和研究情况，也可以比较。尤其是20世纪的中国古代文学研究，具有鲜明的时段性特征，承前启后，吸收了以往的研究成果，走上了现代化的研究之路。总结这一时期在古代文学研究中具有代表性的李杜研究情况，不仅对李杜研究自身，而且对认识近百年的中国古代文学研究得失，推进其健康发展，也是很有意义的。

一、20世纪李杜生平研究与文集整理注释

李白出生地　自宋至清，人们一直以为李白生于蜀中。李白作于唐肃宗至德二载（757）的《为宋中丞自荐表》称“年五十有七”，据此推算，李白当生于武后长安元年（701）。与李阳冰《草堂集序》说李白一家“神龙之始，逃归于蜀”、范传正《李公新墓碑序》说其家“神龙初，潜还广汉”，中间相差五年，可见李白不可能生于蜀中。清代王琦虽看到了上述文献记载，但他怀疑“神龙”年号乃“神功”之讹，仍维持李白生于蜀中说。直至清末黄锡珪编《李太白年谱》，均因袭前人旧说。

1926年李宜琛发表《李白底籍贯与生地》（《晨报副刊》1926.5.10）

一文，认为李白“不生于四川，而生于被流放的地方”，并指明“是在碎叶”。1930年，冯承钧发表《唐代华化蕃胡考》（《东方杂志》27卷17期）根据李阳冰序中李白先世“谪居条支”之说，认为李白“实生于大食”。1935年，陈寅恪发表《李太白氏族之疑问》（《清华学报》第十一卷第一期），亦认为“太白生于西域，不生于中国”。1936年3月及8月，胡怀琛发表《李太白的国籍问题》《李太白通突厥文及其他》（《逸经》第一期、第十一期）两篇文章，认为“李白先世所流寓的地方，疑是在呾罗私城南面十余里的地方”，西距素叶（即碎叶）850里。1936年11月幽谷发表《李太白——中国人乎？突厥人乎?》（《逸经》第十七期），支持胡怀琛的说法，认为李白早时家庭在碎叶。以上这些文章产生了很大影响，40年代李长之的《道教徒的诗人李白及其痛苦》、詹锳的《李白家世考异》（《国文月刊》第24期，1943.10）即采用此说。

郭沫若于1971年出版《李白与杜甫》（人民文学出版社），更为深入地讨论李白出生地问题，认为唐代碎叶有两处：一在中亚，一在焉耆。断定李白“出生于中央亚细亚伊塞克湖西北的碎叶城”，即今天的托克马克。郭说引起又一轮关于李白出生地的讨论，不少人肯定郭说或对郭说有所补充修正。多数皆采用碎叶说。

跟出生地相关的是李白的种族与家世问题。上引李宜琛、冯承钧、陈寅恪、胡怀琛、幽谷等人文章，在谈出生地的同时，即往往伴有李白可能出于突厥族家庭、其他胡族家庭或胡化家庭的推想猜测，至八九十年代，周勋初、葛景春等还从文化背景上对李白进行考察论述。他们的研究有两方面效应：根据李白不同于常人的思想爱好，立身行事，可以看出李白与西域文明的关系；而反之据李白出生地和家世等背景，又可以解释李白思想行为的一些特异方面。

与家世问题有一定联系的，是李白家庭从事何种职业？生计来源依靠什么？詹锳《李白家世考异》云：“意者白之家世或本商胡，入蜀之后，以多赀渐成豪族”。王瑶《李白》（华东人民出版社，1954）认为李白父亲“可能是一位大商人”。林庚《诗人李白·李白的思想与斗争性》（上海文艺联合出版社，1954）亦认为“李白的父亲大约正是一个客商”。麦朝枢《李白的经济来源——读李漫笔之一》（《光明日报》1962.8.12）说李白的故乡绵州是“盐铁有名产地”，“李白的父亲所经营的可能是贩铁商业”；又根据“秋浦有银、有铜”，说李白“到江南活动，也可能是继续他的铜铁经营”，“似乎不仅是运销，而且兼涉采冶”。郭沫若在《李白与杜甫》第一章《李白出生于中亚碎叶》中说：“（李白）父亲李客由中亚碎叶迁徙入蜀，是拖着一大家子人的。李客必然是一位富商，不然他不能够携带着那么多的人作长途羁旅。”诸多说法，有的猜测过甚，当然不足为信，但李白毕竟说过“混游渔商，隐不绝俗”（《与贾少公书》）、“穷与鲍生贾、饥从漂母餐”（《秋日练药院摄白发赠元六兄林宗》）一类话。在封建时代，商人受歧视，学者不愿把李白的出身与商人家庭联系起来，是很自然的。到了20世纪被提出来，也并非毫无依据。

李白几入长安问题 由于新、旧《唐书》均只载李白于天宝初受召见，待诏翰林，因而直到20世纪上半叶，人们均认为李白至长安仅此一回。1962年，稗山发表《李白两入长安辨》（《中华文史论丛》第二辑），对李白在长安和关中所写的诗进行分析，指出其中有一部分作品表现出穷愁潦倒，渴望遇合，进身无门，彷徨苦闷的思想感情，与天宝初供奉翰林前后的处境和心情显然不合，因而提出李白在天宝初入长安前，尚有一次进京的活动。估计其时间约在开元二十六年（738）夏至二十八年（740）春之间。稗山之说在当时只重视政治思想上的评判，而很少有人注意作家行踪考订的情况下，未得到反响，直到1971年郭沫若出版《李白与杜甫》，才充分肯定了这一发现，同时断定李白第一次入长安的时间在开元十八年（730）。1978年后，郁贤皓陆续发表《李白与张垍交游新证》（《南京师院学报》1978.1）、《李白两入长安及有关交游考辨》（《南京师范学报》第4期）、《李白初入长安事迹探索》（《社会科学战线》编《中国古典文学研究论丛》第1辑，1980）等文，肯定稗山的“两入长安”说及郭沫若的开元十八年第一次入长安说，并较多地补充了第一次入京的论据。此后，“两入长安说”得到国内外众多学者赞成。

“两入长安”说从提出到确定，研究者尽管也借助了有关史料，进行传统式考证，但更多更重要地是采用了作品分析方法。这条路径，从作品内部寻找内证，通过内容分析，寻绎其联系，从而对作品的写作背景（包括作时作地）及作家事迹行状做出大体合乎实际、合乎逻辑的判断。这样既重视作品内容分析，又借助史料考证，交互为用，推动了研究向纵深发展。

李白全集的整理研究 20世纪李白诗文全集整理方面出版了三部大型著作。1.《李白集校注》。瞿蜕园、朱金城校注。每篇除原文外，分校、注、评三部分。以乾隆时期王琦注本为底本，以宋蜀本、萧士赟、缪曰芑本及唐各总集、选本所收诗文详加校勘。旁搜唐宋以来有关诗话、笔记、考证资料，以及近人研究成果，加以评笺、补注，并考订其讹误。2.《李白全集编年注释》。安旗主编，集校勘、注释、集解、辑佚、年谱、资料汇编为一体，按编者意见对李白诗文85%左右的作品作了编年。3.《李白全集校注汇释集评》。詹锳主编，每篇分为题解、原文、校记、注释、集评、备考六部分，全面地清理汇集了前人的李白研究成果，同时融入了著者研究的新见，具有集成性质。

杜甫生平研究 杜甫生平行踪，前人考订比较详悉。20世纪的研究主要有：世系及母系问题、生卒年问题、卒葬地问题、贡举考试问题、与李白和高适相遇的时地以及同游过程问题、离开严武幕的原因和时间问题，等等。

关于世系，主要有岑仲勉的《唐集质疑·杜甫世系》（中华书局上海编辑所，1962）、曾意丹的《介绍一块研究杜甫家世的重要墓志——大周故京兆男子杜并墓志铭并序》（《考古与文物》1980.2）、金启华的《杜诗论丛·杜甫世系表》（上海古籍出版社，1985）、邓绍基的《杜诗别解·关于杜甫的世系问题》（中华书局，1987）等。邓绍基对有关成果进行了一番综合整理，认为杜甫世系自晋代杜预以下，除第五代尚不清楚外，其他已全部考出。

关于杜甫的母系研究，有朱偰的《杜甫母系先世出于唐太宗考》

（《文风杂志》创刊号，1943年12月）、冯至的《杜甫传》（人民文学出版社，1952）、岑仲勉的《唐集质疑·杜甫祖母卢氏考》、王辉斌的《杜甫母系问题辨说》（《杜甫研究学刊》1994.2）等文，其中冯至和岑仲勉考证出杜甫有生母和继母，生母为崔氏，继母为卢氏。

关于杜甫贡举应试问题，有香港学者邝健行的《唐代洛阳福唐观作进士科试场新议》（《杜甫研究学刊》1986.4）和《杜甫贡举考试问题的再审察、论析和推断》（《杜甫研究学刊》1997.4）、乔长阜的《杜甫二入长安时期的几个问题——兼辨杜甫应进士试中的两个问题》（《杜甫研究学刊》1996.3）和《杜甫应进士试和壮游齐赵新探——兼探杜甫初游吴越的时间》（《杜甫研究学刊》1997.4）、陈铁民的《由新发现的韦济墓志看杜甫天宝中的行止》（《文学遗产》1992.4），其中陈铁民文重新考定了杜甫《奉赠韦左丞丈二十二韵》等诗作年，指出："杜甫天宝六载进士试失利……到陆浑庄隐居"，"直到天宝九载，才再次赴京"。

关于杜甫与李白、高适相遇时地及同游踪迹问题，有闻一多的《杜甫》（《新月》第1卷第6期，1928.8.10）、《杜少陵年谱会笺》（《武汉大学文哲季刊》第1卷第1—4期，1930）、乔长阜的《杜甫与高适李白游宋中考辨——兼辨杜李游鲁及杜入长安时间》（《杜甫研究学刊》1995.2）等文，闻一多认为杜甫、李白相遇在天宝三载三、五月间，乔长阜认为杜甫与高适、李白同游宋中，当在天宝四载深秋、初冬间，而不是在三载。

关于杜甫离蜀的原因和时间问题研究，有陈尚君的《杜甫为郎离蜀考》（《复旦学报》1994.1）、《杜甫离蜀后的行止原因新考——〈杜甫为郎离蜀考〉续篇》（《草堂》1985.1），认为杜甫离蜀是因为严武奏请朝廷任命他为检校工部员外郎，并召他赴京，而于永泰元年春夏离开成都的，杜甫离蜀是在严武生前。此事因未得确证，暂时仍搁置，但因涉及夔州诗创作的生活基础与思想基础，在杜甫生平研究中应属重要问题。

关于杜甫卒葬问题研究，文章和著作数量很多，仅1988年5月在湖南省平江县举行的"杜甫在湖湘"学术讨论会上即有16篇论文论及卒葬问题，傅光则著有35万言《杜甫研究（卒葬卷）》（陕西人民出版社，

1997)，异说虽多，但传统的杜甫卒于大历五年冬的说法，仍为多数学者采用。

关于杜甫在各地行踪遗迹的考察研究，八九十年代相关论文颇多。杜甫在山东、河南、长安、陕北、秦州、同谷、成都、川北、夔州、湖北、湖南等地遗踪，均有一些文章进行考辨。山东大学《杜甫全集校注》编写组，经过集体实地考察，编写了《访古学诗万里行》(人民文学出版社，1982)，纠正历代注家不少地名错误，还发现了一些新的遗踪。

杜甫生平研究中具有整体性和综合性的成果是年谱和评传。闻一多将前人数十种杜甫年谱加以汇集笺注，又辑入了文化背景方面的史料，撰成《少陵先生年谱会笺》。四川省文史研究馆编有《杜甫年谱》(四川人民出版社，1958)，凭藉草堂收藏之富，考证杜甫游踪，有其他年谱的所未及之处，但鉴别不精，有芜杂之憾。朱东润的《杜甫叙论》联系杜甫安史之乱前后的经历和进入夔州以后的生活变化，介绍杜甫两次创作高峰，把对杜甫诗歌成就的评价同其生平经历的叙述紧密结合在一起。陈贻焮的《杜甫评传》(上海古籍出版社1982—1988年出版)，是超过百万字的规模宏大之作，该书从政治、经济、文化、艺术等方面论述了安史之乱前后的历史背景，揭示杜甫在复杂社会关系中所形成的思想性格，通过考证和分析，细致地勾勒了杜甫的生活历程与思想创作历程，从各个侧面塑造了杜甫的丰满形象。莫砺锋的《杜甫评传》既把杜甫作为伟大诗人详细论述其诗歌创作成就及其创作过程，又把杜甫作为思想家，对其人生哲学、政治思想、文学思想进行了探讨。

由于80年代启动的由萧涤非等主持的大型项目《杜甫全集校注》一直未能完成和出版，所以20世纪缺少有标志性的杜诗文献整理研究成果。但除全集的新注、集注外，其他方面的成果还是有一些。林继中的《杜诗赵次公先后解辑校》(上海古籍出版社，1994)，对在南宋即已逐渐亡佚的赵次公杜诗注本进行辑佚整理，恢复了赵注的原貌。全书百余万字，上册是对赵注甲帙至丙帙的辑佚整理，下册是对赵注丁帙至己帙明钞本的增补校订。徐仁甫的《杜诗注解商榷》(中华书局，1979)、《杜诗注解商榷续编》

（四川人民出版社，1979），前书对涉及杜诗200余首的虚词、语法进行研究，提出己见；后书又依前例，补撰约200条，是文献学和语言学相结合的研究。邓绍基的《杜诗别解》，前半部分为论文，后半部分是关于具体诗篇的别解，从前人种种傅会割剥中寻求杜诗的本意，考订是非，解释疑滞；成善楷的《杜诗笺记》（巴蜀书社，1989）共笺释杜甫诗句310条，每条先引出原注语，然后加以辨析；郑文的《杜诗檠诂》（巴蜀书社，1992），依仇注卷次顺序，就有关诗句注释，逐一进行辨析；谭芝萍的《仇注杜诗引文补正》（西南师范大学出版社，1995），对仇注引文注杜之失进行辨正。以上四种著作，均时出新见，纠正了前人的许多失误。

周采泉的《杜集书录》（上海古籍出版社，1986）、郑庆笃等的《杜集书目提要》（齐鲁书社，1986），是关于杜集书目的两部有代表性的著作。《杜集书录》分内外两编，“内编”以存书之书录解题为主，分“全集校勘笺注类”“选本律注类”“辑评考订类”“其他杂著类”；“外编”以存目参考资料为主，分“全集校勘笺注类存目”“选本律注类存目”“谱录类”“集杜和杜戏曲类”，合计843种。全书还有附录四种：①《历代杜学著作姓氏选存》，②《近人杜学著作举要》，③历代总集、诗话、笔记、于杜诗有重要论述的著作简介，④《朝鲜、日本两国关于杜集著作知见书目》。《杜集书目提要》，收录有关杜诗书目890种，起自稍后于杜甫的唐人樊晃，止于1984年出版的著作。每书先介绍著者生平、著述，再介绍内容、体例、特点、成书过程，介绍中带有对该书的评价，最后介绍版式及刊刻流传情况。以上两书是对历代有关杜甫研究著作文献带总结性的盘点和介绍。

二、李杜思想与创作研究

20世纪的中国，整个思想文化发生巨大变化。首先是“五四”新文化运动倡导科学与民主；1949年以后，则是辩证唯物主义与历史唯物主义在政治思想和学术思想领域居主导地位；到了八九十年代中国实行改革开放，多方面吸收西方学术文化。这三次变化，前后两次的思想解放意义为众所周知。20世纪50至70年代，强调历史唯物主义为指导，虽然在推行中存在“左”的教条主义倾向，但历史唯物主义本身是科学的，对它的曲解或假借其名号的某些功利主义的作法，并不能损害它的光辉。因此，20世纪思想领域的主流意识本质上是与封建主义对立的。李杜和所有古代作家一样，都要在这发生新变的思想背景下，接受新的审视与评价。

20世纪对李白、杜甫的思想研究，其总趋势是转变角度，肯定李白、杜甫思想中民主性的精华，同时指出其时代局限。李白性格豪放，往往不遵守封建礼教规范，在封建时代受到指斥，而20世纪多数学者则从追求个性解放的角度予以肯定。如胡适在《白话文学史》里描述盛唐时期的政治思想和文学背景，指出：“这个时代的人生观是一种放纵的，爱自由的，求自然的人生观。我们试引杜甫的《饮中八仙歌》来代表当时的风气：（引文略）这种风气在表面上看来很像是颓废，其实只是对于旧礼俗的反抗，其实是一种自然主义人生观的表现。……这是一个自由解放的时代，那不近人情的佛教的权威刚倒，而那不近人情的道学的权威还没有起来。所以这个时代产生的文学也就多解放的自然文学。”在这一背景下，胡适强调：“李白是一个天才绝高的人，在那个解放浪漫的时代里，时而隐居山林，时而沉醉酒肆，时而炼丹修道，时而放浪江湖，最可以代表那个浪漫的时代，最可以代表那时代的自由主义的人生观。他的歌唱是爱自由的歌唱”。

尽管在20世纪下半叶的大段时间内，胡适在国内被作为批判对象，但认为李白的思想个性及其歌唱代表了自由解放的要求，却并不因为胡适曾经如此说过，就遭到否认。如在对于“自由”和“个性解放”这些字眼甚至有讳忌的六十年代初，中国科学院文学研究所编写的《中国文学史》（人民文学出版社1962年版）仍然说李白“一生中总是那么不满于黑暗的现实，以叛逆精神冲击着封建社会的秩序和礼教、以傲岸的态度蔑视封建统治集团中的权贵、而不倦地追着个人的自由和个性解放”。这说明把李白放在封建秩序和礼教的对立面来肯定他对自由解放的追求一直是被认可的。

如果说对李白的思想研究主要是把封建时代认为其有违于礼教的表现转而予以正面肯定，那么杜甫的思想研究则是对封建时代认为其合于礼教的表现进行具体分析，肯定其可取的方面，同时指出其时代局限。封建时代称杜甫“本性情，厚伦纪”，“一饭未尝忘君”，尊之为“诗圣”。被戴上这种桂冠的杜甫，在反对纲常礼教，高喊“打倒孔家店”的“五四”新文化运动时期，似有可能受到冲击，但实际上新文化运动至少在杜甫的问题上并没有扩大化。1922年，梁启超给杜甫换上了一个“情圣”的称号。说对于杜甫“诗圣”的徽号，“不必轻轻附和”，杜甫是“写情圣手”，“可以当得起情圣的徽号”。（《情圣杜诗》，载《晨报副刊》1922年5月）胡适则在《白话文学史》中为杜甫列专章，说他是八世纪下半叶表现人生文学“最伟大的代表”，又一再强调并赞赏杜甫“用说话的口气来作诗”，看来，由于杜甫的作品写了下层疾苦，在语言形式上又能被纳入白话文学的序列之中，故仍能受到肯定。这种肯定有一种保护效应，他为旧时代所推崇的儒家思想家和忠君观念便很少被触及。因此，杜诗思想内容复杂的一面，杜诗在新的文化背景下所受到的肯定，与封建时代的肯定，二者本质上的不同，在上半世纪并未深入展开探讨。直到五六十年代，愈来愈强调区分封建时代文化的精华与糟粕，强调阶级分析，有关问题才被深究。冯至于1952年出版《杜甫传》，中心是：“述说他（杜甫）在他生活里经历的那些过程和矛盾”，“他怎样从爱自己的家庭转到爱祖国，从抒写个人的情感转到反映人民的生活，他是怎样超越了他的阶级体验到被统治、被压迫人民的灾难，并因此使唐代诗歌得到巨大的发展”（《杜甫传·家世与出身》），这可以说是用阶级分析的观点和“人民性”的标准，动态地分析杜甫思想中的矛盾与发展过程的著作，成为后半世纪杜甫生活道路和思想艺术研究的开山之作。除此外，50年代专就杜甫儒家思想和忠君问题进行研究的文章也很多，认识上取得了进步。如认为，杜甫所服膺的主要是早期的儒家思想，亦即孔孟之道，特别是受了儒家“仁”的影响。认为杜甫的忠君体现在诗中有一些是庸俗的忠君，有一些是忠君和爱国纠缠在一起，或虽忠君但对君主的腐败与过失能够给予揭露和批评。这些认识，因为用了现代科学研究的分析方法，比笼统说杜甫有儒家思想或忠君思想显然是深化了。

20世纪李杜诗歌思想艺术研究与西方的文学理论的视角，关系密切。世纪前半叶，学者参照西方文学史和文学流派划分，往往指中国古代作家为某某主义某某派，并作出分析和阐述。关于杜甫，从梁启超《情圣杜诗》称之为“写实派”起，以后一直被作为现实主义诗人看待，少有异议，而对李白的认识却复杂得多。胡适尽管称李白“最可代表那个浪漫的时代”，“他歌唱的是爱自由的歌唱”，但他在谈到李白与现实关系时却说：“他是个出世之士”，“我们读他的诗，总觉得他好像在天空遨游自得，与我们不发生交涉”，胡适有意绕弯子，把李白从现实社会生活中往天上推，表明对李白诗歌社会内容的认识和评价是个难题，认识上难免要经历漫长曲折的过程。上半世纪，崔家宪、苏雪林等认为李白是浪漫主义诗人，突出其为人与创作中放浪纵恣的一面；徐嘉瑞认为李白是颓废派，强调李白对酒色的嗜好和个人中心主义；汪静之则游移于“浪漫”和“颓废”之间。到了后半世纪五六十年代，给古代作家定性变得谨慎起来，按照苏联文艺理论界阐释的现实主义和浪漫主义概念，通常被用来评价某诗人或某流派。当时，最推重现实主义，杜甫一开始就被推为现实主义作家，展开了研究，而李白则颇费周折。舒芜在《李白诗选·前言》中说：“他运用了高度夸张放大的方法，鲜明地反映了当时人民的情感和意志。这种浪漫主义本质上是和现实主义相通的。”林庚在《诗人李白》中说：“李白的浪漫主义是热情的、积极的、符合现实主义的要求的。”积极浪漫主义和现实主义相通，苏联文艺理论中本来就有这种说法，但即便如此，亦可见在当时的理论框架下，李白归属的尴尬。20世纪50年代末期，苏联文艺理论影响渐渐削弱，中国领导层提倡革命浪漫主义与革命现实主义相结合，对历史上浪漫主义文学的评价提高，与现实主义并列，成为文学史上两大进步潮流。为构筑这一文学史框架，对李白有了进一步的发现和认识，中国文学史上从屈原到李白一线受到关注和梳理，两人被推为浪漫主义代表作家，而与由《诗经》到杜甫的现实主义一线并列，出版于60年代初的中国科学院文研所编写和游国恩等人编写的两部《中国文学史》代表了这种框架和对两个诗人的定位。

在李白还没有被文学史明确地以浪漫主义定性之前，李白研究还没有形成套路，学者们自出主见，评论李白，颇具创新性。舒芜在1954年8月出版的《李白诗选·前言》中说：八世纪前半，许多优秀诗人的作品“是那个时代精神面貌即我国文学史上所谓‘盛唐气象’的反映……具有全面代表性，表现出最典型的‘盛唐气象’的，就是李白。”同年六月，林庚在北大中文系古典文学教研室作了《诗人李白》的报告，认为：“李白的时代不但是唐代社会上升的最高峰，也是中国整个封建时代健康发展的最高潮……在一切艺术之中，诗歌正是那最优秀的旗手，这就是历代人们念念不忘的‘盛唐之音’。”这种“盛唐之音”在李白诗中突出表现为“自由的丰富的想象，少年解放的精神，对于祖国乡土的热爱与礼赞”。围绕这一中心论点，林庚对李诗的思想与艺术作了一系列精彩的分析。1958年，林庚又发表了《盛唐气象》（《北京大学学报》1958.2）一文，举李白许多诗歌为例，“强调‘盛唐气象’是指诗歌中蓬勃的气象，……是一种蓬勃思想感情所形成的时代性格。”林庚的文章在当时引起讨论并曾遭到批判。但批判并未起到取消“盛唐气象”说的效果，到了八九十年代学术研究趋于正常化之后，李白与“盛唐气象”的问题又引起讨论，除从文学史的角度研究外，还有不少文章从文化学、美学等角度作新的阐发，成为20世纪李白与唐诗研究中的热点和亮点。

后半世纪的杜甫研究大体上是在比较平稳的状态下推进的，“现实主义”“人民性”等标准，用于杜诗，当时普遍感觉是新鲜贴切的，以至紧接冯至的《杜甫传》之后，又有傅庚生《杜甫诗论》（上海文艺联合出版社，1954）、萧涤非《杜甫研究》（山东人民出版社，1956）。从研究著作数量看，杜甫研究在50年代是领先的，但从观点和方法看，几种书大体属同一模式，在研究上走的是一条较为平稳顺当的路，理论上似乎无需做出太大的努力。有学者说《杜甫研究》“全书绝大部分都是对杜诗人民性与现实内容的反复阐述”，有“单一性”“简单化”的局限（许总《〈杜甫研究〉得失探》载《学术月刊》1986.1），虽是批评萧著，其他杜诗研究著作也难以摆脱这种局限。杜诗研究上取得较好成绩的是1962年。时因杜甫被定为世界文化名人，举行纪念其诞生一千二百周年活动。一年间发表论文逾百篇，而且许多出自著名学者之手，其中如冯至对杜甫“诗史”艺术特征的论述，蒋和森对杜诗气魄以及杜甫生活与创作关系的论述，吴调公关于杜诗美学观的论述，马茂元关于杜甫七绝艺术的论述，夏承焘关于杜甫绝句的论述，均有独到之见。这是在政治运动的短暂间歇期，学术思想有所宽松的产物。

“文革”以后，对杜诗爱国爱民思想的阐发，与五六十年代未有多大差别。只是对杜诗思想内容的丰富性恢复了注意，亲情、山水、珍爱生命、热爱自然、日常生活的诗进入了研究的视野；杜诗艺术研究则成为主要趋向，向体裁研究、风格研究、结构研究、语言研究等多方面扩展，其中程千帆等的《被开拓的诗世界》结合杜诗思想与艺术特点，探索杜甫在诗歌发展中的地位，颇具开拓意识，而一般的艺术研究，对80年代以前的思路和框架未有大的突破，在杜甫这样的大家面前，尚显比较细碎，缺少大气包举、有深刻新鲜之见的著述。世纪末，有些学者忙于杜诗学的建构，多渊源与影响研究的著述，不免给人以杜甫研究似乎已经走向完成的感觉。这与李白研究受家世、出生地、几入长安等问题的带动，在其思想渊源、生平交游、诗歌文化背景、地域特征等方面的探讨上仍呈推进态势，有所不同。

三、20世纪李杜研究差异根源的探讨

据统计，20世纪中国李白研究共出版著作二百多种、文章三千多篇[①]；杜甫研究著作二百二十多种、文章三千一百多篇[②]。20世纪李白诗文集有

① 此据马鞍山市李白研究所提供的数据。

② 此据郑庆笃《杜集书目提要》（齐鲁书社，1986年版）、张忠纲《20世纪杜甫研究述评》（《文史哲》2001年2期）提供的数据。

三种大型注本问世，在前人的基础上向前推进了一大步，杜甫诗文集未有具规模的新注本。李白生平研究，有出生地、种族、几入长安等重大问题，杜甫生平研究中涉及的问题则比较一般。李诗思想与艺术研究，有李白与浪漫主义、李白与盛唐气象、李白与唐代文化等新开拓，杜甫研究在现实主义、人民性的视角下平稳展开，但平稳中也就难得激发大的开拓与创新。由于前代对两家研究所留下的基础并不相等，有关李白生平研究和诗歌艺术研究，目前还未推进到杜甫那样详细的程度，但若以时段论，比较20世纪这一段研究成果，李白不只是研究成果数量上升，改变了前代千家注杜、数家注李的情况，而且在一些重大问题上，成就也更为突出。李杜研究，向为显学，差异的出现，决非双方投入力量大小和专家水平高低的问题。从李杜研究史看，在封建时代，杜甫研究一直长期领先，而到了20世纪，出现李白研究推进速度加快的现象，应该是既有学术发展的自身原因，更与时代文化背景有密切关系。

学术研究前后相续，同类研究，前人开发愈多，留给后世的用武之地可能愈少。杜甫的诗歌多叙事，对其生活和经历的记述，比李白诗歌留下的材料要多。基于相对充足的材料，前代学者，特别是长于考据的清代学者，对杜甫生平考证和杜集整理注释取得了丰富的成果，钱谦益的《钱注杜诗》、朱鹤龄的《杜工部集辑注》、仇兆鳌的《杜诗详注》、浦起龙的《读杜心解》、杨伦的《杜诗镜铨》，在生平考订、作品编年、词语注释笺解方面各有其成就和特色。再加上一些研究专书，把对杜甫生平研究和杜诗词语诠释推进到了堪称详备的地步。处在清人之后，20世纪学者想要再编出超越清人的大型新注本确实不易。李白的诗歌偏于主观抒情而少反映其生平活动的纪事。清代王琦辑注的《李太白全集》，是李诗最详备的注本，但在作者生平与诗歌创作背景考订上，其清晰具体的程度，仍远不能与其同时代学者注杜相比。不仅给后人治李诗留下巨大空间，且因其不足，也促使学界产生对于新注本的迫切需求。而杜诗有清人的多种各具优长的注本，人们对新注本的期待，也就不及对李诗注本之迫切。学术研究中围绕一些具体课题或角度所开展的工作，特别是像生平考证、文字注释等，客观的限度是存在的。有关古代作家现存文献资料得到了正确的、充分的利用，有关词语典故得到了合理的清晰的解释，该作家的生平研究与文集整理注疏的丰收期，也就大体上过去了。其后，在相当长的历史时期，只能处于添补和进一步追求完善的过程中，而难得有更大的突破，20世纪杜诗的文献研究与生平研究即表现为此种状况。

学术研究中力破余地与新开拓的出现，往往与文化背景提供的契机相关。20世纪前，李白生平研究固然留下了很多空白，但有些空白不是前人的目光没有扫视过，而是受历史条件限制，取得突破的时机尚未到来。清人王琦辑注《李太白全集》附录《李太白年谱》于“唐长安元年辛丑”下云：

> 又按李阳冰序云：神龙之始逃归于蜀，复指李树而生伯阳。范传正《墓碑》云：神龙初潜还广汉，今以李志、曾序参互考之，神龙改元，太白已数岁，岂“神龙”之年号乃“神功”之讹，抑太白之生在未家广汉之前欤！

又注李白诗《江西送友人之罗浮》，于“乡关渺安西，流浪将何之”句下注云：

> 杨齐贤曰：唐安西大都护府初治西州，后徙治高昌故治，又徙治龟兹，而故府复为西州交河郡。琦按文义，“安西”字疑讹，指为陇右道安西大都护府者，恐未是。

可见单从材料上看，王琦已接触到了李白的出生地问题，但18世纪中期，清朝政府闭关锁国，以当时的学术思想、知识水平，人们不敢想象李白会出生于域外，王琦未能就有关材料认真加以追究，仅有“抑太白之生在未家广汉之前欤”的一闪念，而终于以考据家的手法，怀疑“神龙”年号为“神功”之讹，又怀疑“安西”字有讹，将问题轻易放了过去，思想认识水平乃至知识范围的局限，使他失去了本来有重大发现与突破的可能。

时至19世纪末20世纪初，西方资本主义势力向东扩张，对中亚和东亚历史文化研究，成为英、法、俄等国新兴学科。就中国而言，20世纪中西文化交流和科学精神的传播，使原先处于封闭状态的中国知识分子开了眼界和思路。当时东西方学者关于历史上中外交流和民族关系的研究，使隋唐时期汉族与少数民族在边疆的活动以及彼此交往与融合的事实，被大量地揭示出来。在这种学术文化背景下，李白出生于西域，受西域文化影响，甚至可能带有西域少数民族血统等等，无疑会引起敏感，只要有可供依据的文献资料，研究者自然会勇于揭示。李白的出生地问题，再次提出并展开讨论是在20世纪70年代初。苏联当局在我国东北和西北挑起边境冲突，并且制造玉门关以西不属中国领土的舆论，而早在汉代和唐代，中国政府就在新疆和中亚一带设置行政机构、大诗人李白出生在中亚等历史事实，是驳斥苏俄扩张主义者谰言的有力证据，在这种情况下，学者们自然注意有关问题，并作出进一步研究。政治和时代文化背景对于学术的影响和带动，这可算一个典型的例证。

突破和创新，与研究者遭遇困难，努力向理论和材料进一步深入，以寻求出路相关。以李白为浪漫主义，以杜甫为现实主义，是20世纪为这两位作家建立的最具有体系的新论。从建构的情况看，对于杜甫，大致是将那些忧患纪实之作，与其所处的“万方多难”的时代相联系，从而证明其为现实主义。这样做，在材料上、逻辑上都足以说服人。因而现实主义论，从思想内容到艺术，都相当有力地牵引着杜诗的阐释朝一个方面倾斜，无形中消解了从多种角度阐释杜诗的需求，也未给相关理论研究提出太多需要解决的课题。上面提到的冯至的《杜甫传》，研究和阐述杜甫怎样“从抒写自己的情感到反映人民生活”，较之旧时代的研究当然是一种进步，但杜诗中抒写自己情感的篇章，毕竟是多数；而且，作为抒情诗，作者抒写自己的情感与反映人民生活和时代，往往密不可分。研究者的目光，如果只集中于“对人民生活的反映”，便不免造成现实主义阐释体系对多角度、多样化阐释的取代，这与杜诗的丰富性是相悖的。与杜甫相比，李白被普遍地承认为浪漫主义作家的过程则要曲折一些，出现过种种分歧意见，由分歧和困惑引起多方面思考阐释，倒是有助于加深对李诗艺术特质的认识。虽然到20世纪90年代一些文学史著作已较少采用现实主义、浪漫主义一类提法，但对于用平实思维方式比较难以深入的李白，经过浪漫主义的阐发，在对其诗歌艺术特征的把握上，比过去时代毕竟大大前进了一步。

李白和盛唐气象问题，与其诗的浪漫主义特征问题有一定的联系，也是为李白诗歌寻求合理的阐释而提出的。50年代前期，杜甫已被作为现实主义诗人得到了肯定，李白究竟如何认识呢？当时新中国初建，社会上呈现一派欣欣向荣景象；在文学界历史唯物主义特别是文学反映现实的理论，正被普遍接受，并尝试加以运用。从旧时代走过来的学者，欣逢一个富有朝气充满展望的年代，在努力运用反映论，将李白与所生活的盛唐联系起来，对李白所反映的那种盛大时代产生一种微妙的亲和感，从而对李诗作出了新的诠释。舒芜《李白诗选·前言》称李白是“日光下的诗人”，说“大唐帝国之初，和政治经济上一系列具有进步性的制度带来一片新气象”，李白诗歌“在读者心中引起一种生气勃勃、遏制不住青春奋发的情感”，“表现最典型的盛唐气象就是李白”。从舒芜对李诗背景、诗境和给予读者感受的介绍中，可以看出舒芜或多或少是把他自己对现实生活的感受带进对李诗的解读中，因而特别肯定李诗所反映的光明盛大的一面。林庚的《诗人李白》亦有与舒芜类似情况。书中“解放”一词，用于李白的时代和李白的思想性格，出现的频率特别高，又把盛唐时代的出现，说成“人民斗争胜利的果实”，说李白“最优秀地完成了这个时代的使命”，“那丰富的想象，解放的个性，通俗而飞动的歌唱，青春与浪漫的气质，无一不是属于那一个时代的精神面貌。”林庚固然是努力运用反映论，“把对于李白的认识，从过去‘诗仙’、‘云端里的诗人’等脱离政治的概念中纠正过来，恢复了作为一个真正诗人的李白的原来面目”（《诗人李白》1956年新一版时的内容提要），但同时在把“盛唐精神面貌”与李白相联系时，其自身的生活感受也不免介入其中，对理论的升华起了某种诱发作用。

新的理论和方法与传统诗学结合，对20世纪的诗学研究一直是一种推动力。而具体结合中所产生的成效如何，取决于二者交汇在形成新的理论建构时，沟通的深度与升华的高度。唯物主义反映论与中国传统诗学的知人论世存在相通之处，知人论世把诗人诗作与其时代相联系，即包含着文学作品是时代和社会生活反映的朴素的唯物主义认识。林庚等人关于李白和盛唐诗歌的研究，既努力运用反映论，同时又吸收了以严羽为代表的古代诗论中对李白和盛唐诗歌的评论。严羽论诗体时说："以时而论，则有建安体、黄初体、正始体、太康体、元嘉体、永明体、齐梁体、南北朝体、唐初体、盛唐体、大历体、元和体、晚唐体"（《沧浪诗话·诗体二》）等等，表明他是重视时代与诗歌特征之间联系的。诗歌的时代美学特征，如盛唐气象等，难以机械地加以实证。严羽出以妙悟，实际上是一种更贴近艺术形象本身的直观性的把握，是艺术鉴赏和感受的提炼与升华。林庚在论盛唐气象时，对严羽之论多所引述，并加以阐发。林庚的引述，重在通过借鉴前人，把盛唐诗歌最具时代特征的美学风貌凸现出来。而在严羽那里只是凭感悟所作的三言两语的判断，到林庚则进而将时代环境和诗人生活经历、思想情感、诗歌风貌联系在一起分析，使之形成对于一个时代诗歌从背景到美学风貌的全面系统的论述。林庚说：

> 论"盛唐气象"最集中的，莫过于严羽的《沧浪诗论》。这一批评名著，其中心命题就是高倡"盛唐气象"。《沧浪诗话》的见解，事实上也是继承了"建安风骨"到"盛唐气象"这一传统的认识，集中了《诗品》以至《诗式》各家的见解……
>
> ——《盛唐气象》五《〈沧浪诗话〉论盛唐气象》

林庚寻绎严羽论盛唐气象的理论渊源，而他自己则又是继承了《诗式》《沧浪诗话》等多家著作的见解，运用新的理论方法，"力图从盛唐时代入手"（《唐诗综论·后记》），把时代生活——时代美学特征——典型的代表性诗人联系到一起，对"盛唐气象"和李白诗歌的时代性格作了新的阐释。这些阐发，将文学是现实生活反映的原理，与传统的诗学沟通、融合，颇能显示传统诗学与现代学术结合对推进和提高古典文学研究的意义。

20世纪的杜诗研究，反映论与传统的知人论世相联系沟通的情况也相当多。从知人论世角度论杜诗，最为突出的是"诗史"论。所谓"杜逢禄山之难，流离陇蜀，毕陈于诗，推见至隐，殆无遗事，故当时号为诗史"（《本事诗·高逸第三》）。而以现实主义考察衡量杜甫，前代"诗史"之称，则是可以用来作为属于伟大现实主义作家的最有力证据。如萧涤非说："杜甫是我国历史上最伟大的现实主义诗人……自唐以来，他的诗即被公认为'诗史'。这所谓诗史，本质地说，也就是诗的人民生活史。"（《人民诗人杜甫》，《诗刊》1962.2）毫无疑问，能称得起"诗的人民生活史"的作品，当然属于现实主义之列。可见从知人论世角度考察杜甫，与从现实主义反映论角度论杜甫，彼此沟通联系是较为方便的。但因为易于沟通而缓解了研究的压力，也就减弱了对于开拓创新的驱动力。

20世纪李杜研究及其差异颇有值得总结之处，学术研究跟时代政治、经济、文化关系密切，对于李白、杜甫，我们能有今天的认识，仿佛他们不是陌生的古人，而是为我们所理解，许多方面还能介入我们的生活，跟我们产生交流，是由于20世纪的思想文化推动学术研究，使其人其诗能以现代的理念去理解，并能从中吸收有益的东西。时代的进步，政治的大背景，还能够直接提出新的课题，开出新的学术领域，李白出生地和氏族研究，即是很典型的例子。

学术研究是一个在理念上、方法上不断更新而又前后承续的过程。传统的中国诗学研究，留下了丰富的遗产，传统的方法跟它的研究对象，有先天的自然的联系，有其科学的合理的方面，但传统方法对于对象的长期开发，其可持续发展的余地往往比较小，20世纪杜甫研究很能表现这一点。研究中需要引入新方法，在20世纪已成为许多学者的共识，并有了长期的实践。经验表明，新方法与旧传统的承接转换，在具体课题、具体作家身上，有的较为方便，有的难度较大。但困难催发和磨炼学者的创造精神，方便则有可能淡化甚至取消了创新的要求。作家的某一方面，前代研究的深入和充分，留给后代开发的余地可能比较小，甚至会助长因循守旧，而前代未能做出充分研究，甚至未曾展开的课题，倒是给后代学者留下了用武之地。

李白、杜甫研究在20世纪以区别于旧时代的方法观念所展开的研究，已经走过了一段长长的路程。今天，时代发展的速度空前加快。随着20世纪的过去，自“五四”新文化运动以来所用的一些理论与方法，又成了新的传统。无论李白也好，杜甫也好，在研究上都需要有新的思路，新的角度。20世纪中国遭受列强侵略，是中华民族谋求生存自立时期，中经辛亥革命、抗日战争和社会主义革命，斗争极为艰苦复杂。此一时期的古代文学研究，从作品的社会意义着眼，是其根本出发点。而21世纪的中国，是发展经济文化、建构社会主义和谐社会时期，文学研究将进一步回归文学的本质，更强调人的本位，关注人性在文学中的体现。作为以抒情诗的形式，对人性、人的情感与精神面貌作了最为健康、最为丰富多彩展示的李白与杜甫，在21世纪研究的前景是广阔的。愿有关两位大诗人的研究，能在20世纪成就的基础上，把传统与新的方法、新的理念结合得更好，开拓出更新的局面。

［原载：《文学遗产》2006年第2期］

编后记

恕诚师（1939—2014）在安徽师范大学文学院工作了五十三年，为这所百年名校的人才培养、学科建设与科学研究事业奉献了一生。日前，师大文学院和师大出版社通力合作，精心编选了这部《余恕诚唐诗研究论集》。作为先生晚年指导的一名普通学生，我有幸参与到该书编校工作中来，并得以重温老师的学术精华，受教至深。在书稿付梓之际，我愿谈一谈自己的学习体会，希望得到师长和广大读者的指正。

唐诗研究，源远流长，确实可以说，几乎没有哪一块稍具价值的领地未被前人时贤留意过。尽管如此，似是而非者有之，语焉不详者有之，未遑深究者亦有之。恕诚师则对许多问题予以纠正、深化乃至开拓，大大提升当代唐诗研究的水准品位。

中国古代文人与政治的关系，过去更多强调“诗穷而后工”，后来曾一度将二者的矛盾对立提到不恰当的地步。《政治对李杜诗歌创作的正面推动作用》不仅详论主动参与现实政治的人生选择给李杜诗歌创作带来的正面推动作用在各阶段各方面的具体表现，且由此拓展至诗史演进全局，得出“对中国诗歌而言，政治之渗入与否，跟诗歌是否达到高层次常相联系”这个具有普遍意义的结论。唐诗反映了深广的时代生活，但是若认识仅及于此，甚至以为“唐诗最优秀的部分基本上不出怨刺讽喻的范围，价值似乎就在于它对当时社会的揭露”，就未免狭隘。《唐诗所表现的生活理想与精神风貌》重点关注唐诗所表现的生活美与精神美问题。揭示出“唐诗以前所未有的艺术力量，反映了中国封建社会在它繁荣昌盛期所呈现出来的生活美，也表现了这样一个时代中人们比较健康的精神状态”这一唐诗最重要的诗史价值。唐诗繁荣所受之各种力量的旁推交通，非精鉴深思而殊难捕捉。20世纪60年代传出毛泽东主席喜欢“诗家三李”，但此前评论更多只分别注意到李白与李贺、李贺与李商隐之间的相似相通，而对“三李”何能被认作一个整体却未有深探。《“诗家三李”说考论》通过细致考辨，指出共同的“倾向写主观、写自我”、“继承楚《骚》传统、多用比兴”、“有才气，富文采”的艺术追求是三李得以并称的根本原因。在关注诗歌的纵向发展同时，恕诚师尤其重视不同文体之间的互动互融在推动一代诗歌繁荣和具体诗人创作水平提升上的支撑作用。杜牧称李贺诗为“《骚》之苗裔”（《李贺集序》），但长吉诗风所以瑰奇诡谲，单从诗体内部承传变化难以解释。《李贺诗歌的赋体渊源》集中考察“赋体进一步确立之后，以司马相如等为代表的赋家对于李贺诗歌的影响”，证实钱锺书所谓“长吉穿幽入仄，惨淡经营，都在修辞设色，举凡谋篇命意都在第二义”（《谈艺录》卷七）的判断，从而在根本上破除笺释李贺诗歌穿凿附会的土壤。

有关唐诗的各种现象、规律、逻辑，原本就是一种客观存在，但像恕诚师这样予以深刻精准揭示的却并不多见。原因在于，恕诚师对科学理论有深入体会，对世道人情有深切体察，对作品本身有深刻体认，而这尤为今天的古典文学研究所重视。

革命未有离开科学理论的指引而能获得成功，学术研究亦然。恕诚师一直高度重视理论学习，从马克思到毛泽东，从黑格尔到歌德，从梁启超、胡适到高尔基、车尔尼雪夫斯基，古今中外一切被实践检验的正确理论都被他自觉转化为审视古代作家作品的积极助力。他尤其强调：“历史唯物主义和辩证唯物主义本身是科学的，对它的曲解或假借其名号的某些功利主义做法，并不能损害它的光辉。”正是基于对文艺的终极价值在于表现真善美的真理性判断的认同，才发现唐诗在表现唐代那个富有生命力的社会生活和健康精神风貌上的重大贡献。也因为认识到事物总是在矛盾对立中辩证发展的规律，才看出初唐诗坛在百年徘徊中蕴有前进性的积极因素，对宫廷诗苑的历史贡献也有重估。唐诗本质上是中国社会历史、民族性格的文艺结晶。如果不能对盛唐那个辉煌时代有正确理解，忽视李杜对于那个时代，对于那个时代涌现出的各领域杰出人物的真心倾慕，就会自觉不自觉地夸大他们对抗性的一面。由于充分考虑诗人的人生经历，考虑诗人对盛唐时代尤其是玄宗本人的特殊感情，作者认为杜甫的《饮中八仙歌》，犹如一幅充满眷恋的"盛世的招贴画"。盛唐边塞诗，究竟是呼唤爱国主义还是鼓吹穷兵黩武，过去往往莫衷一是，但注意到其中实有战士之歌与军幕文士之歌两种类型，则会对相关复杂性有更实事求是的认识。唐诗研究的一切结论，根本来自对作品的理解，又最终需要回到作品中去检验。李白与长江地域文化之关系、唐诗与其他文体之关系，一味根据相关理论标签的指示，叠床架屋，看似乱花迷眼，其实难免空泛，甚至经不起推敲。而恕诚师则坚持一切从作品出发，既宏观把握、高屋建瓴，又深入到作品的最幽微处，所谓"细辨'风色'，蹑'风'追影"（《文学评论》2009年第4期"编后记"），无疑是最老实也最可靠的追根溯源之道。

作为新中国自主培养的第一代唐诗研究专家，恕诚师以"他生未卜此生休"（李商隐《马嵬二首》其一）的坚强毅力深研唐诗。他的文字，展示出一种植根于共和国沃土中的唐诗研究的应有气派。而浸润其中的理念情怀，尤其值得永远珍视。

最后，简单交代一下我对书稿的校对事宜。这部论文集所收18篇论文，最早发表于1982年，最晚发表于老师去世前夕，时间跨度很大，加之不同刊物各有其遵循之编辑体例，所以行文上、格式上难免存在差异。我在编校时，尽可能核对原文出处，对所有引文做了统一，对一些明显的讹漏倒衍做了订正。由于时间特别是个人能力水平的限制，我的工作一定会存在不足。譬如本书第137页第2至6行的一句话，在校读时虽感觉到存在文字偏差，但因多方寻求老师手稿未果，无法查证。我自己又不敢臆改，只好一仍其旧。恳请广大读者在阅读时能够直率地指出我的疏失，以便将来重印再版时予以修订。

2022年1月王树森记于

安徽省社会科学院文学研究所